여왕을 위한 진혼곡

V

정유나 장편소설

여왕을 위한 진혼곡

V

D&C
BOOKS

목차

제3곡 · sequéntĭa속송

12부 gemma līvida et flamma rubra푸른 보석과 붉은 화염 Ⅱ · 7

13부 lacrimōsa눈물과 한탄의 날 · 45

제4곡 · offertórĭum봉헌송: reconciliationem exspectare재회를 기다리며 · 125

제5곡 · sanctus: initium novum새로운 시작 · 143

제6곡 · agnus dei: dona reginae requiem여왕에게 안식을 · 261

제7곡 · commŭnĭo영성체송: simul, semper함께, 언제까지나 · 279

제8곡 · appendix번외: fabula residua아직 남은 이야기

1부 dies ordinarius어느 평범한 하루 · 295

2부 ego tamen te exspecto여전히 당신을 기다리고 있습니다 · 311

3부 quid accidit illis?그들에게 무슨 일이 있었을까 · 343

4부 modus exprimere amorem사랑을 표현하는 방법 · 373

5부 semper feliciter항상 행복하게 · 389

제3곡

sequéntĭa
속송

. . . .
. . . .

8부

gemma līvida et flamma rubra Ⅱ
푸른 보석과 붉은 화염

gemma līvida et flamma rubra II
푸른 보석과 붉은 화염

"전하."

"으음…….."

"일어나세요, 전하."

"조금만, 진짜 조금만 더 잘게요, 공…….."

"안 돼요. 벌써 해가 중천인걸요. 이것도 최대한 늦게 깨워 드린 거란 말이에요."

제법 높은 톤의 목소리에 정신이 번쩍 돌아왔다.

벌떡 몸을 일으키는 밀라이아를 보며 빙긋 미소를 지은 클로에가 말했다.

"좋은 아침이에요, 전하. 안녕히 주무셨어요?"

"클로에? 내가 왜 여기에……. 게다가 아침이라뇨? 분명 정원에서 잠깐 잠이 들었던 것 같은데…….."

"아, 실은 어제 페르디난드 공작 각하가 모시고 왔었어요. 너무

곤히 잠드셔서 깨워 드리지 못했다고, 급한 일정이 없으시거든 그 냥 푹 주무시게 두라고 한걸요."

"네? 공작이요?"

"네. 지난번에 발을 다치셨을 때 했던 것처럼 안아 들고 오셨던 데요? 혹시라도 잠이 깰까 봐 엄청 조심하면서요. 저희는 손도 못 대게 하시더라니까요?"

"……."

머리가 띵했다. 그 말인즉 공작이 잠든 저를 직접 안아 들고 와서 침대에 눕히기까지 했다는 소리가 아닌가. 그것도 지난번처럼 짧은 거리도 아니고 미로 정원에서부터 이곳 하늘궁의 제 침실까지.

'맙소사. 깨워 주기로 해 놓고 이러기야? 아니 그보다, 그 정도 거리였으면 설마…….'

엄습해 오는 불안감에 가슴 위에 손을 얹은 그녀가 물었다.

"본 사람, 많아요?"

"그럼요. 이미 온 궁에 소문이 다 퍼진걸요? 듣자 하니 오는 길 에 손도 잡으셨다면서요? 이제 길리안가의 눈치를 볼 필요도 없겠 다, 바로 공표하시는 건가요?"

"윽……."

그럴 거라고 대충 짐작은 했지만, 정말 그렇다고 하니 뭐라 할 말이 없었다.

이마를 손으로 짚는 그녀를 보며 클로에가 눈을 크게 뜨고는 물 었다.

"어찌 그러세요? 혹시 어디가 미령하신 건가요? 그러잖아도 어 제 각하가 전하께서 몹시 피곤해하셨다며, 조금이라도 안 좋아 보이시거든 바로 왕궁의를 부르라고…….”

“그만. 그냥 잠이 덜 깨서 그런 거니 소란 피우지 않아도 돼요.”

손을 휘휘 저은 밀라이아가 말했다. 그러잖아도 이번 일의 여파에 대한 생각으로 머리가 빠질 지경인데 거기에 다른 일까지 더하고 싶지는 않았다.

‘어쩌지? 한두 번도 아니고, 이런 일이 자꾸 겹치다 보면 나중에 정말 안 좋을 텐데.’

“으음, 알겠습니다. 하면 슬슬 세안 준비를 도와드려도 될까요? 첫 번째 일정까지 시간이 얼마 안 남아서요.”

“그렇게 해요.”

고개를 끄덕이자, 클로에는 곧장 문가로 다가가 시녀들을 불러들였다.

호기심 가득한 시선들을 느끼며, 밀라이아는 한숨 섞인 미소를 지었다. 한시바삐 소문을 수습할 방법을 마련해 봐야 할 것 같았다.

두 시간 뒤.

“생명의 축복이 함께하시기를. 주신의 신전에 방문하신 것을 환영합니다. 기도는 잘 마치셨는지요?”

“네, 몹시 유익한 시간이었답니다. 부족하나마 성의껏 기도를 올렸으니, 부디 좋은 결과가 있으면 좋겠네요.”

밀라이아는 제게 고개를 숙여 보이는 백발의 신관을 향해 빙긋 미소 지었다. 성격에도 맞지 않는 기도를 드리며 한참 동안 시간을 죽이느라 무척 힘들었는데, 이제야 겨우 끝이 보인다 싶었다.

클로에의 도움을 받아 빠르게 준비를 마친 뒤 곧장 신전을 찾아온 그녀는 길어지는 이상고온 때문에 기도를 드린다는 명분하에 한 시간 가까이 기도실에서 시간을 보낸 참이었다. 물론 원래의 목적은 지난번에 했던 대신관 세쿤두스와의 거래를 마저 마치려는 것이었지만.

그를 위한 기부금 액수라든가 기타 제반 사항은 이미 재판이 열리기 전에 페르디난드 공작, 레티시아 백작 부인과 상의를 마친 상태였으므로, 그녀는 그저 지루함만 참으면 됐다.

경건한 마음으로 기도를 마친 그녀가 신전에 '작은 성의'를 보이고 나면, 그에 대해 감사를 표하고자 대신관 중 하나가 그녀에게 독대를 청한다는 것이 오늘의 극본이었으니까.

"혹 바쁘지 않으시다면 잠시 시간을 내 주실 수 있으신지요? 오랜만에 찾아오신 귀빈께 차라도 한잔 대접하고 싶습니다."

"그렇게 하죠. 앤트워스 후작, 뒤를 부탁해요."

"명을 받듭니다."

정해진 극본대로 대사를 마친 밀라이아는 세쿤두스와 함께 걸음을 옮겼다.

말 한 마디 없는 남자를 따라 묵묵히 다리를 놀리기를 한참, 넓은 회랑을 사이에 두고 조성된 실내 정원이 모습을 드러냈다.

잘 가꿔진 녹색 식물들이 싱그러운 기운을 뿜어내는 그곳은 그동안 지나오면서 봤던 신전의 다른 장소들과는 어딘가 느낌이 달랐다. 그래 봐야 실내 정원일 뿐인데도 마치 숲 한가운데 선 기분이라고나 할까.

고개를 갸웃하는 그녀를 돌아본 세쿤두스가 말했다.

"이곳은 산투아리움Sanctuarium, 성소라고 합니다. 오직 주신의 여섯 뿌리와 그의 허락을 받은 자만 들어올 수 있는 곳으로, 각국의 수도에 위치한 신전마다 조성되어 있지요."

"그렇군요."

"네. 해서 여기로 모셨습니다. 프리무스는 사공자를 감시하기 위해 궁에 가 있고 테르티우스는 제 방에서 한참 사색 중이니, 밖으로 말이 새어 나갈 염려는 없을 겁니다."

"고마워요."

차분하게 답한 밀라이아가 작은 분수 앞에 놓인 테이블 앞에 앉았다.

그녀를 따라 앉은 세쿤두스는 더 이상 시간을 끌기 싫다는 듯 곧장 말했다.

"전하께서 신경 써 주신 덕분에 급한 불은 끄게 되었습니다. 제 면도 서게 되었고요. 감사드립니다."

"별말씀을."

"이제 말씀해 주십시오. 반드시 들어드려야 하는 것과 들어 보고 결정해도 되는 것이 무엇인지. 미리 말씀드렸지만 율법에 어긋나는 부탁이라면 거절할 겁니다."

딱딱한 경고에 빙긋 웃은 밀라이아가 답했다.

"그야 물론이죠. 우선 반드시 들어줘야 하는 것부터 얘기할까요?"

"그리하십시오."

"간단해요. 요 다음에 여가 건넬 부탁에 대해서, 누구에게도 발설하지 않겠다고 신성력을 걸고 맹세하는 것."

그녀의 요구를 들은 세쿤두스는 이해가 되지 않는다는 얼굴로 물었다.

"발설만 하지 않으면 되는 겁니까? 반드시 들어드리겠다고 맹세하는 게 아니라요?"

"마음은 그러고 싶지만, 그러면 두 번째 뿌리가 받아들이지 않을 것 같아서요. 여도 그 정도 눈치는 있는 사람이랍니다."

생글거리며 답하자, 그는 잠시 생각에 잠긴 얼굴로 침묵하다 답했다.

"뭐, 발설하지 않는 정도야 율법에 어긋날 일은 없겠지요. 물론 전하의 부탁 자체가 율법에 크게 어긋나는 거라면 얘기가 달라지겠지만……."

"그렇지는 않아요. 내 이름을 걸고 맹세하죠."

단호한 대답에 그제야 표정을 좀 편 세쿤두스가 말했다.

"그렇다면 좋습니다. 저, 주신 비타의 두 번째 뿌리 세쿤두스는 지금부터 이 자리에서 있을 대화를 제삼자에게 발설하지 않을 것을 신성력에 걸고 맹세합니다. 됐습니까?"

"네."

가볍게 고개를 끄덕인 밀라이아는 그제야 품에서 상자 하나를 꺼내 놓았다. 그러고는 이게 뭐냐는 듯한 눈초리로 바라보는 그에게 내밀며 말했다.

"여의 부탁은 간단해요. 이 안에 들어 있는 물건을 복원해 달라는 것."

"복원이라고요? 이 안에 든 것이 대체 뭐기……."

상자의 뚜껑을 연 세쿤두스의 얼굴이 딱딱하게 굳었다.

"설마 이것, 그겁니까? 신성 제국의 보물이요?"

"아마 그럴걸요. 신성 제국의 보물이 여러 가지가 아니라면요."

희미하게 미소 짓자, 그는 기가 막힌다는 얼굴로 말했다.

"이게 루아 왕국에 있었다니……. 어쩐지 몇몇 고위 신관들이 왕실에서 도움을 받는다 했을 때 난색을 표하더라 했습니다. 아마도 확신 단계는 아니고, 의심하는 중인가 보지요?"

"글쎄요. 대신관이 그리 생각한다면 그런 거겠죠."

"그래서 복원보다는 함구를 반드시 지켜야 하는 조건으로 거신 거였군요. 어째서 일을 반대로 하시나 했더니, 이제야 이해가 됐습니다. 만일 제가 신성력을 걸고 묵언할 것을 맹세하지 않았다면 즉시 신전에 알렸을 테니 말입니다."

─그에게 의뢰를 하시려거든 신성력을 걸고 맹세부터 하게 하십시오.

문득 프리무스가 했던 이야기가 떠올라, 밀라이아는 소리 없이 미소 지었다. 솔직히 말해 그의 조언에 귀 기울였다기보다는 직접 세쿤두스를 만나 본 결과 너무 억누르지 않는 편이 낫겠다는 판단이 들어서 한 일이었지만, 어쨌든 결과가 좋으니 됐다 싶었다.

생각에 잠긴 표정으로 소원의 돌을 내려다보던 남자가 말했다.

"계속 질문만 하는 것 같아 죄송합니다만, 답을 드리기 전에 세 가지만 더 여쭙겠습니다. 무작정 가부를 말씀드리기에는 큰 사안 같아서요."

"그렇게 해요."

고개를 끄덕이자, 그는 그녀의 눈을 빤히 바라보며 물었다.

"다른 두 뿌리들은 이미 협조한 겁니까?"

"그것에 대한 대답 여부가 여에게 긍정적인 영향을 미칠까요?"

"경우에 따라 다르지 않겠습니까? 일단은 긍정적일 확률이 조금 더 높긴 합니다만.”

손가락으로 머리카락을 뱅글 돌린 밀라이아가 답했다.

“하면 이런 식의 부탁이 처음이 아니라고만 답변하죠.”

“처음은 아니라……. 거짓은 아니군요. 좋습니다. 그럼 두 번째 질문으로 넘어가지요. 무엇 때문에 소원의 돌을 완성하려고 하시는 겁니까? 어디에 쓰시려고요?”

‘뭐야, 어떻게 확신하는 거지?’

의아한 기분이 들었지만, 당장 중요한 건 그게 아니었다.

밀라이아는 일단 의구심을 접어 두며 답했다.

“미래를 위해 숨겨 두거나 에드워드에게 물려줄 거예요. 어느 쪽이든 왕국이 위기 상황에 닥쳤을 때 쓰게 되겠죠.”

“그러시군요. 흠, 좋습니다. 그럼 마지막 질문을 드리겠습니다. 페르디난드 공작을 국서로 삼으실 생각입니까?”

“아뇨, 아직 그럴 생각은…… 응?”

눈을 크게 뜨자, 남자의 입가에 미소가 걸렸다.

“역시 그렇군요. 알겠습니다.”

“아니, 잠깐만요. 뭘 알았다는 거예요?”

“전하께서 정직하게 답해 주셨으니, 저 역시 긍정적인 답을 드려야겠지요? 바라시는 대로 해 드리겠습니다. 단 한 가지 조건만 들어주신다면요.”

“어…… 그게 정말인가요?”

놀라웠다. 워낙 깐깐한 자인지라 쉽게 넘어오지 않을 거라 생각했는데, 이건 뜻밖에도 시원한 승낙이 아닌가.

믿을 수 없어 하는 그녀를 보며 희미하게 미소 지은 세쿤두스가 물었다.

"어찌 놀라십니까? 설마 제가 거절할 줄 아신 겁니까?"

"음…… 솔직히 말하자면 그래요. 워낙 신전에 대한 애정이 깊어 보였던지라."

순순히 수긍하자, 그는 그럴 줄 알았다는 듯 바로 답을 내놓았다.

"일전에도 말씀드렸지만 받은 만큼은 돌려줘야 하는 것이 율법이니까요. 비록 목적이 있어서 하신 행동이라 한들, 신전에 이만한 재물을 희사해 주시는 것이 쉬운 일은 아니잖습니까? 그러니 율법에 따라 받은 은혜를 갚을 수밖에요. 게다가."

그녀의 이마를 빤히 바라본 그가 말했다.

"전하께서 그 표식을 지니신 이상 들어드려야 하지 않겠습니까? 율법까지는 아니라 하더라도, 주신의 표식을 가진 이에게 협조하는 것은 저희 여섯 뿌리의 권리이자 의무니까요. 뭐, 판별 결과 엉뚱한 의도로 복원하려 하시는 것도 아닌 듯하고요."

"……그런가요?"

그러고 보면 프리무스에게도 비슷한 이야기를 들었던 것 같았다.

'주신의 표식이라. 그래 봐야 내 눈에는 보이지도 않지만, 의외로 이것 덕을 좀 보는 것 같네. 정작 필요할 때는 하나도 도움이 되지 않더니.'

쓴웃음을 지은 밀라이아가 말했다.

"좋아요. 그 조건이 뭔가요?"

"아, 간단합니다. 만일 소원의 돌을 왕제 저하께 물려주시게 된다면, 그것을 악한 용도로 쓰지는 않게 금제를 걸어 주시겠다고 약조하십시오. 남을 상처 입히거나 피를 흘리는 일 등은 안 된다고 말입니다.”

“미안하지만 그건 약속하지 못할 것 같네요. 왕국을 위해 쓰다가 누군가를 상처 입히거나 피를 흘리게 할 수도 있을 테니까요. 하지만 적어도 먼저 그러는 일은 없도록 하겠어요. 그 정도면 될까요?”

“네, 그럼 될 것 같습니다. 이제 복원을 시작하지요.”

흔쾌히 답한 남자가 소원의 돌을 집어 든 뒤 기도문을 길게 외우기 시작했다.

잠시 후.

“……니, 생명의 아버지, 주신 비타의 이름으로 새로운 생명을 피어 낼지어다.”

파아앗―!

눈부시게 하얀빛이 터져 나왔다. 과거 프리무스가 네 번째 조각을 복원하던 때에 그랬던 것처럼.

‘다 된 건가?’

밀라이아는 하얀빛이 사그라진 것을 확인한 뒤에야 살며시 눈꺼풀을 들어 올렸다. 그래도 이번에는 지난번의 경험을 거울삼아 미리 눈을 감고 있었던 덕분에 처음 그랬던 것처럼 시력을 잠시 잃거나 하지는 않았다.

밝아진 시야에 영롱하게 빛을 발하는 푸른 보석이 들어왔다. 다섯 장의 꽃잎이 화려하게 펼쳐진 그것은 오직 하나 남은 빈자리가 몹시 아쉬워 보일 정도로 아름다운 자태를 뽐내고 있었다.

‘이제 하나만 남았구나.’

흡족한 얼굴로 그 모습을 바라보는데, 긴 숨을 내쉰 남자가 잘게 떨리는 손으로 그녀에게 보석 꽃을 내밀었다. 프리무스가 그랬던 것처럼 잠깐 사이에 기운이 잔뜩 빠진 얼굴이었다.

"후우. 고작 요만한 물건이 신성력을 전부 가져가는군요. 대강 예상은 했지만, 생각보다 훨씬 불쾌한 기분입니다. 보통 사람들은 늘 이런 상태로 살아가는 겁니까?"

"글쎄요. 여는 신성력이 없어서 비교해 줄 수가 없겠는데요."

밀라이아는 어깨를 으쓱하며 답했다. 프리무스의 말로는 신성력을 제 목숨보다 더 아낀다 하더니. 아무래도 그 말이 사실이긴 한 모양이었다. 고갈 상태를 저리 싫어하는 것을 보면.

"하긴 그렇군요. 그나저나 원래는 축복을 드리려고 했는데, 보시다시피 이런 상태가 되어 버려 그러지 못할 것 같습니다. 죄송합니다."

"아니에요. 여가 부탁한 일 때문에 그리된 건데요, 뭐. 오늘 고마웠어요."

물론 축복을 받지 못하는 건 좀 아쉬웠지만, 그래도 소원의 돌 복원이라는 큰 수확을 얻었으니 되었다.

손사래를 치며 푸른 보석을 상자에 도로 챙겨 넣던 밀라이아는 문득 드는 생각에 물었다.

"한데 아까 그 판별 결과란 얘기는 뭔가요? 정직하다느니 거짓은 아니라느니 하는 말은 또 뭐고요?"

"아. 사실 제게는 상대가 하는 말이 진실인지 거짓인지를 판별할 수 있는 능력이 있거든요. 이 또한 율법의 가르침을 잊지 말라는 주신의 뜻이겠지요."

"아아, 그렇군요."

어쩐지 순순히 복원해 주겠노라 한다 싶더니, 아마도 그래서였던 모양이었다. 적어도 제가 소원의 돌을 엉뚱한 곳에 쓰지 않을 것이라는 확신을 얻어서.

"그럼 푹 쉬어요. 여는 이만 가 볼 테니까요."

빙긋 미소 지은 뒤 자리에서 일어나자, 힘겹게 따라 일어난 세쿤
두스가 말했다.

"그래도 이대로 보내 드릴 수는 없습니다. 이미 한 약속을 깨뜨
리는 것은 율법에 어긋나니까요. 그러니 이건 어떠십니까? 마침 테
르티우스가 슬슬 상념에서 깨어날 시간이니, 그에게 축복을 대신
받으시는 겁니다."

"그럼 그렇게 할까요? 흔치 않은 축복 기도를 한 번이라도 더 받
을 수 있으면 여야 좋죠."

예의상의 거절도 하지 않는 그녀를 세쿤두스가 이채 어린 눈빛으
로 바라보고는 말했다.

"그럼 가시지요. 저쪽 회랑 가운데 방입니다."

"네."

가볍게 고개를 끄덕인 밀라이아가 그가 가리킨 쪽을 향해 걸음을
옮겼다.

두 개의 그림자가 실내 정원을 가로질렀다.

"흠. 그러니까 제가 여왕 전하께 대신 축복을 걸어 드리면 되는
겁니까?"

"맞네. 부탁 좀 하지."

"아니, 어제까지만 해도 멀쩡하던 분이 하룻밤 새 무슨 일을 했
기에 신성력이 전부 고갈되었답니까? 지난번에는 첫 번째 뿌리가
그러더니, 이번에는 세쿤두스 당신입니까?"

순간 힘없이 늘어져 있던 남자의 눈에 날카로운 빛이 스치고 지나가는 것이 보였다. 아무래도 그 말 한마디로 모든 정황을 다 파악한 모양이었다. 그래 봐야 신성력을 걸고 한 맹세 때문에 아무 말도 입 밖으로 꺼내지 못하겠지만.

침묵하는 세쿤두스를 보며 고개를 갸웃한 테르티우스가 말했다.

"뭐, 어쨌든 알겠습니다. 마침 전하께 드릴 말씀도 있었는데 잘 되었군요."

"알겠네. 그럼 부탁 좀 하지."

"그러십시오."

"하면 먼저 물러가겠습니다, 전하."

"그래요. 오늘 정말 고마웠어요."

밀라이아는 당했다는 듯 피식거리는 세쿤두스에게 태연한 얼굴로 인사를 건넸다.

아무래도 그는 그녀가 테르티우스에게도 같은 부탁을 해서 소원의 돌을 단숨에 완성해 버릴 거라 생각하는 모양이었다. 이제 남은 것은 오직 한 장의 조각뿐이었으니까.

'하지만 테르티우스에게는 아직 신성력을 걸고 맹세시킬 수 있을 만한 무언가를 찾아내지 못했는걸. 그 역시 신전과 꽤 친밀한 사이로 보이는데 어떻게 안전장치도 없이 그런 부탁을 하겠어?'

분명 아까운 기회이기는 했지만, 괜히 조급한 마음에 다짜고짜 부탁을 했다가 신전 측에 소원의 돌에 대한 말이 새어 나가기라도 했다가는 곤란했다. 그러니 아무리 시간이 모자라도 좀 더 신중을 기하는 편이 나았다.

어깨를 으쓱하며 세쿤두스를 배웅한 테르티우스가 말했다.

"우선 축복부터 해 드리는 게 낫겠지요? 실은 요 며칠 생각할 시간이 영 부족해서. 신전에 있는 동안만큼은 당분 섭취를 극히 제한하고 있거든요."

"네, 부탁할게요. 귀한 시간 내 줘서 고마워요, 대신관 테르티우스."

"아닙니다. 괜히 반항했다가 열매를 또 억지로 먹이시면 곤란하잖습니까?"

씩 웃으며 며칠 전의 일을 꼬집은 그가 기도문을 외웠다.

"생명의 아버지께서 주신 아름다움을 찬미하라. 그대에게 우리 주 비타의 축복을 전합니다."

사방이 꽃향기로 가득 차고, 분홍빛 꽃잎들이 팔랑팔랑 떨어지기 시작했다. 그와 프리무스 특유의 축복 기도였다.

'끝난 건가?'

어쩐지 별다른 변화가 없는 것 같다는 생각에 고개를 갸웃하자, 눈을 가늘게 뜬 테르티우스가 다시 한번 기도문을 외웠다. 그러고는 거기에서 세 번을 더해 무려 다섯 번을 채우고서야 기도를 멈췄다.

"좀 어떠십니까?"

"어…… 아까보단 낫네요. 고마워요, 대신관 테르티우스. 그 귀하다는 축복 기도를 이렇게 연속해서 써 주고."

"아닙니다. 조금이나마 도움이 되어 드렸다니 다행이군요. 그보다 전하, 제게 잠시 옥체에 손을 대는 것을 허락해 주시겠습니까?"

"그렇게 해요."

선선히 고개를 끄덕이자, 테르티우스는 며칠 전 그랬던 것처럼 그녀의 손을 잡은 뒤 뭔가를 가늠하듯 눈을 감았다. 그러고는 한참 후에야 고개를 끄덕이며 말했다.

"이제 남아 있는 흑마법의 흔적은 없군요. 물론 실낱같은 잔재가 있긴 한데, 그건 일종의 흉터 같은 거라……. 그나마 다행입니다."

"그렇군요. 신경 써 줘서 고마워요."

"아닙니다. 그보다……."

뭔가를 말하려는 듯 입술을 달싹이던 그는 이내 어깨를 으쓱하며 이야기했다.

"그보다 그자의 사형 집행일이 언제라고 하셨지요? 주신의 뿌리 된 자로서 이런 생각을 품어서는 안 되겠지만, 아무리 셋이서 번갈아 가면서 감시를 한다고 해도 몸이 좀 고돼서 말입니다. 빨리 끝났으면 좋겠군요."

"절차가 아직 남아서, 아마 조금 더 걸릴 거예요. 미안해요. 하지만 일반 귀족들은 흑마법에 대해서는 아무것도 모르는지라, 너무 후다닥 진행해도 이상하게 생각할 거라서요."

부러 눈꼬리를 늘어뜨리며 답하자, 그는 어쩔 수 없다는 표정으로 고개를 끄덕였다.

"사정이 그렇다면 하는 수 없지요. 요즘 저답지 않게 부지런을 떠느라 생각에 잠길 시간이 없어 아쉽습니다. 하긴, 그러고 보면 첫 번째 뿌리도 마찬가지군요. 그가 이렇게 열심히 뛰어다니는 건 최근 이십 년 사이에 처음 본 것 같습니다. 뭐, 원래도 부지런한 편이긴 했지만요."

'헉, 이십 년…….'

겉보기에는 세 대신관 모두 기껏해야 이십 대 중반 정도의 외모라 잊고 있었는데, 생각해 보면 순서로도 다들 윗줄이니 나이도 꽤 들었을 것이 분명했다.

어색하게 미소를 짓자, 의아한 눈빛으로 그녀를 쳐다본 테르티우스는 조금 뒤에야 이유를 알았다는 듯 피식 웃으며 말했다.

"뭐, 이런 얘기를 들으면 대부분 전하와 같은 반응을 보이곤 합니다. 어쨌든 그 일은 모쪼록 잘 부탁드립니다. 다른 동료들은 어떨지 모르겠지만, 저는 평온한 일상으로 한시바삐 돌아가고 싶어서요."

"최선을 다하죠. 하면 여는 이만 돌아가 볼게요. 오늘 고마웠어요, 대신관 테르티우스."

자리에서 일어나는 그녀를 따라 곧장 일어선 남자가 말했다.

"신전 입구까지 모셔다 드리겠습니다. 아무리 그래도 전하를 홀로 돌아가시게 둘 수는 없지요."

"그럼 기도실까지만 부탁할게요. 어차피 그곳부터는 여의 기사들이 수행할 테니까요."

"좋습니다. 그렇게 하죠."

가볍게 동의한 그가 문을 열었다.

감사를 표하고 방을 빠져나가려는데, 작은 목소리가 등 뒤에서 들려왔다.

"꼭 하셔야 할 일이 있다면 미루지 않으시는 편이 좋겠습니다."

자박자박 옮기던 걸음이 잠시 멈췄다.

한 발짝 떨어져 서 있는 남자를 돌아본 밀라이아가 답했다.

"……조언, 고마워요."

두 쌍의 눈동자가 여러 가지 의미를 품은 채 허공에서 마주쳤다.

시선이 미미하게 흔들렸다.

"창공의 드높음을 경배하라. 고귀하신 여왕 전하를 뵙습니다. 어인 일로 구름궁을 찾으셨는지요?"

'호오, 이것 봐라.'

밀라이아는 묘하게 불손한 태도를 유지하는 시종장을 보며 피식 웃었다. 한동안 좀 고분고분하더니만 또다시 시건방진 모습으로 돌아온 것이, 보나마나 제 주인이 그녀에게 심기 불편하다는 것을 인지한 것이 틀림없었다.

"여가 구름궁에 올 만한 일이 달리 뭐가 있겠나? 왕제를 만나러 왔으니 안내하도록."

"네, 이쪽으로 오십시오."

느릿하게 예를 갖춘 시종장이 그녀를 안내했다.

밀라이아는 너른 복도를 걸으며 잠시 생각에 잠겼다.

'꼭 해야 할 일이 있다면 즉시 하라고 했었지?'

얼핏 듣기에는 평범한 말이었지만, 그것을 언급한 자가 생명력의 색깔을 볼 줄 아는 테르티우스라면 이야기가 달랐다. 축복을 걸어주고 난 다음 보였던 태도도 그렇고 그동안 했던 말도 그렇고, 아마도 제게 남은 시간이 별로 없으니 슬슬 정리하라는 말을 돌려서 한 것이리라.

그렇기에 그녀는 왕궁으로 귀환하자마자 잠시 하늘궁에 들렀다 곧장 구름궁으로 향했다.

본래는 그간 워낙 다른 일이 많았던 데다가 왕제가 여독으로 앓아누웠다는 이야기를 전해 들었기에 좀 더 나중에 대화를 나눠 볼 생각이었다.

하지만 제게 남은 시간이 별로 없다는 것을 알게 된 지금, 그랬다가 혹시라도 후회할 일이 생길까 봐 곧장 달려온 것이었다.

'이럴 줄 알았으면 소원의 돌 건도 그냥 부탁해 볼 걸 그랬나?'

잠시 생각한 밀라이아는 이내 고개를 저었다.

어차피 이걸 써서 돌아갈 생각은 접은 지 오래이니 남은 용도는 만일에 대한 대비뿐인데, 그렇다면 그냥 에드워드에게 일임하고 떠나면 될 일이었다. 어차피 왕국을 위하는 마음은 자신이나 그나 크게 다를 바가 없으니까.

'그러니 그건 됐어. 그보다는 에드워드에게 해야 할 이야기들을 생각해 보자.'

정치 쪽은 조금씩 준비를 시켜 왔으니 그나마 낫다지만, 앞으로 일어날 일들에 대해서는 일러 준 게 거의 없어 문제였다.

그래서 밀라이아는 이참에 그가 반드시 알아야 할 사안들에 대해 털어놓을 생각이었다. 자신이 갑작스럽게 떠나더라도 허둥대는 일이 없도록.

시종장이 열어 주는 문을 지나 안으로 들어서자, 그새 상당히 회복한 듯 평상복 차림으로 뭔가를 읽고 있는 소년이 보였다.

빙긋 미소 지은 밀라이아가 말했다.

"오랜만이에요, 에드워드. 그동안 잘 지냈나요?"

"그럴 리가요. 어제까지만 해도 자리보전하고 있었는데 말입니다. 그보다 누님이 여긴 어쩐 일이십니까? 워낙 바쁜 분이라 저 같은 건 잊고 사시는 줄 알았는데요.”

“바쁘긴 했지만 잊고 살지는 않았어요. 시녀들을 보내 안부도 물었잖아요? 왕궁의들도 여럿 보내고.”

“물론 그러셨겠지요. 비록 본인은 머리카락 한 올 안 보여 주셨지만 말입니다.”

은근히 비꼬는 말에도 밀라이아는 웃는 얼굴을 유지했다. 어쨌거나 강압적인 어조로 편지를 써서 먼저 기분을 상하게 한 건 자신이었으니까.

“그거야 푹 쉬라고 그런 거였죠. 휴식이 필요하다는 사람을 자꾸 들여다보는 것도 민폐니까요. 그리고…… 음, 그런 식으로 편지 보낸 건 미안해요. 마음 많이 상했죠?”

“됐습니다. 언제부터 누님이 제게 살가우셨다고 그러십니까? 별로 놀라운 일도 아니지요.”

‘정말 많이 삐쳤나 보네.’

여전히 싸늘한 대답에 속으로 한숨을 내쉰 그녀는 천천히 말을 골랐다. 편지를 보낸 것도 저이고 그렇게 사이가 좋았다던 황녀와 갈라놓은 것도 저이니 어쩌겠나 싶었다.

“그렇게 얘기하면 내가 섭섭하잖아요. 강압적으로 굴어서 미안해요. 그때는 뭐라고 말해야 할지 모르겠어서 그랬어요. 너무 좋아하는 게 보이는데 허락하지 못하겠다고 적기가 너무 미안해서요.”

“……”

“미안해요, 에드워드. 내가 잘못했어요. 이번 한 번만 넘어가 줘요, 네?”

“……아무리 그래도 그렇지, 무슨 편지를 그렇게 명령조로 보내

십니까? 제가 어린애도 아니고, 조곤조곤 설명하셨으면 다 알아들
었을 텐데…….”

‘됐구나.’

부루퉁한 얼굴로 중얼거리는 소년을 보며 속으로 웃은 밀라이아
가 답했다.

“그러게요. 그랬으면 괜히 이렇게 서로 속상할 일도 없었을 텐데
말이에요.”

“아신다니 다행이군요. 저는 제가 괜히 무리한 부탁을 드리는 바
람에 다시 쌀쌀맞은 모습으로 돌아가신 줄 알고 가슴이 덜컥…….
아무튼 앞으로는 그러지 마십시오. 아셨습니까?”

‘오호라, 그래서 더 툴툴거린 거였나?’

어쩐지 생각보다 훨씬 심하게 삐쳤다 했더니, 그런 생각을 하며
불안해한 줄은 미처 몰랐다.

“알겠어요. 조심할게요.”

진지하게 고개를 끄덕이자, 그는 슬그머니 시선을 아래로 내리며
화제를 돌렸다.

“……그럼 됐습니다. 한데 소매 속에 그건 뭡니까? 아까부터 계
속 눈에 띄는데요.”

“아, 이거요? 왕궁 비밀 통로의 온전한 도면이에요. 며칠 말미를
줄 테니, 전부 외운 뒤 도로 가져오도록 해요. 외부에 유출되지 않
도록 극히 조심하고요.”

밀라이아는 대수롭지 않게 답하며 도면을 건넸다.

당황한 얼굴로 그것을 받아 든 왕제가 물었다. 갑자기 그녀가 왜
이러는지 영문을 모르겠다는 표정이었다.

"제게 왜 이런 걸 주십니까?"

"생각해 보니 좀 웃기잖아요. 일개 반역자도 아는 왕궁 비밀 통로를 제1순위 왕위계승권자가 모른다는 게. 아, 이번에 잡힌 반역자가 일부 도면을 입수했던 건 알죠?"

"네. 그리고 저라고 아예 모르는 건 아닙니다만……. 어쨌든 알겠습니다. 며칠 내로 전부 외워서 돌려드리지요."

석연치 않은 표정으로 도면을 쳐다본 소년이 그것을 한쪽으로 치웠다.

그 모습을 조용히 지켜보던 밀라이아가 물었다.

"하면 비밀 장소는 어디 있는지 알아요? 금고라든가 창고 같은."

"어…… 구름궁에 있는 건 압니다. 왕실 도서관에 있는 것도요. 그 외에는 잘 모르겠는데요."

"하늘궁에 있는 국왕의 침실에도 있어요. 건국 설화가 그려진 액자를 떼어 내면 돌벽이 보일 텐데, 액자 자국으로부터 위에서 세 번째, 왼쪽에서 다섯 번째 돌을 누르면 금고가 열린답니다. 그리고 집무실 안에도 비밀 공간이 있어요. 북쪽 벽에 작게 새겨진 독수리의 눈을 누르면……."

"잠시만요, 누님."

줄줄이 늘어지는 말을 자르고 들어온 소년이 물었다. 푸른 눈이 살짝 가늘어져 있었다.

"갑자기 제게 이런 얘기를 해 주시는 이유가 뭡니까? 저는 아직 왕세제도 무엇도 아닌 일개 왕제일 뿐인데요."

"미리 알아 둬서 나쁠 건 없잖아요? 어차피 언젠가는 알려 줘야 할 일들이었고요."

"……자꾸 불안하게 왜 이러십니까? 지난번부터 계속 어딘가로 곧 떠날 사람처럼 굴고 있다는 것 알고 계십니까? 설마 페르디난드 공작과……."

그때, 문이 요란스럽게 열렸다.

황급히 달려 들어온 시종장이 외쳤다.

"반역자 길리안이 자살 기도를 했다고 합니다!"

"뭐라고? 누가 자살 시도를 해?"

"반역자 길리안입니다. 식사를 위해 잠시 풀어 준 사이 머리를 기둥에 부딪쳤다고 합니다."

즉각 돌아오는 대답에, 밀라이아는 천천히 고개를 끄덕이고는 말했다.

"그렇군. 한데 그게 뭐 그리 큰일이라고 감히 주인의 방문을 노크도 없이 열어젖히는 거지? 그것도 여가 와 있는 상황에서."

"그것이, 그가 다 죽어 가는 와중에도 전하를 모셔 오라 난동을 부렸다 하여……."

"그게 방금 전 행동에 대한 이유가 된다고 생각하나?"

"……."

시종장은 할 말을 잃고 머뭇거렸다.

슬쩍 한숨을 내쉰 에드워드가 말했다.

"용서하십시오, 누님. 아시다시피 어린 시절부터 저를 돌보던 자인지라, 이런 식으로 가끔 경계를 잃을 때가 있습니다. 뭐 하고 있나? 어서 누님께 용서를 구하도록."

"소, 송구합니다, 전하. 결례를 용서하십시오."

"글쎄, 그냥 용서해도 되는 건지 모르겠군. 여가 본 것만 해도 한

두 번이 아니라서 말이지."

손가락으로 팔걸이를 톡톡 두드린 밀라이아가 왕제를 돌아보았다.

"내 사람도 아닌데 마음대로 야단친 건 미안하게 생각해요. 하나 계속 이런 식이면 곤란해요. 에드워드도 알죠? 귀족들에게 꼬투리를 잡히는 건 한순간이랍니다."

"압니다. 이미 얼마 전에 웨스트우드 백작에게도 비슷한 잔소리를 들었거든요. 그 후로 좀 나아졌다 싶었는데, 아마 놀라운 소식을 들어 좀 흥분한 모양입니다."

밀라이아는 그래도 제 사람이랍시고 열심히 시종장을 감싸는 소년을 밉지 않게 흘기고는 말했다.

"알았어요, 알았어. 하지만 곱게 넘어가 주는 건 이번이 마지막이에요. 알았죠?"

"네. 감사합니다, 누님."

"그나저나 자살 시도라. 안 그래도 툭하면 자해를 한다는 보고는 받았는데, 대체 왜 그러는지 모르겠군요. 어째서 나를 불러오라 하는 건지도요."

"미친놈의 생각을 누가 알겠습니까? 어쩐지 처음 마주쳤을 때부터 눈빛이 영 마음에 안 들긴 했습니다만, 그렇게까지 심하게 미쳐 있을 줄은 미처 몰랐습니다."

어깨를 으쓱한 왕제가 말을 계속해서 이었다.

"그래서 가 보실 겁니까? 물론 의도를 알 수 없다는 점이 찜찜하기는 합니다만, 이런 경우에는 제풀에 뭔가 중요한 정보를 늘어놓기도 하니 말이지요."

"그러게요. 어쩔까."

밀라이아는 머리카락을 뱅뱅 돌리며 잠시 생각에 잠겼다.

왕제의 말마따나 의도를 알 수 없어 좀 찜찜하긴 했지만, 어딘가 석연치 않은 구석이 있다는 이유로 무시해 버리기는 왠지 또 좀 그랬다. 소원의 돌 문제라든가 글로리아의 일 등 아직 그에게서 듣지 못한 이야기들이 몇 가지 남아 있었으니까.

'일단 한번 가 볼까? 어차피 대신관이 당직을 서고 있으니, 그를 대동하면 허튼짓은 쉽게 못 할 거야. 한데 그럼 에드워드는 어떡하지? 아직 해 줄 얘기가 좀 더 남았는데…….'

웬만하면 온 김에 다 얘기하고 가고 싶었지만, 눈치 없는 시종장이 계속 버티고 있는 데다 여기서 시종장을 내보내고 계속 얘기했다가는 정말로 의심을 살 것 같았다. 그러잖아도 겨우 두 가지 사실을 얘기해 주자마자 왜 그러냐며 곧장 인상을 쓴 그가 아닌가.

갈등 어린 표정으로 잠시 침묵하자, 왕제는 왜 그러는지 알았다는 듯 말했다.

"저 어디 안 갑니다. 다녀오십시오."

"그렇지만……."

"자꾸 그렇게 곧 떠날 사람처럼 구시면 누님이 페르디난드 공작과 사랑의 도피를 계획 중이라고 믿어 버릴 겁니다. 소문도 낼 거고요."

"……알겠어요. 다녀올게요."

반 박자 늦게 답한 밀라이아는 그가 시키는 대로 순순히 자리에서 일어났다. 하룻밤 새 온 궁에 소문이 다 났다고 클로에가 그러더니, 그게 에드워드의 귀에까지 들어갔나 싶었다.

작별 인사를 건네는 그녀에게 뚱한 표정을 지어 보인 소년이 답했다.

"그럼 내일 뵙지요. 저도 아직 누님과 얘기해야 할 것이 많으니까요."

"그래요. 하면 점심이나 함께할까요? 아니면 만찬?"

"만찬이 좋겠습니다. 저도 도면을 외울 시간이 필요하니까 말입니다."

"알겠어요. 그럼 내일 봐요."

"네, 멀리 안 나갑니다. 아시다시피 제가 공식적으로는 아직 환자라서요."

고개를 까딱하는 소년의 얼굴이 묘하게 오만해 보이는 것이, 어쩐지 페르디난드 공작의 그것과 닮아 있었다.

'어째 갈수록 에른이랑 비슷해지는 것 같단 말이야.'

입술을 삐죽 내민 밀라이아가 돌아섰다.

루시어스가 갇혀 있는 감옥은 이곳에서 서쪽, 외궁에 위치한 최고법원 지하였다.

삼십 분 뒤.

간수의 안내를 받아 안으로 들어서던 밀라이아는 익숙한 뒷모습에 멈칫 멈춰 섰다.

더운 날씨임에도 재킷까지 전부 갖춰 입은 예복하며 한 올의 흐트러짐도 없는 흑발하며, 루시어스와 대면하고 있는 사람은 누가 봐도 페르디난드 공작이었다.

'뭐야, 왜 에른이 저기 있어?'

어째서 이곳에 와 있는지는 알 수 없었지만, 그는 손목과 발목에 느슨하게 족쇄를 채워 둔 루시어스와 대화 중이었다. 이미 서로 한 바탕한 듯 몹시 흉흉한 기세로.

"남의 연인에게 집착하다 못해 이제는 별 거지 같은 방법으로 다 얼굴을 보겠다 하는군. 자진自盡을 할 거면 깔끔하게 성공하든가. 이런 식으로 난동을 부려 봐야 본인만 피곤한 걸 모르나?"

딱딱 떨어지는 목소리에 코웃음을 친 루시어스가 말했다.

"남의 연인? 웃기고 있네. 글로리아는 원래 내 것이었다. 네놈의 것이 아니라."

"헛소리 작작하지. 과거에는 어땠는지 몰라도 지금은 내 연인이 다. 너 스스로도 그것을 알아 '내 것이었다'고 표현한 것이 아닌가."

하얗게 이를 드러내는 루시어스와 표정은 보이지 않으나 싸늘한 목소리의 공작은 그녀의 등장을 미처 눈치채지 못한 듯 계속해서 말싸움을 벌이고 있었다. 그것도 뭔가 좀 쌩뚱맞은 주제로.

'뭐야, 이 대화는?'

밀라이아는 민망함을 감추며 옆에 선 사람을 슬쩍 돌아보았다.

아니나 다를까, 만일을 대비해 그녀와 동행했던 프리무스가 피식 거리며 웃고 있는 것이 보였다.

손주들의 재롱을 보는 듯한 시선으로 두 사람을 바라보던 그는 그녀의 따가운 눈길을 받고서야 기도문을 외웠다.

잠시 후 하얀빛이 공기 중으로 번져 나갔다. 외부와의 소리를 차단해 준다는, 프리무스 특유의 신성 결계였다.

그 바람에 주위가 잠깐 밝아졌다 원래대로 돌아왔지만, 두 남자는 아무것도 눈치채지 못한 듯 계속해서 서로를 끝없이 긁고만 있었다.

아니, 어쩌면 공작만 모르는 것 같기도 했다. 번들거리는 분홍색 눈동자가 잠시 그녀 쪽을 향했다가 이내 원래대로 되돌아간 것을 보면.

"흥. 남의 몸을 도둑질한 여자에게 연인은 무슨. 그렇게 잘난 척하더니 네놈의 수준도 알 만하군."

"글쎄. 본디 보석의 가치란 아는 만큼 보이는 법이지. 그리고 경고하겠는데, 그녀를 욕보이지 마라. 봐주는 건 이번 한 번뿐이다."

"안 봐주면 또 어쩔 건데? 네놈이 내 여자의 몸에 손댔을 것을 생각하면 지금도 치가 떨린다. 아마 글로리아도 그럴걸? 그토록 꺼리던 남자가 제 몸에 입 맞추고 살을 맞대는 것을 지켜봐야 했을 테니."

'뭐?'

서슴없이 튀어나오는 말에 놀란 밀라이아가 저도 모르게 프리무스를 돌아보았다. 이전의 이야기들이야 과거와 현재 연인 사이의 치정 싸움처럼 여길 수 있는 정도라지만, 지금 루시어스가 한 말은 명백히 다른 의미를 품고 있었으니까.

'어쩌지? 분명 눈치챘을 텐데.'

하지만 조마조마해하는 그녀와는 달리 프리무스는 몹시 평온한 기색이었다. 오히려 불안한 눈초리로 바라보는 그녀가 이해되지 않는다는 듯 의아한 얼굴로 기도문을 외우기까지 했다.

마침내 새하얀 빛이 두 사람을 감싸자, 그는 그제야 홀가분한 얼굴로 말했다.

"진즉 이중으로 결계를 칠 걸 그랬군요. 그랬으면 처음부터 편안하게 대화를 나눴을 텐데요. 한데 왜 그리 놀라신 겁니까? 설마 제가 전하를 미심쩍게 볼까 봐 그러시는 겁니까? 혹시 흑마법을 썼다거나 하는 식으로 생각할까 봐요?"

"음, 네."

마지못해 고개를 끄덕이는 그녀를 보며 프리무스가 빙긋 웃고는 말했다.

"걱정 마십시오. 전하께서는 주신의 표식을 받으신 분이 아닙니까. 사악한 마법을 쓰셨다면 아직까지 표식이 남아 있을 리가 없지요."

"아…… 그런가요?"

"네. 그리고 제가 일전에 말씀드리지 않았습니까? 저는 표식이 없던 시절의 전하를 뵌 적이 있다고요. 사실 그때는 그새 주신께서 부여하신 건가 했는데, 얼마 전 영혼 치환술을 보고서야 깨달았습니다. 그때와 지금의 전하는 다른 분이라는 것을요. 그리고 사공자가 그런 마법을 시도한 이유도 말입니다."

"……그랬군요."

한때는 쓸모없다 생각했던 표식이 생각보다 여러모로 도움이 된다 싶었다.

슬쩍 한숨을 내쉰 밀라이아가 물었다.

"그럼 다른 대신관들은요? 그들도 아나요?"

"아마 모를 겁니다. 어쩌면 테르티우스는 알지도 모르겠군요. 아시다시피 그는 좀 다른 관점에서 사람을 보잖습니까?"

"하긴 그러네요. 저기, 그러면……."

"아아, 걱정 마십시오. 절대 발설하지 않을 테니까요."

"……고마워요."

밀라이아는 미소 짓는 프리무스를 향해 어색하게 마주 웃었다. 오늘의 당직 대신관이 그여서 다행이다 싶었다. 세쿤두스나 테르티우스였으면 여러모로 피곤했을 텐데.

"하아, 됐고. 그 사실은 어떻게 안 거지? 전하에 대한 것 말이다."

그녀와 프리무스가 대화를 나누는 동안에도 계속해서 설전을 벌인 듯, 따져 묻는 공작의 목소리에는 짜증이 섞여 있었다.

픽 웃은 루시어스가 답했다.

"모를 리가 있나? 늘 내 뒤를 따라다니던 눈빛이 하루아침에 무심하게 바뀌었는데. 쯧, 생각할수록 아깝군. 제법 괴롭히는 맛이 있었는데 말이야."

"뭐? 괴롭혀? 네놈은 애정 표현을 그딴 식으로 하나?"

황당해하는 공작을 보며 코웃음 친 루시어스가 답했다.

"그게 어때서? 내 작은 손짓 하나, 웃음 한 조각에도 어쩔 줄 몰라 하던 모습이 얼마나 귀여웠는데. 곧 찾으러 가야지. 말 한마디에도 울고 웃던 내 작은 새를."

그리 말하는 남자의 시선은 그녀에게 못 박힌 듯 꽂혀 있었다.

'뭐? 괴롭히는 맛이 있어? 게다가 곧 찾으러 가겠다고?'

끈적끈적하게 달라붙는 눈길에 몸이 부르르 떨렸다. 불쾌하기도 했거니와, 글로리아에 대해 늘어놓는 말을 듣자 소름이 끼쳐서였다. 사람을 그딴 식으로 취급하다니. 정말 제정신이 아니잖은가. 그것도 제게 애정을 품고 있었던 여자를.

헛웃음을 흘린 공작이 말했다.

"미친놈이군. 아마 전하께서도 지금쯤 네놈과 맺어지지 않아 다행이라고 생각하실 거다."

"닥쳐. 난 내 나름대로 그녀를 아꼈어. 그래서 별로 괴롭히지도 않고 고이 모셔 두었는데, 네놈과 저년 때문에 모든 것이 망쳐졌단 말이다."

"'저'라고?"

의아한 목소리로 물은 공작이 막 뒤를 돌아보려는 순간, 그녀에게 시선을 고정한 루시어스가 악의 가득한 목소리로 말했다.

"이럴 줄 알았으면 쓸데없이 아껴 줄 게 아니라 진즉 내 여자로 만들어 둘 걸 그랬군. 역시 그때 네놈을 죽여 버렸어야 했는데. 그래, 그 맛은 어떻던가? 생긴 것만큼……."

퍽.

빠르게 날아든 주먹에 루시어스의 목소리가 멈췄다. 세게 한 대 얻어맞은 고개가 반대쪽으로 완전히 돌아가 있었다.

"분명 두 번은 봐주지 않겠다고 경고했었지? 방금 것은 여왕 전하를 능멸한 대가다. 그리고 이건 내 연인을 모욕한 값."

언젠가 앤트워스 후작이 그랬던 것처럼 차분하게 손목을 돌린 공작이 다시 한번 주먹을 날렸다.

우당탕.

요란한 소리와 함께 넘어진 루시어스가 손으로 겨우 바닥을 짚고 일어나 입가에 고인 피를 훔쳤다.

혀로 입 안을 한번 훑어 본 그는 피식거리며 말했다.

"곧 죽을 자에게 하는 인사치고는 격하군."

"고작 그 정도를 가지고 격하다 하면 곤란하지. 하나 내 사랑하는 사람이 보고 있으니 일단은 자제하겠다."

차갑게 답한 공작이 뒤를 돌아보았다.

잿빛 눈동자는 아직 분노의 여파가 남은 듯 사납게 벼려져 있었다. 비록 밀라이아와 시선이 마주치자마자 언제 그랬느냐는 양 부드럽게 풀려 버리고 말았지만.

"험한 꼴을 보여 드려 송구합니다. 전하."

"괜찮아요, 에른? 어디 다친 건 아니고요?"

"……음? 뭔가 착각하신 것 아닙니까? 저는 맞은쪽이 아니라 때린 쪽입니다만."

"그러니까요. 펜대 굴리는 사람이 손을 그렇게 험하게 쓰면 어떡해요? 그러다 다치면 어떡하려고."

"하?"

"허."

순간 앞뒤에서 어이가 없다는 듯한 소리들이 터져 나왔다. 유쾌하다는 듯 웃음을 터트린 사람은 공작뿐이었다.

한참 동안 시원하게 웃은 그가 애정 가득한 목소리로 말했다.

"늘 말씀드리지만 저는 이래서 당신이 좋습니다, 밀라 님."

"왜요, 그럼 설마 내가 반역자더러 괜찮냐고 물어볼 줄 알았어요?"

"아뇨. 그래도 폭력은 나쁘다고 하실 줄 알았죠."

짐짓 엄살을 떠는 남자를 보며 코웃음을 친 밀라이아가 말했다.

"언제는 내가 착하지 않아서 좋다면서요? 그런 모욕을 당하고도 가만히 있으면 그게 더 문제죠. 어차피 에른이 안 나섰으면 내가 그러려고 했어요."

"관두십시오. 그러다 다치십니다."

싱글거리며 답한 공작이 루시어스를 돌아보며 씩 웃었다. 명백한

승자의 웃음.

"이익······!"

이를 악문 청년이 타오르는 눈빛으로 두 사람을 노려보았다.

분노한 그를 놀리듯 스르르 손깍지를 껴 오는 공작에게 환하게 웃어 보인 밀라이아는 그제야 루시어스를 돌아보며 물었다.

"자살 기도를 했다는 이야기는 들었다. 여를 불러오라 했다고?"

"······그랬지."

"하면 이제 얘기해 보도록. 그 난리를 쳐 가면서까지 여를 보자고 했던 이유가 뭔지."

제 연인에게 했던 것과는 확연하게 다른 말투와 표정에, 루시어스가 사납게 이를 드러내고는 말했다. 피가 터져서 그런가 더욱 섬뜩해 보이는 얼굴로.

"이유? 그런 건 없다. 단지 내 여자의 껍데기를 마지막으로 한 번 더 보고 싶었을 뿐."

"고작 그런 이유로 여를 불러냈다고?"

"그렇다면? 네 연인처럼 한 대 치기라도 할 건가?"

빈정거리는 그를 보며 눈썹을 치켜세운 밀라이아가 말했다.

"그럴 생각은 없다. 그러다가 다치면 그가 슬퍼할 테니까."

"맞습니다. 굳이 밀라 님께서 손을 쓰실 이유는 없죠."

느릿하게 고개를 끄덕인 공작이 말했다. 어느새 엄지손가락이 스르르 움직이며 손등을 살살 쓸고 있었다.

그 모습을 증오 가득한 눈으로 바라본 루시어스가 무어라 입을 열었다. 아니, 그러려고 했다. 한발 앞서 입을 연 그녀가 아니었다면.

"어쨌든 별다른 이유는 없다 이거지? 하면 기왕 여기까지 불러낸 것, 네가 좋아하는 껍데기를 조금이라도 더 오래 볼 수 있게 잠시 대화라도 나누는 건 어떤가?"

"좋다. 나와 무슨 얘기를 하고 싶다는 거지?"

생각보다 순순한 대답에, 잠시 생각을 정리한 그녀가 물었다.

"그 앵무새, 본디 네 것이 맞나?"

"서로 아는 사실을 굳이 더 확인할 필요가 있을까?"

"하긴 그렇군. 그럼 다시 묻지. 소원의 돌, 어떻게 알았지? 어디서 정보를 입수했느냐 말이다."

"흠. 글로리아는 주위에 믿을 수 있는 사람이 별로 없었지."

밀라이아의 눈이 가늘게 뜨였다.

"하면 그녀가 네게 도와 달라 했다고? 그럴 리가. 그렇게 어리석은 인물이었다면 그 나이가 될 때까지 홀몸으로 버텼을 리가 없지."

"글쎄, 판단은 너의 몫이지. 어쨌든 나는 약 일 년쯤 전부터 그것이 왕실에 있다는 것을 알게 되었다. 그래서 본격적으로 글로리아 앞에 나서기로 했지. 어차피 성격이 취향이기도 했고, 겸사겸사 권력을 얻을 수도 있으니 여러모로 이득이 아닌가."

느긋하게 답하던 루시어스가 갑자기 쿨럭거리며 피를 토해 냈다.

밀라이아는 후두두 떨어지는 액체를 바라보며 고개를 슬쩍 기울였다.

'뭐지? 겨우 두 대 맞았다고 저렇게 피를 토해 낼 정도가 되나?'

"그래서?"

"한데 그렇게 열심히 공을 들여 놓은 상황에서 네가 끼어든 거다. 쯧. 조금만 더 하면 넘어올 수 있었는데."

"글쎄, 어차피 일어나지 않은 일이니 어떤 결과가 나왔을지는 알 수 없지. 그래서 그동안 대신관들을 그렇게 열심히 따라다녔군. 한데 그걸 가져서 뭘 하려고 한 거지?"

의심 섞인 물음을 들은 루시어스가 어깨를 으쓱하며 답했다.

"글쎄, 그런 보물을 가지면 뭘 해야 할까? 왕이 되어 세상 사람 모두를 죽여 버릴까? 아니면 날 이런 꼴로 만든 너를 비참하게 만들어 달라고 할까? 그것도 아니면, 역시 그 몸에서 널 내쫓고 내 여자를 되찾아 오는 것이 좋을까?"

순간 손등을 슬슬 쓸던 엄지손가락이 멈칫하며 움직임을 멈췄다.

깍지 낀 손에 힘이 들어간 것을 느낀 밀라이아가 다독이듯 공작의 손등을 두드리며 물었다.

"대체 글로리아에게 그렇게 집착하는 이유가 뭐지? 좀 전에는 소원의 돌을 얻기 위해 그 마음을 얻으려 했다 하지 않았나? 그래 놓고 그녀를 되살리기 위해 소원의 돌을 쓰겠다는 건 모순 아니냔 말이다."

"말이 많군. 내 것을 내가 되찾겠다는데 이유가 뭐가 중요하……큭, 쿨럭쿨럭."

격한 기침 소리가 들려왔다. 또다시 피를 토해 내는 모습도 눈에 들어왔다. 좀 전에도 생각했지만, 겨우 두 대 맞은 것치고는 굉장히 심한 각혈이었다.

'치유해 줘야 하나?'

프리무스를 부를까 말까 고민하며 그 모습을 잠시 바라보는데, 문득 그의 옷에 군데군데 핏자국이 묻어 있는 것이 보였다.

가만히 혈흔을 응시한 밀라이아의 눈이 가늘게 뜨였다.

'저건 뭐지?'

분명 어딘가 다친 것처럼 보이지는 않음에도, 더러운 옷에는 핏자국이 이상하리만큼 많았다. 피를 닦느라 살짝 올라간 소매 밑으로도 검붉게 굳은 혈흔이 있었다.

"대신관 프리무스?"

"네, 전하."

느릿하게 답한 대신관이 내키지 않아 하는 표정으로 다가왔다. 아무래도 치유해 달라는 의미로 알아들은 듯했다.

"저자, 왜 저렇게 피를 토하는 거죠? 아까 치유해 주지 않았나요?"

"아, 실은 툭하면 자해를 해 대는지라, 어제부터는 목숨을 잃지 않을 정도로만 치유해 주고 있습니다. 사실 주신의 뜻에 반하는 자에게 신성 치유가 가당키나 한가 싶지만, 사형 집행일까지는 살려 둬야 하니 하는 수 없지요."

"그렇군요. 하면……."

"으아아아! 글로리아!"

광기 어린 외침에 반사적으로 고개가 돌아갔다.

피를 손가락에 한가득 묻힌 남자가 팔에 무언가를 긋고 있었다. 족쇄를 차고 있음에도 마치 번개와 같은 속도로.

'뭘 하는 거지?'

왠지 저지해야 할 것 같은 기분에 그에게 달려드는 순간, 여러 곳에서 동시다발적으로 목소리가 터져 나왔다.

"전하! 피하십시오!"

"밀라 님!"

"기다려! 곧 데려올 테니!"

핏빛 미소를 지은 남자가 손놀림을 멈췄다.

그 순간, 새까만 어둠이 뿜어져 나오며 그녀를 덮쳤다.

"전하!"

"안 돼! 밀라!"

달콤한 시트러스 향이 온몸을 감싸 안았다.

눈부시게 하얀빛이 터져 나왔다.

강한 충격이 세 사람을 덮쳐들었다.

제3곡

sequéntĭa
속송

. . . .
. . . .

13부

lacrimōsa
눈물과 한탄의 날

lacrimōsa
눈물과 한탄의 날

"불길이 더 번진다!"

"어서 물을 가져와! 저걸 못 끄면 우린 다 죽어!"

새빨간 불꽃이 피어오른 땅 위에서, 물 양동이며 모래주머니를 손에 한가득 든 사람들이 고군분투하고 있었다.

그들은 열심히 물을 퍼 불 위에 뿌리고 모래를 덮었지만, 아무리 노력해 봐도 붉은 염화는 더욱 거세게 타오를 뿐 잡힐 생각을 하지 않았다. 급기야는 뜨겁게 달아오른 돌바닥이 갈라지기까지 했다.

갈라진 바닥 틈에서 새어 나오는 불길을 발견한 사람들의 얼굴이 검게 굳었다. 불꽃이 번져 가는 속도만큼이나 빠르게 번져간 절망과 분노가 군중을 하나둘 집어삼키기 시작했다.

"틀렸어. 우린 이제 다 죽을 거야."

"대체 우리가 뭘 잘못했다고 이런 꼴을 당해야 하지?"

"역시 귀족들의 말을 믿는 게 아니었어! 임금을 넉넉하게 지급한다는 말에 속아 이게 뭐냐고!"

"무능력한 여왕이 이런 일을 벌인다고 했을 때부터 뭔가 이상하다 생각했어! 이 사악한 마녀!"

불현듯 튀어나온 말 한마디에 사람들의 눈이 기이하게 번들거리기 시작했다.

"마녀! 그래, 이건 여왕 탓이다! 그 사악한 마녀가 모두를 죽이려고 한 게 틀림없어!"

"그래! 마녀가 왕이 되니까 나라가 이 모양이었던 거야!"

"마녀를 죽여야 해! 그 피를 주신께 바치지 않는 이상 이 지옥불은 결코 꺼지지 않을 거야!"

"마녀를 죽이자!"

"여왕을 죽여!"

악에 받친 얼굴로 고함치는 사람들의 눈은 어느새 광기로 붉게 달아올라 있었다. 거칠게 휘두르는 주먹과 쿵쿵 울리는 발소리가 몹시 기세등등했다.

"왕성으로 가자!"

"마녀를 죽여 지옥문을 닫자!"

"여왕을 죽이자!"

모래주머니며 양동이를 내던진 사람들이 농기구를 하나씩 움켜쥔 채 어딘가를 향해 걸어가기 시작했다.

핏빛 노을이 진 방향에는 수도 루아리야가 자리하고 있었다.

"죽여라!"

"여왕을 죽여!"

"마녀를 끌어내 돌로 쳐 죽여라!"

쿵! 쿵!

우르릉!

제 몸을 도외시하고 부딪쳐 오는 사람들의 기세에 두꺼운 성문이 당장에라도 부서질 듯 위태롭게 흔들렸다.

'왜…… 어쩌다가 일이 이렇게 된 거지? 내가 그동안 얼마나…… 얼마나 열심히 노력했는데!'

눈시울이 뜨겁게 달아올랐다.

여왕의 몸에 들어온 이래. 이런 최후를 맞이하지 않으려고 얼마나 노력했는지 모른다. 그런데 결국 돌아온 것은 고작 이런 결과뿐이란 말인가?

쿵! 쿵!

우르릉!

격하게 흔들리는 성문을 바라보며 이를 악무는데, 내내 조용히 서 있던 남자가 말했다.

"이제 그만 나가 보셔야 합니다."

"에른…….."

"죄송합니다, 밀라 님. 끝까지 지켜 드리고 싶었는데 그러지 못할 것 같습니다. 연인 하나 지키지 못하는 이 못난 남자를 용서하지 마십시오."

"……."

"하나 이것 하나만은 약속드리겠습니다. 절대로 당신을 외롭게 보내 드리진 않을 겁니다. 그러니 두려워 마시고 끝까지 당당하게 행동하십시오. 제가 함께하겠습니다."

떨리는 음성으로 위로한 남자가 손을 내밀었다.

차갑게 굳은 손을 그 위에 얹은 채, 밀라이아는 천천히 문을 열었다.

그리고ㅡ.

"안 돼! 에른!"

날카로운 비명 소리가 입 밖으로 튀어나왔다.

짙은 피비린내가 코를 마비시킬 듯 강하게 찔러 오고, 부릅뜬 눈에서는 눈물이 줄줄 흘러나왔다. 연인이 죽어 가는 모습을 목도한 심장이 터질 듯한 기세로 빠르게 뛰었다.

"아니야⋯⋯."

덜덜 떨리는 손이 허공을 끌어안았다.

아직도 품 안에서 식어 가던 그의 체온이 온몸에 선연했다. 아니, 그가 저를 끌어안은 거였던가? 분명 검은빛이 덮치기 직전 그가 저를 감쌌던 것 같은데.

"전하."

ㅡ전하! 피하십시오!

날아드는 돌멩이의 환영 위로 어디서 많이 들어 본 듯한 목소리가 덧씌워졌다.

그것은 그녀가 정신을 잃기 직전에 들었던 음성 중 하나였다.

'정신을 잃어? 언제? 난 분명 돌을⋯⋯!'

"프리무스입니다, 전하. 정신이 드십니까?"

그 순간, 머릿속이 번쩍하며 몇 가지 기억이 떠올랐다.

손가락에 피를 묻힌 채 팔에 뭔가를 그리던 루시어스, 허공을 가득 메우던 검고 흰 빛, 그리고 저를 감싸던 달콤한 시트러스 향─.

헉 하고 숨을 들이쉰 밀라이아가 눈앞에 선 남자를 붙들었다.

"에른, 에른은 어디 있어요? 그는 무사한가요? 많이 다친 건 아니죠? 설마 안 좋은 일을 당했다거나……!"

"진정하십시오, 전하."

"내가 지금 진정하게 생겼어요? 에른 어디 있어요, 네? 그는 무사하냐고요!"

새하얀 신관복을 거칠게 틀어쥐자, 황망한 눈초리로 그녀를 쳐다본 프리무스가 말했다.

"그는 무사합니다. 생명에 지장도 없고요. 그러니 일단 좀 진정하십시오."

"저, 정말요? 정말 무사한 것 맞죠?"

"네."

"하아, 다행이다……."

그제야 꼭 움켜쥐었던 주먹에서 힘이 스르르 빠져나갔다.

털썩 주저앉는 그녀를 서둘러 부축한 프리무스가 웃음기 어린 목소리로 말했다.

"허 참, 살다 살다 누군가에게 멱살을 잡혀 본 건 처음입니다. 이건 또 새로운 경험이로군요."

"미안해요, 대신관. 여가 너무 경황이 없어서……."

"아닙니다. 연인의 생사가 걸렸는데 그럴 수도 있지요. 나름대로 신선한 경험이기도 했고요."

"이해해 줘서 고마워요. 저기, 그런데……."

슬그머니 눈치를 살피는 모습에, 프리무스가 피식 웃고는 말했다.

"페르디난드 공작은 저쪽에 있습니다. 저기 저 침대 보이시지요?"

"저쪽에 있다니요? 여기, 여의 침실 아니었나요?"

혹시 잘못 본 건가 싶어 주위를 둘러보았지만, 배치된 가구들하며 벽에 걸린 태피스트리들하며 아무리 봐도 제 침실이 분명했다. 한데 그런 곳에 공작을 눕혔다는 것은 즉―.

"네. 만일의 사태에 대비해 제가 두 분 모두를 살펴야 했거든요. 한데 노구를 이끌고 이 방 저 방으로 계속 왔다 갔다 하기는 좀 힘들어서요. 그냥 침대 하나를 더 들이라 하였습니다."

"……그렇군요."

어딘가 석연치 않은 대답이었지만, 밀라이아는 일단 고개를 끄덕인 뒤 공작에게로 달려갔다. 뒷일에 대한 걱정보다는 연인의 무사함을 확인하는 것이 훨씬 급했다.

흘러내리는 머리카락을 대충 쓸어 넘기며 뛰어가자 그새 새로 가져다 놓은 듯한 침대 위에 누워 있는 공작이 보였다.

창백해 보이는 얼굴을 보자 심장이 덜컥 내려앉았다. 분명 프리무스에게 무사하다는 말을 들었음에도, 오늘따라 유독 평온해 보이는 그 얼굴이 마치 제 품에 안긴 채 서서히 식어 가던 꿈속의 그와 똑같아 보여서.

가슴 위에 손을 얹은 밀라이아가 물었다.

"정말 괜찮은 것 맞아요? 얼굴이 창백한데."

"네, 걱정 안 하셔도 됩니다. 그냥 잠든 것뿐이니까요."

"그럼 언제 일어나는데요?"

"저도 잘 모릅니다. 한데……."

심각한 표정을 짓는 대신관을 보며 눈을 크게 뜬 밀라이아가 물었다.

"왜, 왜요? 혹시 뭔가 문제라도……."

"전하께서 이토록 안절부절못하시는 모습은 처음 뵙는 것 같군요. 페르디난드 공작을 정말 많이 좋아하시나 봅니다."

"……."

민망함과 더불어 짜증이 확 치밀어 올랐다.

말없이 노려보자, 대신관은 헛기침을 두어 번 하고는 말했다.

"어쨌든 공작은 그리 걱정하지 않으셔도 됩니다. 아무리 강력한 흑마법이라 한들 주신의 권능 앞에서는 무용지물이니까요."

"……그렇군요. 고마워요."

짤막하게 답한 밀라이아는 침대 끄트머리에 조심조심 앉아 가지런히 놓인 손 위에 제 것을 얹었다. 그러고는 커다란 손을 부드럽게 토닥이며 물었다.

"한데 대체 어떻게 된 건가요? 그렇게 감시를 철저하게 했는데 어떻게 또 흑마법을 쓸 수 있었죠?"

순간 난처한 표정을 지은 대신관이 답했다.

"사실 그건 저희 대신관들의 불찰입니다. 죄송합니다. 전하."

"그게 무슨 소리예요? 대신관들의 불찰이라니요?"

"실은 사공자가 투옥된 이래로 계속해서 자해를 하는 바람에 저희 모두 짜증이 좀 난 상태였거든요. 주신의 백성들을 돌봐야 할 귀한 시간에 악인을 감시하는 것으로도 모자라 신성력까지 퍼부어 줘야 한다니 말입니다."

"이해해요. 정치적 이유로 대신관들의 시간을 빼앗아 미안해요."

고개를 끄덕이자, 대신관은 가볍게 손사래를 쳤다.

"아닙니다. 민심을 위해 어쩔 수 없는 조치였으니까요. 어쨌든 그래서 저희 모두는 어제부터 그를 그저 목숨을 유지할 수 있을 정도로만 내버려 두고 있었습니다."

"흠, 그래서요?"

"한데 알고 보니 사공자 역시 그걸 노렸던 모양입니다. 더 이상 치유를 위해 옷을 벗기지 않는 틈을 타서 몸에 상처로 마법진을 그렸더군요. 전하께서 오셨을 때 그렸던 부분만 남겨 두고 말입니다."

"허……."

스스로 몸에 상처를 내 마법진을 그리다니, 어떤 의미로는 정말 대단하다 싶었다.

할 말을 잃은 그녀를 보며 헛웃음을 지은 프리무스가 말했다.

"본디 그런 마법진은 완성되기 전에는 아무런 기운도 흘러나오지 않는지라, 송구하나 저 역시 알아차리지 못했습니다. 그 바람에 그가 완성을 하려는 마지막 순간에야 뒤늦게 눈치채고 신성력을 발동했지요."

당시의 일을 떠올린 듯 한숨을 내쉰 그가 계속해서 말을 이었다.

"그래도 다행히 발동 시간이 거의 비슷했던 덕분에 늦지 않고 두 분을 구할 수 있었습니다. 죄송합니다. 제가 여러모로 폐를 끼쳤군요."

"그랬군요. 하면 혹시 후유증 같은 건 없나요? 뭔가 흔적이 남는다거나……."

"그런 건 없을 겁니다. 막 노출되려는 찰나에 신성력으로 감쌌으니까요. 그래도 걱정되신다면, 테르티우스에게 한번 살펴 드리라 이르겠습니다."

"네, 부탁할게요."

사양 않고 대담한 밀라이아는 여전히 잠들어 있는 공작을 한번 살피고는 물었다.

"하면 그자는 어찌 되었나요?"

"죽었습니다. 제가 전하와 공작을 살피는 사이 혀를 깨물고 자진했더군요. 마지막으로 노렸던 기회가 수포로 돌아가자 절망했던 것 같습니다."

"······그렇군요. 어쨌든 수고했어요."

문득 글로리아가 이 사실을 알았다면 어땠을까 하는 생각이 들어서, 밀라이아는 조금 가라앉은 목소리로 답했다.

그때.

"으음······."

"에른?"

반사적으로 고개가 돌아갔다.

기대감으로 반짝이는 눈에 막 눈꺼풀을 들어 올리는 연인의 모습이 들어왔다. 흐릿했던 눈동자에 서서히 초점이 돌아오는 것도, 미간을 찡그린 그가 주위를 둘러보며 상체를 일으키는 것도.

표정을 활짝 편 밀라이아가 그에게 달려들었다.

"에른!"

"윽, 밀라 님?"

퍽 소리가 날 정도로 세게 안겨 드는 그녀를 겨우 감싸 안은 공작이 말했다. 막 일어났기 때문인지 조금 잠긴 목소리였다.

"제가 죽은 겁니까? 밀라 님께서 이리도 격하게 저를 반겨 주시다니 말입니다."

"안 죽었으니 걱정 마요. 그보다 몸은 괜찮아요? 어디 아프거나 이상한 곳은 없고요?"

걱정스러운 얼굴로 이곳저곳을 살피자, 공작은 그제야 정신이 좀 돌아온 듯 눈을 두어 번 깜빡이다 말했다.

"정말로 안 죽은 것 맞습니까? 제가 아는 밀라 님이라면 그런 말을 듣고도 순순히 넘어가 주실 리가 없는데요."

"……이이, 꼭 이런 상황에서까지 그런 식으로 얘길 해야겠어요?"

샐쭉하게 눈꼬리를 치켜 올린 밀라이아가 그의 어깨를 살짝 꼬집었다.

아야야, 하고 대놓고 엄살을 부린 공작이 말했다.

"아픈 걸 보니 꿈은 아닌가 보군요. 무사하셔서 다행입니다."

"응, 난 무사해요. 에른은 어때요? 어디 아프거나 이상한 곳은 없고요?"

"음, 가슴이 좀 아프군요. 눈을 뜨자마자 몸통 박치기를 당했더니 말입니다. ……윽, 알겠습니다. 알겠으니 그런 눈으로 보지 마십시오. 제가 잘못했습니다."

밀라이아는 싹싹 비는 시늉을 하는 남자를 입술을 삐죽이며 흘겨보았다. 이런 상황에서까지 저를 놀리려 드는 것이 몹시 얄미웠지만, 그래도 평소와 다름없는 모습을 보자 겨우 안심이 되었다. 몸이 멀쩡하니까 저런 소리도 하는 거란 생각이 들어서.

그제야 안도의 한숨을 내쉰 그녀가 다정스레 타박했다.

"아까는 왜 그런 거예요? 대신관도 있는데 에른이 뛰어들면 어떡해요? 내가 얼마나 놀랐는지 알아요?"

"그야 밀라 님께서 다치실까 봐 그랬지요. 그러는 밀라 님께서는 거길 왜 뛰어드신 겁니까? 그럴 때는 뒤도 돌아보지 말고 도망치셨어야지요."

"그렇지만 빨리 저지해야겠다는 생각밖에 안 든걸요. 팔만 낚아 채면 막을 수 있을 것 같았거든요. 결과적으로는 좀 늦었지만 말이에요."

아쉽다는 얼굴로 답하자, 공작은 흘러내린 금색 머리카락을 손가락에 칭칭 감아 가볍게 입을 맞추고는 말했다.

"다음부터는 절대 그러지 마십시오. 밀라 님을 잃는 줄 알고 가슴이 철렁했단 말입니다."

"알았어요. 그러니까 앞으로는 에른도 그러지 마요."

"그러……."

"흠흠. 말씀 나누시는 중에 정말 죄송합니다만, 저는 이만 나가봐도 되겠습니까? 얼굴이 뜨거워서 더는 볼 수가 없군요."

불쑥 끼어드는 목소리에 그제야 공작에게서 눈을 뗀 밀라이아가 옆을 돌아보았다. 말로는 낯부끄럽다느니 어쩌느니 하고 있었지만, 투명한 연두색 눈동자에는 흥미로워하는 빛이 역력했다.

잠깐 동안 허공에서 시선이 교차했다.

침묵하며 대신관을 올려다보던 그녀가 고개를 갸웃했다.

"안 가요? 더는 못 봐 주겠다면서요."

"……갑니다."

"그래요. 멀리 안 나갑니다."

"허. 부부는 닮는다더니, 역시 옛말이 틀린 게 하나도 없군요. 그럼 방해꾼은 정말로 물러갑니다. 좋은 시간 보내십시오."

헛웃음을 흘린 프리무스가 가볍게 예를 갖췄다.

옷자락 스치는 소리가 조금씩 멀어지다 완전히 사라지는 것을 확인한 공작이 말했다.

"밀라 님도 들으셨습니까? 방금 예하가 한 얘기?"

"얼굴이 뜨거워서 더는 못 보겠다는 거요?"

"아뇨, 그거 말고요."

"그럼, 방해꾼은 이만 물러갑니다?"

아무것도 모르겠다는 양 순진하게 눈을 깜빡여 보이자, 공작은 슬쩍 한숨을 내쉬고는 말했다.

"계속 모르는 척하시깁니까? 부부는 닮아 간다고 하셨던 말씀 말입니다."

"으응, 그게 왜요?"

왠지 뒤에 이어지는 말을 알 것 같은 느낌이 들어서, 밀라이아는 슬그머니 시선을 피하며 그의 어깨에 얼굴을 묻었다.

흘러내리는 머리카락을 가만가만 쓸어 올린 공작이 속삭이듯 물었다.

"그래서 말인데요, 우리, 예하도 인정했는데 정말로 부부가 되어 볼까요?"

"……"

잠시간 침묵이 흘렀다.

밀라이아는 표정이 보이지 않도록 얼굴을 더 깊게 파묻으며 그의 허리에 팔을 둘렀다.

몸 상태가 급격히 나빠지기 전에 이 이야기를 들었더라면, 아니 어쩌면 그를 만나기 직전에 테르티우스의 이야기만 듣지 않았더라도 눈 한번 질끈 감고 승낙했을지도 모른다. 어차피 그는 한번 마음먹은 일은 어떻게든 관철하는 사람이니까, 분명 언젠가는 저를 설득하는 데 성공했을 거라고 스스로를 속이면서.

하지만 지금은 아니었다. 결혼이라니. 주변을 정리하라 귀띔을 받은 상황에서 누군가와 새로운 출발을 하는 게 말이 되느냐 말이다. 게다가 그와 자신의 위치를 생각해 보면 그 일이 나라에 미칠 영향도 생각하지 않을 수가 없었다.

"……흥, 싫어요. 세상 어느 여자가 그렇게 멋없는 청혼을 받고 좋다고 하겠어요?"

"밀라 님."

"그새를 못 참고 동네방네 소문을 다 낸 것으로 만족해요. 어디서 이런 큰일을 은근슬쩍 넘어가려고 들어요? 안 그래도 왕제한테 구박받고 오는 길이구만."

부러 타박조로 답하자, 잠깐 침묵하던 공작은 이내 아무렇지 않다는 어조로 답했다.

"하여간 한 번도 그냥 넘어가 주시는 법이 없군요. 알겠습니다. 제대로 준비한 다음 다시 말씀드리지요."

"……아니, 뭘 또 얼마나 제대로 준비하려고 그래요? 그리고 청혼을 멋지게 한다고 다 끝은 아니거든요? 사람이 마음에 들어야지."

"네? 여기서 어떻게 더 마음에 들게 할 수 있단 말입니까? 말이야 바른 말이지, 그 까다로운 성미를 다 맞춰 드릴 수 있는 남자 별로 없습니다."

"뭐라고요?"

고개를 들어 올린 그녀가 새치름한 눈으로 그를 바라보았다.

하지만 공작은 왜 그러느냐는 듯 태연한 얼굴로 답했다.

"그러니 성격은 일단 보장 됐지, 돈 많지, 능력 있지, 심지어는 외모까지 출중한 데다 오늘은 몸을 바쳐 구해 드리기까지 했는데, 이런 남자가 오직 밀라 님만을 바라보는데도 마음에 덜 차신다고요?"

"와……. 자기 입으로 그런 말을 하고 싶어요?"

밀라이아는 황당한 표정으로 눈앞의 남자를 바라보았다. 눈썹 하나 까딱 않고 저런 소리를 늘어놓는 그도 그였지만, 그걸 듣고 내심 또 맞는 말이라고 생각한 자기 자신도 어이가 없어서였다.

'그렇지만 사실 저만하면 훌륭하지, 뭐. 그런 상황에서 제 목숨을 도외시하고 달려들 수 있는 사람이 얼마나 되겠어? 원래 앤트워스 후작 같은 성격도 아닌데.'

그녀가 속으로 그리 생각하는 걸 읽기라도 한 듯, 그는 뻔뻔한 얼굴로 되물었다.

"사실을 말하는데 뭐가 문젭니까? 과장이거나 거짓이어야 욕도 먹는 거지요."

"……바로 그 태도가 문제라고요, 그 태도가. 하여튼 그 입도 그렇고 태도도 그렇고, 어쩌면 그리 얄미운 짓만 골라서 하나 몰라."

"얄미운 짓만 하지는 않을걸요. 이런 짓도 할 거라서요."

말을 마침과 동시에 다가온 얼굴이 비스듬히 기울어졌다.

어느새 익숙해진 구도에 반사적으로 눈이 감겼다.

쪽.

보드라운 입술이 제 것에 살짝 닿았다 떨어지는 것이 느껴졌다.

그동안 착실하게 배운 대로 살며시 입술을 벌리며 기다렸지만, 예상 외로 그다음은 없었다.

저만 앞서 나간 느낌에 갑자기 신경질이 났다.

감았던 눈을 도로 뜬 밀라이아가 뾰로통한 목소리로 말했다.

"얄미운 짓 맞네, 뭐. 사람 약 올리는 것도 아니고, 누가 이런 식으로 키스를…… 어?"

순간 부드러운 힘이 몸을 잡아챈다 싶더니, 삽시간에 시야가 빙그르르 돌았다.

눈 깜짝할 사이에 저를 침대에 눕힌 남자가 짙게 가라앉은 눈으로 바라보고 있었다.

"에, 에른?"

"지금부터는 절대 그런 식으로 키스 안 하겠습니다. 아마도 전혀 얄밉지 않으실 겁니다."

"자, 잠깐만……."

기다리라고 하고 싶었지만, 그 뒷말은 어느새 입술을 가르고 들어온 혀에 막혀 사라졌다.

살짝살짝 비비며 조심스럽게 얽어 드는 움직임에 온몸으로 짜릿한 전율이 퍼져 나갔다.

'에라, 모르겠다. 좋으면 됐지.'

반사적으로 굳었던 몸에서 힘을 뺀 밀라이아는 눈을 스르르 감으며 그의 목에 팔을 감았다.

부드럽게 비벼 오는 혀를 마주 휘감아 착실하게 박자를 맞추자, 허리를 끌어안은 팔에 힘이 꽉 들어가는 것이 느껴졌다.

말캉한 혀가 서로의 입 안을 오가며 입천장이며 치열을 빠르게 훑어 내렸다. 뜨겁게 달아오른 피가 머리끝부터 발끝까지 폭주하며 내달리는 것이 느껴졌다.

결 좋은 검은 머리카락을 휘감은 손가락에 힘이 들어가는 순간, 격렬하게 입 속 탐방을 마친 혀가 젖은 입술을 쓱 핥았다.

"사랑합니다. 밀라 님."

달콤하게 속삭인 남자가 다시 한번 입술을 훔쳤다.

제 것처럼 당당하게 입술 사이를 비집고 들어온 혀가 느긋하게 저를 옭아매고, 허리를 꽉 끌어안은 팔이 그를 마주 안느라 살짝 들어 올려진 등줄기를 느릿하게 훑어 내렸다.

간질간질하면서도 짜릿한 느낌에 꽉 감은 눈꺼풀이 파르르 떨렸다.

그때, 문이 벌컥 열리며 카랑카랑한 목소리가 들려왔다.

"전하! 국경지대에 큰 불이 났다고 합…… 헉, 죄송합니다! 당장 나가겠습니다!"

쾅.

"……."

정적이 흘렀다.

"헉!"

뒤늦게 상황을 깨달은 밀라이아가 화들짝 놀라 공작을 밀쳐 냈다.

'그러니까, 방금 클로에가 들어왔다 도망간 거지? 나랑 에른이 그러는 걸 보고?'

얼굴이 화르르 불타올랐다.

하지만 지금은 그게 중요한 게 아니었다.

벌떡 일어나 앉은 그녀는 공작을 돌아보며 물었다. 그 역시 어느새 심각한 표정으로 옷을 정돈하고 있었다.

"에른도 들었죠? 국경지대에 불이 났다고 한 거."

"네, 들었습니다. 우선 상황 파악부터 해야 할 것 같군요. 가시죠."

옷자락을 툭툭 턴 그가 그녀에게 손을 내밀었다.

서둘러 머리카락을 매만진 밀라이아가 그 위에 손을 얹었다.

문을 열자 빨개진 얼굴로 안절부절못하고 있는 클로에가 보였다.

'어쩌지?'를 연발하며 복도를 왔다 갔다 하던 그녀는 문이 열리는 소리가 들리자마자 후다닥 달려와 말했다. 그래도 눈을 마주치기 민망한 듯 시선은 아래로 내리깐 채였다.

"죄송합니다, 전하. 제가 급한 마음에 그만…….."

"괜찮아요. 우선 보고부터 듣죠. 그대가 전령인가?"

"네, 전하. 니시안 후작령의 제릴 니시안이 인사 올립니다."

니시안 후작령이라면 무연탄 산지 중 하나인 다이스 후작령과 붙어 있는 곳이었다.

약식으로 예를 갖추는 남자를 돌아본 밀라이아의 얼굴이 딱딱하게 굳었다.

"반갑군, 제릴 니시안. 일단 상황부터 보고하도록."

똑 부러지는 목소리에 고개를 들어 올린 남자는 무슨 이유에서인지 황급히 시선을 아래로 내리며 답했다.

"네, 전하. 사건의 경위는 이렇습니다. 닷새 전 저희 영지와 국경을 맞대고 있는 제국 에네실 후작령에서 불이 났습니다. 처음에는 그쪽에서 금방 정리할 일이라 생각하고 크게 관심 두지 않았으나, 예상외로 불길은 그리 쉽게 잡히지 않았습니다. 하여 아무래도 대비를 좀 해야겠다 싶어 준비를 시작하던 찰나 제국 측의 연락을 받게 되었습니다."

"어떤 연락이지?"

"최대한 노력은 하겠으나 자칫 저희 쪽으로도 번질 수 있으니 주의하라는 전갈이었습니다. 도통 잡힐 기미를 보이지 않는 것이 아무래도 예사 불이 아닌 것 같다고, 만약의 사태에 대비하라고 말입니다. 하여 일단 영지 차원에서 조치를 취하는 한편 왕실에 보고를 드리기 위해 달려온 것입니다."

무심코 고개를 들려던 남자가 멈칫하며 시선을 도로 바닥에 고정했다.

'아까부터 왜 저러지?'

의아한 눈빛으로 그 모습을 바라보는데, 저를 보며 안절부절못하는 클로에가 보였다. 설마하니 방에서 봤던 일 때문에 지금까지 그러는 건 아닐 테고, 그녀는 또 왜 저러나 싶었다.

고개를 한쪽으로 기울인 밀라이아가 물었다.

"하면 후작령에서 취하기로 한 조치는 뭐지?"

"우선 불길이 번지지 못하도록 제국령과 인접한 부근의 나무를 베어 내는 중입니다. 오기 전에 듣기로는 대략 백 보 정도의 안전지대를 조성한 뒤 사태를 지켜볼 예정이라 하였습니다."

"안전지대라. 흠."

밀라이아는 손가락으로 머리카락을 뱅뱅 돌리며 잠시 생각에 잠겼다.

지금 이 산불은 분명 그녀가 원래 알고 있던 레드드래곤의 분노와는 그 시기나 발생 장소가 달랐다.

그러니 단순하게 생각해 보면 안심해도 되겠지만, 예전에 들었던 광인의 예언도 그렇고 정신을 잃었을 때 꿨던 꿈도 그렇고 어쩐지 감이 영 좋지가 않았다.

'맞을까? 아닐까?'

만일 지금 이 산불이 레드드래곤의 분노가 맞는다면, 니시안령에서 아무리 안전지대를 조성해 봐야 아무 도움이 되지 않을 것은 자명했다. 땅속에 매장된 무연탄에 불이 붙어 생긴 일인데 땅 위에 있는 탈 것들을 소거해 봐야 소용없을 게 뻔하잖은가.

하지만 그렇다고 해서 가장 기본적인 대책을 세우지 말라고 할 수도 없었다. 아직 그게 레드드래곤의 분노라는 보장도 없었으니까.

'일단은 추가 보고를 기다려 봐야겠군.'

빠르게 생각을 정리한 밀라이아가 물었다.

"시간이 허용되겠나? 백 보 거리의 나무를 전부 베어 내려면 품이 만만치 않게 들 텐데."

"그러잖아도 백 보를 전부 베어 내기는 힘이 들어서, 어느 정도 거리를 확보한 뒤에는 맞불을 지를 거라 했습니다."

"맞불?"

"그렇습니다. 충분한 안전거리를 확보한 후 지를 거라 하였으니 그 점은 걱정하지 않으셔도 됩니다. 신이 출발하기 전까지는 마침 바람도 제국 쪽으로 부는 중이었습니다."

"그렇다면 다행이긴 한데……."

눈썹이 찌푸려졌다.

분명 틀린 조치는 아닌데, 그러다가 자칫 그 인근인 다이스령으로 불이 옮겨 붙기라도 하는 날에는 무연탄 지대의 안전도 보장할 수가 없다는 점이 영 꺼림칙했다. 만일 그렇게 될 경우 설사 이번 산불이 레드드래곤의 분노가 아니었다 할지라도 결과적으로는 그렇게 될 가능성이 몹시 높았다.

밀라이아는 일단 그쪽에 사람을 보내 놓기는 해야겠다고 생각하며 고개를 끄덕였다. 오가는 시간을 감안하면 늦을 확률이 높았지만, 적어도 후속 조치를 함에 있어서 주의를 환기하는 정도는 될

터였다.

"어쨌든 알겠다. 후속 보고는 언제인가?"

"상황에 따라 보낸다 하였습니다. 빠르면 한나절에서 늦어도 하루 간격으로는 도착할 것입니다."

"그렇군. 알겠다. 오느라 수고가 많았으니 푹 쉬도록. 클로에?"

"네, 넷, 전하!"

파드득 튀어 오른 클로에가 허둥지둥 답했다.

밀라이아는 다소 짜증스러운 기분으로 그녀를 바라보았다.

'아까 전부터 왜 그러는 거야, 정말?'

아무래도 안 되겠다 싶어 한 소리를 하려는데, 갑자기 옆에 서 있던 공작이 앞을 가로막았다.

사람들의 시선을 차단하듯 단단히 버티고 선 그는 잠깐 실례하겠다고 속삭이고는 팔을 뻗어 한쪽으로 흘러내린 옷자락을 슬쩍 끌어 올렸다. 그러고는 저도 모르는 새 풀린 단추 두 개를 빠르게 채워 주었다.

'헉, 설마 그럼 이것 때문에 다들 그런 거였어?'

그러고 보면 전령뿐만 아니라 침실 앞을 지키고 섰던 근위기사들이나 시녀들 역시 전부 시선을 바닥에 고정하고 있었던 것도 같았다.

밀라이아는 반사적으로 튀어나오려는 비명을 겨우 삼키며 애써 태연한 표정을 지었다.

하지만 주인의 기분을 배신한 얼굴은 이미 붉게 달아오른 지 오래였다.

어쩔 줄 몰라 하며 입만 벙긋거리자, 공작은 아무 일도 없었다는 양 태연하게 돌아섰다.

손부채질을 하던 밀라이아는 헉 하고 다시 한번 신음을 삼켰다. 막아서듯 제 앞을 가로막은 남자의 뒷머리가 누가 봐도 단박에 눈치챌 수 있을 정도로 삐죽삐죽 튀어나와 있었기 때문이다. 그것도 제가 움켜쥐었던 모양 그대로.

'악, 난 몰라. 분명 저것도 다들 봤을 것 아냐.'

빨갛게 얼굴을 붉힌 밀라이아가 고개를 푹 숙였다.

하지만 공작은 그런 제 상태를 전혀 모르는 듯 여상스러운 목소리로 말했다.

"레티시아 영애, 전하께서 전령을 쉴 곳으로 안내하라 하시지 않나."

"네? 아, 네, 각하!"

허둥지둥 답한 클로에가 그제야 옆에 서 있던 시녀에게 신호를 보냈다.

서둘러 앞으로 나온 시녀 하나가 전령을 안내해 가는 모습을 흘 낏 쳐다본 공작이 이내 밀라이아를 돌아보며 물었다.

"전하, 신이 전하의 시녀들에게 몇 가지 명령을 좀 내려도 되겠습니까?"

"그, 그렇게 해요."

슬그머니 시선을 회피하며 답하자, 그는 가볍게 고개를 숙여 보이고는 말했다.

"감사합니다. 거기 너, 당장 행정부로 찾아가 본 공의 보좌관들에게 방금 들은 사안을 설명하고 긴급회의를 소집하라 전하도록."

"네, 각하."

"그리고 거기 그쪽. 그래, 넌 길리안가에 따로 사람을 보내 올 필요가 없다고 전하고, 또……."

그가 연속해서 내리는 지시를 들으며 뺨의 열기를 식힌 밀라이아는 조금 시간이 흐른 뒤에야 마음을 겨우 진정하고는 말했다.

"아, 공작. 보좌관들에게 니시안령에 전령을 파견하란 지시도 같이 보내 줘요. 맞불을 놓든 진화 작업에 참여하든 간에, 어쨌거나 다이스 후작령이나 앤트워스 후작령에는 번지지 않도록 조심하라고 말이에요. 무연탄 산지에 불이 옮겨 붙는 일이 없도록 각고로 주의하라는 전갈도요."

"그리하겠습니다."

곧장 답한 공작은 그 외에도 당장 필요한 지시들을 이것저것 내리고는 그녀를 돌아보며 물었다.

"전하, 긴급회의가 열리기 전에 신에게 시간을 좀 내 주시겠습니까?"

"그러죠."

무심코 손을 내밀자, 공작은 아무렇지도 않게 그대로 돌아서 문을 열고는 안으로 그녀를 이끌었다. 화들짝 놀란 그녀가 돌아섰을 때는 이미 침실 문이 닫힌 뒤였다.

경악한 얼굴로 그를 돌아본 밀라이아가 말했다.

"여기로 들어오면 어떡해요? 안 그래도 다들 오해하고 있을 텐데."

"바빠서요. 가장 가까운 방이 여기였잖습니까."

"그렇다고 침실로 들어오면 어떡해요? 난 몰라. 이제 사람들 얼굴을 어떻게 보라고."

얄미울 정도로 침착한 모습에 팩 짜증을 부리자, 공작은 쿡쿡 소리 내어 웃고는 말했다.

"이런, 밀라 님, 너무 귀여우신 것 아닙니까? 날이 갈수록 사랑스러워지시니, 이러다 심장에 무리가 갈까 걱정이 됩니다."

"아, 진짜. 계속 장난칠 거예요?"

"하지만 사실인걸요. 얼굴이 사과처럼 붉어지신 모습이 정말이지…… 윽."

사정없이 옆구리를 꼬집힌 공작이 억울하다는 얼굴로 말했다.

"너무하신 것 아닙니까? 전 아직 환자란 말입니다."

"환자는 무슨! 아까 하는 걸 보니까 완전 멀쩡하더만. 됐으니까 허리 좀 숙여 봐요. 아, 아니다. 그냥 저기 가서 앉아 있어요. 시간 없으니까."

뜬금없는 말에 공작은 다소 의아한 눈치였지만, 이유를 묻는 대신 그녀가 시키는 대로 순순히 탁자 앞에 앉았다.

간이 화장대에서 도톰한 빗을 집어 든 밀라이아는 물끄러미 저를 바라보는 그에게 돌아앉으라고 말한 뒤 삐죽삐죽 뻗쳐 나온 머리카락을 단정하게 빗어 주며 종알거렸다.

"내가 못 살아. 이제 어떡할 거예요? 보나마나 온 궁 안에 소문이 다 퍼질 텐데."

"어찌하긴 뭘 어찌합니까. 저와 결혼하셔야지요. 조금만 기다려 보십시오. 제대로 청혼해 드릴 테니까요. 그리고 설마 밀라 님의 시녀가 노크도 없이 문을 박차고 들어올 줄 누가 알았겠습니까?"

"으……."

그렇게 애초에 왜 그런 짓을 했느냐고 하기에는 스스로도 즐겼기에 뭐라 할 말이 없었다.

푹 한숨을 내쉰 밀라이아는 빠르게 빗을 놀리며 말했다. 당혹스러운 건 당혹스러운 거고, 당장은 그보다 더 급한 일부터 처리해야 했다.

"그나저나 그 불, 설마 레드드래곤의 분노는 아니겠죠? 아니어야 하는데."

"음, 가능성을 아예 배제할 순 없을 것 같습니다. 게다가 설사 그게 아니라 하더라도 무연탄 지대 쪽으로 불이 옮겨 붙으면 결국 같은 결과를 내게 되는 것 아닙니까? 아무래도 즉시 사람을 파견하셔야 할 것 같은데요."

"후우…… . 역시 그렇죠?"

한숨 섞인 물음에 고개를 끄덕인 공작이 말했다.

"네. 그러니 누구를 보낼지에 대해 미리 생각해 두시는 게 좋겠습니다. 대책 없이 긴급회의를 소집했다가는 시간만 훨씬 지체될 겁니다."

"그렇기는 한데…… 보낼 만한 사람이 없네요. 여차하면 제국 측과 협상도 할 수 있을 만한 인물이 가야 할 텐데, 그런 사람들은 거의 다 사절단으로 갔다 왔잖아요? 그렇다고 해서 원행에서 막 돌아온 사람들을 밖으로 또 내보내기도 그렇고."

"하는 수 없죠. 제가 가는 수밖에요."

툭 돌아온 대답에 밀라이아의 얼굴이 일그러졌다. 사실 그녀 자신도 그것 외에는 뾰족한 수가 없다는 걸 알고 있었지만, 그럼에도 공작을 보내기에는 여러모로 불안한 마음이 들어서였다.

―죄송합니다, 밀라 님. 끝까지 지켜 드리고 싶었는데 그러지 못할 것 같습니다. 연인 하나 지키지 못하는 이 못난 남자를 용서하지 마십시오.

문득 정신을 잃었을 때 꿨던 꿈이 떠올라, 밀라이아는 떨리는 손으로 그의 옷자락을 꽉 붙들었다.

의아한 얼굴로 돌아본 공작이 놀라 물었다.

"어찌 그러십니까, 밀라 님? 안색이 썩 좋지 않으십니다."

"거기, 안 가면 안 돼요?"

불안한 목소리로 묻자, 그는 떨리는 손을 조심조심 옷자락에서 떼어 내 부드럽게 감싸 쥐며 말했다.

"죄송합니다, 밀라 님. 사실 저도 별로 가고 싶지는 않지만, 보낼 만한 사람이 없으니 어쩔 수가 없군요. 피오르 공작은 다시 내보내기 그렇고, 길리안가는 사정이 사정이니만큼 차출할 수 없는 상황이니 말입니다. 그렇다고 해서 칩거 중인 에스페라 공작을 끌어낼 수도 없잖습니까."

"다이스 후작이 있잖아요. 아직 출발 안 했을 텐데."

"다이스 후작령은 니시안령과 바로 인접해 있지 않습니까. 아마 자기 영지를 관리하기도 바쁠 겁니다. 게다가 바로 인접 영지의 영주를 총괄 책임자로 보냈다가는 니시안 후작이 가만있을 리가 없죠."

"으……."

말문이 막혔다. 사실 그녀도 안 되는 걸 알면서 괜히 한번 억지를 부려 본 것이었기에 더 그랬다.

뭐라 반박하지 못하고 입술만 벙긋거리자, 공작은 고개를 한쪽으로 슬쩍 기울이며 물었다.

"어찌 그러십니까? 워낙 큰 사안이니 불안해하실 수는 있겠으나, 어쩐지 유독 심려하시는 것 같습니다."

"그게 말이에요, 실은 그동안 계속 그런 꿈을 꿔 왔거든요. 그…… 불이 나고 폭동이 일어나는 꿈을요."

"네? 폭동이라고요?"

곧게 뻗은 남자의 눈썹이 확 일그러지는 것이 보였다.

심각한 표정을 지은 그가 물었다.

"좀 더 자세하게 말씀해 주십시오. 그게 무슨 말씀이십니까?"

"실은 일 년 가까이 반복해서 꿔 온 꿈이 하나 있어요. 폭도들이 왕궁 앞까지 쳐들어오고, 나는 귀족들에게 등 떠밀려 그들의 앞에 나서는 꿈. 그 꿈에서 나는 늘 돌에 맞아 생을 마감하곤 하죠."

훅 숨을 들이쉰 밀라이아는 계속해서 말했다.

"그동안은 그 이유를 몰랐는데, 아까 정신을 잃었을 때 비로소 알게 됐어요. 그들이 폭도로 변한 것은 바로 레드드래곤의 분노 때문이었다는 걸. 그래서 나는 불안해요. 왜냐하면 꿈에서 내가 폭도들의 앞에 나서기 전…… 늘 나보다 앞장서서 죽는 사람이 있었거든요. 바로……."

차마 끝말을 맺지 못하고 말꼬리를 흐리는데, '똑똑' 하고 노크 소리가 들려왔다.

통상적인 것보다 조금 더 시간이 흐른 뒤에야 문을 연 클로에가 말했다.

"저어, 전하. 송구하나 니시안 후작령에서 전서구가 왔습니다. 급히 확인해 보셔야 할 것 같아요."

"가지고 와요."

잠시 심호흡해 마음을 추스른 뒤 답하자, 클로에는 후다닥 뛰어 들어와 쪽지 하나를 건넸다.

다급하게 휘갈겨 쓴 듯한 글씨체가 적힌 종이에는 몇 줄의 문장이 적혀 있었다.

제국령에서 진화 실패, 9월 6일 20시 현재 본국으로 불길이 넘어옴. 대비 시간 부족으로 인한 안전지대 확보 불충분으로 불길을 잡기 어려워 보임. 초기 계획보다 거리를 조금 더 벌려 이백 보 뒤에서 맞불을 놓을 예정이나 바람의 방향이 맞지 않아 난항 중. 왕실의 지시 및 중앙의 지원을 바람.

"하, 결국……."

긴 한숨을 토해 낸 밀라이아가 쪽지를 공작에게 건넸다.

그가 그것을 읽는 사이, 다급하게 뛰어 들어온 시종이 말했다.

"다이스 후작령과 앤트워스 후작령에서 전서구가 도착했습니다! 대지급大至急이라고 합니다!"

"뭐?"

비명에 가까운 소리로 되물은 그녀가 황급히 손을 뻗었다.

떨리는 손으로 펼쳐 든 쪽지에는 역시나 몹시 다급했던 듯 잔뜩 흘려 쓴 글씨가 적혀 있었다.

본 영지와 인접한 니시안령에서 불길이 치솟고 있음. 현재 무연탄 산지를 보호하기 위한 안전지대를 설치 중이며, 부족한 인력 수급을 위해 앤트워스 후작령에 지원을 요청하였으나 시간이 촉박한 상황임. 자세한 사항은 추후 보고하겠음.

인접 영지인 다이스령에서 긴급 지원 요청이 들어와 상황이 급박하다고 판단, 우선 병력의 일부를 지원하였음. 본 영지 역시 상황을 파악한 후 인접 영지에 지원을 요청할 예정임. 추후 왕실 및 중앙의 지시를 바람.

"아, 안 돼…….."

눈앞에 붉은 화염과 검게 솟구쳐 오르는 연기의 환영이 보이는 듯했다.

비틀거리는 그녀를 서둘러 부축한 공작이 말했다.

"긴급회의를 열 시간도 없어 보이는군요. 즉시 출발하겠습니다."

"……."

"레티시아 영애, 전하를 모시도록."

"……아뇨, 잠깐 기다려요."

폭도들의 환영을 지워 내며 크게 숨을 내쉰 밀라이아가 말했다.

정말 지금 벌어지고 있는 일이 레드드래곤의 분노가 맞는다면, 이리 우왕좌왕하기만 해서는 곤란했다. 침착하게 전체를 살피며 행동해도 진화에 성공할 확률이 그리 높지 않은 판국에 미리부터 좌절하고 있어서는 더더욱.

"아무리 빠르다 한들 전서구가 오는 데도 최소 이틀이 걸려요. 어차피 늦을 거면 차라리 전체 상황을 파악하고 가는 게 나아요. 보아하니 두세 시간 내로는 급한 전갈이 얼추 도착할 것 같은데, 그동안 여장을 꾸리는 게 낫겠어요."

"……맞는 말씀이군요. 즉시 준비하지요."

"네. 클로에, 들었죠? 당장 원행을 떠날 차비를 하도록 해요. 놀러 가는 것이 아니니까 짐은 최소로, 그리고 최대한 가볍게. 알겠어요?"

"그게 무슨 말씀이십니까? 전하께서도 가시겠다고요?"

"여기 앉아서 안절부절못하고 있느니 직접 가서 상황을 지켜보는 게 낫겠어요. 뭐 해요, 클로에? 당장 준비하지 않고?"

다소 날카롭게 다그치자, 클로에는 그제야 허둥지둥 답했다.

"네? 아, 네, 네! 알겠습니다!"

"거기가 어떤 상황인 줄 알고 가시겠다는 겁니까? 가뜩이나 몸 상태도 좋지 않으신 분이 말입니다."

단호한 표정을 짓는 공작을 마주 보며 얼굴을 굳힌 밀라이아가 물었다.

"이게 보통 일이 아니라는 건 공작도 잘 알고 있잖아요? 한데 여기서 나보다 그 일에 대해 잘 아는 사람이 있을 것 같아요?"

"그래도 전하께서는……!"

"왕궁에 앉아서 듣고 있으면 늦어요. 알면서 자꾸 왜 그래요? 어차피 에드워드에 다이스 후작까지 있으니 친림하는 데 딱히 문제가 있는 것도 아니고."

"…….."

공작은 잠시 침묵했다.

두 사람의 기세에 잠깐 머뭇거리던 클로에가 서둘러 시녀들에게 무어라 지시를 내리기 시작했다.

빠르게 흩어지는 사람들을 보며 어쩔 수 없다는 듯 한숨을 내쉰 그가 답했다.

"후우……. 알겠습니다. 대신 각별히 조심하셔야 합니다."

"물론이죠. 그럼 짐은 다른 사람들더러 싸라고 하고, 우리는 가장 중요한 걸 챙기러 가지 않겠어요?"

"중요한 것? 그게 뭡니까?"

"있어요, 그런 게."

밀라이아의 눈이 날카롭게 번뜩였다.

그녀가 바라보는 쪽을 향해 시선을 옮기던 공작이 물었다.

"어느 쪽을 보시는…… 아, 혹시 신전입니까?"

"맞아요. 어차피 세 사람이나 있으니, 대신관 한 명 정도는 데려가는 게 나을 것 같아서요."

"일리 있는 말씀이시군요. 하면 바로 사람을 보내겠습니다."

"아뇨, 직접 가서 데려와야 해요. 다른 대신관들 말고 세 번째 뿌리가 꼭 필요하거든요. 늘 사색에 빠져 있는 사람이라, 그와 비슷한 신분의 사람이 아니라면 데려오기 쉽지 않을 거예요. 일단 설득하는 것부터 힘들걸요?"

그러니 어서 다녀오자며 자리에서 일어나자, 공작이 손가락으로 무릎을 톡톡 두드리고는 말했다.

"아뇨, 밀라 님께서 직접 움직이겠다 하시면 앤트워스 후작이 아마 미치려고 할 겁니다. 친림 준비를 하는 것만으로도 지금쯤 머리가 빠질 지경일 테니까요."

"으음……. 그럼 에른이 다녀와 줄래요? 내 이름을 팔고 억지로 데려오든 첫 번째 뿌리나 신전과 협상을 하든 상관없어요. 대신 꼭 세 번째 대신관을 데려와야 해요."

"알겠습니다. 오는 길에 행정부에 들러 일도 좀 처리하고 오지요."

희미하게 미소 지은 밀라이아가 답했다.

"그럼 이따가 외궁에서 다시 만나요. 내가 전갈을 따로 보낼게요."

"네, 조금 뒤에 뵙겠습니다."

이마 위에 입을 맞춘 공작이 방을 나섰다.

홀로 남은 밀라이아는 그때까지도 한 손에 꼭 쥐고 있던 빗을 내려놓으며 침대에 걸터앉았다.

두 시간 동안 해야 할 일을 잠시 정리하기 위해서였지만, 예상외로 그녀가 해야 할 일은 거의 없었다. 기껏해야 남에게 맡길 수 없는 물건 한두 가지를 챙기는 정도라고나 할까.

'근위기사단과 궁내부는 앤트워스 후작과 레티시아 백작 부인이 각각 지휘하고 있으니 됐고, 행정부와 신전은 에른이 알아서 해결할 테니…… 나는 집무실에나 들렀다 가면 되겠군. 아, 에드워드를 잠깐 만나고 가도 되겠다.'

속으로 중얼거리며 방을 나서던 그녀는 문득 떠오르는 생각에 멈춰 섰다. 그러고는 벽에 걸린 작은 액자 앞으로 돌아가, 그 뒤에 감춰진 금고를 열었다.

그 안에는 검은색 가죽 표지의 노트 한 권이 있었다. 진정한 여왕과 재상이 되자며 공작과 작성했던 계약서와 함께.

'그게 벌써 넉 달 전 얘기네.'

밀라이아는 세 가지 배합이 필요한 잉크로 적은 터라 오직 왕실과 페르디난드가의 문장만 찍힌 것처럼 보이는 종이를 펼치며 빙긋 웃었다.

생각해 보면 당시 둘이 합의했던 공동 목표는 전부 이뤘으므로 이건 이제 폐기해도 무방하겠지만, 추억이 어린 물건이라 그런지 처분하기는 아까웠다.

계약서를 도로 넣고 금고를 닫은 그녀는 방 밖의 동정을 한번 살핀 뒤 일기장을 펼쳤다.

'어디 보자, 분명 이쯤이었던 것 같은데.'

끔찍한 악몽을 꿨다. 두 번 다시 겪고 싶지 않을 정도로 지독한, 그런 악

몽을.

'그래, 이거. 그때는 그냥 나처럼 툭하면 죽는 꿈을 꿨나 하고 넘어갔었는데……. 생각해 보면 그 뒷부분이 영 거슬린단 말이지.'

기억을 떠올리며 다음 내용을 읽어 가던 그녀의 시선이 일기장의 몇몇 부분에서 멈췄다.

내게 '그 일'을 막을 능력이 없는 이상, 한시라도 빨리 소원의 돌을 복원해서 시간을 돌려야 한다. 그래서 아바마마께서 그리 어이없게 떠나시는 것을 막아야만 한다. 아바마마라면 나와 에디, 그리고 왕국민 모두를 오직 절망뿐인 붉은 지옥에서 벗어나게 해 주실 수 있을 테니까.

죽을 뻔한 위기에서 간신히 살아났다. 다행이다. 지금 내가 사라진다면 저들은 분명 합심하여 에디마저 물어뜯을 테니까. 그리고 모두 불타 버리고 말겠지.

나도 정말 살고 싶지만, 그리되면 결국 남는 것은 파멸뿐이다. 에디와 나, 그리고 왕국민까지도 모두 붉은 지옥 속으로 끌려 들어가고 말 테지.

혹시 또 모르지, 악몽에서 벗어날 수 있는 방법을 찾다 이 사달이 일어났으니 어쩌면 '그 일'을 해결할 경우 더 빨리 돌아갈 수 있을지도.

'그래, 이것들.'

그동안은 크게 관심 두지 않았으나, 어쩐지 지금은 유독 눈에 도

드라지는 대목들이 있었다. '그 일', '붉은 지옥', 그리고 '모두 불타 버리고 말겠지.'라는 문구들.

어쩌면 글로리아 역시 폭도들의 꿈을 계속해서 꿨던 건 아니었을까. 혹시 그 때문에 그동안 제가 그런 꿈을 꿨던 건 아니었을까? 글로리아와 영혼이 연결되는 바람에 꿈 역시 나누어 받은 것이었다거나. 분명 제가 그런 꿈을 꾸기 시작한 것은 글로리아가 '여행' 마법을 쓴 이후부터였으니.

'그럼 굶어 죽어 가는 사람들의 꿈은 뭐였지? 혹시 식량 부족 사태에 대비해서 이것저것 대책을 세운 덕에 무사히 넘어간 건가? 생각해 보면 최근에는 그 꿈을 꾸지 않았잖아?'

문득 드는 생각에 밀라이아의 얼굴이 딱딱하게 굳었다.

만일 글로리아의 꿈들이 정말 예지몽이었다면, 이번에 진화에 성공하는지 여부에 따라 저와 페르디난드 공작의 운명이 갈릴 수도 있었다. 그동안 중간중간 내용이 바뀌기는 했어도 어쨌거나 폭도들의 손에 죽는다는 결말은 바뀌지 않았으니.

'반드시 불을 꺼야 해.'

둘의 목숨도 목숨이지만, 제가 배웠던 역사에 따르면 왕국의 미래가 걸린 일이 될 수도 있었다. 이 불이 무연탄 지대에 옮겨 붙는 날에는.

슬쩍 한숨을 내쉰 밀라이아는 일단 마지막 페이지까지 모두 훑어본 뒤 일기장을 덮었다.

글로리아의 이름으로 살기로 하면서 꼭 하기로 결심했던 일들은 거의 다 이루었으므로, 이번 일만 잘 마치면 그녀의 소원은 전부 이뤄 주는 셈이 되겠다 싶었다.

'그럼 이제 떠날 준비를 하러 가 볼까?'

일기장을 도로 금고에 넣는 손놀림이 꽤나 바빴다.

두 시간 뒤.

"정말 떠나시는 겁니까? 이렇게 급하게요?"

"미안해요, 에드워드. 상황이 너무 급박해서요."

밀라이아는 제 옷자락을 붙드는 소년을 안쓰러운 얼굴로 바라보았다. 이렇게 바쁜 와중에도 굳이 앞을 막아서는 그의 마음이 십분 이해가 되었기 때문이다.

사절단 파견과 그 뒤의 사소한 다툼 등으로 두 달 가까이 대화가 없다 이제야 겨우 물꼬를 튼 두 사람이었다.

그나마 출발 전에 찾아가 이런저런 대화를 했다고는 해도 고작 한 시간 남짓. 한데 밀린 얘기도 제대로 해 보지 못하고 이대로 떠나야 하다니.

"하지만 굳이 누님께서 가실 필요는 없잖습니까. 다른 사람들도 많은데 굳이 왜……."

"에드워드도 알잖아요? 제국 측에서 시작된 일이니 여차하면 바로 협상할 수 있도록 고위급 인사가 가야 하는 데다가, 여기서 보고만 받고 있기에는 상황이 많이 급박하다는 것을요."

고개를 홱 돌린 소년이 말했다.

"이러니저러니 하셔도 실은 페르디난드 공작을 혼자 보내기 싫어서 그러시는 거 아닙니까? 역시 누님께서는 저보다 그가 중하신 게지요."

"아이, 그런 게 아니라는 거 알잖아요. 그러지 말고 웃으면서 보내 줘요. 네? 에드워드."

다정하게 채근하자 왕제는 어쩔 수 없다는 듯 고개를 끄덕였다.

"……알겠습니다. 왕국을 위해 꼭 필요한 일이라는데 어쩔 수 없지요. 다녀오십시오."

"고마워요. 그럼 내가 없는 동안 국정을 잘 부탁해요. 에드워드만 믿을게요."

밀라이아는 못내 섭섭해 보이는 소년에게 한쪽 눈을 찡긋해 보이고는 말 위에 올랐다. 아니, 그러려고 했다. 그 순간 그가 뒤에서 어깨를 끌어안지 않았더라면.

"누님."

"네?"

내심 놀란 마음을 감추며 묻자, 에드워드는 그녀의 머리카락에 얼굴을 묻으며 속삭였다.

"일찍 오셔야 합니다. 지난번에 내 주신 과제도 아직 점검하지 않으셨잖습니까."

'얘가 오늘따라 왜 이러지?'

고개를 갸웃한 밀라이아가 웃음기 어린 목소리로 말했다.

"우리 에드워드, 다 큰 줄 알았더니 아직 아기였네요. 바로 돌아오랬다고 입이 이만큼 튀어나와 있던 때는 언제고, 누나와 오래 떨어져 있는 게 그렇게 불안해요?"

"장난치지 말고 어서 대답해 주십시오. 일찍 돌아오시겠다고요. 안 그러면 안 보내 드릴 겁니다."

"걱정 마요. 금방 돌아올 테니까. 그러니 그동안 네 번째 과제를 잘 수행하고 있어야 해요? 국정 말이에요."

소년의 품에서 몸을 떼어 내며 속삭인 밀라이아는 그의 머리카락을 쓱쓱 쓰다듬어 주고는 말에 올랐다.

힐끗 뒤를 돌아보자 페르디난드 공작과 앤트워스 후작, 근위기사들, 클로에와 달리아를 비롯한 수행 시종과 시녀들, 그리고 멍한 얼굴로 견습 신관과 함께 있는 테르티우스가 눈에 들어왔다. 바삐 달려가야 하기에 모두 말 위에 올라 있는 상태였다.

"그럼 출발할까요?"

"네, 전하!"

"다녀올게요, 에드워드. 잘 지내고 있어요."

걱정스레 바라보는 소년을 향해 미소 지은 밀라이아가 말을 가볍게 박찼다.

"이랴!"

히히힝!

백 필이 넘는 말이 일제히 국경지대를 향해 달려가기 시작했다.

제국과 루아 왕국의 국경을 이루는 거대한 산맥, 몬스 오리고mons origo. 신어로 '태초의 산'이라는 뜻. 전설에 따르면 생명의 신이자 주신인 비타가 대륙을 창조할 당시 가장 먼저 만든 산맥이라 그런 이름이 붙었다고 한다가 온통 붉은 화염과 검은 연기로 뒤덮여 있었다.

다이스 후작령에 도착하기 전부터 보이던 그 모습에 상황을 직감

한 일행들은 거품을 무는 말들을 다독이며 겨우겨우 영주성에 도착했다. 말들도 말들이었지만, 중간에 말을 교체할 때를 제외하고는 먹고 자는 시간까지도 최대한 아껴 가며 달려온 탓에 사람들은 모두 피곤에 잔뜩 전 상태였다.

그중에서도 본디 그리 건강하지 못한 육체의 소유자인 데다, 요즘 들어 건강이 점점 악화되는 중인 밀라이아는 거의 초주검이 되어 있었다. 사람들의 만류에도 불구하고 부득불 속도를 높여 달려왔던 탓에 더 그랬다.

구르듯 말에서 내리는 그녀를 서둘러 부축한 페르디난드 공작이 걱정스러운 얼굴로 물었다.

"괜찮으십니까, 전하? 그러게 조금 천천히 이동하셔도 된다니까요."

"헉, 괘, 괜찮…… 하아, 하아."

"괜찮긴 뭐가 괜찮습니까. 척 보기에도 하얗게 질리셨는데요. 이제 다 왔으니 좀 쉬엄쉬엄하십시오."

손을 뻗어 그녀의 등을 쓸어 준 그가 가볍게 타박했다.

오는 내내 짝을 챙기는 수컷처럼 그녀의 주위를 맴도는 모습을 보아서일까, 일행 중 누구도 여왕의 몸에 서슴없이 손을 대는 공작을 이상하게 바라보지 않았다. 물론 그전부터 계속해서 이런저런 소문이 퍼진 이유도 있겠지만, 그보다는 역시 며칠 내내 눈으로 직접 목도하면서 체감한 것이 클 터였다.

밀라이아는 단단한 가슴에 몸을 기댄 채 거친 숨을 골랐다. 그동안 이미 이런 식으로 여러 번 도움을 받은 터라, 이제 와 사람들을 의식해 그를 밀어내는 것도 우스웠다.

그때, 성문이 열리고 사람들이 우르르 뛰어나왔다.

그중 선두에 선 남자는 지난번에 다이스 후작에게 들었던 한 살 터울의 동생인 듯 그와 꽤 닮은 얼굴이었다.

"창공의 드높음을 경배하라. 루베르 센 다이스가 고귀하신 여왕 전하께 인사 올립니다. 후작은 현재 수도에 머무르는 중이라 신이 대신 인사 올림을 용서하십시오."

"반가워요, 다이스 자작주: 후작가의 직계 중 작위를 받지 못한 이들은 '센'이라는 중간 성을 쓰며 단승 자작위를 부여받는다. 예는 되었으니 우선 현 상황부터 듣죠. 어찌 되어 가고 있나요? 불길은 좀 잡았나요?"

겨우겨우 호흡을 진정한 그녀가 묻자, 다이스 자작은 여왕을 부축하고 있는 자가 누구인지 궁금한 듯 공작을 흘낏 쳐다보고는 답했다.

"송구하나 아닙니다. 현재는 출발 전 명령하셨던 것처럼 무연탄 매장지에 최우선으로 안전지대를 구축, 간신히 그곳만 방어하고 있는 형편입니다. 하나 워낙 불길이 거센 데다 인력이 부족한 탓에 사실상 거의 한계에 다다른 것 같습니다."

"한계라고요?"

면목 없다는 얼굴로 고개를 푹 숙인 남자가 답했다.

"그렇습니다. 큰 비가 내리지 않는 이상 이삼 일 내로 최후 방어선마저 무너질 것으로 예상됩니다."

"……그렇군요. 앤트워스 후작령은 어떻죠?"

"그쪽은 저희보다는 사정이 조금 낫다고 들었습니다. 안전지대 설치는 모두 마쳤고, 현재는 불길이 더욱 거세질 때를 대비해 추가로 예방 조치를 취하는 중이라고 합니다."

"하면 그쪽은 신경을 덜 써도 되겠군요. 그나마 다행이네요."

겨우 안도의 한숨을 내쉬는데, 멀리서 붉은 불꽃이 치솟는 것이 보였다.

강렬한 탄내가 코끝을 확 찔러 오고, 사람들의 고함이 뒤죽박죽 섞인 소음이 들려왔다. 척 보기에도 뭔가 심각해 보이는 상황.

얼굴을 딱딱하게 굳히는 자작을 보며 공작에게서 몸을 뗀 밀라이아가 말했다.

"나머지 보고는 추후에 듣고, 우선은 움직여야겠네요. 즉시 현장으로 안내해요."

"네, 전하."

"바로 현장으로 가시겠다고요? 상황이 급박함은 알겠지만, 그래도 좀 쉬셔야 하지 않겠습니까?"

걱정스럽게 묻는 공작을 돌아본 밀라이아가 답했다.

"여기까지 어떻게 왔는데, 이대로 쉬러 가면 마음이 편할 리가 없잖아요. 현장까지만 보고 쉴 테니 좀 봐줘요."

"전하의 고집을 누가 말리겠습니까. 알겠습니다. 가시지요."

한숨 섞인 목소리로 답한 공작이 그녀에게 손을 내밀었다.

그녀를 에스코트해 불길이 솟구친 쪽으로 걸음을 옮기려던 그는 문득 아직 처리하지 못한 일이 생각난 듯 잠시 양해를 구하고는 말했다.

"소개가 늦었군. 에르네스토 라 페르디난드, 페르디난드가의 가주일세. 하필이면 이런 상황에서 마주하게 되어 유감이나 어쨌든 만나서 반갑네, 다이스 자작."

"아, 페르디난드 공작 각하셨군요. 형님께 말씀은 많이 들었습니다. 루베르 센 다이스입니다. 뵙게 되어 영광입니다."

황급히 인사하는 남자를 보며 의례적인 미소를 지은 공작이 답했다.

"부디 좋은 이야기만 들었기를 바라네. 참, 그리고 수행원들에게 처소를 좀 마련해 줬으면 좋겠는데."

"집사에게 일러두었으니, 바로 준비해 드릴 겁니다."

"고맙군."

고개를 끄덕인 공작이 그녀를 돌아보며 말했다.

"가시지요. 대신 딱 한 시간만 돌아보시는 겁니다."

"으음, 알겠어요. 다이스 자작?"

"네, 전하. 신이 현장으로 안내하겠습니다. 이쪽입니다."

서둘러 옆으로 비켜선 남자가 한쪽을 가리켰다.

밀라이아는 자꾸만 처지려는 발걸음을 재촉해 화재 현장으로 향했다.

뜨겁게 달아오른 땅 때문에 말을 데려갈 수가 없었으므로, 그녀를 비롯한 일행들은 모두 도보로 걷는 중이었다. 신발 밑창에서 올라오는 열기로 발바닥이 뜨끈뜨끈했다.

예상보다 훨씬 긴 시간을 걸어 목적지에 도착하자 뜨거운 공기가 온몸을 확 덮쳤다.

따끔따끔 쑤셔 오는 눈에 참혹하기 짝이 없는 모습이 들어왔다.

"하……."

사람 키의 몇 배는 되어 보이는 나무들이 비명을 지르며 진회색 연기를 토해 내고 있었다.

타닥타닥 튀어 오른 불씨들이 바람에 흩날려 작은 불꽃을 연신 만들어 내고, 어떻게든 안전지대를 좀 더 확보하려는 사람들은 혹시라도 불길이 이쪽으로 번져 올 것을 막기 위해 미친 듯이 나무를 베어 내고 있었다.

양동이며 포대를 잔뜩 짊어진 자들이 이리 뛰고 저리 뛰며 이미 나무를 베어 낸 자리에 물과 모래를 뿌렸다. 저녁에 가까운 시간임에도 혓바닥을 날름거리는 불꽃 때문에 주위가 대낮처럼 환했다.

난생처음 보는 대규모 화재의 현장에 말문이 막혔다. 물론 그동안 꿈을 통해 여러 번 보았다지만, 눈으로 직접 목도한 광경은 꿈속의 그것과는 비할 바가 되지 못할 정도로 처참했다. 우지직 소리를 내며 뒤로 넘어가는 나무 소리에 몸이 움찔 떨렸다.

달라붙는 꿈의 환영을 떨쳐 내려 크게 심호흡하는 사이, 주위를 한번 훑어본 공작이 자작에게 물었다.

"보아하니 작업 속도가 현저하게 느린데, 저리 나무를 벨 것이 아니라 맞불을 놓아야 하는 것이 아닌가? 바람의 방향이 좀 다르지만 아예 못할 정도는 아닌 듯한데."

"그게, 이 안쪽부터는 무연탄 매장지로 파악된 지역이어서 말입니다. 전하께서 무연탄에 불이 붙는 것만은 절대적으로 막아야 한다고 하셨던 터라, 맞불을 놓다 자칫 더 큰 사고로 이어질까 봐 하지 못하고 있습니다."

심각한 얼굴로 듣던 공작이 답했다.

"어렵군. 하나 아무리 봐도 저 정도로 가능할 것 같지는 않은데."

"제 생각도 같습니다. 때문에 아까 전하께도 그리 말씀을 올렸던 것입니다. 길어야 이삼 일이라고 말입니다."

한숨 섞인 대답에 잠시 주변을 돌아본 공작이 물었다.

"제국 측에서는 어찌하고 있나? 인근 영지로부터의 지원은?"

"앤트워스령의 병사들은 소속 영지를 지키기 위해 돌아갔습니다. 제국 측은 저희와 마찬가지로 진화 작업에 바빠 정신이 없는 듯하고, 인근 영지인 델라스 백작령과 도리슨 남작령에서 지원 병력을 파견했다는 전갈을 받았습니다. 아마도 오늘내일 내로 도착할 겁니다."

밀라이아는 오가는 대화를 들으며 크게 숨을 내쉬었다.

혹시라도 잘못된 결정을 내릴까 봐 심장이 두려움으로 떨렸지만, 그렇다고 해서 발버둥 한 번 쳐 보지 못하고 손을 놓을 수는 없었다.

할 수 있는 한 최선을 다해 본 뒤에야 후회를 하든 말든 할 것이 아닌가. 아직 취할 수 있는 방법이 전부 사라진 것도 아닌데.

"일단은 최대한 버텨 보죠. 우선 인근 영지의 지원군과 여가 데려온 인원을 추가 투입한 후, 내일 저녁까지도 계속 이런 상태라면 맞불을 놓는 쪽으로 합시다. 하루 정도는 더 버틸 수 있겠죠, 다이스 자작?"

"그 정도라면 해 볼 수 있을 것 같습니다. 최선을 다하겠습니다, 전하."

"그래요. 왕국의 미래가 달린 일이니 모쪼록 잘 부탁해요."

밀라이아는 애써 부드러운 표정을 지으며 당부했다.

공작, 자작과 더불어 진화 현장을 꼼꼼하게 훑어본 그녀는 대략 한 시간이 지난 후에야 산 아래로 내려왔다. 터덜거리는 걸음만큼이나 마음이 몹시 무거웠다.

'아무래도 최악의 사태에 대비해야 할 것 같은데.'

불길이 번지는 속도나 기세로 보아 아무리 생각해도 안전지대를 조성하는 정도로 상황을 무사히 넘길 수 있을 것 같지가 않았다.

그렇다면 수도를 떠나오면서 생각했던 최후의 수단도 이제는 마련해 둬야 했다.

"좀 어떠십니까? 그래도 기침은 좀 멎으신 듯합니다만……."

휘청거리는 몸을 황급히 붙잡아 준 공작이 걱정스레 물었다.

가뜩이나 무리한 몸으로 한 시간 가까이 돌아다닌 탓에 기운이 하나도 없어서, 그녀는 현재 공작에게 거의 안기다시피 걸어오는 길이었다. 그나마도 업어서 옮겨 주겠다는 걸 사람들의 눈을 의식해 타협한 것이 이 정도였다.

후들거리는 다리를 움직여 한 걸음을 내디딘 밀라이아가 말했다.

"으응, 괜찮아요. 그보다 마지막으로 한 곳만 더 들렀다 가도 될까요? 당장 처리해야 할 일이 한 가지 생각나서요."

"안 됩니다. 지금 이 상태로 또 어딜 가겠다고 그러시는 겁니까? 정 그리 급하신 일이라면 차라리 제게 맡기고 그만 쉬러 가십시오. 지금 전하의 얼굴이 어떤지 알고는 계십니까? 백지장처럼 새하얗단 말입니다."

"하지만 내가 아니면 못하는 일인걸요. 게다가 오히려 그쪽에 들르는 게 체력 회복에는 더 좋을지도 몰라요. 대신관에게 갈 거거든요."

"대신관이요? 그에겐 왜……. 아, 혹시 그걸 염두에 두신 겁니까?"

밀라이아는 눈치 빠르게 상황 파악을 마친 공작을 보며 보일 듯 말 듯 한 미소를 지었다. 한 번밖에 얘기해 주지 않았는데 바로 떠올리다니 역시 제 연인다웠다.

"네."

"흠. 알겠습니다. 대신 그것만 마치고 꼭 쉬시는 겁니다?"

"그럴게요."

힘없는 목소리를 들은 남자의 얼굴에 그늘이 졌다.

거대한 불꽃이 주홍빛 혀를 날름거리며 어둠을 집어삼키고 있었다. 크고 작은 두 개의 그림자도.

검은 연기로 해마저 가려진 늦은 오후, 때 이른 겨울을 맞이한 것처럼 앙상하게 말라붙은 나무들이 새까맣게 타들어 가고 있었다.

우르릉, 드드드드.

심연에서부터 시작된 진동이 땅을 거칠게 흔들었다. 쩍쩍 갈라진 틈으로 눈을 태워 버릴 만큼 강렬한 붉은 빛이 모습을 드러냈다.

풀썩! 파스스스!

한순간에 재가 되어 버린 나무들이 하나둘 무너지며 회색 먼지를 흩날렸다.

온몸을 태울 듯한 열기가 사위를 가득 메우고, 핏물처럼 끈적하게 새어 나온 액체가 땅 위에 존재하는 모든 것들을 느릿하게 집어삼키기 시작했다.

우지끈! 쿵!

나무를 얼기설기 엮어 만든 집들이 하나둘 단말마를 지르며 사그라졌다.

돌바닥이 치지직 소리를 내며 녹아들어 갔다.

여기저기서 솟구쳐 오르는 연기와 시커멓게 물든 하늘은 마치 지옥과도 같았다.

찍찍, 찍찍, 찌잇!

미친 듯이 도망치던 쥐들이 붉은 액체에 그대로 파묻혔다. 고기 타는 냄새가 역하게 사방으로 퍼졌다.

성 안으로 대피한 채 그 모습을 바라보던 사람들의 얼굴에 공포와 절망, 그리고 분노가 어렸다.

"틀렸어. 우린 이제 다 죽을 거야."

"성 안으로 대피한다고 살 수 있을 리가 없잖아! 여왕조차 손 놓고 있는데!"

"대체 여왕이 여기까지 와서 한 일이 뭐가 있어? 오는 길에 너무 고생했다며 드러누워서는 빈둥거리고만 있잖아!"

"애초에 여왕이 여기까지 내려온 이유가 뭐겠어! 우리 모두가 타죽는 꼴을 보려고 그런 게 분명해!"

영주성을 돌아본 사람들의 눈이 기이하게 번들거리기 시작했다.

"이 사악한 마녀! 불을 지른 것으로도 모자라 우리를 농락하려들다니!"

"마녀를 죽여야 해! 그 피를 주신께 바치지 않는 이상 이 지옥불은 결코 꺼지지 않을 거야!"

"마녀를 죽이자!"

"여왕을 죽여!"

광기에 가득 찬 사람들이 하나둘 몽둥이며 농기구를 움켜쥐었다.

사나운 군중의 발걸음 뒤로 높이 솟아 오른 산이 붉은 울음을 토해 내고 있었다.

"헉!"

눈이 번쩍 뜨였다. 아직 초점이 돌아오지 않아 뿌옇게 흐려진 시야에 검은빛의 무언가가 아른거렸다.

황급히 몸을 일으키는데, 무겁게 가라앉은 목소리가 들려왔다.

"깨어나셨군요."

"……에른?"

두어 번 눈을 깜빡이자 일그러진 연인의 얼굴이 눈에 들어왔다. 낯선 방의 풍경도.

"에른? 내가 왜 여기 있어요? 우리 대신관을 만나러 가던 중 아니었나요?"

"……기억 안 나십니까? 내려오는 길에 쓰러지셨잖습니까."

"내가 쓰러졌다고요?"

생각해 보면 그랬던 것도 같았다. 그의 품에 안기다시피하며 걷다가 어느 순간 다리가 푹 꺾였던 것 같은데, 그 뒤로 아무런 기억도 없는 걸 보면.

―여왕을 죽여!

문득 들려오는 환청에 헉 하고 숨을 들이쉰 밀라이아가 허겁지겁 물었다. 기절했던 동안 꿨던 꿈에 따르면, 이제는 정말로 여유가 없었다. 어느새 그 내용이 또 바뀌어 있었으니까.

"그럼 시간이 얼마나 지났죠? 불은, 불은 어떻게 되었어요? 대신관은요?"

"열 시간 정도 지났습니다. 불은 여전하고요. 아직 특별한 변동 사항은 없습니다. 그러니 좀 더……."

"열 시간이요? 이렇게 바쁠 때에? 대신관, 대신관은 어디 있어요? 당장 그를 만나야……!"

밀라이아는 경악한 얼굴로 침대에서 벗어나려다 말고 멈칫했다. 시트 위를 짚은 왼손이 반쯤 투명해져 있는 것이 아닌가.

'말도 안 돼. 설마 벌써?'

황망한 얼굴로 그 모습을 바라본 그녀는 서둘러 시트 밑으로 손을 숨겼다. 그에게 이런 모습을 들키고 싶진 않았다.

"대신관을 보러 가야겠어요."

"안 됩니다."

"하지만 시간이 없단 말이에요. 당장 그걸 복원하지 않으면 늦는다고요!"

"그래도 안 됩니다. 왕궁의가 체력이 심각한 수준으로 저하되셨다며, 절대로 안정을 취하셔야 한다 하였습니다."

"제발! 이렇게 낭비할 시간이 없다고요! 내가 가는 게 안 된다면 그를 불러와요, 당장!"

빛이 투과되기 시작한 손목을 흘낏 쳐다본 밀라이아가 버럭 고함을 질렀다.

조금씩 바뀌기 시작한 꿈, 예지몽일지도 모르는 그 악몽이 현실화하는 것을 막기 위해서는 한시가 급했다. 언제 제가 사라져도 이상하지 않을 것 같은 현 상황에서는 더더욱.

"당장 그걸 완성하지 않으면 우리 모두 죽을지도 모른다고요! 나만 죽는 게 아냐, 당신도 위험해진단 말이야!"

─대체 여왕이 여기까지 와서 한 일이 뭐가 있어? 오는 길에 너무 고생했다며 드러누워서는 빈둥거리고만 있잖아!

'내가 이곳에 오자마자 내용이 바뀌었어. 분명 단순한 꿈이 아니야.'

오래달리기라도 한 것처럼 심장이 터질 듯 빠르게 뛰기 시작했다.

힉힉, 당장에라도 넘어갈 것 같은 숨소리가 입술 새로 새어 나왔다.

"밀라 님? 밀라 님!"

"대신관, 허억, 대신관을……!"

"불러 오겠습니다! 당장 불러올 터이니, 숨 좀 쉬어 보십시오! 밀라 님! 밀라 님!"

다급하게 저를 부르는 소리가 점점 멀어졌다.

검은 암흑이 그녀를 덮쳤다.

"죽여라!"

"국왕을 죽여!"

"왕국을 지옥으로 만든 사악한 마녀의 핏줄을 끌어내라!"

쿵! 쿵!

우르릉!

제 몸을 도외시하고 부딪쳐 오는 사람들의 사나운 기세에 두꺼운 성문이 당장에라도 부서질 듯 위태롭게 흔들렸다.

커튼 뒤에서 그 모습을 지켜보던 소년의 눈이 공포로 어둡게 굳었다. 두꺼운 천을 꼭 쥔 작은 손이 바들바들 떨리고 있었다.

"이제 그만 결단을 내리셔야 합니다. 전하."

묵직한 무게감을 가진 음성에 소년의 고개가 홱 돌아갔다.

흐릿해진 시야에 검은빛의 무언가가 일렁이는 것이 보였다. 목소리의 주인은 한때 제 누이의 연인이었던 자였다.

"……공작."

"여왕 전하를 생각하십시오. 그분이셨다면 이런 때에도 끝까지 의연함을 잃지 않으셨을 겁니다."

"누님……. 그래, 누님이었다면 분명 그러셨을 테지."

천천히 되뇌던 소년이 주먹을 꽉 움켜쥐었다.

여전히 얼굴은 새하얗고 손끝에서 발끝까지 이어지는 떨림은 누가 봐도 한눈에 알아챌 수 있을 만큼 격렬했지만, 좀 전까지만 해도 공포로 흔들리던 눈동자에는 어느새 결연한 빛이 떠올라 있었다.

"내가 어리석었군. 고맙소, 공작."

흐릿한 눈가를 소매로 쓱 닦아 내자, 남자는 희미하게 미소 띤 얼굴로 말했다.

"비타의 품으로 돌아가면 여왕 전하께 한바탕 야단을 맞겠군요. 그리 굳게 약속해 놓고 결국 전하를 지켜 드리지 못했다고 말입니다."

"나 역시 마찬가지요. 그리 열심히 가르쳐 놨는데 고작 그것밖에 못했냐며 호통을 치실 테지."

"틀림없이 그러실 겁니다. 각오 좀 하셔야겠군요. 아시다시피 여왕 전하께선 성격이 꽤 괄괄하시잖습니까."

"그렇지. 공작도 잘 아는군."

주거니 받거니 대화를 나누는 그들은 어느새 바깥의 상황은 모두 잊은 듯 평온한 표정이 되어 있었다.

"그래도 뵙고 싶군요. 그리 야단치신 후에는 분명 많이 아프지 않았느냐고 울상을 지으실 테지요."

"맞소. 당장 달려들어 어디 상한 곳은 없나 이리저리 살펴보실 테지.”

바람 빠지는 소리를 내며 웃은 소년이 말했다.

“그것 아오? 사실 이제야 하는 얘기지만, 나는 공작을 좀 미워했었소. 누님을 빼앗아 간 것이 얄미웠거든.”

“압니다. 그리고 뭐, 괜찮습니다. 사실 저도 여왕 전하께서 전하의 이야기를 할 때마다 질투했거든요. 자, 이제 가시지요. 어서 그분을 뵈러 가야 하지 않겠습니까.”

“그럽시다. 먼저 도착하는 자가 누님을 독차지하는 거요.”

“이런. 그런 승부라면 절대 져 드릴 수 없지요. 반드시 전하보다 앞서 가야겠군요.”

싱글거리며 웃은 남자가 천천히 문을 열었다.

그리고―.

“에른…… 에드워드…….”

“밀라 님? 정신이 드십니까?”

“안 돼! 나가면 안 돼!”

“밀라 님! 정신 차리십시오!”

눈물이 줄줄 흘러내렸다. 친인들의 참혹한 죽음을 말 한 마디 못해 보고 그대로 지켜보기만 해야 했던 심장이 날카로운 비명을 질렀다.

찢기는 가슴을 부여잡고 끅끅 울음을 삼키자, 누군가가 온몸을 꽉 끌어안는 것이 느껴졌다.

떨리는 목소리가 귓가를 울렸다.

“저 여기 있습니다, 밀라 님. 저하는 수도에 안전하게 계시고요.

그건 그냥 꿈입니다. 흔들리지 마십시오."

"……."

"눈을 떠 보십시오. 이대로 꿈에 먹히시면 안 됩니다. 아직 밀라님에게 하지 못한 얘기가 많단 말입니다. 제발……."

익숙한 목소리와 온몸을 꽉 감싸 안은 낯익은 향에 떨림이 조금씩 줄어들었다. 감긴 눈 밑으로 흐르는 눈물을 연신 닦아 주는 손길에 심장의 고통이 조금씩 가라앉았다.

무거운 눈꺼풀을 간신히 들어 올리자 검은 머리카락이 시야에 들어왔다.

혹여 잃어버릴세라 허리를 꽉 끌어안은 공작이 잔뜩 젖은 눈으로 저를 바라보고 있었다.

"에른? 울어요?"

손을 뻗어 공작의 눈가를 쓸어 주려던 밀라이아가 멈칫했다. 두 번째로 정신을 잃기 전 손이 반투명해졌던 것이 떠올랐기 때문이다.

다행히 손은 언제 그런 일이 있었느냐는 듯 원래대로 돌아와 있었다.

속으로 안도의 한숨을 내쉬며 날카롭게 뻗은 눈가에 손을 가져가는데, 밖에서 소란스러운 소리가 들리는가 싶더니 잠시 후 한 남자가 구르듯 안으로 들어섰다.

"급보입니다! 반 시간 전 발생한 지진으로 현재 무연탄 매장지 B-2구역 안전지대가…… 헛, 죄송합니다, 전하! 전하께서 깨어나신 줄 모르고 그만……!"

"괜찮으니 계속해 보도록. 안전지대가 어쨌다는 건가?"

슬그머니 공작에게서 몸을 떼어 내며 묻자, 보좌관 중 하나일 것으로 짐작되는 남자는 바닥에 시선을 고정한 채 답했다.

"실은 한 시간 전 발생한 지진으로 무연탄 매장지 B-2구역 안전지대가 반파, 최선을 다했으나 복구가 힘들 것이라는 전갈이 왔습니다."

"뭐? 그렇다면……."

황급히 물으려던 밀라이아는 현 상황에서 필요한 지휘관은 제가 아니라 공작일 거라는 생각에 원래 하려던 말 대신 다른 이야기를 했다.

"공작이 지휘해요. 나는 막 일어나서 자세한 상황을 모르니까."

"감사합니다, 전하. 란셀 보좌관, 계속하도록. 언제까지 저지할 수 있다 하던가? 방어 가능한 범위는?"

"길어야 두세 시간이라고 합니다만, 추가 지진이 있을 경우 어찌 될지 모르겠습니다. 그리고 방어 가능 범위는…… 아마도 B구역 전체를 포기해야 할 것 같습니다. 죄송합니다."

소리 없이 두 사람의 대화를 듣던 밀라이아의 눈이 어둡게 가라앉았다.

'구역 전체를 포기해야 한다고?'

그렇다면 결국 무연탄 매장지까지 불이 번지게 될 거란 말이 아닌가. 그것은 즉 이 산불이 레드드래곤의 분노가 맞으며, 따라서 그동안의 악몽이 현실로 될 가능성이 높다는 소리이기도 했다. 그것도—

"급보입니다! 무연탄 매장지 A-5구역 안전지대 완파! 삼십 분 내로 불이 번질 거라는 전갈이 왔습니다! A구역을 포기하고 전원에게 대피령을 내리겠다는 전언입니다!"

"완파라고? 그것도 지진 때문인가?"

"그런 것 같습니다."

"하……."

긴 한숨을 내쉰 공작이 손으로 이마를 짚었다. 그 모습을 바라보던 밀라이아의 심장도 덜컥 내려앉았다.

'지진이라……. 설마 그 뒤에는 꿈에서 봤던 그건가?'

온몸을 태울 듯한 짙은 열기와 강렬하던 붉은빛을 떠올린 그녀의 얼굴이 하얗게 질렸다.

하지만 그것은 시작에 불과했다.

맹렬한 기세로 달려 들어온 남자들이 연달아 소리 높여 보고했다.

"니시안 후작령 반소半燒! 영주성을 포기하고 인접 영지로 대피하겠다는 전갈이 왔습니다!"

"무연탄 매장지 D-3구역에 화재 전이! 검은 연기가 솟고 있습니다!"

"제국 측에서 포기 선언! 산맥을 봉쇄하고 영주민들을 대피시키는 데 전념하겠다고 합니다! 기타 사항은 우선 이 일부터 해결한 뒤 차후 논의하자는 전갈입니다!"

"한 시간 전 발생한 지진으로 앤트워스 후작령 안전지대 반파! 현재 복구 작업에 매진 중이나 만일의 경우에 대비해 인근 영지에 지원을 요청한다 합니다!"

"각하, 대책을 말씀해 주십시오!"

"대책을!"

"각하!"

"그만!"

여기저기서 들려오는 목소리에 진절머리를 친 밀라이아가 소리쳤다.

삽시간에 소음이 사그라지며 그녀에게로 시선이 집중됐다.

간절함과 공포와 절망이 어우러진 색색의 눈길을 흔들림 없이 받아 낸 그녀가 말했다.

"이 시간부로 진화 작업을 포기한다. 모두 영지민들을 대피시키는 데 주력하도록. 철수 과정에서 소요가 일어나지 않도록 각별히 주의하라."

"네? 하면 무연탄 지대 전부를 포기하시겠단 말씀이십니까?"

놀란 표정을 지은 공작이 물었다.

쓰게 웃은 그녀가 답했다.

"이미 제국 측에서도 손 놓기로 했다면서요. 이대로는 인명 피해만 늘어날 뿐이에요. 공작도 알고 있잖아요?"

"하나 그건……!"

"불 문제는 내가 어떻게든 해결할게요. 뭣들 하고 있나? 당장 왕명을 전달하지 않고!"

"네, 전하!"

서둘러 고개를 숙여 보인 사람들이 방을 빠져나갔다. 모두 하나같이 후련한 얼굴이었다.

사실 그녀는 진화 작업을 지시하면서 무연탄은 한 번 불이 붙으면 잘 꺼지지 않고 계속해서 타오르니 절대로 불길이 옮겨 붙는 일이 없도록 하라고 명령을 내려 뒀었다.

그렇기에 이론적으로는 모두 지금 이 철수 명령이 얼마나 큰 의미를 가지는지 알고 그녀를 만류해야 정상이었지만, 그런 생각을 가진 사람은 오직 페르디난드 공작뿐인 듯했다. 드디어 합리적인 왕명이 내려왔다는 듯 저리 시원해하는 모습들을 보면.

'그럼 모르는 사이 반발도 꽤나 있었겠군. 되지도 않는 일을 왜 이렇게 무리해서 시키냐며 불만이 쌓였을지도 몰라.'

아마 그들 중에는 그래 봐야 산불인데 비가 내릴 때까지만 버티면 꺼지지 않겠나 생각하는 자가 상당수이리라. 그녀 역시도 사서에서 관련 내용을 봤을 때 가장 믿기 힘들었던 것이 그 부분이었으니까. 아무리 물을 퍼부어도 결코 꺼지지 않는 불이라는 바로 그 부분.

쓰게 입맛을 다시며 몸을 일으키는데, 시트를 짚은 손이 다시 반투명해진 것이 눈에 들어왔다.

'아무래도 에드워드와의 약속은 못 지키겠네.'

체념 어린 미소가 나왔다.

설마하니 제게 허락된 시간이 이렇게까지 짧을 줄은 몰랐다. 테르티우스에게 언질받기는 했어도 그보다는 좀 더 길 거라고 믿었는데.

"대신관을 불러줘요, 에른."

"알겠습니다. 그러잖아도 깨어나시면 바로 찾으실 것 같아 옆방에 모셔 둔 참입니다."

고개를 끄덕인 남자가 즉각 방을 나섰다. 이제는 방법이 그것밖에 없다는 걸 알기 때문인지 굉장히 빠른 반응이었다.

잠시 후 공작과 함께 방으로 들어선 백발의 대신관은 그녀를 보자마자 우선 축복 기도문부터 외웠다.

세 번에 걸쳐 꽃잎이 흩날리고 나자 반투명하게 변했던 손이 조금이나마 다시 제 색을 찾는 것이 보였다. 어느새 그녀의 손에 고정되어 있던 연인의 눈빛이 파르르 흔들리는 것도.

'아하, 그래서 원래대로 돌아와 있었구나. 두 번이나 기절했으니 필시 대신관을 불러왔을 터. 에른도 그때 내 손을 본 게지.'

그래서 기절했던 저를 그리도 간절하게 끌어안고 있었던 모양이었다. 혹시라도 사라질세라 잔뜩 힘을 주어서, 흠뻑 젖은 눈을 한 채로.

목울대가 꽉 죄어들며 뜨거워지는 것이 느껴졌다.

황급히 공작에게서 시선을 떼자, 그를 대신해서 눈길을 마주쳐 온 테르티우스가 물었다.

"좀 어떠십니까? 일단 임시방편은 취해 드렸습니다만……."

"좀 낫네요. 고마워요. 그보다 대신관 테르티우스, 그대에게 부탁할 것이 하나 있어요. 중요한 내용이니 부디 여의 이야기가 끝날 때까지는 사색에 잠겨 들지 않기를 바라요."

"……공작이 좀 전에 강제로 시로 열매를 잔뜩 먹였으니 괜찮을 겁니다. 말씀하십시오."

"그랬군요."

고개를 끄덕인 밀라이아가 계속해서 말했다.

"여에게 신성 제국의 보물이 있어요. 그리고 지금 저 불을 끄기 위해 쓸 생각이에요. 그러니 완전한 복원을 위해 필요한 마지막 조각을 그대가 완성해 줬으면 해요."

"……방금 뭐라고 하셨습니까? 전하께 뭐가 있다고요?"

전혀 예상치 못한 소리였던 듯 눈을 휘둥그렇게 뜬 테르티우스가 물었다.

밀라이아는 공작이 그를 불러오는 동안 미리 꺼내 두었던 상자를 열어 보여 주었다. 더는 탐색 같은 것을 하며 낭비할 시간이 없었으므로, 이제부터는 수단과 방법을 가리지 않고 직설적으로 밀고 나갈 생각이었다.

"이거요. 소원의 돌. 지난번에 신전에서 뭔가를 찾고 있다고 했었죠? 그게 아마 이거일 거예요."

"허……."

"보다시피 한 장만 더 복원하면 완성돼요. 그를 위해서는 당신의 조력이 필요하고요. 그러니 부탁해요. 이걸 완성해 줘요."

"……."

잠깐 동안 침묵하며 상자를 내려다본 테르티우스가 말했다.

"죄송한 말씀이나 그리는 못하겠습니다."

"뭐라고요? 어째서죠?"

"보아하니 이걸 복원하고 나면 신성력을 일주일가량 발휘하지 못할 것 같은데, 그동안 제 손길이 필요한 사람들은 어찌 해결하실 겁니까? 대신관이 온 것을 모두가 아는 상황에서 갑자기 신성 치유를 못하겠다고 해 보십시오. 한바탕 난리가 날 겁니다."

"아니, 일단 원인부터 없애야 할 것 아니에요? 불을 끄지 않으면 사상자가 더 늘어난다고요."

거센 반박에도 테르티우스는 단호하게 고개를 저었다.

"이미 전부 철수를 명하셨다면서요? 그럼 사상자가 가장 많이 발생하는 시기가 바로 요 일주일 사이란 얘긴데, 그동안 가만히 손을 놓고 있을 순 없습니다. 게다가 기후를 관측해 본 결과 빠르면 이삼일, 늦어도 사오 일 내로 큰 비가 내릴 것 같더군요. 그러니 그때까지만 버티면 되잖습니까. 물론 재산상의 피해는 좀 입겠지만요."

"비가 내린다고 해서 꺼질 불이 아니에요. 지금 당장 하지 않으면 피해만 더 커질 뿐이라고요!"

버럭 화를 내자, 믿을 수 없다는 듯 얼굴을 잔뜩 찌푸린 대신관이 말했다.

"그런 불이 어디 있습니까? 그건 주신의 섭리와도 어긋나는……."

"저건 보통 불이 아니에요. 아니, 지금은 그럴지 모르나 무연탄 지대에 옮겨 붙는 순간 더 이상 보통 불이 아니게 돼요. 레드드래곤의 분노라는 이름이 괜히 붙은 줄 알아요?"

"레드드래곤의 분노요? 그게 무슨 말씀……."

우르릉.

드드드드.

갑자기 땅이 진동하며 그 위에 올라 있는 모든 것을 거칠게 흔들었다.

"악!"

"밀라 님!"

서둘러 다가온 공작이 침대에서 굴러 떨어질 뻔한 그녀를 꽉 붙들었다.

탁자 위에 놓인 화병이며 유리컵 등이 날카로운 파열음을 내며 깨졌다. 벽에 장식해 놓은 태피스트리며 그림 등이 아래로 투두둑 떨어졌다. 사방에서 들려오는 비명과도 같은 소음에 귀가 윙윙 울렸다.

얼마나 시간이 지났을까?

당장에라도 무너질 것처럼 격렬하게 흔들리던 땅이 겨우 잠잠해졌다.

밀라이아는 하얗게 질린 얼굴로 공작의 품에서 몸을 떼어 냈다. 한차례 격한 지진을 겪은 탓에 다른 두 사람 역시 안색이 창백해져 있었다.

긴 숨을 토해 낸 그녀가 말했다.

"봐요, 우리에게는 시간이 없어요. 내게 남은 시간도, 그리고 좀 더 많은 백성들을 구할 수 있는 시간도 말이에요."

"하지만 이건……."

침을 꿀꺽 삼킨 대신관이 어렵사리 입을 열었다.

그때, 구르듯 달려 들어온 전령이 외쳤다.

"여왕 전하! 땅이 찢어져서 피를 흘리고 있습니다!"

"뭐? 피?"

"네! 땅이 토해 낸 붉은 피가 모든 것을 집어삼키고 있습니다! 어서 피하셔야 합니다!"

다급한 외침에 그녀 쪽을 홱 돌아본 공작이 말했다.

"우선 대피부터 하심이 좋겠습니다."

"잠깐만요, 에른. 혹시 그것, 속도가 어떻게 되는가? 여기까지 당도하는 데 걸리는 예상 시간이 얼마나 되느냐 말이다."

"빠르면 한 시간, 늦어도 두 시간 내에는 당도할 것 같습니다."

"그렇군. 알겠다. 하면 삼십 분만 대기하도록."

"하오나 전하, 즉시 대피하지 않으시면……."

"이제 막 각 구역별로 철수가 시작된 시점이다. 여가 어찌 백성들을 버리고 본 성을 비울 수 있겠는가? 어차피 빨라도 한 시간이라면 삼십 분 정도는 기다려도 상관없지 않나."

"물론 그렇긴 합니다만, 그래도 전하의 안전이 우선……."

머뭇거리는 남자를 매섭게 노려본 밀라이아가 말했다.

"왕명이다. 일단 대기하도록. 그동안 대책을 마련할 터이니 소란이 일어나지 않도록 각별히 유의하고, 영지민들을 안전하게 철수시킬 수 있도록 만반의 준비를 갖춰 두도록 하라."

"……명을 받듭니다."

하릴없이 예를 갖춘 남자가 미적거리며 방을 떴다.

당장에라도 명을 철회하기를 바라는 것이 여실히 드러나는 태도였지만, 밀라이아는 그를 다시 부르는 대신 단호한 얼굴로 인기척이 완전히 사라질 때까지 기다렸다. 그런 뒤 테르티우스를 돌아보며 물었다.

"들었죠? 시간이 없어요."

"하지만……."

"하지만은 무슨 하지만이에요? 한 시간밖에 시간이 없다고 한 것 못 들었어요?"

"그래도 안 되는 건 안 되는 겁니다."

순간 밀라이아의 눈에서 불꽃이 튀었다.

성큼성큼 걸어가 그의 멱살을 틀어쥔 그녀가 말했다.

"잘 들어요. 지금 저걸 막지 못하면 이 산맥 전체가 불타오르게 될 거예요."

"하지만 곧 비가……."

"검게 물든 하늘, 흔들리는 땅, 갈라진 틈에서 새어 나오는 붉은 액체. 모든 것을 집어삼키는, 지나가는 자리마다 폐허밖에 남지 않는, 피처럼 붉게 녹아 흐르는 불의 강. 나는 그런 것을 보았어요."

당혹스러운 얼굴로 그녀를 바라본 테르티우스가 물었다.

"보셨…… 다고요? 어디서 말입니까?"

"그것뿐인 줄 알아요? 아무리 비가 내려도 꺼지지 않는, 그 어떤 수단을 써도 계속해서 타오르는, 저 산맥 전체를 집어삼키고 결국에는 주신의 뿌리들마저 전부 태워 버린 불 역시 보았죠. 저희를 구해 주지 않았다며 폭동을 일으키는 백성들도. 그게 바로 내가 이 세상에 온 이유예요."

틀어쥐었던 멱살을 그제야 풀어 준 밀라이아가 싸늘하게 말을 이었다. 어차피 논리적으로 설득하기 힘들다면, 진실인지 아닌지 모를 일이라도 일단 전부 갖다 붙일 생각이었다. 그와 이렇게 말다툼을 벌이는 순간에도 시간은 계속 흐르고 있었으니까.

"아직도 모르겠어요? 이건 비타의 계시라고요. 그렇지 않다면 주신의 징표인지 뭔지가 내게 왜 있을 거라고 생각해요? 그러니 그만 버티고 내게 협조해요. 지금 당장!"

그 순간, 놀란 표정을 지은 테르티우스가 그녀의 얼굴, 정확하게는 이마 부근을 빤히 바라보았다.

눈이 부신 사람처럼 미간을 살짝 좁힌 채 그녀를 응시하던 그는 조금 시간이 흐른 후에야 한숨 섞인 목소리로 답했다.

"그렇군요. 주신의 뜻이 이미 전하께 닿아 있는 것을, 제가 우매하여 잠시 다른 의미로 잘못 해석하였던 모양입니다. 알겠습니다. 이리 주십시오. 복원해 드리겠습니다."

"좋아요. 에른?"

"여기 있습니다, 예하."

가만히 상황을 지켜보던 공작이 균형을 잃었을 때 그녀가 놓쳤던 상자를 집어 테르티우스에게 내밀었다.

조심스럽게 소원의 돌을 받아 든 테르티우스가 천천히 기도문을 외웠다.

잠시 후, 눈부시게 하얀빛이 터져 나왔다.

'드디어 완성했구나.'

밀라이아는 안도의 한숨을 내쉬며 테르티우스의 손에 쥐어진 보석 꽃을 바라보았다.

여섯 장의 꽃잎이 빈틈없이 활짝 피어오른 그것은 무척 아름다웠다. 이런 상황만 아니었다면 감격에 겨워 한참 동안 쳐다봤을 정도로.

혹여 깨질세라 소중하게 받아 들자, 기진한 얼굴로 벽에 몸을 기댄 대신관이 말했다.

"한데 전하."

"네?"

"그것…… 정말로 쓰실 생각이십니까?"

"그야 당연하잖아요? 그러지 않았으면 여가 대신관에게 왜 이런 부탁을 했겠어요?"

"하지만 그걸 쓰시면…… 으음."

테르티우스는 걱정스러운 눈초리로 공작을 흘낏 쳐다보고는 말을 이었다.

"어차피 그도 알아야 할 일이니 그냥 말씀드리겠습니다. 복원하면서 살펴본 결과, 소원의 돌을 발동하게 되면 사용자의 생명력 역시 상당히 깎여 나가게 될 것으로 보입니다. 아마도 이만한 보물을 함부로 쓰지 못하도록 주신께서 걸어 두신 제약이 아닐까 싶습니다만……."

굳이 더 듣지 않아도 그가 무슨 말을 할지 알 것 같았다.

"그런가요?"

씁쓸한 미소를 지으며 묻자, 테르티우스는 침중한 얼굴로 고개를 끄덕였다.

"네. 한데 송구하나 전하께는 남은 시간이 별로 없지 않습니까. 가뜩이나 한 줌의 시간조차 남지 않은 상황인데, 그런 상황에서 소원의 돌을 발동시키셨다가는 그대로 목숨을 잃으실지도 모릅니다."

"괜찮아요. 이미 각오하고 있었……."

"안 됩니다, 밀라 님!"

비명과도 같은 목소리가 들려왔다.

다급한 얼굴로 그녀의 손목을 움켜쥔 공작이 말했다.

"그러지 마십시오. 뭔가 다른 방법이 있을 겁니다. 아니, 그냥 제가 하겠습니다. 아직…… 아직 밀라 님께 해 드리지 못한 것이 너무 많단 말입니다."

일그러진 얼굴을 가만히 올려다본 밀라이아가 쓰게 웃었다.

"안 돼요, 에른. 방금 얘기 못 들었어요? 내게는 원래도 남은 시간이 별로 없다는 걸. 어차피 죽을 목숨이라면 내가 발동시키는 게 맞아요. 그게 가장 효율적이잖아요?"

"그런 말씀 마십시오! 당신이 떠나면 저는, 저는……."

억눌린 목소리로 외치던 남자가 눈을 질끈 감았다가 떴다. 그러고는 그녀가 채 뭐라 할 틈도 없이 손에서 소원의 돌을 낚아채서 외쳤다.

"안……!"

"나는 이 지긋지긋한 불이 전부 사그라지길 소망한다! 이 산맥을 불이 나기 전으로 돌려줘!"

그 순간, 푸른 보석이 스스로 빛을 머금으며 반짝였다.

 하지만 오직 그뿐, 아무것도 변하는 건 없었다. 여섯 장의 꽃잎도 영롱하게 빛나는 색채도 변함이 없었다.

 가만히 그 모습을 살핀 테르티우스가 말했다.

 "발동하지 않은 모양인데요? 신성력이 여전히 강렬하게 느껴지는 것으로 보아 말입니다."

 "그, 그럼 어떻게 해야 하죠?"

 "글쎄요, 저도 사용법까지 아는 건 아니라서요. 그래도 잠시나마 반짝였던 걸 보면 불가능한 소원은 아닌 것 같고…… 아무래도 위치의 문제인 것 같습니다. 지금 이곳은 진원지와 거리가 너무 머니 말입니다."

 "확실해요?"

 "그럴 확률이 높긴 한데, 확실하다고 하기까지는……."

 말끝을 흐리는 대신관을 보며 고개를 끄덕인 밀라이아가 말했다.

 "하긴, 그게 뭐 그리 중요하겠어요. 일단은 성 밖으로 나가 봐야겠네요. 에른? 그거 이리 돌려줘요."

 "안 됩니다. 제가 발동시킬 테니, 전하께서는 그냥 여기 계십시오. 아니, 먼저 대피하시는 편이 낫겠습니다."

 고집을 피우는 남자의 얼굴은 당장에라도 울 것처럼 잔뜩 일그러져 있었다.

 상황이 급박함을 알면서도 억지를 쓰는 그 마음이 손에 잡힐 듯 아리게 전해져 와, 밀라이아는 꽉 죄어드는 목울대를 겨우 움직여 조곤조곤 말을 건넸다.

 "에른, 당신은 왕국을 위해 꼭 필요한 사람이에요. 그런 사람의 목숨을 이런 일에 낭비할 순 없어요. 그토록 고생해 놓고서, 이제 겨우 원하는 세상을 만들 기회를 잡았는데 이렇게 허무하게 날리겠다고요? 약속했잖아요. 내가 돌아가더라도 에드워드를 꼭 지켜 주겠다고."

"하지만 밀라 님!"

"나와 진정한 의미의 여왕과 재상이 되자 그랬잖아요. 이제 함께하지는 못하겠지만, 내가 사서에 그런 여왕으로 남을 수 있도록 당신이 도와줘요. 네? 부탁이에요."

잿빛 눈동자가 파르르 떨렸다.

침묵하는 그를 보며 씁쓸한 미소를 지은 밀라이아가 말했다.

"어차피 이 일이 아니어도 나는 조만간 사라져요. 에른도 아까봤잖아요? 손이 투명해지기 시작한 거. 그렇다면 곧 죽을 몸, 여왕으로서 마지막 남은 책무를 다하고 갈 수 있게 해 줘요."

"……밀라 님."

"그리하면 갑작스러운 국왕의 부재에도 문제없이 정세를 안정시킬 수 있을 거예요. 아니, 어쩌면 더 칭송받을지도 모르죠. 백성들을 긍휼히 여긴 여왕이 스스로 몸을 불살라 그들을 구했다는 식이 될 테니. 그럼 에드워드도 좀 더 수월하게 왕위를 이어받을 수 있을 테고, 당신도……."

"이런 와중에도 꼭 그런 생각까지 해야겠습니까? 당신이란 사람은 정말……!"

괴로운 얼굴로 소리친 남자가 왼손으로 얼굴을 감쌌다.

소용돌이치는 감정을 감추려는 듯 손바닥에 얼굴을 묻은 채 한참을 침묵하던 그는 제법 긴 시간이 흐른 뒤에야 말했다.

"볼렌테 레기나volente regina, 여왕의 뜻대로. 저는 당신의 충실한 종이니, 무엇이든 원하시는 대로 하십시오. 따르겠습니다."

"……고마워요."

"단, 마지막 가시는 길까지 제가 모실 수 있도록 허락해 주십시오. 거리상의 문제가 맞는다면 결국 저 불길 가까이 다가가야 한다는 소린데, 지금 그 몸으로는 절대 혼자 가실 수 없을 겁니다."

"하지만 그랬다가 당신마저 휩쓸리면……."

"이것마저 안 된다 하시면, 뒷일이고 뭐고 간에 그냥 혼자 가 버릴 겁니다. 어쩌시겠습니까? 데려가시렵니까, 아니면 제가 혼자 갈까요?"

"……같이 가요."

한숨을 내쉬며 답하자, 공작은 그제야 고개를 끄덕이고는 그녀에게 소원의 돌을 돌려주었다.

푸른 보석을 소중하게 챙겨 넣는 그녀와 어두운 얼굴로 그 모습을 지켜보는 공작을 바라보던 테르티우스가 말했다.

"생명의 아버지께서 주신 아름다움을 찬미하라. 그대에게 우리 주 비타의 축복을 전합니다."

"대신관 테르티우스?"

"생명의 아버지께서 주신 아름다움을 찬미하라. 큭……. 두 사람에게, 후우, 우리 주 비타의 축복을 전합…… 니다."

그 순간, 옅은 꽃향기가 두 사람을 감쌌다. 분명 신성력이 고갈되었을 텐데도 축복을 걸어 준 걸 보면 마지막 한계까지 쥐어짠 모양이었다.

피 섞인 기침을 토해 내며 바닥에 풀썩 주저앉은 테르티우스가 말했다.

"그것이 저 불길 속에서 두 분을 보호해 드릴 겁니다. 이제 더는, 후우, 못해 드립니다. 부디…… 주신의 가호가 두 분과 함께하시기를."

"……고마워요, 대신관 테르티우스. 그동안 즐거웠어요."

"저 역시, 주신의 징표를 받은 분을 뵙게 되어, 큭…… 하아, 영광이었습니다."

"그래요. 부디 마지막에 있었던 일로 본국에 대한 인상을 나쁘게 가지지 않았으면 좋겠어요. 그럼 에른, 이제 갈까요?"

희미하게 웃어 보이자, 공작의 목울대가 크게 한번 출렁이는 것이 보였다.

하지만 오직 그뿐, 그는 이내 아무렇지도 않은 얼굴로 그녀의 손을 붙잡았다. 둘만 있을 때면 늘 그래 왔던 것처럼 깍지를 꽉 껴 오면서.

'뭐, 이것도 좋겠지.'

깍지 낀 손을 흘낏 쳐다본 밀라이아가 말없이 방문을 열었다.

안절부절못하며 밖에서 기다리던 사람들이 우르르 달려들었다. 그 안에는 대기하란 명령을 듣고 찾아온 듯 앤트워스 후작과 다이스 자작도 있었다.

"전하, 즉시 대피하셔야……."

"앤트워스 후작, 시간이 없으니 간단히 말하겠어요. 여는 지금부터 페르디난드 공작과 함께 저 불을 끄러 갈 거예요. 길게 걸리지는 않을 테니, 앞으로 한 시간만 지휘를 부탁해요."

"불을 끄러 가신다고요? 전하께서 직접, 저 불길을 뚫고 말씀이십니까?"

눈매를 좁히는 후작을 보며 고개를 끄덕인 밀라이아가 말했다.

"네, 오직 여만 할 수 있는 일이라서요. 그러니 후작은 이곳에 남아 지휘를 해 줬으면 해요. 공작마저 빠지고 나면 지휘할 수 있는 사람이 없잖아요?"

"하나 신의 임무는 전하를 모시는 것입니다. 그러니 지휘는 다이스 자작에게 맡기시지요. 호위하겠습니다."

단호한 얼굴을 잠시 올려다본 밀라이아가 푹 한숨을 내쉬었다.

'그냥 데려가는 게 나으려나.'

생각해 보면 그는 본디 국왕의 안전을 최우선으로 생각하는 인물이니만큼 떼어 놓기가 만만치 않을 것 같았다. 게다가 제가 사라진 후의 일을 고려하면 페르디난드 공작을 위해서라도 동행이 좀 더 필요하긴 했다.

"……죽을 수도 있다는 건 알고 있는 거죠?"

"물론입니다."

"좋아요. 그럼 따라와요. 대신 딱 후작까지만이에요. 더는 허용 못해요."

"알겠습니다."

"다이스 자작, 뒷일을 부탁해요."

"네, 전하."

걱정스러운 표정으로 답한 자작이 한 걸음 뒤로 물러났다. 절도 있게 고개를 숙여 보인 후작이 곧장 그들의 뒤를 따랐다.

우르릉.

무모한 방문자를 환영하듯 땅이 불길한 소리를 내며 조금씩 흔들리고 있었다.

십오 분 뒤.

"그래서요, 에른, 그때 내가…… 헉, 헉, 하아, 하아."

가쁜 숨을 몰아쉬는 그녀를 돌아본 공작이 말했다.

"아무래도 안 되겠습니다. 이대로는 더 이상 못 가십니다."

"하지만 당장, 하아, 가지 않으면……."

"가지 마시라는 것이 아닙니다. 이대로는 도착하기도 전에 먼저 쓰러지실 거라는 말씀을 드리고 싶은 겁니다."

딱 잘라 이야기한 그가 말을 이었다.

"일단 숨부터 고르십시오. 그러신 뒤에 다시 출발하면 되잖습니까."

"으응, 알겠어요."

그제야 무너지듯 그의 품에 안긴 밀라이아는 단단한 가슴에 몸을 기댄 채 턱까지 차오른 숨을 골랐다. 가뜩이나 약해진 몸이 주위의 열기를 견디지 못하는 것인지, 다리에서 자꾸만 힘이 풀려 몸을 가누기가 힘들었다.

"아 진짜, 헉, 이렇게 연약한 몸은 내 취향 아닌데. 미안해요, 에른. 하아…… 무겁죠?"

"아뇨, 깃털처럼 가볍기만 한데요."

"흥. 언제는 무겁다고, 후우, 확 놔 버리려 하더니?"

일부러 입술을 삐죽여 보이자, 공작은 그녀가 쓰러지지 않도록 어깨를 바짝 끌어당기고는 답했다.

"그때는 가슴이 너무 두근거려서 그랬지요. 아무렇지도 않은 척 표정 관리를 했지만, 실은 맨살에 자꾸만 숨결이 와 닿아서 심장이 터질 것 같았거든요."

"어, 정말요?"

"네. 만약에 그때 방에 도착하지 않았다면 그대로 입술을 훔쳤을지도 모릅니다. 그랬으면 아마 지금쯤 국왕모독죄로 감옥에 갇혀 있었겠죠."

"음…… 그렇지는 않을걸요? 사실 그때 나도 엄청 떨렸거든요."

속삭이듯 고백하자, 그는 몹시 억울하다는 양 과장된 목소리로 말했다.

"뭡니까, 그래 놓고 그렇게 저를 애태우신 겁니까? 전 그때만 해도 제게 별 관심이 없으신 줄 알았는데요."

"그러게요. 이럴 줄 알았으면 진작 인정하고 받아들일 걸 그랬나 봐요. 그랬으면 조금이라도 덜 아쉬웠을지도 모르는데."

물기 어린 대답에 공작은 잠시 침묵하다 그녀를 품에서 놓아주었다. 그러고는 말없이 돌아서서 천천히 등을 내밀었다.

"자, 업히십시오. 이 이상은 힘들어서 못 걸으십니다."

"……."

더는 그만두라 말하지 않는, 단단한 각오를 보여 주는 그 모습을 보자 눈앞이 뿌옇게 흐려졌다.

어떻게 이런 남자를 두고 갈 수 있을까. 이렇게 뒷모습만 보고 있어도 심장이 아린데. 다시는 그를 볼 수 없다는 생각만으로도 이렇게 눈물이 뚝뚝 떨어지는데.

스스로 선택한 자신도 이렇게 가슴이 찢어질 듯 아픈데, 죽을 자리로 연인을 데려가야 하는 그의 마음은 어떨까? 다시는 움직이지 않는 그녀를 봐야 할 그 심정은?

'내가 너무 이기적이었어. 그가 뭐라고 하든 혼자 왔어야 했는데.'

아니, 어쩌면 처음부터 그의 마음을 받아들이지 말았어야 했는지도 모른다. 그랬으면 최소한 마지막 모습을 보여 주지는 않아도 됐을 텐데. 당시에는 다소 가슴이 아팠을지언정 그저 잠깐의 동지로만 기억에 남았을지도 모르는데. 낯선 세상의 외로움을 참지 못하는 바람에 그에게 이토록 큰 짐을 지워 준 자신이 미웠다.

'차라리…… 차라리 불을 끄는 대신 여기 남게 해 달라고 소원을 빌면 안 될까? 어차피 사서에서도 대신관들이 해결했다고 나오잖아. 그러니 그냥 눈 딱 감고 이걸 써 버리면 안 되는 걸까? 이만하면 내게 맡겨진 책임을 다한 거잖아. 반년 가까이 밤잠을 설쳐 가며 이만큼 일해 줬으면…… 그러면 이 정도 보상쯤은…….'

소원의 돌을 움켜쥔 손이 바르르 떨렸다.

다 필요 없으니 그의 곁에 있게 해 달라고 빌고 싶은 마음은 굴뚝같았지만, 차마 그럴 수는 없었다. 그녀는 수많은 왕국민의 목숨을 책임진 여왕이자 왕세녀였으니까. 그리고 꿈을 통해 보았으니까. 이 사태를 진정시키지 못했을 때의 최후를, 제 연인과 동생과 그 외 친인들의 비참한 죽음을.

'그래. 내 사랑하는 사람들을 위해서라도…… 난 지금 이 사태를 해결해야만 해.'

뚝뚝 떨어지는 눈물을 거칠게 닦아 낸 밀라이아가 공작의 옷자락을 잡아당겼다.

"밀라 님? 왜 그러십니까?"

"기왕 그럴 거면 나, 안아서 데려가 주면 안 돼요? 업혀서 가면 당신 얼굴을 못 보잖아."

희미하게 미소 짓는 그녀를 보며 우는 듯 웃어 보인 공작이 말했다.

"……하긴, 등만 보고 가시기에는 제가 너무 잘생겼지요. 알겠습니다.”

“고마워요.”

조용조용 답하며 팔을 뻗자, 공작은 가뿐하게 그녀를 안아 올려 자세를 두어 번 고쳐 잡고는 물었다.

“편안하십니까?”

“응, 편안해요. 이럴 줄 알았으면 진작 안아 달라고 할걸.”

떨리는 음성을 애써 가다듬은 밀라이아는 규칙적으로 흔들리기 시작한 진동에 몸을 맡기며 말했다.

“그러고 보니 에른, 정말 잘생겼네요. 그동안은 왜 몰랐을까? 진작 알았으면 더 열심히 봐 뒀을 텐데.”

“지금부터라도 열심히 봐 두시면 되지요. 좀 뚫어질 것 같더라도 모르는 척해 드릴 테니, 도착할 때까지 실컷 보십시오. 금세 잊어버리시면 삐칠 겁니다. 제 성격 아시지요? 끝까지 기억하는 거.”

“안 잊어버릴 거예요, 절대로. 에른이야말로 나 잊지 마요. 나도 삐칠 거야.”

보란 듯 입술을 삐죽이자, 어깨를 으쓱한 공작이 답했다.

“저야 초상화가 있는데요, 뭐. 뵙고 싶을 때면 왕실 기록관에 가면 되지요.”

“어라, 그러네. 미리 그려 두길 잘했네요. 그때는 날도 너무 덥고 그래서 사실 되게 그리기 싫었는데.”

젖어 드는 목소리를 들키지 않으려 부러 밝게 답한 밀라이아가 말했다.

“뭐야, 불공평하잖아요. 수도에 돌아가면 에른도 초상화 하나 그려요. 보고 싶을 때 보러 가게.”

"알겠습니다. 꼭 찾아보실 수 있도록 여러 장 남겨 놓지요."

"약속했어요?"

"네."

그는 무겁게 고개를 끄덕였다.

희미하게 웃은 밀라이아가 말했다.

"미안해요, 에른. 그거, 결국 다 못했네요."

"뭘 말씀이십니까."

"연인과 함께하고 싶은 백 가지 일 말이에요. 아쉽다. 겨울밤에 털장갑 같이 끼고 산책하기랑 둘이서 눈사람 만들기는 꼭 해 보고 싶었는데. 아, 정식으로 연인 사이라고 공표하기도."

"……기억하고 계셨습니까? 그 안에 뭐가 있는지?"

"당연하잖아요. 내가 안 그런 척해서 그렇지, 몰래 적어 두고 몇 번을 읽어 봤다고요."

빙긋 미소 짓자, 그는 설마 그녀가 그럴 줄은 몰랐다는 양 가슴을 들먹이며 웃었다. 축축하게 젖어 들어가는 눈동자만 아니었다면 진짜 웃음이라고 생각했을 정도로 유쾌하게.

"아쉽군요. 진즉 알았다면 신나게 놀려 드렸을 텐데요."

"내가 바보인가? 당연히 그럴까 봐 꽁꽁 숨겼죠. 원래는 영원히 비밀로 간직하려고 했다고요."

아려 오는 가슴을 감추려 부러 더 환하게 웃는데, 갑자기 열기가 훅 끼쳐 왔다.

옆을 돌아보자 어느새 저만치 앞까지 다가온 불의 강이 보였다.

언제 웃었느냐는 듯 딱딱하게 굳은 연인의 얼굴을 한번 쓰다듬은 밀라이아가 속삭였다.

"이제 내려 줘요. 이만하면 될 것 같아."

"……아직, 아직 좀 더 가야 하지 않겠습니까? 대신관이 그랬잖습니까. 거리가 너무 멀면…….”

"여기서 더 가면 앤트워스 후작이 버티지 못할 거예요. 그는 축복도 못 받았잖아요."

조곤조곤한 반박에 입을 다문 그가 그녀를 꽉 끌어안았다. 그러고는 잠깐 동안 정수리에 얼굴을 묻었다가, 떨리는 손으로 조심스럽게 바닥에 내려 주었다.

"고마워요, 에른. 그리고 있잖아요."

"…….”

"아까 전에 잊지 말라던 말, 거짓말이었어요. 그러니까 너무 오래는 기억하지 말고, 내가 없어도 잘 지내야 해요. 에드워드도 잘 돌봐 주고요."

"……밀라 님."

"약속해요. 나는 백 년 후의 사람이니까, 돌아가서 찾아볼 거예요. 당신이 정말 약속을 지켰는지 안 지켰는지. 하나라도 안 지킨 게 있으면 가만 안 둘 거야. 역사에 두고두고 이상한 이름으로 남고 싶지 않으면 잘하란 말이에요. 알겠어요?"

물기 어린 목소리로 협박한 밀라이아가 소원의 돌을 꼭 쥔 채 불길 쪽으로 다섯 발짝 더 다가갔다. 그에게는 더 이상 오지 말라 이른 뒤였다.

'저것이…… 진짜 레드드래곤의 분노.'

드드드드.

흔들리는 땅을 조심조심 밟으며 돌아보자 가히 지옥의 재림이라고 해도 좋을 만한 광경이 눈에 들어왔다.

검은 연기로 가려진 하늘과 갈라진 땅에서 흐르는 불의 강, 서서히 녹아들어 가는 돌과 재가 되어 흩어지는 나무들.

소리 없이 눈물을 흘리며 저를 바라보는 연인과 이제야 상황을 이해한 듯 얼굴을 잔뜩 일그러뜨린 노기사, 그리고…… 저 멀리 영주성에서 이쪽을 바라보고 있는 수많은 사람들.

'모두…… 안녕히.'

보랏빛 눈동자가 서서히 눈꺼풀 아래로 사라졌다.

그때.

콰콰광—!

갈라진 틈에서 불의 강이 분수처럼 솟구쳐 오르기 시작했다.

삽시간에 주위가 새빨갛게 변하고, 온 세상을 녹여 버릴 듯 뜨거운 공기가 온몸을 덮쳐들었다. 열기에 잠시 노출된 옷이 치직 소리를 내며 타들어 가기 시작했다.

"밀라 님!"

절규에 가까운 비명을 들으며 눈을 감은 밀라이아가 푸른 보석을 꽉 움켜쥐었다.

"나 루아 왕국의 제27대 국왕 글로리아, 그리고 밀라이아는 몬스오리고에 일어난 모든 종류의 재해가 소멸할 것을 원한다. 땅속의 것은 땅속으로, 땅 위의 것은 땅 위로, 모든 것이 아무 일도 없었던 것처럼 평온하게 돌아가는 것. 이것이 나의 소원이다."

마지막 말이 끝나는 순간, 달콤한 시트러스 향이 그녀를 감싸 안는 것이 느껴졌다. 눈부시게 파란빛이 손아귀에서 터져 나오는 것도.

허공으로 떠오른 푸른 보석에서 여섯 장의 꽃잎이 한 장 한 장 떨어져 나가기 시작했다. 푸른 광채가 하늘 높이 뻗어 나가고, 떨어져 나간 꽃잎들이 산산이 부서지며 사방에 보석 비를 뿌렸다.

꽃가루처럼 고운 빗방울이 바닥으로 떨어져 내렸다.

그때마다 붉은 화염이 하나둘씩 사그라졌다. 폭발적인 기세로 솟구치던 불의 강이 언제 그랬느냐는 듯 조금씩 기세를 꺾었다.

'됐구나.'

머리카락과 치맛자락이 먼지처럼 흩날리기 시작했다.

무겁다 못해 버겁던 몸이 차츰 가볍게 느껴졌다. 언제부턴가 조금씩 투명해지고 있던 몸이 사그라지기 시작한 불의 광채를 받아 붉은빛을 머금고 있었다.

'안녕, 글로리아.'

허공으로 흩어지는 제 모습을 바라보며 속으로 중얼거린 밀라이아는 눈물을 뚝뚝 흘리는 연인을 돌아보고는 희미하게 미소 지었다. 그렇게 따라오지 말라 했는데 끝끝내 말을 듣지 않는 것도 참 그다웠다.

"왜 여기까지 왔어요. 조금이라도 발동이 늦었으면 큰일 날 뻔했잖아."

"약속…… 약속하겠다고 아직 말씀을 못 드려서요."

그녀를 꽉 끌어안은 남자가 빠르게 속삭였다.

"네, 밀라 님. 약속하겠습니다. 왕제 저하를 잘 지켜 드리고…… 당신과 함께 꿈꿨던 세상을 꼭 만들 겁니다. 그러니 지켜봐 주십시오. 제가 어떻게 살았는지, 당신과의 약속을 얼마나 훌륭하게 지켰는지 말입니다."

"……응, 그럴게요. 고마워요, 에른."

"사랑합니다. 세상 그 무엇보다도."

"나도 사랑해요. 정말 많이."

이제는 손을 뻗어 그를 안아 줄 수도 없었다.

시야가 조금씩 검게 변해 갔다.

스치듯 입술이 맞닿고, 물기 어린 목소리가 작게 속삭이는 것이
들려왔다.

"곧 다시 뵙겠습니다. 그때까지 늘 평안하시기를, 나의 여왕이시여."

'뭐?'

그 말을 끝으로 모든 감각이 차단되었다.

새까만 어둠이 그녀를 감쌌다.

제4곡

offertórĭum: reconciliationem exspectare
봉헌송: 재회를 기다리며

offertórĭum: reconciliationem exspectare
봉헌송: 재회를 기다리며

눈부시게 새파란 하늘 아래, 날개를 활짝 편 독수리의 깃발이 위풍당당하게 나부꼈다. 그토록 뜨겁던 날들은 모두 거짓이었다는 듯 살랑살랑 불어오는 바람은 시원한 기운을 머금고 있었다.

시나브로 자취를 감추어 버린 여름꽃 대신 화사하게 피어난 가을꽃들이 거리를 가득 메웠다. 하얗고 노랗고 붉은 그것들은 나무 위나 담장 아래뿐만 아니라 사람들의 손이나 그들이 들고 다니는 바구니 안에도 가득 자리하고 있었다.

뿌우우—!

성벽 위에서 커다란 고동 소리가 울려 퍼졌다.

중앙 대로를 가운데에 두고 이 열로 늘어서 있던 제복 차림의 남자들이 바짝 긴장한 얼굴로 일제히 어깨에 힘을 주었다. 앞으로 해야 할 고생에 비하면 지금까지 군중들을 통제하느라 애먹었던 건 아무것도 아니었다.

"여왕 전하께서 오신다!"

"와아아!"

"여왕 전하 만세!"

"루아 왕국 만세!"

"왕국에 무궁한 영광을!"

군중들이 외치는 환호가 곳곳에서 터져 나왔다. 흥분한 자들이 구르는 발 구름 소리가 거리를 우렁우렁 울렸다.

쿵!

평소에는 잘 쓰이지 않는 커다란 성문이 활짝 열리고, 곧이어 의장용 제복을 멋들어지게 차려입은 근위기사들이 모습을 드러냈다.

한 치의 어긋남도 없이 줄을 맞춘 행렬의 한가운데에는 날개를 활짝 편 독수리의 문장이 새겨진 왕가의 마차가 있었다.

"푸른 날개의 기적을 이 땅에 내린 성녀를 찬양하라!"

"여왕 전하 만세!"

"루아 왕국 만세!"

"왕국이여, 영원하라!"

또다시 사방에서 꽃가루가 날리고 환호가 터져 나왔다.

선창하는 자들이나 꽃을 던지는 이들 모두 기쁨에 가득 차 있었지만, 왕궁을 향해 행진하는 기사들만큼은 무슨 이유에서인지 전부 얼굴이 딱딱하게 굳어 있었다. 행렬의 중간쯤에서 마차를 수행하듯 말을 몰고 있는 흑발의 남자 역시 그랬다. 그 표정은 그들이 수도 행군을 마치고 왕궁에 입성할 때까지, 그리고 일행의 귀환을 기다리던 소년이 후다닥 다가와 앞에 설 때까지도 변함이 없었다.

"왕제 저하를 뵙습니다."

"오랜만입니다, 페르디난드 공작. 그러잖아도 누님과 공작을 오매불망 기다리던 참입니다. 큰일을 치르고 오느라 참으로 고생이 많았습니다."

싱글거리며 웃어 보인 소년이 마차 쪽을 흘낏 돌아보며 물었다.

"한데 누님께서는 어째서 아직도 내리지 않으시는 겁니까? 요새 옥체가 좀 미령하신 것 같더니, 혹 마차 안에서 잠이라도 드신 겁니까?"

"……아닙니다."

"하면 어찌 아직도 저러고 계신답니까? 어쨌든 알겠습니다. 내가 직접 모시러 가지요."

"안 됩니다."

한 발 옆으로 움직인 남자가 소년의 앞을 막아섰다.

의아한 눈초리로 그를 올려다본 소년이 눈썹을 슬쩍 찌푸리며 물었다.

"뭡니까. 아무리 공작이라고는 해도 왕족의 앞길을 가로막다니요."

"저하."

"저리 비키십시오. 당장 누님을 뵈어야겠으니."

"저하, 실은……."

"저리 비키라 하지 않았습니까!"

버럭 고함을 지른 소년이 그를 확 밀쳤다. 차마 말을 잇지 못하는 모습에서 무언가 불길한 예감을 느낀 듯했다.

예상외로 쉽게 밀려난 그를 쳐다보지도 않고 빠르게 마차로 달려간 소년은 목을 한번 가다듬은 뒤 그 안에 있을 사람을 향해 말을 걸었다.

"거기서 뭐 하십니까, 누님? 성녀라느니 어쩌느니 하면서 잔뜩 추앙받으시더니, 이제는 스스로 마차 문 하나 못 여시는 겁니까?"

"……."

"알겠습니다. 제가 열어 드리면 될 것 아닙니까. 그러니 이제 그만 나오십시오. 기다리다가 목이 빠지는 줄…… 누님?"

텅 빈 마차를 망연자실한 눈빛으로 훑어본 소년이 뒤를 홱 돌아보았다. 해사한 얼굴이 잔뜩 일그러져 있었다.

"이게 어떻게 된 겁니까, 공작? 왜 누님의 마차가 비어 있는 거죠?"

"저하."

"누님은 어디 가셨습니까? 어디 가셨기에 마차가 이리 비어 있느냔 말입니다."

"……저하."

"왜 답을 못해! 당신이 모시고 갔잖아! 누님은 어디 가셨냐고!"

"전하께서는……."

와아아—!

여왕 전하 만세!

왕궁을 둘러싼 성벽 밖에서 환희에 가득 찬 외침이 들려왔다.

사납게 추궁하는 소년을 망연자실하게 바라보던 남자가 서서히 무너졌다. 잿빛 눈동자에서 뜨거운 눈물이 뚝뚝 떨어져 내리고 있었다.

"전하께서는…… 떠나셨습니다."

"그게 무슨 소리요? 누님께서 떠나시다니!"

"본래 계셔야 할 곳으로, 결국 그리 가 버리셨습니다. 마치 한순간의 꿈이었던 것처럼 허무하게……. 왕국을 잘 부탁한다는 말씀만을 남기고…….”

“대체 그게 무슨 소리요! 본래 계셔야 할 곳이라니! 누님이 왕궁 말고 어디…… 공작? 공작! 정신 좀 차려 보시오, 공작! 페르디난드 공작!”

“공작.”

“…….”

“페르디난드 공작!”

“송구합니다, 저하. 전하께서는…….”

“……쯧. 어쩐 또 여기서 잠들어 있다 했더니, 오늘도 그 꿈을 꾼 게요? 내가 할 말은 아니지만, 공작도 참 어지간하오.”

아직 변성기가 오지 않아 다소 높던 때와는 달리 낮게 깔리는 음성이 귓가를 울렸다. 어느새 익숙해진 목소리에 눈썹이 움찔 떨렸다.

에르네스토는 무겁게 가라앉는 의식을 겨우 붙잡으며 눈꺼풀을 들어 올렸다.

아직 잠이 덜 깨 흐릿한 시야에 혀를 끌끌 차는 소년, 아니 장성한 청년이 들어왔다. 살짝 찌푸린 눈매하며 반짝이는 머리카락이 사랑하는 제 연인과 똑 닮은 남자가.

‘또 그 꿈을 꾼 건가.’

모든 사태를 수습하고 수도로 귀환하던 날, 그녀의 뜻을 받들어 진실을 숨기고 돌아왔던 그때의 참담한 심정이 손에 잡힐 듯 생생하게 가슴을 두드렸다.

성녀가 되어 돌아온 그녀는, 이런 상황에서 여왕의 죽음을 알렸다가는 나라가 몹시 혼란스러워질 거라는 귀족들의 공통된 의견에 따라 삼 년이라는 시간이 더 지난 뒤에야 간신히 사자死者로 기록될 수 있었다.

현 국왕이 성년이 되는 시기에 맞춰 정해진 그 기간 동안, 그는 비록 정식 국서는 아니나 사실상 여왕의 남편이나 다름없었음을 인정받아 왕제와 함께 국정을 정비했다.

그리고 섭정이나 다름없던 지위에서 내려온 지금까지도 에드워드 3세의 오른팔로 활약하는 중이었다.

"공작? 정신이 드오?"

반짝이는 백금발을 보자 심장이 욱신거려 와, 그는 지끈거리는 가슴 위에 손을 얹으며 자리에서 일어났다. 그런 뒤 눈앞에 버티고 선 청년을 향해 정중하게 허리를 숙여 예를 갖췄다.

"에르네스토 라 페르디난드가 고귀하신 국왕 전하를 뵙습니다. 인사가 늦음을 용서하십시오."

"……."

침묵하며 그를 바라보던 청년이 툭 던지듯 물었다.

"또 여기서 잠이 든 게요? 오늘까지 치면 벌써 나흘째인 건 알고 있소?"

"송구합니다, 전하. 이것저것 일을 처리하다 보니 그만……."

"핑계는. 공작이 자꾸 그러니까 내가 신하들을 혹사하는 왕이라고 소문난 것 아니오. 집무실에서 이러지 말고 집에도 좀 들어가시오. 솔직히 여기 있는 것들을 전부 합쳐 봐야 공작의 능력이면 한나절도 안 되어 처리할 일들이잖소."

혀를 쯧쯧 차며 집무실 한쪽 벽에 걸린 그림을 돌아본 청년이 말했다.

"자꾸 이런 식으로 나오면 내 저 초상화를 도로 거둬 갈 거요. 매일매일 허가해 주기도 번거로워 집무실에 걸어 놓으라 하였더니, 정말 이러기요?"

"오늘은 꼭 들어가겠습니다."

압수라니. 절대로 안 될 말이었다.

즉각 답하는 그를 보며 골치 아프다는 듯 관자놀이를 꾹꾹 누른 청년이 말했다.

"내 역시 저것 때문일 줄 알았소. 공작이 자꾸 이러니 행정부 관료들이 전부 귀가를 못하겠노라며 내게 읍소해 오는 것이 아니오. 웨스트우드 백작은 또 어찌나 경쟁의식을 불태우는지, 얼마 전에는 백작 부인이 찾아와 그러더군. 이럴 거면 차라리 이혼을 시켜 달라고 말이오."

틈만 나면 제게 도끼눈을 뜨는 중년인을 떠올리며 에르네스토가 어깨를 으쓱했다.

"그러게 누가 되도 않는 경쟁의식을 불태우랍니까. 다 자업자득이지요."

아무리 그래 봐야 상대도 안 될 거면서 뭘 그리 열심히 덤벼드나 싶었다. 우연찮게 그자가 작성한 보고서를 읽어 본 그녀가 당시 왕제였던 에드워드 3세에게 붙여 주지 않았다면 애초에 권력의 중심에 들어설 기회조차 못 얻어 봤을 주제에.

삐딱한 대답을 들은 청년이 쓰읍, 하고 눈을 부릅떴다.

"적당히 하시오, 적당히. 진정 관료들 모두를 홀몸으로 만들 셈이요? 이러니 공작을 제발 어떻게든 해 달라는 투서가 쏟아지는 것 아니오. 국정을 돌보기에도 모자란 시간에 내가 그런 것들이나 읽고 있어야겠소?"

"하면 신에게 넘기시지요. 다시는 전하를 괴롭혀 드리는 일이 없
도록 하겠습니다."

철저히 색출해 내서 두 번 다시 그 따위 것을 쓰지 못하도록 해
주겠다 생각하며 답하자, 청년은 물끄러미 그를 바라보다 푹 한숨
을 내쉬었다.

"되었소. 또 무슨 꼴을 보려고. 그보다 말이 나와서 말인데, 정말로
새 사람을 만나 볼 생각은 없소? 십 년이면 누님에 대한 의리는 충분
히 지켰잖소. 내 더는 뭐라 하지 않을 테니, 공작도 이제 그만……."

"감사한 말씀이오나 사양하겠습니다. 그보다 무슨 일로 이곳까
지 행차하셨습니까? 혹시 뭔가 중요한 문제라도 생긴 겁니까?"

희미하게 미소 지은 그가 말을 잘랐다.

듣기 싫다는 뜻이 여실히 드러나는 대답에 잠시 침묵하던 청년이
말했다.

"이것 참, 좋아해야 하는지 싫어해야 하는지 모르겠군. 누님을
생각하면 실로 고마운 일이나, 홀로 이렇게 지내는 모습을 마냥 지
켜보기는 또 그러니……."

"신이 좋아서 하는 일입니다. 괘념치 마십시오."

딱 잘라 말하자, 슬쩍 한숨을 내쉰 청년이 답했다.

"알겠소. 이젠 나도 모르겠으니 공작 마음대로 하시오. 페르디난
드가의 대가 끊기든 말든 더는 상관하지 않을 테요."

"걱정 마십시오. 굳이 신이 아니어도 직계의 핏줄은 더 있으니까
요. 뭐, 정 안 되면 방계에서 쓸 만한 아이를 데려다 가르쳐도 되고
말입니다."

어깨를 으쓱해 보인 그가 재차 물었다.

"그보다 무슨 일로 신을 찾으셨습니까? 여기까지 친림하신 걸 보면 상당히 급한 일인가 보지요?"

"그게 말이오. 실은……."

"말씀하십시오."

"그게…… 다음 달에 1황녀가 또 온다고 하오."

머뭇머뭇 털어놓는 청년의 얼굴은 조금 벌게져 있었다.

잠시 침묵하던 에르네스토가 물었다.

"이번엔 또 무슨 명분으로 오신답니까? 친선 사절단입니까, 아니면 기술 교류입니까? 그것도 아니면 교역 물품의 확대나 축소가 필요하시다던가요?"

"그게, 문화 교류를 위해서라고 하더군."

"……."

"……."

잠깐 동안 어색한 침묵이 흘렀다.

에르네스토는 붉게 달아오른 얼굴로 시선을 회피하는 청년을 가만히 바라보다 말했다.

"알겠습니다. 차질 없이 준비해 두지요. 그리고 전하."

"얘기하오."

"이제 그만 황녀 전하의 마음을 받아 주시지요. 사실 전하께서도 그분이 싫으신 건 아니잖습니까."

"무, 무슨! 내가 그런 어린애를 왜 좋아한단 말이오! 황녀와 내 나이 차이가 얼마인지 몰라서 하는 말이오? 자그마치 일곱 살이란 말이오."

펄쩍 뛰어오르는 청년을 보는 남자의 입가에 쓸쓸한 미소가 걸렸다. 말도 안 되는 소리 하지 말라며 극구 부인하는 모습이 기억 속 연인이 하던 행동과 똑 닮아 보였기 때문이다.

'밀라 님······.'

너무도 많이 되뇌어 이제는 심장 위에 새겨진 이름을 다시 한번 소리 없이 부른 그가 입을 열었다.

"하면 왜 그 연치가 되시도록 성혼을 하지 않으신 겁니까? 하루 빨리 후사를 보셔야 한다는 귀족들의 압박을 꿋꿋하게 버텨 내시면서 말입니다."

"그야 당연히 국내 정세를 안정시키느라······."

"전하께서 즉위하신 이후로 한 번도 국내 정세가 불안정했던 적은 없던 것 같습니다만. 아니면 신이 무능하여 미처 눈치채지 못했던 뭔가가 있던 겁니까?"

"······아니오. 내가 실언하였군."

백기를 내건 청년이 한숨을 푹 쉬었다.

그 모습을 물끄러미 바라보던 에르네스토가 말했다.

"황녀 전하께서도 올해 열여덟이십니다. 제국식으로 따지면 성년이 되신 지 한참이고, 왕국식으로 따져도 이제 성인이시지 않습니까. 보나마나 결혼에 대한 압박이 어마어마할 텐데, 그리 계속 거부만 하시다가 다른 남자가 채 가기라도 하면 어찌하려고 그러십니까."

"······."

"한번 잘 생각해 보십시오. 그래도 정 아니다 싶으시면 이참에 확실하게 거절하시고요. 그래야 황녀 전하께서도 새로운 짝을 찾으실 게 아닙니까.”

느릿느릿하게, 그러나 확실하게 쐐기를 박은 그는 어느새 말이 없어진 청년을 바라보며 보일 듯 말 듯 한 미소를 지었다. 무섭도록 굳은 저 표정으로 보건대, 아무래도 조만간 좋은 소식이 있을 듯했다.

‘보고 계십니까, 밀라 님? 당신이 그토록 염려하던 에드워드 전하께서 이제 곧 비 전하를 맞이하실 것 같습니다.’

“조언 고맙소. 내 유념하리다. 그러니 공작도 내 제안을 한번 곰곰이 생각해 주길 바라오.”

“……그리하겠습니다.”

마지못해 답하자, 청년은 고개를 끄덕이고는 말했다.

“그럼 난 이만 가 보겠소. 수고하시오. 오늘은 꼭 집에 들어가고.”

“네, 전하. 살펴 가십시오.”

“그리고 거기 잔뜩 쌓인 서류는 좀 정리하는 게 어떻겠소? 그러다 자칫 서류에 깔려 죽을까 봐 겁나는군. 내 충실한 신하를 그런 사소한 일로 잃어서야 되겠소?”

“……근시일 내에 정리하겠습니다. 염려해 주셔서 감사합니다.”

“좋소. 내일 정무 회의 때 봅시다.”

고개를 까딱해 보인 청년이 그대로 방을 나섰다.

홀로 남은 에르네스토는 집무실 곳곳에 쌓인 서류의 산을 잠시 바라보다 그중 몇 가지를 뽑아 들었다.

아무리 일이 많아도 이렇게까지 서류가 그득그득 쌓일 정도는 아니었지만, 그럼에도 집무실이 이토록 가득 찬 이유는 그 안에 십년 전의 것들이 포함되어 있기 때문이었다. 본래 제 성격대로라면 진즉 치웠어야 정상이나 그 안에 적힌 낙서들 때문에 차마 폐기하지 못했던.

　이 사람은 이걸 주청이랍시고 올렸대요? 정말 어이가 없네. 공작의 생각은 어때요?
　─동감입니다. 그냥 기각하죠.

　이것도네. 이제 좀 나아졌다 싶었는데, 아직도 갈 길이 머네요. 에휴…….
　─힘내십시오. 그래도 이제 얼마 안 남았잖습니까.

　아니, 벌써 다섯 시간째잖아? 나 배고파요, 공작. 우리 뭐 좀 먹고 마저 하면 안 돼요?
　─그럼 그럴까요? 무엇을 드시고 싶으십니까?

　마주 보고 앉아 정무를 보던 날, 키득거리며 서류 위에 끄적였던 낙서들을 바라보던 남자의 입가에 희미한 미소가 걸렸다.
　'그래도 이건 이제 치우도록 할까. 후임자가 이 방에 들어왔다가 보게 되면 곤란할 테니.'
　무거운 이마를 한번 짚어 본 그는 내일쯤 날을 잡아 소각해야겠다고 생각하며 십 년 전의 서류들을 한데 모았다.
　그때, 두꺼운 서류 묶음들 사이에서 종이 하나가 팔랑하고 떨어졌다.

　연인과 함께하고 싶은 백 가지 일

'이게 왜 여기 있지? 분명 따로 보관해 뒀을 텐데.'

무심코 종이를 집어 들던 그의 눈이 커졌다. 그 안에 적힌 동글동글한 글씨는 분명 제가 아니라 그녀의 것이었으므로.

―기억하고 계셨습니까? 그 안에 뭐가 있는지?

―당연하잖아요. 내가 안 그런 척해서 그렇지, 몰래 적어 두고 몇 번을 읽어 봤다고요.

문득 그날의 대화가 떠올라. 에르네스토는 이를 악물며 종이에 적힌 내용을 읽었다.

그저 단순하게 제가 말했던 것들만 옮겨 적은 줄 알았더니, 그 안에는 그녀가 덧붙여 둔 이야기들도 있었다.

이를테면 '1. 정식 연인으로 세상에 공표하기' 옆에는 '이건 아무래도 힘들 것 같다. 괜히 그랬다가 그가 나중에 곤란해지면 어쩌려고.'라고, '34. 옷에 같은 단추 달기' 옆에는 '어휴, 이런 건 대체 왜 바라는 거람? 클로에한테 부탁하면서 얼마나 얼굴이 화끈거렸는지 모른다. 그래도 뭐, 막상 달고 나니 나름대로 하나로 연결된 것 같은 기분도 들고…… 이따가 보여 주면 좋아하겠지?'라며 본인의 생각이나 감상 등을 적어 둔 것이 아닌가.

'이래 놓고 제 앞에서는 그리 태연하게 관심 없는 척하셨던 겁니까?'

꽉 죄어드는 목울대를 침을 꿀꺽 삼켜 겨우 가라앉힌 그는 낡은 종이를 품속에 갈무리하며 한쪽 벽을 가득 채운 그림 쪽으로 시선을 옮겼다.

거대한 화폭을 가득 채운 것은 바로 제 연인의 모습이었다. 머리에는 왕관을 쓰고 한 손에는 왕홀王笏을 든 채 이쪽을 바라보고 있는 그녀의 초상.

찬란했던 그해 여름의 햇살을 받아 눈부시게 반짝이는 금빛 드레스 차림의 그녀는, 당시만 해도 그럭저럭 건강했다는 사실을 증명하듯 마지막으로 보았던 모습보다 훨씬 생기가 넘쳐 보이는 얼굴이었다.

　그림이 그려진 구도 때문일까? 마치 시선을 마주하듯 제 쪽을 돌아보고 있는 그녀는 살짝 처진 눈꼬리와는 달리 꽉 다물린 입술하며 자신감 넘치는 표정 때문에 몹시 당당해 보였다. 당장에라도 '뭘 그렇게 빤히 쳐다봐요? 그러다 사람 얼굴 뚫어질라.'라고 타박할 것처럼.

　"밀라 님."

　느릿하게 초상화 앞으로 다가간 그가 그녀를 향해 손을 뻗었다.

　아직도 손끝에 그날의 온기가 남아 있는데, 여전히 코끝에 재스민 향이 이렇게 맴돌고 있는데.

　제게 건네 오던 목소리와 따스하게 빛나던 눈빛이 이리도 생생한데, 오직 그 주인만이 제 곁에서 사라졌다. 저리 화폭 속에 반짝이던 한순간의 모습만을 남겨 둔 채로.

　"분부하신 대로 에드워드 전하는 잘 모시고 있습니다. 진정한 의미의 재상이 되기 위해 일도 열심히 했고요. 이만하면 약속은 잘 지킨 거겠지요?"

　살가운 목소리가 입술 사이에서 흘러나왔다.

　십 년이라는 세월은 참으로 길고도 길었으나, 다행히도 이제 그녀를 보러 갈 날이 얼마 남지 않았다 싶었다. 그때의 그녀처럼 조금씩 몸이 무거워지고 잠이 늘어나는 것으로 보아 확실했다.

　'이제 곧.'

진실을 알게 되면 그녀는 분명 노발대발하겠지만, 그날의 선택에 후회는 없었다. 그때 그리하지 못했다면 극단적인 선택을 했을지도 모르니까.

무거운 팔을 들어 그림 속 얼굴을 쓸어 본 그의 입가에 희미한 미소가 걸렸다. 곧 만날 거라는 생각에 심장이 두근두근했다.

"당장이라도 뵈러 가고 싶지만, 그리하면 절 혼내실 테지요? 머지않아 다가올 그날만을 간절히 기다리고 있습니다. 보고 싶습니다, 밀라 님. 그리고 사랑합니다. 다시 뵙는 날까지 부디 평안하시기를."

―에른.

다정하게 부르는 목소리가 귓가를 맴돌았다.

따스한 미소를 조만간 볼 수 있을 거란 생각에 가슴이 벅차올랐다.

―사랑해요.

소리 없는 웃음이 입가에 걸렸다.

저물어 가는 태양이 그를 잿빛으로 물들이고 있었다.

제5곡

sanctus: initium novum
새로운 시작

sanctus: initium novum
새로운 시작

[저하.]

고요하던 공간에 소리 하나가 울려 퍼졌다.

메아리처럼 주위를 웅웅 맴도는 작은 진동에 검은 바다 위로 하나둘 파문이 떠올랐다.

바닷속을 느릿하게 유영하던 여인이 눈썹을 꿈틀했다. 방해하지 말라는 듯 얼굴을 잔뜩 찌푸린 그녀는 물결이 일지 않는 방향으로 슬그머니 돌아누웠다.

[저하.]

웅웅.

잠시 고요했던 수면이 또다시 흔들렸다.

짜증스럽게 눈썹을 찡그린 여인이 손을 휘휘 저으며 몸을 잔뜩 옹송그렸다.

그 바람에 파문이 일던 바다가 더욱 크게 요동치며 겹겹이 원을 그렸다.

[저하.]

누구야. 날 좀 내버려 둬.

신경질적으로 중얼거린 여인이 손으로 귀를 틀어막았다. 아무것도 느껴지지 않는, 평온한 이 상태를 깨뜨리려 하는 낯선 침입자가 몹시 성가셨다.

[왕세녀 저하.]

날 좀 내버려 두라니까.

[일어나십시오, 저하.]

그게 누군데 자꾸 부르는 거야?

[왕세녀 저하!]

'왕세녀…… 저하?'

점점 가까워지는 소리를 무심코 되뇐 여인이 고개를 갸웃했다. 왕세녀 저하라니? 그녀는 분명 왕세녀가 아니라 여왕…….

─볼렌테 레기나. 저는 당신의 충실한 종이니, 무엇이든 원하시는 대로 하십시오. 따르겠습니다.

불현듯 떠오른 목소리에 눈이 번쩍 뜨였다.

황급히 주위를 둘러본 그녀의 입에서 소리 없는 비명이 터져 나왔다.

'에른!'

─단, 마지막 가시는 길까지 제가 모실 수 있도록 허락해 주십시오. 지금 그 몸으로는 절대 혼자 가실 수 없을 겁니다.

'여긴 어디지? 내가 왜 이런 곳에 있는 거야? 난 분명히…….'

의식을 잃기 전 마지막으로 봤던 풍경이 까만 바다 위로 선명하게 떠올랐다.

갈라진 틈에서 분수처럼 솟구쳐 오르던 불의 강, 허공으로 떠오르던 푸른 돌과 사방으로 흩뿌려지던 보석 비, 그리고 저를 꽉 끌어안은 채 눈물짓던 연인―.

―지켜봐 주십시오. 제가 어떻게 살았는지, 당신과의 약속을 얼마나 훌륭하게 지켰는지 말입니다.

[왕세녀 저하.]

젖은 목소리 위로 웅웅 울리는 소리가 자꾸만 겹쳐졌다.

어느새 수십 개로 늘어난 파문이 그녀를 위로 밀어내고 있었다.

'안 돼! 데려가지 마! 난 그에게 돌아가야 해! 그가 분명 나를⋯⋯!'

[일어나셔야지요, 저하. 벌써 해가 중천입니다.]

버둥거리며 거부하는 그녀를 무의식의 바다가 계속해서 위로 밀어냈다.

그리고 마침내―.

밝은 빛이 그녀를 덮쳤다.

"안 돼!"

쭉 뻗은 팔이 허공을 움켜쥐었다. 강제로 튕겨진 듯한 느낌에 절로 구역질이 났다.

"우욱!"

허리를 꺾으며 오른손으로 입을 틀어막자, 서둘러 달려든 시녀들이 안절부절못하며 물었다.

"저하! 괜찮으십니까?"

"어찌 그러십니까? 어디가 미령하신지요?"

"괘, 괜찮, 우욱……. 그냥 내버려……."

치밀어 오르는 구역질을 애써 삼키며 손을 대충 휘젓는데, 일렁이는 시야에 저를 부축하는 밤색 머리카락의 여인이 들어왔다.

"어찌 그러십니까, 저하? 혹시 오늘도 악몽을 꾸신 겁니까?"

"……미하엔 백작 부인?"

밀라이아는 서슴없이 제 몸에 손을 대는 여인을 보며 떨리는 입술을 깨물었다.

무슨 이유에서인지 자꾸만 주위가 일그러지는 바람에 정확하게 알아볼 수는 없었지만, 적어도 저를 부축하는 여인의 머리카락 색이 금갈색이나 붉은색이 아닌 것만은 확실했다.

진보라. 그것은 오래도록 저를 살펴왔던 시녀장 미하엔 백작 부인의 머리카락 색이었다. 글로리아의 유모인 레티시아 백작 부인이나 전속 시녀 클로에, 혹은 달리아의 것이 아니라.

"네, 저하. 어디가 미령하신지요? 무슨 일이시기에 이리 눈물을 보이시는 겁니까?"

"울어요? 내가?"

멍하니 되묻는데, 눈가에 대롱대롱 매달려 있던 물방울 하나가 툭 소리를 내며 손등 위로 떨어졌다.

순간 무의식중에 걸려 있던 마지막 빗장이 풀리며 눈물이 폭포수처럼 쏟아졌다.

입술 사이에서 의미를 알 수 없는 소리가 쏟아져 나오고, 눈에서는 굵은 물줄기가 계속해서 줄줄 흘러내렸다.

시녀들이 모두 저를 저하라고 부른다는 것, 미하엔 백작 부인이 여기에 있다는 것, 그리고 허리 밑으로 길게 늘어진 머리카락이 곧은 생머리가 아니라 굽슬굽슬하다는 것.

이 모든 일이 의미하는 사실은 오직 하나였다. 이제 더는 사랑하는 연인을 볼 수 없다는 것.

터질 것처럼 조여드는 가슴을 움켜쥔 그녀가 눈물 섞인 목소리로 울부짖었다.

"에른…… 에른……!"

하지만 몇 번이고 다시 불러 봐도 돌아오는 대답은 없었다.

숨이 턱 막혔다.

아무도 없는 틈을 타 몰래 애칭을 부를 때면 언제고 저를 돌아보는 그가 있었는데, '부르셨습니까, 밀라 님?' 하며 다정하게 답해 오던 목소리가 늘 곁에 있었는데, 이제 제게 돌아오는 것은 공허한 메아리뿐이었다.

당황한 시녀들이 우왕좌왕하고 놀란 미하엔 백작 부인이 서둘러 왕궁의를 데려오라 외치는 소리가 들렸지만, 그런 것들은 전부 그녀의 귀에 들어오지 않았다. 오직 그의 부재만이 머릿속을 가득 지배했을 뿐.

"에른!"

아직 함께해 보지 못한 것이 너무 많은데, 미처 건네지 못한 말들이 산더미 같은데 이렇듯 허무하게 헤어져 버리다니.

이리 빨리 돌아올 줄 알았으면 좀 더 열심히 사랑할 걸 그랬다. 툭하면 화를 내고 투정만 부릴 게 아니라 다정하고 고운 말만 들려줄 걸 그랬다. 당연하다는 듯 그가 해 주는 것들을 받기만 할 것이 아니라, 그가 제게 했던 것처럼 섬세하게 챙겨 줄 걸 그랬다. 그랬다면 지금처럼 후회만이 가슴을 두드리지는 않았을 텐데.

─하긴, 등만 보고 가시기에는 제가 너무 잘생겼지요. 좀 뚫어질 것 같더라도 모르는 척해 드릴 테니, 도착할 때까지 실컷 보십시오.

　애써 태연한 척하고는 있었지만, 분명 제 것만큼이나 흔들리던 눈빛이 떠올랐다.

　─약속하겠습니다. 왕제 저하를 잘 지켜 드리고…… 당신과 함께 꿈꿨던 세상을 꼭 만들 겁니다. 그러니 지켜봐 주십시오. 제가 어떻게 살았는지, 당신과의 약속을 얼마나 훌륭하게 지켰는지 말입니다.

　젖은 음성으로 해 오던 굳건한 약속도 떠올랐다.

　그리고 마지막 순간, 귓가를 울리던 간절한 고백─.

　─사랑합니다. 세상 그 무엇보다도.

　"아아……."

　목에서 무언가가 울컥하고 솟아올랐다. 상처 입은 심장이 연신 비명을 토해 냈다. 슬픔과 후회와 그리움과 절망으로 뒤섞인 눈물이 자꾸만 쏟아져 내렸다.

　더는 만날 수 없는 연인의 얼굴과 목소리를 떠올리며 그녀는 울고 또 울었다.

　그때.

　"어찌 이리 서럽게 울고 계십니까? 설마 겨우 하루 못 뵈었다고 그토록 그리우셨던 겁니까?"

　익숙한 말투에 절로 고개가 홱 돌아갔다.

　물기로 잔뜩 얼룩진 시야에 검은색의 무언가가 일렁이는 것이 보였다. 시녀로 보이는 이들이 전부 방을 빠져나가는 것도.

　"……에른? 당신이에요?"

"시녀들이 어쩔 줄 몰라 하며 온 궁을 뛰어다니고 있더군요. 무슨 일로 이른 아침부터 이러고 계시는 겁니까? 뭔가 안 좋은 꿈이라도 꾸셨습니까?"

침대 끄트머리에 걸터앉은 남자가 그녀의 이마에 손을 짚었다.

그 순간, 특유의 달콤한 시트러스 향이 코끝을 스치고 지나갔다. 제 연인에게서 늘 맡을 수 있었던 바로 그 향이.

"에른!"

벌떡 몸을 일으킨 그녀가 남자의 목에 매달렸다. 익숙한 색채와 향기에 찢어질 듯 아려 오던 심장이 언제 그랬느냐는 듯 평온하게 가라앉았다.

'아무래도 내가 뭔가를 착각했던 모양이야.'

그럼 그렇지, 아무리 소원의 돌을 썼다고는 해도 이렇게 빨리 원래 세상으로 돌아올 리가 있겠는가? 분명 글로리아가 적어도 일 년에서 삼 년은 걸릴 거라고 했었는데.

물론 그녀의 일기장 안에는 '그 일', 즉 레드드래곤의 분노를 해결하면 돌아가게 될지도 모른다는 이야기도 적혀 있었지만, 그리고 분명 대신관이 소원의 돌을 발동하면 생명력이 상당히 줄어든다는 말도 했었지만, 밀라이아는 머릿속에서 그런 모든 불길한 언급들을 싹 몰아내며 활짝 웃었다. 그런 것 따위야 아무려면 어떻단 말인가. 지금 이렇게 그가 제 곁에 있는데.

"왜 이제야 와요? 내가 얼마나 놀란 줄 알아요? 난 또 당신과 영영 헤어진 줄 알고……!"

"헤어지다니요? 그게 무슨 말씀이십니까? 그리고 제 이름은 그게 아닙니다만. 설마 스승의 이름조차 모르시는 겁니까?"

"네? 스승…… 이요?"

왠지 드는 불안한 느낌에 눈을 깜빡이는 순간, 천천히 손을 들어 올린 남자가 그녀의 눈가에 얼룩진 눈물을 쓸어냈다.

그제야 겨우 밝아진 시야에 그의 모습이 제대로 들어왔다.

언제나 그래 왔던 것처럼 검은 머리카락을 단정하게 빗어 넘긴 남자가 두 눈 가득 의아한 빛을 담은 채 저를 바라보고 있었다.

다소 오만해 보이는 얼굴하며 한 치의 흐트러짐도 없이 차려입은 잿빛 예복은 전부 그녀가 알던 모습 그대로였지만, 저를 향한 눈동자는 믿을 수 없게도 에메랄드색이었다. 그녀의 연인처럼 재색이 아니라.

"설마…… 에스페라 공작?"

"설마는 무슨 설맙니까? 저하의 스승이 저 말고 또 누가 있다고요. 어제부터 대체 왜 그리 낯설게 부르시는지 모르겠군요."

느릿하게 답한 남자가 품에서 손수건을 꺼냈다.

구김 하나 없이 빳빳한 천을 잘 펼쳐 든 그는 여전히 축축하게 젖은 볼이며 채 닦아 내지 못한 눈물방울을 꼼꼼하게 닦아 주고는 물었다. 마치 페르디난드 공작이 그러던 것처럼 다정하게.

"한데 무슨 일로 이리 눈물을 보이시는 것인지요? 설마 오늘도 또 좋지 못한 꿈을 꾸신 겁니까?"

"……."

"저하?"

"……공작이었군요."

갑자기 맥이 탁 풀렸다.

무너지듯 베개에 몸을 기대는 그녀를 보며 고개를 갸웃한 남자가 물었다.

"괜찮으십니까?"

"……뭐 하는 짓이에요? 감히 왕세녀의 몸에 손을 대려 하다니."

밀라이아는 제 이마를 다시 한번 짚어 보려는 남자를 슬쩍 피하며 말했다.

기억 속의 에스페라 공작은 분명 자상한 성격이 아니었던 것 같은데, 오늘따라 왜 이리 자꾸만 제 연인과 비슷한 행동을 하는지 알 수가 없었다.

심지어는 코끝을 스치고 지나가는 향마저 그와 똑같았다. 그 바람에 잠시나마 헛된 희망에 가슴이 부풀었던 것이 아닌가.

기본 향 자체야 그리 특이한 것이 아니라지만, 상큼하고 시원한 느낌에서 벗어나 달콤한 냄새를 내는 시트러스 향의 소유자는 그녀가 아는 한 오직 제 연인밖에 없었다. 남자들은 보통 달달한 계열은 잘 쓰지 않으니까.

한데 에스페라 공작이 왜 그와 똑같은 향을 쓰고 있단 말인가? 사람 헷갈리게.

"저하? 어찌 답이 없으십니까?"

"공작이 왜 그 향을 써요?"

불쑥 던져진 물음에, 눈썹을 슬쩍 치켜세운 에스페라 공작이 답했다.

"새삼 무슨 말씀이십니까? 이미 오래전부터 쓰던 향입니다만."

"오래전부터 썼다고요? 하지만 난 맡아 본 기억이 없는데?"

"애초에 저하께서 제 향수를 기억하신다는 것이 더 이상한 일 아닙니까? 그게 가능하려면 이 정도로 거리가 가까워야 한다는 소린데요."

태연하게 답한 남자가 문득 뭔가 떠올랐다는 양 눈매를 좁히며 물었다.

"한데 '공작이 왜 그 향을 쓰냐'라는 건, 제 것과 같은 향을 쓰는 사람을 따로 아신단 말씀이십니까? 누굽니까, 그자가? 누가 감히 남의 향을 도용한 것으로도 모자라 저하께 그 정도로 가까이……."

"도용이라니, 누가 누구의 것을 도용했다고 그래요? 잘 알지도 못하면서 함부로 말하지 마요."

울컥하며 반박하는 순간, 에메랄드색 눈동자가 가늘게 뜨이는 것이 보였다. 꼭 제가 뭔가 잘못했을 때 페르디난드 공작이 짓던 표정처럼.

심장이 쿡쿡 쑤셨다. 하필이면 왜 저리 말투며 사소한 버릇 하나하나까지 그를 닮았단 말인가? 그러잖아도 눈동자 색깔을 제외하고는 너무나도 비슷하게 생겨 가슴이 아려 오는데.

─그거 아십니까? 그렇게 닮은 사람들은 사실 같은 영혼의 소유자라는 것 말입니다.

─곧 다시 뵙겠습니다. 그때까지 늘 평안하시기를.

문득 머릿속을 스치고 지나가는 두 개의 목소리.

어딘가 의미심장하게 들렸던 그 이야기들이 문득 떠올라, 밀라이아는 혹시나 하는 생각으로 에스페라 공작을 돌아보았다.

그저 제 마음이 간절해 빚어낸 헛된 희망일 확률이 높았지만, 그럼에도 한 번쯤은 확인해 보고 싶었다. 만에 하나 정도밖에 가능성이 없다 해도, 혹시 또 모르지 않는가. 제가 그 만 중의 하나에 해당될지.

"에스페라 공작?"

"말씀하십시오."

"저기…… 왜, 예전에 내가 한번 얘기한 적 있죠? 글로리아 여왕이 되는 꿈을 꾼 적이 있다고요."

"네. 가 보니 나라 상태가 전반적으로 안 좋아서 이것저것 손을 좀 보셨다고 하셨죠."

어렵지 않게 긍정하는 남자를 보며 조심스레 숨을 고른 밀라이아가 물었다.

"그래서 말인데요, 혹시 공작은 그런 꿈을 꿔 본 적 없어요? 글로리아 여왕 시대의 사람이 되는 꿈 말이에요. 이를테면 왕제라든가, 유명 학자라든가, 혹은 재상…… 같은."

"흠. 그런 질문은 갑자기 왜 하시는 겁니까?"

그건 무슨 말도 안 되는 소리냐고 할 줄 알았는데, 에스페라 공작은 의외로 긍정도 부정도 하지 않은 채 이유를 물어왔다.

조금씩 희망이 부풀어 올랐다.

"그냥, 남들은 잘 알지도 못하는 여왕 시대에 대해 너무 잘 알고 있는 게 신기해서요. 나도 나름대로 사서를 꽤 많이 읽어 봤는데, 공작이 가르쳐 줬던 내용들은 대부분 본 적이 없었단 말이죠. 르뮈엔 후작도 한 번도 얘기해 준 적 없었고요."

"그걸로는 근거가 좀 부족하지 않습니까? 지난번에도 말씀드렸을 텐데요. 제국 쪽에는 생각보다 많은 책들이 있다고 말입니다."

"아무리 그래도 대신관이 돈을 밝힌다거나 단 음식을 좋아한다는 것처럼 사소한 내용까지 남아 있지는 않을 것 아니에요. 그러니 묻는 거죠. 그런 건 대체 어떻게 안 거예요? 마치 그 시대를 직접 지켜본 사람처럼."

말을 하면 할수록 처음에는 그저 실낱같은 희망에서 묻기 시작했던 이야기들이 점점 더 그럴싸하게 느껴지기 시작했다.

따지고 보면 그렇지 않은가? 저처럼 꿈을 통해 그 시대를 직접 본 것이 아니고서야 어찌 그런 사소한 내용까지 다 알겠느냐 말이다. 게다가 생각해 보면 가능성이 전혀 없지도 않은 것이, 저와 글로리아가 서로의 삶을 지켜보았던 것처럼 페르디난드 공작도 분명 예전에 꿈을 통해 저를 처음 보았다고―.

"대신관들에 대한 기록이야 신전에 가면 무궁무진하게 남아 있는걸요. 무엇을 바라시고 자꾸 이런 것들을 하문하시는지는 모르겠지만, 저는 말씀하신 것 같은 그런 꿈을 꾼 적이 없습니다."

"⋯⋯그런가요?"

"네. 한데 이런 건 왜 자꾸 물으시는 겁니까? 거기서 저와 닮은 자를 만나셨다더니, 혹시 저를 그자로 착각하시는 겁니까?"

느릿하게 물은 공작이 단정 짓듯 말했다.

"저는 에스페라가의 가주 레이놀드이지, 저하께서 생각하시는 다른 누군가가 아닙니다. 다른 사람을 자꾸 덧씌워서 보시면 곤란합니다."

"⋯⋯미안해요, 에스페라 공작."

짙은 실망감이 가슴속을 꽉 채웠다.

그래, 아무리 닮았다 해도 눈앞의 남자는 페르디난드 공작과 다른 사람이었다. 이 이상 연결 짓는 건 두 사람 모두에게 실례였다.

솟구쳐 오르는 눈물을 참으려 고개를 아래로 떨군 밀라이아가 말했다.

"기분 나빴다면 사과할게요. 저기, 그리고 미안하지만 오늘은 내가 수업을 받을 기분이 아니어서요. 빠진 부분은 나중에 벌충할 테니 그만 돌아가 주겠어요?"

"저하께서 이 모양이신데 가긴 어딜 갑니까? 그나마도 시녀들이 당장 왕궁의를 데려온다는 것을, 제가 먼저 잠깐 살펴보겠다 하여 들어온 겁니다."

"제발, 날 좀 그냥 내버려 두면 안 돼요? 하루쯤 수업 안 듣는다고 어떻게 되는 것도 아니잖아요!"

새된 비명이 터져 나왔다. 가슴이 찢어질 듯 아파 더는 눈앞의 남자를 보고 있을 수가 없었다.

버럭 고함을 지르는 그녀를 에스페라 공작이 놀란 표정으로 바라보고는, 이윽고 답했다.

"……알겠습니다. 오늘은 이만 물러가지요. 하면 이건 여기에 두고 가겠습니다. 약소하지만 모레 있을 탄신 연회 드레스에 맞춰 준비해 본 것이니 부디 가납嘉納하여 주십시오. 그럼."

채 무어라 할 틈도 없이 뚜껑이 열린 보석 상자 하나가 눈앞에 놓였다.

대충 내용물을 보는 시늉만 하려던 밀라이아가 멈칫했다. 그 안에 든 것의 모양새가 너무도 눈에 익었기에.

검은색 상자 안에 든 것은 다름 아닌 머리 장식이었다. 백금으로 만든 틀 위에 커다란 아쿠아마린을 붙이고, 투명한 다이아몬드를 주위에 알알이 박아 단아하게 꾸민 머리 장식.

'이건……!'

─받으십시오. 전하의 것입니다.

화창하던 어느 여름날, 그와 나누었던 대화가 떠올랐다.

밀라이아는 막 걸음을 떼려던 남자의 옷자락을 꽉 붙들었다. 이 이상은 정말로 결례라는 걸 알고 있었으나 도저히 버틸 수가 없었다.

"저하?"

"공작, 당신 정말, 정말로……."

"말씀하십시오."

"당신, 정말……."

"정말, 뭡니까?"

의아함이 뚝뚝 묻어나는 표정에 겨우 이성이 돌아왔다.

밀라이아는 입 속을 뱅뱅 맴도는 말을 도로 삼키며 다른 이야기를 꺼냈다.

"……아니에요. 그냥 걱정 끼쳐서 미안하다고요. 시녀들에게도 별일 아니라고 일러 주면 고맙겠어요."

"그리하겠습니다."

"그리고 선물 고마워요. 정말 예쁜…… 머리 장식이네요."

떨리는 목소리를 애써 가다듬으며 말하자, 말없이 그녀를 바라보던 공작이 잠시 후 물었다.

"마음에 드십니까?"

"네. 모양이 마치…… 마치…… 내가 가장 아끼던 것과 꼭 닮았네요."

"그러시군요. 무척 아끼시던 장신구였나 봅니다."

"네. 비록 지금은 볼 수 없게 되었지만요. 정말 고마워요, 에스페라 공작. 소중하게 간직할게요."

눈물을 꾹꾹 눌러 참으며 애써 감사를 표하는데, 노크 소리가 들리고 몇 사람이 안으로 들어섰다. 미하엔 백작 부인과 왕궁의들이었다.

가끔 가다 하는 밤 외출을 제외하고는 약점이 잡힐 만한 행동을 거의 하지 않는 그녀가 아침부터 한참 울었다는 말에 모두 몹시 놀란 듯했다. 심지어는 그들이 그녀에게 막 인사를 마치자마자 왕비까지 등장하는 것이 아닌가.

"어마…… 마마?"

"아침부터 네가 눈물 바람이라기에 달려왔단다. 밀라, 어디가 안 좋은 거니? 무슨 일이기에 씩씩한 우리 왕세녀가 눈물을 보였을까?"

오랜만에 어머니를 보자 또다시 눈물이 핑 돌았다.

하지만 밀라이아는 표정을 애서 무심하게 가다듬으며 대수롭잖은 말투로 답했다. 아무리 어머니와 심복 시녀들이라고는 해도 이 이상 약한 모습을 보여 주고 싶지는 않았다. 게다가 왕비는 제 어머니이긴 해도 이런 얘기를 털어놓을 상대는 아니었다.

"그냥 잠깐 열이 올라서 그랬어요. 아무래도 요 며칠 생일 연회 준비로 과로해서 그랬나 봐요. 지금은 괜찮으니 걱정 마세요, 어마마."

"……그래?"

"네. 정 걱정되시면 진찰은 한번 받아 볼게요. 왕궁의?"

"네, 저하."

서둘러 답한 왕궁의들이 다가와 그녀의 상태를 확인하기 시작했다.

걱정스러운 얼굴로 그 모습을 지켜보던 왕비는 그제야 한쪽에 비켜서 있던 남자를 돌아보며 물었다.

"에스페라 공작도 와 있었군요. 그대도 얘길 전해 듣고 온 건가요?"

"네, 왕비 전하. 저하께서 미령하신 것 같다기에 걱정이 되어 찾아뵌 참입니다. 수업 문제도 있고요."

"그렇군요. 하나 아무리 공작이 밀라의 스승이라 해도 이런 시간에 침실에 드나드는 건 좀 아니지 않나요? 설사 약혼한 사이라 해도 흠이 될 텐데 말입니다."

조곤조곤하게 짚는 말에 멈칫한 남자가 곧장 고개를 숙였다.

"송구합니다, 왕비 전하. 신이 생각이 짧아 거기까지는 미처 고려하지 못했습니다. 용서하십시오."

"본 비妃는 괜찮답니다. 국왕 전하가 문제지요. 어쨌든 내 시녀들의 입은 단단히 단속해 놓을 테니 오늘은 그만 가 보도록 해요."

"네. 하면 신은 물러가겠습니다. 창공의 무궁함이 두 분께 영원토록 함께하시기를."

"그래요. 또 봅시다."

"……조심히 가요, 에스페라 공작."

겨우 마음을 가다듬은 밀라이아가 왕비의 뒤를 이어 인사했다.

멀어지는 그의 뒷모습을 쳐다보는데, 진찰을 마친 왕궁의들이 세 발짝 뒤로 물러서는 것이 눈에 들어왔다.

셋 중 대표로 나선 중년 여인이 말했다.

"저하의 말씀이 맞습니다, 왕비 전하. 다소 미열이 있으신 것 외에는 별다른 이상이 없는 것으로 보입니다. 하루 정도 푹 쉬시면 금세 안정을 되찾으실 겁니다."

"그런가? 알겠네. 모두 이른 아침부터 수고가 많았네."

고개를 끄덕인 왕비가 가볍게 손짓했다.

허리를 숙여 보인 백작 부인과 왕궁의들이 침실 밖으로 물러났다.

인기척이 모두 사라질 때까지 잠시 기다린 왕비는 좀 전까지 에스페라 공작이 앉아 있었던 침대 끄트머리에 걸터앉으며 물었다. 차분하게 사람들을 상대하던 모습과는 달리 다소 호들갑스러운 태도로.

"왕궁의가 별일 아니라 하니 일단 안심이다만. 정말 괜찮은 거니? 엄마가 아는 너라면 열이 좀 올랐다고 그리 울 리가 없는데 말이다."

"네, 괜찮아요. 걱정 끼쳐서 죄송해요."

"괜찮기는. 얘, 엄마잖니. 말해 보렴. 또 몰래 도박장엘 갔다가 용돈 다 털렸니? 아니면 아빠가 불러다가 한참 잔소리하던? 그것도 아니면 설마 에스페라 공작이랑 싸우기라도……."

"아니에요. 정말 잠깐 열이 올라서 그런 거라니까요?"

반짝이는 눈빛을 마주한 밀라이아가 한숨을 삼키며 답했다. 호기심으로 가득 찬 저 눈빛으로 미루어 보건대, 사실대로 얘기했다가는 보나마나 조금 뒤에 자초지종을 전해 들은 부왕이 달려올 것이 분명했다.

물끄러미 그녀를 바라보던 왕비가 뾰로통한 얼굴로 말했다.

"알았다, 알았어. 가면 되잖니. 하여튼 우리 애들은 제 아빠를 닮아서 죄다 무뚝뚝하기 짝이 없어요. 그래도 네가 원한다면 바로 달려올 테니까, 엄마가 필요하거든 언제든 부르렴. 연회 준비는 얼추 끝났으니 푹 쉬고."

"네. 감사해요, 어마마마."

"그래."

머리카락을 쓱쓱 쓰다듬어 준 왕비가 자리에서 일어났다.

그녀마저 자리를 뜨고 나자, 홀로 남은 방 안에는 무거운 적막만이 흘렀다.

그제야 침대에서 몸을 일으킨 밀라이아는 천천히 방 안을 한 바퀴 둘러보았다.

너른 방 곳곳에 놓인 물건들은 분명 제 취향에 딱 맞춘 것들이었지만, 그새 글로리아의 방에 익숙해져서인지 어딘가 좀 어색하게 느껴졌다.

"큰일이네. 이러다가 촌스러운 취향으로 바뀌는 거 아냐?"

혼잣말로 중얼거린 그녀의 입가에 씁쓸한 미소가 걸렸다. 사람의 마음이란 참으로 간사한 것이라, 그곳에 있을 때는 종종 여기가 그립더니 이제는 그 반대의 생각이 드는구나 싶었다.

'다들 잘 지내고 있을까? 아니, 잘 지냈을까, 라고 해야 하려나? 이제는 다들 없는 사람이니.'

무표정하던 얼굴이 서서히 일그러졌다.

이럴 줄 알았으면 부왕까지 알게 되는 한이 있어도 그냥 어마마마를 붙잡아 둘 걸 그랬다는 생각이 들었다. 그랬으면 적어도 숨 막히는 이 정적 속에서 그리운 얼굴들을 하나둘 떠올리지 않아도 될 텐데.

이별을 예감하기라도 한 듯 자꾸만 달라붙던 에드워드, 언뜻 보면 냉정해 보이지만 실은 누구보다도 세심하게 저를 챙겨 주던 레티시아 백작 부인, 밝고 통통 튀는 성격으로 늘 그녀를 즐겁게 해 주던 클로에와 차분하고 믿음직한 달리아, 충직한 앤트워스 후작과 그 부관 윈터 경. 그리고―.

애써 지우고 있던 얼굴이 떠오르는 순간, 코끝이 핑 돌았다. 보고 싶었다. 그저 닮기만 한 에스페라 공작이 아니라, 오롯이 저만을 바라보던 제 남자 에른이.

흐려지는 눈을 빠르게 깜빡이는데, 갑자기 한 가지 생각이 머릿속을 스치고 지나갔다.

'맞다, 초상화!'

제가 찾아볼 수 있게끔 여러 장 남겨 놓겠다 약속했으니, 왕실 기록관을 찾아보면 어딘가에 그의 초상화가 있을지도 모른다. 그는 몹시 유능한 사람이었고, 왕실 기록관에는 왕가뿐만 아니라 커다란 업적을 세운 귀족들의 초상 역시 보관되어 있으니까.

서둘러 줄을 당긴 밀라이아는 시녀들을 재촉해서 평상복으로 갈아입었다. 그러고는 쉬셔야 하는 것 아니냐며 만류하는 그녀들을 물린 뒤 혼자서 왕실 기록관으로 향했다.

한 걸음 한 걸음을 내딛을 때마다 그리움만큼이나 조급한 마음이 무게를 더해 갔다. 그럴수록 빨라지던 발걸음은, 결국 왕실 기록관의 지붕이 보이는 순간 뜀박질로 변했다.

"헛, 저하?"

"저하! 잠시만 기다리십시오, 저하!"

놀란 사람들이 하나둘 돌아보고 뒤에서 누군가가 부르는 소리가 들렸지만, 연인의 얼굴을 당장 봐야겠다는 생각으로 가득 찬 머리는 그 모든 것을 무시하게 했다. 그녀에게 남은 것은 오직 조금이라도 빨리 저곳에 가고 싶다는 생각뿐이었다.

나는 듯이 달려 왕실 기록관에 도착한 밀라이아는 놀란 얼굴로 허둥지둥 예를 갖추는 관원들에게 방해하지 말라는 말만을 남긴 채 위층으로 뛰어 올라갔다.

기억에 따르면 역대 왕들과 직계 왕족들의 초상이 있는 곳은 삼

층 동관이었으니, 페르디난드 공작의 초상도 아마 그 근처 어딘가에 있지 않을까 싶었다.

'어디 있지?'

왕실 초상화가 전시된 곳을 지나 귀족들의 초상이 걸린 곳으로 다가간 그녀는 전시실 안을 빠르게 훑으며 원하는 그림을 찾았다.

하지만 아무리 이곳저곳을 살펴봐도 그녀가 찾는 이의 초상은 보이지 않았다. 혹시나 하는 마음에 마지막 그림에서부터 맨 처음 것으로 거슬러 올라가며 다시 한번 뜯어보았지만 마찬가지였다.

'왜, 왜 없는 거야? 나와 약속했잖아. 내가 찾아볼 수 있도록 여러 장을 남겨 놓겠다 했잖아. 위대한 재상이 되겠다고 했잖! 그런데…… 그런데 어째서…….'

짙은 실망감이 온몸을 휘감았다. 그의 얼굴을 보고 싶다는 일념 하나만으로 왕세녀로서의 체면마저 벗어던지고 여기까지 달려왔는데, 아무리 찾아봐도 그를 볼 수 없다니.

당장에라도 눈물이 쏟아져 나올 것만 같아서, 밀라이아는 얼굴을 잔뜩 찌푸리며 북받쳐 오르는 감정을 겨우 삼켰다. 그러고는 차마 떨어지지 않는 다리를 떼어 왔던 길을 터덜터덜 되짚기 시작했다. 아무래도 페르디난드 공작저를 찾아가든가 해야 할 것 같았다.

그때, 느릿느릿 걷던 그녀의 눈에 익숙한 그림이 하나 들어왔다.

쏟아지는 햇빛을 받으며 이쪽을 돌아보고 있는 황금색 드레스 차림의 여자.

그것은 분명 무척이나 무덥던 어느 여름날, 람도란트 경의 앞에 섰던 제 모습이었다.

그리고 그 옆에는——.

'에른?'

축 처져 있던 어깨가 언제 그랬냐는 듯 제자리를 되찾았다.

달려가다시피 그 앞으로 다가간 그녀는 제 것 옆에 걸린 남자의 초상화를 뚫어질 듯 바라보았다.

"진짜 에른이다……."

툭.

참았던 눈물방울이 떨어져 내렸다.

내내 그리고 그렸던 얼굴이 바로 거기에 있었다. 살짝 치켜 올라간 눈매하며 꽉 다물린 입술, 흐트러짐 없는 머리카락마저도 기억 속의 모습 그대로인 그가.

"람도란트 경, 실력 없는 자가 아니었잖아? 괜히 좀 미안해지네."

애써 농담처럼 혼잣말로 중얼거려 보았지만, 그럴수록 떨어지는 눈물방울은 점점 더 늘어만 갔다.

보고 싶었다, 이 얼굴이.

듣고 싶었다, 그가 부르는 제 이름이.

단단한 품에 안겨 삐친 척 어리광을 부리고 싶었다. 내가 왔는데 왜 아는 척도 안 하냐고. 위대한 업적을 세웠을 줄 알았더니 왜 저기가 아니라 여기에 걸려 있어 한참을 찾아 헤매게 했냐고. 그리고…… 너무 그리워서 죽을 것 같다고.

"에른……!"

이렇게 보고 싶을 줄 알았으면 레드드래곤의 분노고 뭐고 그냥 그의 옆에 남아 있겠다고 할걸. 이렇게 가슴이 찢어질 줄 알았으면 그가 안 된다 붙잡을 때 모르는 척 주저앉아 버리는 건데.

그때.

"또 우십니까?"

"누, 누구……!"

파드득 몸이 튀어 올랐다.

분명 아무도 방해하지 말라 했는데 누가 여기까지 왔단 말인가? 그것도 국왕이나 직계 왕족의 허가 없이는 들어오지 못하는 왕실 기록관에.

"하필이면 이리로 들어가시기에 어렵사리 허가까지 받아 찾아왔더니, 그새를 못 참고 또 울고 계시면 어찌합니까."

황급히 눈물을 닦아 내던 손이 멈칫했다. 어쩐지 목소리며 말투가 몹시 익숙했기 때문이다.

"……에스페라 공작?"

조심스레 묻자, 등 뒤에서 곧바로 긍정의 답이 돌아왔다.

"네, 접니다."

"후우……."

짜증 섞인 한숨이 나왔다. 평소에도 좀 집요한 편이라 생각하긴 했지만, 오늘따라 왜 이리 저를 귀찮게 하는지 알 수가 없었다. 그것도 그의 얼굴을 결코 보고 싶지 않은 지금 같은 때에.

"미안하지만 그냥 가 주겠어요? 오늘은 좀 혼자 있고 싶군요."

"……."

신경질적인 요구에 돌아오는 대답은 없었다. 불쑥 튀어나온 손이 그녀를 끌어당겨 제 품에 가뒀을 뿐.

등에 와 닿는 낯선 남자의 체온에 소스라치게 놀란 밀라이아가 외쳤다.

"이게 뭐 하는 짓이에요! 당장 놓지 못해……!"

"밀라 님."

"미, 밀라 님? 감히 지금 누구의 애칭을……."

"밀라 님이 남기셨다던 목록 말입니다. 몰래 적어 놓고 몇 번을 읽어 보셨다더니, 그냥 보시기만 한 정도가 아니던데요? 설마 거기에 감상까지 적어 두셨을 줄은 미처 몰랐습니다."

"뭐…… 라고요?"

덜덜. 몸이 떨리기 시작했다.

그가 지금 무슨 얘기를 하고 있는 것인가? 저는 레이놀드 라 에스페라일 뿐이라며 딱 잘라 말하던 남자가 어째서 그녀와 에른 둘만이 알던 이야기를─.

"다 못하고 떠나는 게 아쉽다고 하셨죠? 지금이라도 같이 하시지요. 그렇지, 밤에 털장갑 끼고 산책하기랑 둘이서 눈사람 만들기부터 시작하면 되겠군요. 비록 삼월이기는 하지만, 아직 눈이 덜 녹았으니 겨울인 셈 치면 되지 않겠습니까?"

"고, 공작이 어떻게 그걸……."

"아까 전에는 말씀드리지 못해 죄송합니다. 오랜만에 뵙습니다, 밀라 님. 나의 여왕이시여."

"아, 아아……."

눈물이 후두두 떨어져 내렸다.

그 한마디 말로 알 수 있었다. 그가 에른이라는 것을. 어떻게 그리된 건지 알 수는 없었지만, 백 년이라는 시간을 뛰어넘어 이렇게 저를 끌어안고 있다는 것을.

어느새 저를 돌려 안은 그가 무어라 속삭이는 소리가 들렸지만, 밀라이아는 그저 너른 품에 얼굴을 묻은 채 한참 동안 소리 내어

울음만 토해 냈다. 놀라움, 행복감, 그리고 기쁨과 안도가 스며든 눈물이 자꾸만 쏟아져 도무지 버틸 방법이 없었다.

통곡하다시피 몸을 부들부들 떨며 오열하던 그녀가 울음소리 사이로 띄엄띄엄 물었다.

"어, 어떻게 된 거, 예요? 흑, 정말, 정말 에른 맞아요? 나 놀리는 거 아니죠?"

"그럴 리가요. 저 맞습니다. 밀라 님의 남자 에른이요."

"하지만 아까는 아니라면서요. 본인은 에스페라 공작이라고. 흑, 다른 사람을 덧씌워 보지, 말라더니?"

"그건…… 하아. 울지 마십시오. 그러다 숨넘어가실까 봐 걱정된단 말입니다."

연신 눈물을 쏟아 내는 그녀를 부드럽게 토닥이던 그는 다른 손으로 품을 뒤지다 말고 한숨을 쉬었다. 그제야 아까 전에 우는 그녀에게 손수건을 꺼내 줬던 것이 생각난 모양이었다.

하릴없이 셔츠의 소맷자락을 잡아당겨 말아 쥔 그는 눈물로 얼룩덜룩해진 그녀의 얼굴을 닦아 주며 말했다.

"조금 심술이 나서 그랬습니다. 그토록 오랜 세월을 기다려 찾아왔는데 이제야 알아봐 주시는 게 왠지 억울해서요."

"뭐라고요?"

고개를 들어 사납게 노려보자, 그는 함빡 젖은 턱이며 목을 톡톡두드려 주고는 답했다.

"그리고…… 사실 확신이 안 섰거든요. 밀라 님께서 정말로 돌아오신 건지 아닌지. 이미 여러 번 희망을 품었다가 좌절했던 탓에쉬이 믿을 수가 없었습니다."

"그게 무슨 말이에요?"

고작 그런 이유로 저를 모르는 척한 거냐며 화를 내려던 밀라이아는 이어지는 말에 눈을 동그랗게 떴다.

그 바람에 여전히 눈가에 아롱아롱 매달려 있던 눈물이 또르르 굴러 떨어졌다.

소맷자락으로 눈물자국을 다시 한번 닦아 준 공작이 말했다.

"밀라 님께서는 바로 넘어오셨겠지만, 저는 기억도 못하는 밀라 님을 두고 몇 년이나 기다려 왔거든요. 처음에는 다시 얼굴을 마주할 수 있다는 것만으로도 마냥 기뻤는데, 시간이 지날수록 가슴이 답답해지더군요. 절 기억하지 못하는 당신을 보면서 제가 하루하루 마음을 삭이느라 얼마나 힘들었는지 아십니까?"

"그, 그랬어요? 어, 언제부터 그랬는데요?"

"기억이 돌아온 게 삼 년 전, 저쪽에서 다시 만날 날만을 손꼽아 기다린 게 십 년이니까…… 햇수로 치면 꼬박 십삼 년이로군요. 재회했을 때부터 치면 일 년이 되었고요."

"헉……."

갑자기 말문이 막혔다.

뭐라 할 말이 없어 입만 벙긋거리는 그녀를 묵묵히 바라보던 그가 말했다.

"십이 년 만에 다시 밀라 님 앞에 섰을 때, 완전히 낯선 타인을 보는 듯한 눈빛을 보며 좌절했었습니다. 혹시 내가 미친 건 아닐까, 그 모든 것은 그저 한낱 꿈이었던 건 아니었을까 하는 생각이 자꾸만 들었죠. 그러면서도 미련을 버리지 못해 결국 스승 자리를 자원하고 과거의 일을 알려 드렸지만, 그 시간 동안 저는 아무것도 모르는 밀라 님을 보며 하루하루를 희망과 절망에 몸부림쳐야 했습니다."

"……."

가슴이 먹먹해졌다.

고작 한두 시간 남짓 겪어 본 저도 가슴이 이리 찢길 듯 아픈데, 십 년을 넘게 기다린 연인이 저를 알아보지 못하는 것을 깨달았을 때 그는 어떤 마음이었을까. 그럼에도 그 모든 것을 감내하며 곁에서 지켜보기만 했을 심정은?

뜨겁게 달아오르는 눈을 깜빡이며 올려다보자, 그는 잠시라도 그녀를 놓치기 싫다는 듯 허리를 바짝 끌어당겨 안으며 말했다.

"한데 최근 들어서 그쪽 일을 조금씩 알아 가시는 것 같아 얼마나 기뻤는지 모릅니다. 이제나저제나 하며 기다렸지요. 그리고 드디어 돌아오셨다는 걸 깨닫게 된 순간 심장이 멎는 줄 알았습니다만……."

슬쩍 한숨을 내쉰 공작이 계속해서 말했다.

"막상 입을 떼려니 겁이 났습니다. 혹시 이것도 꿈은 아닐까 싶어서요. 완전히 돌아오신 건지 아닌지 확신도 서지 않았습니다. 그동안에도 한두 번 그쪽과 이쪽을 오가셨잖습니까. 섣불리 말을 꺼냈다가 일이 꼬일까 봐 걱정도 됐고요."

그럼 그동안 에스페라 공작과 잠깐씩 만났던 것이 저만의 착각은 아니었던 모양이다.

무슨 원리인지는 모르겠으나, 아마도 잠시 잠깐 제 영혼이 원래의 육신으로 돌아왔던 것이 아닐까. 덕분에 저는 유용한 정보를 이것저것 얻어 갔다지만, 그걸 지켜봤을 그는…….

"……미안해요."

고개가 자꾸만 아래로 내려갔다.

부드럽게 등을 토닥인 그가 말했다.

"아닙니다. 그게 밀라 님께서 사과하실 일은 아니잖습니까? 어쨌든 그랬는데, 왕비 전하께 축객령을 듣고 심란한 마음에 정원을 서성이다가 시녀들이 떠드는 이야기를 듣게 되었습니다. 그리고 밀라 님께서 완전히 돌아오신 것이 맞는다는 걸 확신하게 되었지요. 밀라 님께서는 잘 모르시겠지만, 그곳에 가 계시는 동안 역사가 계속해서 바뀌었거든요."

"네? 역사가 바뀌어요?"

"네. 다른 사람들은 그때마다 기억이 절로 수정되는 것 같았지만, 저는 좀 특수한 경우라 그런지 무언가가 계속 바뀌고 있다는 걸 알 수 있더군요. 어쨌든 바뀐 부분은 나중에 차근차근 알려 드릴 테니 걱정 마십시오."

느릿하게 대답한 남자가 크게 숨을 내쉬었다. 이제야 겨우 안심이 된다는 듯 길고도 깊게.

"어쨌든 제 얘기는 그렇습니다. 하아, 이렇게 다시 뵙게 되다니 믿을 수가 없군요. 아직도 이게 꿈은 아닌가, 이러다 혹시 잠에서 깨는 건 아닌가 하는 생각이 들어 두렵습니다."

"……그런 얘기 하지 마요. 나도 무서워지니까. 한데 어떻게 날 찾아왔어요? 그리고 왜…… 왜 하필 십 년인 거예요? 설마 안 좋은 선택을 한 건 아니죠?"

"음. 실은 너무 뵙고 싶어서 그만."

느릿느릿 돌아오는 답을 들은 밀라이아의 얼굴이 확 일그러졌다.

"왜, 왜 그런 짓을 했어요! 내가 그러지 말라고 얼마나 신신당부

했는데! 많이 아팠어요? 혹시 지금도 문제가 있는 건 아니죠? 어디 봐 봐요, 네?"

다급하게 옷깃을 붙드는 그녀를 가만히 내려다보던 남자가 빙긋 웃었다.

"농담입니다. 제가 지엄하신 명을 어찌 감히 어겼겠습니까. 다만 대신관의 말에 따르면 생명력의 소진이 너무 컸던 탓이라고 하더군요."

"생명력이요? 그럼 설마……."

놀란 표정을 짓는 그녀를 보며 공작이 고개를 끄덕이고는 말했다.

"네. 실은 그날 밀라 님을 껴안으면서 속으로 간절히 빌었거든요. 당신을 이곳에 붙들어 둘 수 없다면 차라리 나를 그쪽으로 보내 달라고. 그래서 다시 한번 사랑할 수 있게 해 달라고 말입니다."

"그, 그래서요?"

"그때 얼핏 소원의 돌에 손이 닿았는데, 그 순간 제 바람 역시 이루어질 것 같다는 예감이 강하게 들더군요. 해서 곧 다시 뵙겠다고 말씀드렸던 겁니다. 그때는 밀라 님과 재회하기까지 이렇게 오래 걸릴 줄은 몰랐으니까요."

"그랬구나……."

이제야 그가 어떻게 제 앞에 있게 됐는지 이해가 됐다. 어째서 그곳에서의 남은 삶이 십 년밖에 되지 않았는지도.

안쓰러움과 미안함, 죄책감, 그리고 그 외 복잡한 감정들이 뒤죽박죽 섞여 들었다.

그러나 그중에서도 그녀의 마음을 가득 채운 건 짙은 안도감이었다. 그토록 오랜 세월을 인고하며 기다린 그에게는 미안하지만, 그럼에도 그가 그리해 준 덕분에 영영 헤어지지 않아서 다행이라는 다소 이기적인 행복감, 그리고 그토록 오랫동안 변함없이 사랑받았다는 것에 대한 기쁨이 담긴.

떨리는 눈으로 그를 올려다보자, 에메랄드색 눈동자 속에 자신의 모습이 가득 들어차 있는 것이 보였다. 초상화 속에 있는 여인과는 달리 굽슬굽슬하게 허리까지 늘어진 백금발과 물기가 남아 촉촉하게 젖은 푸른 눈동자, 은은하게 머금은 미소와 행복에 가득 차 발그레해진 두 볼이.

저를 담은 눈동자의 색깔도 그 안에 담긴 제 모습도 모두 백 년 전과는 조금씩 달랐지만, 그 안에서 오가는 감정의 교류만은 그때와 다름이 없었다.

뚜렷하게 보였다. 따스하고, 설레고, 서로가 사랑스러워 어쩔 줄 몰라 하는…… 그런 마음들이.

가만히 팔을 들어 그의 목을 감자, 기다렸다는 듯 눈을 감은 그가 저를 향해 천천히 고개를 내렸다.

입술에 와 닿는 부드러운 감촉에 절로 눈꼬리가 부드럽게 휘었다.

허락을 구하듯 조심조심 움직이는 그를 반기며 입술을 살그머니 벌렸다. 기다렸다는 듯 입 안으로 파고드는 그가, 파르르 흔들리는 검은 속눈썹이 사랑스러워 자꾸만 가슴이 두근거렸다.

다시는 이 사람을 놓치지 않을 거야. 더는 후회하지 않도록 최선을 다해 사랑해야지.

속으로 굳게 다짐하면서, 밀라이아는 스르르 눈을 감았다. 이제야 비로소 모든 것이 제자리를 찾은 것 같았다.

한참 뒤.

"헉, 나, 더는, 못해, 안 해……. 차라리 날 죽, 하아, 하아."

진저리치며 뒤로 한 걸음 물러나자, 나지막한 웃음소리가 들려왔다.

헉헉 숨을 몰아쉬는 그녀를 귀여워 죽겠다는 눈빛으로 바라본 남자가 말했다.

"그러게 왜 그렇게 예쁜 눈으로 쳐다보셔서 사람을 불타오르게 하고 그러십니까."

"그렇지만 이건 좀 너무, 헉, 하잖아요. 나 정말 죽을 뻔, 했단 말이에요."

색색거리며 겨우 답한 밀라이아는 오른손으로 주먹을 쥔 채 가슴을 쿵쿵 두드렸다. 오랫동안 말을 달렸을 때도 이렇게까지 숨이 찬 적은 많지 않는데, 설마하니 연약하기 짝이 없는 글로리아의 것이 아니라 본래의 제 몸으로도 이렇게 힘겨울 줄은 몰랐다.

'왜 이렇게 잘해서 사람을 숨넘어가게 만드는 거야? 어쩐지 그새 실력이 더 는 것 같잖아.'

순간 스치고 지나가는 생각에 얼굴이 굳었다. 백 년이라는 시간까지 뛰어넘어 저를 찾아온 그가 그럴 리는 없겠지만, 그냥 잠깐 든 생각만으로도 왜지 기분이 나빴다.

조금 전과는 다른 의미에서 쌔근거리며 숨을 몰아쉬자, 그 작은 변화를 기민하게 눈치챈 남자가 물었다.

"어찌 그러십니까? 왠지 좀 마음이 상하신 것 같습니다만."

"……아무것도 아니에요. 그보다 저 초상화 말이에요, 저게 왜 여기 있는 거예요? 난 당연히 저쪽에 있을 줄 알고 거기부터 찾아봤거든요."

귀족들의 초상화가 걸린 쪽을 눈짓하자, 그는 '아, 그것 말입니까.' 하고는 느릿느릿한 어조로 답했다.

"실은 밀라 님께서 그렇게 떠나시고 난 뒤, 국혼만 치르지 않았을 뿐 사실상 국서와 다름없다고 인정받았거든요. 그래도 이렇게 나란히 걸리게 될 줄은 몰랐는데, 아무래도 에드워드 전하께서 손을 써 주신 모양입니다."

"……네? 국서요?"

"네. 복합적인 이유가 있었습니다만, 어쨌든 덕분에 바라시던 대로 에드워드 전하를 제대로 도울 수 있었지요. 그분이 성년이 되실 때까지 삼 년간 섭정과 비슷한 지위에 있었거든요."

"어, 하지만 그럼 에른은……. 내가 그럴까 봐 일부러 공표도 안 했던 건데 왜 그랬어요?"

조심스럽게 묻자, 가만히 그녀를 바라보던 그가 피식 웃었다.

"마음에도 없는 말씀 하지 마십시오. 제가 정말로 다른 여자를 만났으면 어찌하려고 그런 말씀을 하십니까?"

'서, 설마 그럼 만난 거야?'

가슴이 덜컥했다.

파르르 떨리는 입술을 잘근잘근 깨문 그녀가 물었다.

"그, 그럼…… 만났, 어요?"

"그럴 리가요. 제겐 오직 밀라 님뿐입니다. 그리고 어떤 간 큰 여자가 감히 제게 접근했겠습니까? 여왕 전하, 그것도 성녀님으로 추앙받으신 분의 반려였던 데다 당시 국왕 전하의 자형姊兄이었던 제게 말입니다."

"후우……."

절로 안도의 한숨이 나왔다.

손으로 가슴을 쓸어내리는 그녀를 그가 빤히 바라보고는 웃음기 어린 목소리로 말했다.

"하긴 그것도 완벽한 방패는 아니었죠. 세월이 지나자 하나둘 다른 얘기가 나오기 시작했거든요."

"네? 다, 다른 얘기요?"

"네. 당시 저는 밀라 님과의 약속도 지킬 겸 매일매일 일에 매진 중이었는데, 하루는 글쎄, 그걸 못 버티겠다며 관료들이 에드워드 전하께 투서를 잔뜩 보냈지 뭡니까. 아무래도 홀몸이라 저러는 것 같다며 절 좀 치워 달라고 말입니다."

'뭐라고?'

긴장감에 입술이 바짝 탔다.

고개를 번쩍 든 그녀가 서둘러 물었다.

"그, 그래서요? 그래서 어떻게 됐는데요?"

"어떻게 되긴요. 투서를 보낸 자들을 모조리 추적해서 두 번 다시 그런 소리를 못하도록 만들어 줬지요. 그 뒤로는 아무도 그런 말을 꺼내지 않더군요."

"……."

어쩐지 가슴이 묵직해졌다. 정작 그는 굉장히 아무렇지도 않게 말하고 있지만, 그리 길지도 않은 그 말 몇 마디에서 그가 보냈을

십 년의 외로움을 조금이나마 엿본 것 같아서.

차마 무어라 입술을 떼지 못하고 침묵하자, 그는 '이런.' 하며 혀를 가볍게 차고는 말했다.

"그리 울상 짓지 마십시오. 그런 표정을 지으시라고 해 드린 얘기가 아닙니다. 안심하셔도 된다고 드린 말씀이지요."

"……애초에 그런 쪽으로는 걱정도 안 한걸요."

밀라이아는 눈앞의 남자를 올려다보며 가라앉은 목소리로 답했다. 아까 전에는 감격에 겨워 미처 하지 못했지만, 제게는 그에게 반드시 해 줘야 할 말이 있었다.

"잠깐만 고개 좀 숙여 봐요. 조금만 더. 그리고 보니 에른, 예전보다 키가 더 커진 것 같네요."

"밀라 님이 작아지신 거겠지요. 글로리아 전하는 키가 좀 크신 편이었으니까요."

"하긴, 그럴 수도 있겠다. 조금만 더 숙여 봐요. 응, 이제 됐어요."

밀라이아는 겨우 저와 비슷한 눈높이가 된 남자를 보며 고개를 끄덕였다. 그러고는 의아한 눈으로 바라보는 그를 부드럽게 품으로 끌어당긴 뒤, 결 좋은 머리카락을 슬며시 손가락에 감고는 말했다.

"미안해요. 그토록 오래 기다리게 만들어서. 그리고 일찍 알아보지 못해서. 혼자서 많이 힘들었죠."

"……."

"그동안 잘해 주지 못해 미안해요. 앞으로는 내가 잘할게요. 그리고…… 정말 고마워요. 여기까지 날 찾아와 줘서."

진심을 담아 한 자 한 자 이야기하자, 가만히 안겨 있던 공작의 어깨가 떨리는 것이 느껴졌다.

북받치는 감정을 참듯 한참을 침묵하던 그는 조금 더 시간이 흐른 뒤에야 잔뜩 가라앉은 목소리로 말했다.

"하면 다시는 제 곁을 떠나지 않겠다 약속해 주십시오. 더는 그런 경험, 하고 싶지 않습니다."

"당연하죠. 내가 에른을 두고 어딜 가겠어요? 옆에 딱 붙어 있을 테니까 걱정하지 마요."

똑 부러지는 말투로 대답했지만, 공작은 그래도 안심이 되지 않는다는 듯 흔들리는 음성으로 물었다.

"그럼 제 곁에 있겠다고 약속해 주시는 겁니까?"

"물론이죠."

"어딜 가시든 함께 다녀 주시는 거고요?"

"네."

"모레 연회에서는 저하고만 춤을 추시는 거죠?"

"그래요. 아바마마가 뭐라고 좀 하실 것 같지만, 그쯤이야 뭐."

"니시안 후작이나 윈프리스 백작은 멀리하실 거고요?"

"네…… 응?"

무심코 답하던 밀라이아의 눈이 동그랗게 뜨였다. 뭔가 이상하다는 깨달음이 온 것은 조금 뒤였다.

품에서 그를 확 놓아 버린 그녀가 눈을 치켜떴다.

"이이, 꼭 이런 상황에서조차 장난을 쳐야겠어요? 난 정말 진지하게 얘기한 거였단 말이에요."

"저도 진지합니다. 제가 그들 때문에 그동안 얼마나 마음고생을 한지 아십니까?

얄밉게 웃을 줄 알았는데, 그는 뜻밖에도 정색한 얼굴로 답했다.

묘하게 박력 넘치는 그 태도에 외려 움찔한 밀라이아가 물었다.

"그랬어요? 왜요?"

"왕궁에서 연회가 열릴 때면 그 두 사람과 주로 춤을 추시지 않았습니까. 아, 거기에 웨스트우드가의 후계자도 포함해서요."

"하, 하지만 그들에게는 아무 관심도 없는데……."

더듬더듬 답하던 그녀는 오만하게 치켜 올라간 눈꼬리가 시무룩하게 처지는 모습에 놀라 그의 팔에 매달렸다. 별로 중요한 것도 아닌 일을 가지고 그의 마음을 상하게 하고 싶지는 않았다.

"그런 표정 짓지 마요. 앞으로는 그 세 사람이랑 춤 안 출 테니까. 아니지, 그냥 에른이랑만 추면 되겠다. 그죠?"

"진심이시죠? 약속하신 겁니다?"

"……네."

마지못해 고개를 끄덕이자, 그의 얼굴에 환한 미소가 걸렸다. 마치 앓던 이가 빠진 듯 몹시 시원해 보이는 웃음이.

밀라이아는 물끄러미 그 모습을 바라보다 피식 웃었다. 옛말에 십 년이면 강산도 변한다던데, 눈앞의 남자는 어쩜 이리도 한결같나 싶었다.

"어휴, 정말. 그 질투심은 어쩜 그렇게 변함이 없어요? 만일 내가 모레 연회에서 다른 남자랑 파트너라도 하기로 했으면 어쩌려고 그랬어요?"

"그럴까 봐 애초에 누구도 접근하지 못하도록 미리 차단해 놨지요. 거절하실까 봐 한참 피곤해하실 때 여쭤 본 거고요. 밀라 님께서는 졸리실 때면 거의 다 긍정적으로 답해 주시지 않습니까."

"……뭐야, 그런 거였어요? 어쩐지 아무도 파트너 신청을 안 하더라."

그제야 반년 전—그녀 기준으로—의 비밀을 알게 된 그녀가 눈썹을 찌푸렸다. 그저 정치적인 상황 때문에 서로 견제하느라 시간이 걸리나 보다, 라고 생각했었는데, 실은 전부 공작의 방해 공작 때문이었다니.

황당해하는 눈빛으로 쳐다보자, 그는 어깨를 으쓱하며 말했다.

"그때 제가 안 그랬어 보십시오. 아마도 지금쯤 입장이 훨씬 난처하셨을 겁니다."

"……뭐, 그건 그러네. 잘했어요. 그때 에른을 두고 다른 사람이랑 파트너 하기로 했으면 나도 마음이 엄청 불편했을 거예요. 그런데 이제 다른 이름으로 불러야 하려나요? 레이놀드니까 레이라든가?"

"무엇으로 부르시든 상관없습니다. 레이든 에른이든 어차피 모두 저니까요."

"그럼 그냥 에른이라고 불러도 돼요? 그쪽이 더 입에 익어서요."

"그러십시오. 둘만 아는 애칭 같고 좋군요."

빙긋 웃은 공작이 팔을 뻗어 그녀의 손을 잡았다.

늘 그래 왔던 것처럼 손가락 사이를 파고들어 단단하게 깍지를 낀 그가 긴 한숨을 내쉬었다.

"이 느낌이 정말 그리웠습니다. 하아, 이제야 겨우 제자리를 찾은 기분이군요."

"나도 그래요. 우리 이제 다시는 헤어지지 말아요."

"물론입니다. 밀라 님께서 싫다 하셔도 딱 붙어 있을 겁니다. 아시지요? 전 한 번 눈길을 준 건 절대 놓치지 않는다는 거."

"당연히 알죠. 오죽하면 여기까지 쫓아왔을까."

생글거리며 답한 밀라이아가 슬그머니 공작의 어깨에 머리를 기댔다.

그때.

"어머나, 우리 딸이 왜 여기에 있을까? 몸이 좋지 않아 쉬겠다더니, 이런 곳에서 에스페라 공작과 데이트 중이었네?"

"헉, 어마마마?"

화들짝 놀란 밀라이아가 맞잡았던 손을 뿌리치다시피 풀어내고는 뒤를 돌아보았다.

얼굴 가득 짓궂은 웃음을 머금은 왕비가 그들을 바라보고 있었다.

"어, 어마마마, 여긴 어떻게……."

"왜 그렇게 더듬고 그러니? 엄마가 와서 놀랐니?"

"……그럼 안 놀라겠어요?"

호호 웃는 왕비를 보자 머리가 지끈지끈 아팠다. 어차피 숨길 생각은 없었지만, 이제 소문이 온 궁에 다 퍼지는 건 시간문제다 싶었다.

한 손으로 이마를 짚는 그녀를 보며 생글 웃은 왕비가 말했다.

"아니이, 나는 그냥 에스페라 공작이 갑자기 찾아와서 출입허가증을 요청하길래 왜 그러나 했는데, 마침 시녀장이 네가 왕실 기록관으로 갔다는 얘길 해 주지 뭐니? 그래서 혹시나 하고 한번 와 봤단다. 설마 두 사람이 이리 다정하게 손까지 잡고 있을 줄은 몰랐지만 말이다."

거기까지 말을 마친 왕비는 뭔가 깨달았다는 듯 손뼉을 짝 쳤다.

"아하, 알았다. 둘이 싸웠구나? 그래서 우리 딸이 아침에 그렇게 울었던 거였네. 그러다 지금 화해한 거고. 맞지? 그렇지?"

"아니에요, 그런 거."

"아니기는? 척보면 척이지. 어쨌든 잘됐다, 얘. 마침 자선 행사가 있어서 궁 밖으로 나가려던 참인데, 엄마랑 같이 가지 않으련? 아까는 아파 보여서 말도 못 꺼냈는데 지금 보니 쌩쌩하네."

생글거리며 다가온 왕비가 그녀에게 팔짱을 꼈다.

"응? 같이 갈 거지? 우리 딸."

"후우. 알았어요, 같이 가요."

밀라이아는 한숨을 내쉬며 고개를 끄덕였다. 이럴 때의 왕비는 누구도 만류할 수 없다.

한쪽으로 비켜선 공작에게 하릴없이 눈으로 인사를 건네는데, 그쪽을 홱 돌아본 왕비가 말했다.

"에스페라 공작은 왜 그러고 섰어요? 당장 따라나서질 않고."

"네? 신도 말씀이십니까?"

"그럼 숙녀 둘만 달랑 보내려고 했어요? 공작, 그렇게 안 봤는데 몹쓸 사람이었네."

"아, 아닙니다, 전하. 당연히 신이 모셔야지요."

"그래요? 그럼 앞장서요."

"네, 전하."

찬바람이 쌩쌩 부는 목소리에 움찔한 공작이 서둘러 걸음을 옮겼다.

세 개의 인영이 조금씩 멀어졌다.

나란히 걸린 두 개의 초상화만이 그 뒤에 남았다.

왕비가 한 달에 두 번씩 주최하는 자선 모임은 그녀와 몇몇 귀부인이 티타임을 가지며 한참 동안 소리 없는 전쟁을 벌인 뒤, 종국에는 모두가 체면을 상하지 않는 선에서 적당히 기부금을 내놓으며 마무리된다.

　……라고 밀라이아는 알고 있었다. 분명 한 달 전―이곳 기준으로―까지만 해도 그게 사실이었고.

　'한데 이건 뭐지?'

　귀부인들로 가득 찬 신전을 보자 황당한 마음이 앞섰다.

　언제부터 자선 행사를 신전과 합작하여 치르게 되었단 말인가? 백 년 전이라면 혹시 또 모를까, 지금 이 세상에서는 그저 유명무실한 존재에 불과한 것이 신전이었는데. 게다가 마치 왕비의 환심을 사기 위해 안달 난 사람들처럼 모여든 이 귀족들은 또 뭐고?

　"어머나, 오늘은 저하께서도 나오셨군요. 안릴 라 길리안이 왕세녀 저하를 뵙습니다. 창공의 무궁함이 영원토록 함께하시기를."

　"……네, 반가워요, 길리안 공작 부인."

　"알로이샤 세 다이스가 왕세녀 저하께 인사 올립니다. 실로 오랜만에 뵙습니다, 저하. 그간 안녕하셨는지요?"

　"아, 네. 후작 부인도 잘 지냈나요?"

　"저하의 은덕에 힘입어 잘 지냈습니다. 한데 에스페라 공작 각하와 함께 오셨네요? 모레 탄신 연회에 파트너로 참석하신다는 소문이 사실이었나 보지요?"

사사로운 이야기까지 물으며 친근하게 다가오는 귀부인들을 보자 어안이 벙벙해졌다. 과거 앨런을 지지했던 탓에 저와는 데면데면한 사이였던 길리안 공작 부인이며 분명 안면이 없는 사이였던, 아니 애초에 수도에 자리 잡고 있지도 않았던 다이스 후작 부인이며, 잘 기억도 나지 않는 사람들이 왜 이리 하나같이 친밀하게 군단 말인가.

게다가 달라진 건 그 점만이 아니었다. 대부분의 귀부인들이 저와 왕비에게 상당히 저자세를 유지하고 있는 데다, 기부금 얘기가 나오자마자 기다렸다는 듯 앞다투어 재물을 내놓는 것이 아닌가. 제 기억으로는 분명 어떻게든 덜 내놓으려는 그들과 조금이라도 더 내놓게 하려는 왕비와의 눈치 싸움이 무척 치열했었는데.

'대체 그동안 무슨 일이 있었던 거야?'

문득 제가 그곳에 가 있는 동안 역사가 꽤 바뀌었다던 공작의 말이 떠올랐다.

아무래도 자선 행사가 끝나고 나면 그와 따로 대화를 좀 해야 할 것 같았다.

느릿느릿 주위를 돌아보자 평소의 푼수 같은 모습은 싹 감춘 채 진지한 표정을 짓고 있는 왕비와 단정하게 차려입은 귀부인들, 그리고 새하얀 신관복 차림의 고위 신관들이 보였다.

그들은 가만히 앉아 있는 그녀를 내버려 둔 채, 한참 동안 작년에 못다 한 빈민가 정비 사업을 마저 하자느니 밀라이아의 탄신을 축하하기 위해 보름간 한시적으로 수도의 모든 사람들에게 한 끼를 무료로 제공하자느니 하는 등의 이야기를 논의하고 있었다. 귀

부인들이 사용하던 물건들을 평민 부자들에게 내놓으면 비용 충당을 더 할 수도 있을 거란 얘기도.

예전과는 상당히 달라진 모습에 일단 가만히 대화를 경청하는데, 굳게 닫혀 있던 문이 열리고 견습 신관을 뒤에 대동한 채 한 남자가 안으로 들어섰다.

무심코 그쪽을 돌아보던 밀라이아는 도무지 믿기지 않는 광경에 입을 딱 벌렸다.

길게 늘어뜨린 백색 머리카락과 투명한 연두색 눈동자. 저것은 분명 대신관 특유의 외모가 아닌가.

'뭐야, 대신관이 왜 지금 시대에 있어? 그들은 분명 대륙 전체에서 자취를 감췄잖아?'

당혹스러운 마음을 삼키며 옆을 돌아보자 묵묵히 서 있던 공작이 미미하게 고개를 끄덕이는 것이 보였다. 시선이 마주친 그가 '나중에 말씀해 드리겠습니다.'라고 소리 없이 입술을 벙긋거리는 모습도.

느릿느릿 걸어 왕비의 앞에 선 대신관이 가볍게 고개를 숙여 예를 갖췄다.

"생명의 축복이 함께하시기를. 늦어서 죄송합니다, 왕비 전하. 주신 비타의 네 번째 뿌리 콰르투스가 고귀하신 분께 인사 올립니다."

"어서 와요, 대신관. 보름 만인가요?"

"네, 왕비 전하. 그간 안녕하셨습……."

여상스럽게 대답하던 남자가 갑자기 멈칫했다.

마치 한여름의 햇살을 정면으로 받은 사람처럼 미간을 한껏 찌푸린 그는 눈이 부셔 견딜 수 없다는 듯 손날을 세워 차양을 만들고는 말했다.

"맙소사, 성녀님?"

"······네? 그게 무슨?"

황당한 마음에 되묻자, 대신관은 감격에 겨운 얼굴로 밀라이아의 앞으로 다가서며 폭포수처럼 말을 쏟아 냈다.

"오오, 이토록 눈부신 광채라니! 삼십 년 평생 이렇게 찬란한 빛은 본 적이 없습니다!"

"빛이라뇨? 지금 무슨 소리를······."

"오, 신이시여! 주신의 징표를 보았을 때부터 언젠가 큰일을 하실 분이라는 건 알고 있었지만, 설마하니 저하께서 성녀님이실 줄은 몰랐습니다. 대체 그새 무슨 일이 있으셨던 겁니까? 분명 마지막으로 뵈었을 때는 이 정도로 빛나지는 않았는데 말입니다. 혹시 그새 계시라도 받으셨던 겁니까? 아니면 뭔가 영적인 체험을 하셨다거나······."

"계시라니, 그건 또 무슨 말도 안 되는 소리예요?"

이러다가 별별 소리가 다 나오겠다는 생각에 말을 끊어 보았지만, 감동의 물결에 취한 대신관은 막무가내였다.

"선배 대신관들에게 들었습니다. 루아 왕국의 글로리아 여왕 전하, 즉 과거 레드드래곤의 분노를 푸른 눈물로 막아 낸 성녀님께는 황금색으로 찬란하게 빛나는 주신의 징표가 있었다고 말입니다. 그 빛이 너무도 밝았기에 그 누구도 감히 정면으로 마주할 수 없었다는 이야기도 들었지요."

순간 얼굴이 굳었다. 글로리아라니, 그 얘기가 왜 여기서 나온단 말인가.

"네? 글로리아 여왕 전하······ 요?"

"그렇습니다. 한데 지금 저하의 이마에 그들에게 들었던 것과 똑닮은 징표가 보이는군요. 눈이 부셔 도저히 마주할 수가 없을 정도로 찬란한, 황금색으로 빛나는 주신의 문장이 말입니다."

'설마 이 징표 때문에 내 지난 행적을 알아차리는 건 아니겠지?'

긴장감에 목이 바짝 탔다.

침을 꼴깍 삼키는 순간, 감격스러운 표정을 지은 대신관이 단정 짓듯 말했다.

"저하께서도 분명 과거 글로리아 전하처럼 주신의 특별한 사명을 받으신 것이 틀림없습니다. 설마 제가 성녀님과 마주할 수 있을 줄은 몰랐습니다. 뵙게 되어 실로 영광입니다."

'일단 내가 글로리아였다는 걸 들킨 건 아닌가 보네. 다행이다. 성녀라느니 어쩌느니 하는 건 좀 곤란하지만 말이지.'

속으로 가슴을 쓸어내리는데, 주위를 쓱 훑어본 왕비가 '호호' 하고 소리 내어 웃는 것이 보였다.

"그것 참 고마운 얘기로군요. 그렇다면 우리 밀라도 글로리아 여왕 전하처럼 훌륭한 왕이 될 거란 이야기가 아닙니까."

"당연한 말씀이세요. 말이야 바른 말이지, 우리 저하만큼 영민하신 분이 세상에 또 어디 있으시겠어요?"

눈치를 살피던 다이스 후작 부인이 재빨리 동조했다.

선수를 빼앗긴 길리안 공작 부인도 정말 그렇다는 듯 서둘러 칭찬을 늘어놓았다.

"맞습니다. 저하께서는 신의 특별한 사랑을 받고 태어나신 데다, 고작 열 살이라는 연치에 귀족평의회에서 만장일치로 왕세녀 자리에 오르신 분인걸요. 성녀라 불리는 글로리아 여왕 전하와 충분히 비견되실 만하지요."

'뭐라고? 만장일치?'

이 건이 어떤 반향을 불러올까 고민하던 밀라이아의 눈썹이 살짝 찌푸려졌다.

대체 제가 언제 만장일치의 지지를 받았단 말인가? 여자는 믿을 수 없노라며 극구 반대하는 귀족들을 설득하느라 밤잠을 줄여 가며 노력한 기억이 아직도 생생한데.

'대체 역사가 어디까지 변한 거야?'

몹시 당혹스러웠지만, 그녀는 일단 황당한 기분을 삼키며 태연한 표정을 유지했다. 이렇게 많은 사람들 앞에서 멍청한 모습을 보일 수는 없었다.

그때, 정말 대단하시다느니 역시 우리 왕세녀 저하는 뭇사람들과는 다르시다느니 하던 사람들 사이에서 믿을 수 없는 말이 튀어나왔다.

"그러니 왕자 저하께서도 흔쾌히 왕세녀 저하께 충성을 맹세하신 게 아니겠어요? 사실 그분께서도 왕세녀 저하 못지않게 영민하시다 들었는데 말이죠."

"맞아요. 듣자 하니 추후 왕세녀 저하를 도와 왕국을 위해 이 한 몸 바치겠다 하셨다지요? 두 분 저하 덕에 왕국의 미래가 실로 밝습니다."

'뭐라고? 그럼 앨런이 살아 있단 말이야?'

경악에 가득 찬 시선이 공작에게로 향했다.

그럴 줄 알았다는 듯 그녀를 돌아본 그가 슬쩍 한숨을 내쉬고는 말했다.

"왕비 전하, 잠시 왕세녀 저하를 별실로 모셔도 되겠습니까? 안색이 영 좋지 않아 보이셔서 말입니다."

"어머, 그러네요. 밀라, 어디가 안 좋니? 얼굴이 창백하구나."

걱정스러운 얼굴로 그녀의 이마에 손을 짚어 본 왕비가 고개를 갸웃했다.

"열이 좀 있는 것 같기도 하고…… 흐음. 어쨌든 좀 쉬는 게 좋겠구나. 에스페라 공작, 왕세녀를 부탁해요. 본 비는 여기 일을 마저 정리하고 찾아가지요."

"네, 전하. 가시지요, 저하. 신이 모시겠습니다."

정중하게 고개를 숙여 보인 그가 손을 내밀었다.

그의 에스코트를 받으며 밖으로 나온 밀라이아는 근처에 있는 작은 기도실에 들어선 뒤에야 겨우 한숨을 내쉬었다. 잠깐 사이에 너무 많은 정보를 들어서인가 머릿속이 대단히 복잡했다.

관자놀이를 꾹꾹 누르는 그녀를 걱정스러운 눈빛으로 바라본 공작이 말했다. 혹시라도 대화가 밖으로 새어 나갈 것을 염려한 듯 목소리를 꽤 낮춘 채였다.

"충격이 상당히 크셨던 모양입니다."

"네, 그러네요. 다른 것들은 그렇다 쳐도, 어렸을 때 이후로는 보지도 못했던 동생이 살아 있다니."

—어서 와요, 누님!

핏기라고는 하나 없는 얼굴과 하얗게 말라붙은 입술이 떠올랐다.

늘 병마와 싸우면서도 아프다고 우는 소리 한 번 해 본 적 없는 아이. 저와는 다르게 건강한 누이를 보면서도 질시하는 법 하나 없던 착한 제 동생.

그러나 그렇기에 오히려 더 애증의 존재였던 앨런을, 그녀는 어떤 얼굴로 봐야 할지 알 수가 없었다. 그가 살아 있다는 사실을 어떻게 받아들여야 할지도.

"뭐, 에드워드 전하와 크게 다를 바 없지 않겠습니까? 듣자 하니 밀라 님과 왕위계승권을 두고 다툴 일도 없을 것 같은데요."

"응? 그럼 에른도 잘 몰라요?"

놀란 얼굴로 묻자, 그는 가볍게 고개를 끄덕였다.

"앨런 저하의 일은 저도 안 지 얼마 안 됐습니다. 아까 말씀드렸잖습니까. 시녀들이 하는 이야기를 듣고서야 밀라 님께서 완전히 돌아오셨다는 걸 확신하게 되었다고요. 그게 바로 그 일이었습니다."

"어…… 그렇구나. 그럼 그건 바뀐 지 얼마 안 된 역사인가 보죠?"

"네, 분명 어젯밤까지만 해도 아니었으니까요. 하지만 다른 이들의 기억은 전부 바뀐 역사에 맞춰 수정되었을 테니 주의하십시오. 어차피 중요한 내용은 제가 전부 알려 드리겠지만 말입니다."

"그렇군요. 그나마 좋은 쪽으로 바뀌어서 다행이네요."

푹 한숨을 내쉰 밀라이아가 말했다.

"한데 앨런이 어떻게 살아 있는 걸까요? 대신관도 그렇고 말이에요. 혹시……."

눈이 가늘게 뜨였다.

본래 제가 살던 시대에 대신관이 없었던 이유는 레드드래곤의 분노로 인해 드러나 버린 그들의 비밀스러운 힘 때문이었다.

온갖 방법을 써도 꺼지지 않는 불 때문에 결국 대신관 중 한 사람이 스스로를 희생해야 했고, 그 과정에서 그들이 가진 비밀이 누설됨으로써 한바탕 소란이 일어난 것.

'그래, 그 바람에 왕국도 큰 타격을 입어야 했지.'

대신관들이 지닌 비밀스러운 힘.

그것은 일생에 단 한 번, 자신이 가진 신성력을 담보로 하여 무엇이든 원하는 한 가지를 이룰 수 있는 능력이었다.

그들은 그것을 신성 제국 시대에 대한 향수를 담아 '소원'이라 불렀다.

그리고 문제의 날, 자신을 희생하기로 결정한 어느 대신관의 '소원' 덕분에 왕국은 꺼질 줄 모르고 타오르던 불길을 간신히 잡을 수 있었다.

하나 반드시 비밀을 유지해야 했을 '소원'의 존재는 왕국의 부주의로 그만 외부에 새어 나가게 되었고, 그 바람에 대신관들은 어떻게든 저희를 이용하려는 사람들에게 쫓겨 힘겨운 시간들을 보내야 했다.

호소, 애원, 사기와 공갈, 심지어는 협박까지, 욕망을 채우기 위해 사람들이 동원하는 수법은 다양하고도 끈질겼다.

결국 반강제로 신성력을 내놓는 대신관들이 하나둘 늘어나면서 상황은 점점 더 심각해졌다. 그리고 결국 이 모든 사태에 진절머리가 난 대신관 하나가 다시는 신성력을 갖고 태어나는 자가 없도록 해 달라는 '소원'을 빌게 되면서 파국으로 치닫게 되었다.

그렇게 몇십 년이 흘렀고, 그의 소원대로 새로운 대신관은 더 이상 태어나지 않았다. 결국 밀라이아에게 '신의 사랑을 받고 태어난 아이'라는 칭호를 붙여 준 자를 마지막으로 대신관의 맥은 완전히 끊겼다. 그 바람에 앨런에게 신성 치유를 시도조차 못해 본 것이 아닌가.

한데 만일 그때 레드드래곤의 분노를 해결하는 데 '소원'이 사용

되지 않았다면? 그래서 그 비밀이 세간에 알려지지 않았다면 어찌 되었을까?

"그 두 개가 연결되는 거구나. 소원의 돌 때문에 앨런이 살아남은 거였어."

복잡한 감정이 담긴 목소리에, 공작이 고개를 끄덕이고는 답했다.

"아마 밀라 님의 짐작이 맞을 겁니다. '소원'을 쓸 필요가 없었기에 대신관의 맥이 끊길 이유도 없었고, 따라서 앨런 저하께서도 신성 치유를 받고 살아나신 거겠죠. 하여 저 역시 시녀들의 이야기를 듣자마자 밀라 님께서 완전히 귀환하신 거라고 확신했던 겁니다. 아시다시피 그때가 그곳에서의 마지막이셨으니까요."

"그렇군요. 그럼 앨런은…… 후우. 일단 그 일은 좀 미뤄 두죠. 그것 말고는 또 뭐가 바뀌었나요?"

"글쎄요. 음, 이미 얘기가 나온 두 가지를 제외하고 가장 큰 변화라면 역시 그것이겠군요. 왕국의 위상이 몹시 높아졌다는 것 말입니다. 왕실도요."

"위상이 높아졌다고요? 얼마나요?"

듣던 중 반가운 소리였다. 일련의 사태를 겪고 난 뒤, 비밀 유지하나 제대로 하지 못해 그런 일을 초래한 루아 왕국의 위상은 어마어마하게 추락해 버리고 말았으니까.

물론 에드워드 3세와 그 뒤를 이은 왕들의 맹활약으로 초기보다는 많이 나아졌고, 비밀을 누설한 귀족들을 붙잡아 처벌하는 과정에서 왕권은 오히려 조금 강화됐다지만 어쨌든.

"밀라 님께서 상상하신 것보다 훨씬 많아요. 실은 그사이에 제국과의 결혼 동맹이 한 번 더 있었거든요. 그것도 적통 황녀와 말입니다."

"네? 황녀요? 설마 그거……."

놀란 얼굴로 묻는 순간, 노크 소리가 들리고 잠시 후 대신관과 왕비가 안으로 들어섰다.

걱정스러운 얼굴로 밀라이아를 살펴본 왕비가 물었다.

"어디 보자, 그래도 아까보다 안색은 나아진 것 같구나. 좀 어떠니?"

"괜찮아요. 아까는 조금 피곤해서 그랬나 봐요."

"흐음, 그래?"

고개를 갸웃하는 왕비를 보며 한 걸음 앞으로 나선 대신관이 말했다.

"걱정 마십시오, 왕비 전하. 제가 축복을 걸어 드리겠습니다."

"아, 그래 주겠어요? 그럼 부탁할게요. 고마워요, 대신관."

"아닙니다, 전하."

어렵지 않다는 듯 답한 대신관이 곧바로 기도문을 외웠다.

나직하게 이어지는 기도는 백 년 전 그녀가 들었던 내용과는 달랐지만, 손에서 뿜어져 나오는 흰빛이나 온몸을 감싸 안는 청량감은 그때와 그리 다르지 않았다.

무거웠던 몸이 훨씬 가벼워지는 느낌에 살며시 미소 지은 밀라이아가 말했다.

"고마워요, 대신관. 한결 낫네요."

"아닙니다. 성녀님을 위해서 이 정도쯤이야 충분히 할 수 있지요. 한데……."

그녀의 옆에 서 있던 공작을 돌아본 대신관이 말했다.

"참 신기한 일이로군요. 아까 전에는 다른 사람들이 있어 미처 말씀드리지 못했습니다만, 각하에게서도 주신의 징표가 보입니다. 물론 왕세녀 저하만큼 강한 빛은 아니나, 분명 지난번에 뵈었을 때까지만 해도 아무것도 없었는데 말이지요.”

“뭐라고요? 어떻게 그런 일이 일어날 수 있죠?”

놀란 왕비의 물음에 눈썹을 슬쩍 찌푸린 대신관이 답했다.

“이런 경우는 저도 처음이라 잘 모르겠습니다. 하나 주신의 징표는 역사의 흐름을 바꿀 운명을 타고났다든가 하는 사람들에게 부여되는 만큼, 아마도 저하와 함께 뭔가 큰일을 할 거라는 의미가 아닐까 싶습니다.”

“흐음, 그래요?”

생각에 잠긴 표정으로 두 사람을 바라보던 왕비가 불쑥 물었다.

“에스페라 공작, 혹시 내 딸에게 무슨 짓을 한 건 아니겠죠?”

“네? 갑자기 그게 무슨 말씀이신지…….”

“대신관 얘기 못 들었어요? 분명 지난번까지만 해도 공작에게는 아무것도 없었다잖아요. 우리 밀라의 징표도 그렇게 빛나지는 않았고요. 한데 갑자기 두 사람에게 뭔가 변화가 생겼다는 건…….”

보기 드물게 당황한 공작이 황급히 부인했다.

“아, 아닙니다! 신이 어찌 감히 저하께 그런 짓을 하겠습니까?”

“하면 지금 대신관이 한 말이 거짓이라는 건가요?”

“그, 그건 아닙니다만…….”

“그것 봐요. 그럼 역시 두 사람 사이에 뭔가 있었던 거네요, 뭐.”

공작의 말을 싹 무시하며 단정 지은 왕비가 팔짱을 단단하게 꼈다.

“이 일을 어찌할 건가요? 우리 밀라, 어떻게 할 거냐 말이에요.”

“그건 또 무슨…….”

"우리 애, 어떻게 책임질 거냐고요. 설마 이제 와서 나 몰라라 하겠다는 건 아니겠죠?"

"자, 잠깐만요, 어마마마!"

"아하, 그 말씀이셨군요."

씩 미소 지은 공작이 답했다.

"평생 아끼고 사랑하며 부군으로서의 도를 다하는 것으로 책임지면 되겠습니까? 물론 항상 섬기고 존경하며 신하로서의 도 역시 다할 것입니다."

"자, 잠깐만……."

"좋아요. 오늘 그 얘기, 가슴속 깊이 새겨 두도록 해요. 나중에 말이 바뀌거나 하면 본 비가 가만있지 않을 테니까요."

"물론입니다."

황당해하는 밀라이아를 무시하며 대화를 주고받은 두 사람이 흡족한 미소를 지었다. 공모자의 웃음이었다.

"좋았어, 그럼 어디 한번 제대로 추진해 볼까? 분명 그이가 좋아하지는 않겠지만, 그쯤이야 뭐."

혼잣말처럼 중얼거린 왕비가 잔뜩 신이 난 얼굴로 말했다.

"걱정 마요, 에스페라 공작. 방해꾼들은 본 비가 다 물리쳐 줄 테니까, 공작은 우리 밀라에게만 신경 쓰도록 해요."

"네, 왕비 전하. 감사합니다."

"그래요. 그럼 이만 돌아가죠. 흐음, 뭐부터 해야 하려나……."

콧노래를 부르듯 경쾌하게 중얼거린 왕비가 방을 나섰다. 흥미롭게 그 모습을 지켜보던 대신관 역시 왕비의 뒤를 따랐다.

두 사람이 기도실을 나서고 나자, 연인들만 남은 방 안에는 잠시 정적이 흘렀다.

왕비가 사라진 쪽을 멍하니 바라보던 밀라이아가 물었다.

"갑자기 그런 소릴 하면 어떡해요? 어마마마께서 오해하셨잖아요."

"보셨으니 아실 것 아닙니까. 저는 그저 왕비 전하께서 물어보시기에 답을 해 드린 것뿐입니다. 어차피 언젠가는 드려야 할 말씀이기도 했고요."

"그야 그렇기는 한데……. 사람이 너무 뻔뻔한 거 아니에요? 왜 그렇게 당당해?"

물론 그녀도 싫은 건 아니지만, 공작처럼 저리 태연하게 말할 자신은 없었다. 생각만 해도 이렇게 민망한데.

손으로 두 볼을 감싸는 그녀를 보며 어깨를 으쓱한 공작이 말했다.

"당연하지 않습니까. 다시 만날 날만을 기다리며 가슴에 박히도록 되뇌던 말인데요. 한데……."

에메랄드색 눈이 가늘게 뜨였다.

"뭡니까. 그럼 밀라 님께서는 아무 생각이 없으셨던 겁니까?"

"아뇨, 그건 아닌데…… 아무리 그래도 이건 좀……."

"그럼 된 것 아닙니까? 대체 언제까지 제 속을 태우셔야 만족하실 겁니까? 이러다 심장이 타다 못해 재가 되어 버리겠습니다."

"……."

갑자기 말문이 막혔다.

왠지 모를 죄책감에 슬그머니 눈치를 살피자, 빙긋 미소 지은 공작이 말했다.

"그래도 다행이지 뭡니까. 왕비 전하처럼 든든한 아군이 계셔서요. 자, 이제 그만 가시지요. 전하께서 기다리시겠습니다."

"……네."

고개를 끄덕인 밀라이아가 자연스럽게 손을 내밀었다.

가만히 그녀의 손을 받쳐 든 공작이 말했다.

"아무래도 예법 교정도 하셔야겠군요. 그곳에 계시는 사이 백 년 전 예법이 몸에 배신 것 같습니다."

"윽, 맞다. 원래는 이거보다 더 평각이었죠."

"네."

푹 한숨을 내쉰 밀라이아가 말했다.

"큰일 났네. 갑자기 예법이 서툴러진 걸 보면 다들 이상하게 생각할 텐데. 하는 수 없죠. 당분간은 에른이 좀 지켜봐 줘요. 틀린 점이 보이거든 바로 얘기해 주고요."

"물론입니다."

싱글거리며 답한 남자가 문을 열었다.

그를 따라 밖으로 한 걸음 발을 내디뎠을 때―.

"누님!"

퍽.

자그마한 인영이 맹렬한 기세로 그녀를 덮쳐들었다.

그 바람에 뒤로 넘어갈 뻔한 밀라이아는 서둘러 저를 붙잡아 준 공작 덕분에 간신히 균형을 되찾았다.

당혹감으로 크게 열린 눈에 무척 귀엽게 생긴 백금발의 소년이 들어왔다. 저처럼 굽슬굽슬한 머리카락을 옆으로 자연스럽게 빗어 넘긴, 하늘색 눈동자가 인상적인 아이가.

"와, 누님. 정말 너무하신 것 아니에요? 저만 쏙 빼놓고 어마마마와 단둘이서 외출하시다니요. 어떻게 이러실 수가 있어요? 아침부터 한참 오열하셨단 얘기를 듣고 제가 얼마나 걱정했는데요. 혹여 어디가 미령하신 걸까 봐 당장 뵙고 싶은 마음을 꾹꾹 눌러 참고 있었는데, 갑자기 어마마마와 외출하셨다는 얘길 듣고 얼마나 마음 상한 줄 아세요? 정말 너무하세요."

끝없이 쏟아져 나오는 목소리에 멍했던 정신이 조금씩 돌아왔다. 저와 똑 닮은 외양에 한참 작은 키, 그리고 저를 꼬박꼬박 누님이라고 부르는 점을 조합해 보면―.

"……앨런?"

"네, 누님. 왜 그렇게 어색하게 부르세요? 마치 처음 보는 사람처럼."

의아한 눈빛으로 저를 올려다보는 소년을 보자 놀랍게도 반가운 마음만이 가슴속을 가득 채웠다. 그의 생존 소식을 들었을 때 느꼈던 기분을 생각해 보면 분명 복잡한 심정이 들 거라고 생각했는데.

급히 달려왔기 때문인지 살짝 흐트러진 머리카락과 발그레하게 상기된 두 볼, 그리고 반짝반짝 빛나는 눈동자. 눈앞의 소년은 누가 봐도 생기가 가득 넘치는 모습이었다. 기억 속의 앨런과는 달리.

어쩐지 가슴이 묵직해지는 기분이 들었다.

느릿하게 눈을 깜빡인 밀라이아가 답했다.

"그냥, 여기서 만날 거라고는 미처 생각지 못해서요."

"왜요? 제가 이런 식으로 누님을 따라 나온 것이 한두 번도 아닌데요. 참, 지금 그게 중요한 게 아니지. 누님, 아침부터 왜 그리 우신 거예요? 누가 감히 우리 누님을 울린 건데요? 말씀만 하세요. 제가 절대로 가만두지 않을 테니까요."

감히 누님을 울린 죄를 톡톡히 치르게 해 주겠다며 펄펄 뛰는 아이를 보자, 문득 그와 비슷하면서도 다른 한 소년이 생각났다. 곧게 뻗은 머리카락에 짙은 푸른색 눈동자. 관심 없다는 듯 시큰둥한 표정을 한 채 툭툭 말을 내뱉던 열다섯의 소년, 그녀의 또 다른 동생인 에드워드가.

보자마자 친밀하게 안겨 들며 온갖 말을 늘어놓는 앨런과 기껏 안아 줘도 툴툴거리며 뿌리치던 에드워드는 분명 외양부터 해서 성격까지 전부 달라 보였지만, 그럼에도 둘 사이에 공통점은 하나 있었다. 제 입으로 이런 말을 하긴 민망하나, 밀라이아 자신을 꽤 좋아하는 것처럼 보인다는 것.

'설마 그 아이도 공작처럼 다시 태어난 건 아니겠지?'

문득 드는 생각에 멈칫한 그녀가 물었다.

"혹시…… 에드워드?"

"네? 그게 누구…… 아, 혹시 그자가 범인인가요?"

눈을 번뜩인 소년이 작게 중얼거렸다.

"에드워드, 에드워드라. 그게 누구지? 그런 이름을 쓰는 자가 누가 있더라……."

'아닌가 보네. 만일 저 아이가 에드워드였다면 아주 잠깐이라도 멈칫했을 테니.'

기민하게 소년을 살피던 밀라이아가 속으로 중얼거렸다.

하긴 백 년이라는 시간을 넘어 다시 만나는 것이 그렇게 쉬울 리가 없었다. 공작이야 소원의 돌 덕분에 가능했다지만, 에드워드에게는 그런 것이 있던 것도 아니었으니까.

"이상하다. 아무리 생각해 봐도 그런 이름을 가진 자는 없는데. 대체 에드워드가 누군가요, 누님? 누군지 말씀만 해 주시면……."

"아무도 아니에요. 그냥 잠깐 말이 헛나간 것뿐이랍니다. 그리고 아침에는 잠시 열이 올라 그랬던 거니까 걱정 마요."

밀라이아는 저를 올려다보는 앨런의 머리카락을 왼손으로 쓱쓱 쓰다듬으며 말했다. 그래도 에드워드를 떠올린 덕분일까. 눈앞의 소년을 대하는 것이 조금은 편해진 것 같은 기분이었다.

헤헤 웃으며 그녀의 손길을 받아 낸 소년이 물었다.

"정말이시죠? 괜히 범인을 편들어 주시는 거면 곤란해요. 누님께선 너무 착하셔서 자꾸만 엉뚱한 사람들이 들러붙는단 말이에요."

"그런 거 아니에요. 그보다 앨런, 오자마자 이런 얘길 해서 미안하지만 우리 일단은 밖으로 나가는 게 좋겠어요. 어마마마께서 기다리실 거예요."

"으. 오랜만에 나온 김에 누님이랑 같이 신전 구경이나 하려고 했는데. 하는 수 없죠. 열이 올라 그러셨다면 가서 쉬시는 게 나을 테니까요. 하지만 혹시 그게 아니었다면 나중에 누님을 울린 자는 각오해야 할 거예요."

그녀의 옆에 선 공작을 홱 노려보고는 소년이 당당하게 손을 내밀었다.

"가요, 누님. 제가 모실게요."

"어……. 마음은 고맙지만, 이미 에스페라 공작이 에스코트하기로 한 걸요."

이미 공작에게 내준 오른손을 눈짓하며 곤란한 표정을 짓자, 소년의 어깨가 아래로 축 처지는 것이 보였다.

"하지만 저도 누님을 모시고 싶은데……. 어차피 에스페라 공작은 이번 탄신 연회에도 누님의 파트너로 참가하기로 했잖아요. 제가 그것 때문에 얼마나 상심한 줄 아세요? 원래는 제가 먼저 파트너 신청을 하려고 했었단 말이에요."

순간 움찔하는 공작의 손을 느릿하게 토닥인 밀라이아가 물었다.

"그랬어요?"

"네. 한데 이미 에스페라 공작의 신청을 받아들였다고 하신 걸로도 모자라 연회 준비 때문에 바쁘다며 열흘 가까이 저를 내버려 두셨잖아요. 찾아가도 같이 놀아 주지도 않으시고. 정말 너무하세요."

품에 쏙 안긴 채 칭얼거리는 아이는 평소의 그녀였다면 성가시게 여길 법도 했지만, 워낙 예쁘장하게 생긴 외모 때문인지 이상하게도 전혀 귀찮지가 않았다.

오히려 귀여웠다. 저를 잘 따르는 모습도, 그리고 아이답게 카랑카랑한 목소리로 종알종알 떠드는 것도.

'하, 애는 또 애대로 귀엽네.'

자유로운 왼손을 들어 다시 한번 보드라운 머리카락을 흐트러뜨린 밀라이아가 말했다.

"그럼 앨런은 이쪽에서 에스코트해 주면 되잖아요. 왼손은 아직 자유로우니까요."

"아! 그러네요! 역시 누님은 똑똑하세요."

싱글거리며 답한 소년이 공작 쪽을 한 번 흘낏 쳐다보고는 그녀의 왼쪽에 섰다.

순간 검은 눈썹이 꿈틀거리는 것처럼 보이기도 했지만, 워낙 찰나에 본 터라 확실하지는 않았다.

왼쪽에는 앨런, 오른쪽에는 에스페라 공작을 대동한 채 밖으로 나온 밀라이아는 우스꽝스러운 제 모습에 웃음을 터트리는 왕비를 겸연쩍은 얼굴로 외면하며 마차에 올랐다.

그녀 역시 제 모습이 우습다는 것은 알고 있었지만, 초롱초롱 눈을 빛내며 저를 바라보는 동생을 실망시키고 싶지도, 그렇다고 이미 잡고 있는 공작의 손을 놓고 싶지도 않았기에 어쩔 수 없었다.

공작의 옆자리, 그리고 왕비와 앨런과는 마주 보는 자리에 앉은 밀라이아는 창밖을 스치고 지나가는 풍경들을 바라보며 상념에 잠겼다. 처음에는 누님을 연발하며 연신 저를 부르던 아이도 슬그머니 입을 다문 덕분에 조용히 창밖을 감상할 수 있었다.

'저기 저 거리는 여전하구나. 저 건물도 그렇고. 이쪽 거리는 전부 바뀌었네. 하긴 그때도 좀 낙후된 분위기였으니까, 그새 한번 갈아엎었을 만도 하지. 오, 저 건물은 그때 막 짓고 있던 거 아닌가?'

기억 속에 남아 있는 것과는 상당히 다른, 그러나 더 오래된 기억을 더듬어 보면 또 무척 익숙한 그 풍경들을, 밀라이아는 한참 동안 말없이 감상하다 가만히 옆을 돌아보았다.

그리웠던 어머니, 건강한 모습으로 재회한 동생, 궁에 계실 아버지, 그리고 제 마음을 온통 독차지한 남자.

백 년이라는 시간을 뛰어넘어, 제가 사랑하는 모든 사람들이 저와 함께하고 있었다.

내내 온몸을 감쌌던 긴장이 풀리며 몸이 나른하게 늘어지는 것이 느껴졌다. 글로리아의 모습으로 휴식을 취했던 때와는 비교도 할 수 없을 만큼 안온한 느낌에 절로 눈이 감겼다.

오랜만에 받아보는 제 세상의 햇살이 무척 따스했다. 아직 눈조차 덜 녹은 삼월임에도.

그날 오후.

"미하엔 백작 부인, 이제 그만하면 안 돼요? 이러다 드레스를 입어 보기도 전에 지쳐 죽을 것 같아."

"안 됩니다. 왕비 전하께서 최대한 아름답게 꾸며 드리라고 한걸요. 그러려면 옷과 맞는 보석을 고르는 건 필수고요."

"하지만 백작 부이이인……."

간절한 표정으로 바라보자, 백작 부인은 망설이는 표정으로 보석함을 힐끔거리다 이내 고개를 끄덕였다.

"후우, 알겠습니다. 어차피 드레스를 고를 때 한 번씩 다 맞춰 보긴 했으니까요. 그럼 가장 왼쪽 것부터 순서대로 입혀 드리면 되겠지요?"

"네! 정말 고마워요, 백작 부인!"

그제야 좀 살 것 같다는 얼굴로 활짝 웃은 밀라이아가 말했다.

"참, 머리 장식은 이걸로 할 거니까 어울리지 않을 옷들은 미리 빼 줘요."

"그럼 꽤 많이 줄어들 텐데……. 하나 각하께 선물받으신 거라니 어쩔 수 없지요. 그리하겠습니다."

"고마워요. 그럼 시작하죠."

오전에 공작에게 받은 머리 장식을 백작 부인에게 넘겨준 밀라이아는 한결 편안해진 얼굴로 시녀들에게 몸을 맡겼다.

'어마마마도 참. 오늘은 더 이상 안 부를 테니 쉬라고 하실 땐 언제고 이제 와 이러시는 거람?'

돌아오는 길에 분명 그리 말했던 왕비는 몇 시간 뒤에 또 들이닥쳐서는 모레 연회에서 입을 드레스를 다시 고르자고 그녀를 닦달했다. 이미 확정해 둔 옷이 아무래도 마음에 차지 않으니 더 나은 것이 없나 다시 한번 살펴보자면서.

그 바람에 밀라이아는 오랜만에 공작과 망중한을 보내려던 계획을 포기한 채 속절없이 드레스 룸으로 들어올 수밖에 없었다. 일단 결심하면 만족스러울 때까지 밀어붙이는 왕비의 성정상 싫다고 버텨 봐야 소용없다는 것을 잘 알고 있었으니까.

게다가 왕비의 특명을 받은 미하엔 백작 부인의 극성까지 겹쳐져, 한 시간이 넘도록 옷과 어울릴 보석까지 새로 고르느라 얼마나 고생했는지 모른다.

'이제야 좀 살 것 같네.'

한숨을 내쉬며 눈을 감으려는데, 솜씨 좋게 머리 장식을 꽂아 준 전속 시녀 애나가 몹시 궁금하다는 얼굴로 물었다.

"한데 저하, 정말로 모레 약혼 발표를 하시는 건가요? 이렇게 갑자기 공표하신다니 아직도 믿기지가 않아서요."

"맞아요. 평소에 표를 내셨으면 모를까, 제가 보기에 저하께서는 그동안 각하에게 호감 이상의 감정은 없으신 것 같았거든요. 한데 갑자기 약혼 발표라니요? 저희가 얼마나 놀랐는지 아세요?"

연하늘색 드레스를 조심스럽게 머리 위부터 덮어씌워 준 전속 시녀 리디아가 정말 그렇다는 듯 맞장구쳤다. 지근거리에서 모시던 측근답게 꽤나 날카로운 발언이었다.

'칫, 다른 건 다 바뀌면서 왜 에른에 대한 건 안 바뀌었담? 원래 연인 사이였다는 식으로 기억이 수정됐으면 훨씬 수월했을 텐데.'

소리 없이 투덜거린 밀라이아는 마치 원래 의도했었다는 양 태연하게 웃었다. 여기서 적당히 연막을 쳐 두지 않으면 아무리 측근들이라 해도 이상한 소문이 돌 우려가 있었다.

"그랬어요? 성공했네."

"헉, 그 말씀은 설마……."

"하면 저희마저 감쪽같이 속이신 거예요? 와, 저 정말 서운해지려고 해요. 그래도 저하를 칠 년 가까이 모셨는데……"

"다 됐습니다, 저하."

무심하게 시녀들의 말을 자른 백작 부인이 조금 삐뚤어진 옷자락을 바로잡아 주었다.

덕분에 수월하게 시녀들에게서 벗어난 밀라이아는 곧장 옆방으로 향했다.

문을 열고 들어서자 공작과 무어라 대화를 나누던 왕비가 그녀쪽을 홱 돌아보았다. 무슨 얘기를 그리 즐겁게 하고 있었는지 채지우지 못한 웃음이 얼굴에 가득 걸려 있었다.

"생각보다 빨리 왔구나. 어디 보자. 흠, 이게 원래 골라 뒀던 거였나?"

"아뇨."

"그래? 일단 네 눈 색이나 그 머리 장식이랑은 잘 어울리는구나. 공작이 보기에는 어떤가요?"

그녀의 머리에 꽂힌 장식을 확인한 공작이 빙긋 웃었다.

"저토록 아름다우신데 무엇인들 안 어울리시겠습니까? 역시 왕비 전하를 쏙 빼닮으셔서 그런지 미모가 뛰어나십니다."

"빈말은. 그래도 기분은 좋네요. 혹시 우리 밀라도 그래서 넘어 간 건가?"

"설마요. 그리고 빈말 아닙니다. 왕비 전하께서는 진실로 아름 다우신걸요. 아마도 그 안에 번뜩이는 지성이 외면으로 묻어 나오 기 때문이겠지요."

"어머."

손으로 입가를 가린 왕비가 못 말린다며 호호 웃었다. 물론 그런 종류의 아부 섞인 찬사를 들은 사람들이 그렇듯 내심 싫지는 않은 얼굴이었다.

'저 남자에게 저런 면도 있었나?'

밀라이아는 태연자약한 얼굴로 왕비의 비위를 맞추는 공작을 보 며 속으로 놀람을 감췄다.

제 앞에서는 늘 오만하리만큼 당당한 모습만 보여 줬기에 상상도 못했는데, 그는 친인들에게만 푼수 같고 그 외의 사람들에게는 칼 같이 선을 긋는 왕비의 마음을 잘도 사로잡고 있었다. 물론 그랬기 에 내게 모든 걸 맡기라느니 당장 약혼을 하라느니 하는 이야기도 들을 수 있었겠지만.

"한데 공작은 바꿔 입을 만한 옷이 있나요? 설마 있던 예복 중에 골라야 하는 건 아니겠죠?"

"아닙니다. 어차피 파트너로 참석하는 거라, 저하께서 드레스를 맞추실 때 신의 예복도 전부 쌍을 이루어 만들어 두었습니다."

"호, 그래요? 남자들은 보통 모든 드레스에 맞춰 새 옷을 짓지는 않던데, 꽤나 세심하게 신경 썼군요. 마음에 들어요."

"감사합니다, 전하."

싱글벙글하는 왕비를 황당한 눈빛으로 바라보던 밀라이아가 말했다.

"너무 빨리 물으시는 것 아니에요, 어마마마? 그나마 지금은 공작이 미리 준비를 해 놨으니 다행이라지만, 애초에 그런 걸 걱정하실 거였으면 이리 급하게 약혼 발표니 뭐니를 하지 마셨어야죠."

"어머, 애는. 당장 결혼하라는 것도 아닌데 뭐가 문제니? 그럼 공작이랑 결혼 안 할 거야?"

눈을 동그랗게 뜨는 왕비에 이어, 눈꼬리를 축 늘어뜨린 공작이 물었다.

"안 하실 겁니까?"

"……공작까지 왜 그래요? 그런 의미로 한 말이 아니잖아요."

"그럼 하시는 거지요? 전 또 제 마음을 갖고 노신 건 줄 알고 심장이 덜컥했잖습니까. 남자의 순정을 그리 취급하면 벌 받으십니다."

밀라이아는 과장된 동작으로 가슴을 쓸어내리는 남자를 황당한 눈빛으로 바라보며 말했다.

"갖고 놀긴 뭘 갖고 놀아요? 그런 거 아니라니까요?"

"보십시오. 지금도 답은 안 해 주시고 말씀만 빙빙…….."

"악, 한다고요, 해! 누가 안 한댔어요?"

밀라이아는 몸을 바르르 떨며 소리쳤다.

놀란 표정을 지은 왕비가 말했다.

"세상에, 난 쟤가 저러는 모습 처음 봐요. 우리 밀라를 저리 귀여운 아이로 만들다니 정말 대단하네요, 공작. 점점 더 마음에 들어요."

"뭐, 워낙 맡은 책임이 막중하다 보니 그러셨던 것 아니겠습니까? 두 분 전하께 걱정 끼쳐 드릴까 봐 더 어른스럽게 구신 것도 있을 거고요."

당황 한 번 하는 법 없이 매끄럽게 말을 마친 남자가 밀라이아를 돌아보았다. 저를 반쯤 없는 사람 취급하며 이어지는 이야기에 다소 울컥한 것을 빠르게 눈치챈 모양이었다.

"그나저나 이리 성장盛裝하신 모습은 실로 오랜만에 뵙는군요. 정말 아름다우십니다, 밀…… 저하. 어째서 그때 그토록 옷을 마음에 안 들어 하셨는지 알 것 같습니다."

"……그래요?"

"네. 물론 그때도 그랬습니다만, 지금 이 모습이야말로 저하께 완벽하게 어울리는군요. 더는 무어라 찬사 드릴 수 없을 정도로 말입니다."

그녀를 곧게 응시하는 남자의 눈에는 진심으로 감탄했다는 듯 찬탄의 빛이 떠올라 있었다.

살며시 얼굴을 붉히며 침묵하자, 가만히 그녀를 살펴본 왕비가 말했다.

"그래, 하면 그 드레스는 일단 후보로 두자꾸나. 다음 걸로 갈아 입어 보렴."

"네, 어마마마."

푹 한숨을 내쉰 밀라이아가 다시 드레스 룸으로 향했다.

아무래도 제가 없는 사이 뭔가 중요한 대화가 오갈 것 같은 느낌이 들어서, 그녀는 부러 문을 살짝 열어 둔 채 자그맣게 들려오는 말소리에 귀를 기울였다.

연회용 드레스라 몹시 치렁치렁하고 구조가 복잡한 데도, 시중드는 이들이 모두 숙련된 시녀들이라 그런지 옷을 벗기고 새로 입혀 주는 속도가 무척 빨랐다.

"한데 왕비 전하, 정말 이틀 안에 가능하겠습니까? 물론 자리를 따로 마련하기가 번거롭다는 것은 잘 알고 있습니다만, 그래도 저하의 말마따나 좀 급한 감이 없잖아 있어서 말입니다."

"어차피 초대장 발송이야 전부 끝났으니 따로 누굴 더 초대할 필요는 없고, 연회장도 애초에 국왕 전하께서 성대하게 꾸미라 하셨으니 더 손댈 필요도 없는걸요. 한데 뭐가 문제죠? 설마 이제 와 말을 뒤집으려는 건 아닐 테고."

"그럴 리가요. 저야 물론 좋습니다만, 일단 저하께서 좀 부담스러워 하시는 것 같고……."

"다 됐습니다, 저하."

두 사람의 음성을 덮으며 들려오는 목소리에 밀라이아는 그제야 거울을 돌아보았다.

이번에 시녀들이 입혀 준 것은 그녀가 글로리아 시절 입었던 것 같은 새하얀 드레스였다. 다이아몬드를 깨알 같이 박아 빛을 받으면 몹시 화려한 데다, 밑단을 짙은 보라색 천으로 만들어 신비로움을 강조한 연회용 드레스.

'이거, 옛날에 입었던 것과 비슷하네. 페르디난드가에서 열리는 가면무도회에 참석했을 때 에른이 준비해 줬던 거였지, 아마?'

문득 떠오르는 과거의 추억에 저절로 입가에 미소가 걸렸다. 그때까지만 해도 공작에 대한 마음조차 제대로 자각하지 못했는데, 심지어는 이름조차 제대로 기억하지 못해 그를 어이없게 만들었는데 어느새 이렇게 연인 사이가 되어 있다니.

'그러고 보니 서로를 애칭으로 부른 것도 그때가 처음이었네. 당시에는 그런 의미에서 허락한 건 아니었지만 말이지.'

무척 즐거웠던 그날의 연회가 떠올랐다. 자꾸만 원곡과 다른 건반을 누르는 바람에 결국에는 함께했던 피아노 연주도, 먼저 밟는 사람이 이기는 거라며 승자를 가릴 때까지 몇 번이고 계속해서 춤을 추었던 것도.

"저하?"

"아, 미안해요. 잠깐 뭘 좀 생각하느라."

겨우 상념에서 깨어난 밀라이아는 매무시를 다시 한번 살핀 뒤 옆방으로 향했다.

왕비와 더불어 한참 대화를 나누던 공작이 갑자기 입을 다무는 것이 보였다. 에메랄드색 눈동자를 스치고 지나가는 수많은 감정들도.

그것은 분명 찬탄과 놀람, 반가움, 그리고 그리움이었다.

그를 따라 시선을 옮긴 왕비가 빙긋 웃었다.

"어머, 예쁘구나. 지난번에는 분명 이런 느낌이 아니었던 것 같은데, 생각보다 훨씬 괜찮네?"

"그래요? 정말 괜찮아요?"

슬쩍 한 바퀴를 돌아 보이자, 왕비는 마음에 든다는 듯 고개를 끄덕였다.

"그래. 엄마 눈에는 이게 예전 것보다 나아 보이는구나. 공작의 생각은 어때요?"

"……."

"공작?"

"네? 아, 네, 전하. 뭐라 하셨습니까?"

"아니에요. 굳이 듣지 않아도 알겠네요."

흐뭇한 얼굴로 호호 웃은 왕비가 말했다.

"그럼 이걸로 확정 지을까? 아무리 그래도 좀 더 보는 게 나으려나?"

"뭐, 편하실 대로요."

어깨를 으쓱해 보이자, 왕비는 생각에 잠긴 얼굴로 머리카락을 만지작거리다 말했다.

"그럼 기왕 보기로 한 것 몇 벌만 더 보자꾸나. 원래 입으려던 드레스도 한번 입고 와 보렴."

"네, 어마마마."

순순히 고개를 끄덕인 밀라이아가 드레스 룸으로 향했다.

연분홍 공단 드레스로 갈아입은 그녀가 막 방으로 돌아온 순간, 문이 벌컥 열렸다.

왕비와 왕세녀, 그리고 공작이 있는 방의 문을 노크도 없이 열어젖힌 사람은 바로 현 국왕 클리터스 2세였다. 거친 호흡을 몰아쉬는 그의 얼굴은 잔뜩 일그러져 있었다.

"레이놀드 라 에스페라가 고귀하신 국왕 전하를……."

"됐소, 별로 인사받을 기분이 아닌지라. 밀라? 이리 오너라."

"어……. 네, 아바마마."

잔뜩 화가 난 아버지와 찔끔하는 어머니를 보자 상황이 어떻게 된 건지 대충 짐작이 갔다. 보나마나 그에게는 한마디 상의도 없이 일을 진행한 것이리라.

'그럼 그렇지. 어쩐지 굉장히 일사천리로 진행된다 했다.'

어쩐지 한숨이 나와서, 밀라이아는 군말 없이 국왕에게로 향했다. 이럴 때의 그는 뭔가에 심취했을 때의 왕비와 마찬가지로 건드려서는 안 됐으니까.

하지만 국왕은 못마땅한 얼굴로 그녀를 한번 훑어봤을 뿐 의외로 아무런 말도 하지 않았다. 대신 그는 그녀를 공작의 시선에서 차단하듯 등 뒤로 숨기고는 왕비를 돌아보았다.

"델린, 내가 이상한 소문을 하나 들었는데 그게 사실이오? 우리 밀라가 글쎄, 나도 모르는 사이 약혼을 한다지 뭐요."

턱을 치켜든 왕비가 답했다.

"그게 왜 이상한 소문이에요? 사실인데. 모레 밀라의 생일 연회에서 발표할 계획이랍니다."

"뭐라고? 당신은 지금 그게 말이 된다고 생각하오?"

"안 될 건 또 뭔가요? 우리 밀라도 이미 성인이 된 지 한참인데요. 약혼이 아니라 결혼을 해도 충분할 나이잖아요?"

"충분하기는 무슨! 밀라는 아직 한참 어리오! 약혼이니 결혼이니 하는 건 적어도 스물다섯, 아니 서른은 넘은 후에 논해도 늦지 않는단 말이오!"

분노하는 국왕을 보며 기가 막힌다는 듯 팔짱을 낀 왕비가 말했다.

"어머머, 이 남자 좀 봐. 그럼 앞으로 십 년은 더 애를 끼고 있겠다는 거예요? 당신이 그러니까 귀족들 사이에서 엉뚱한 소문이 도는 것 아니에요! 그러다 쓸 만한 남자들이 다 결혼해 버리고 나면 책임질 거예요?"

"흥, 애초에 우리 딸과 어울릴 만한 남자가 있을 리 없잖소. 그리고 까짓 내가 계속 데리고 있으면 되지 뭐가 문제요?"

"뭐라고요? 이보세요, 국왕 전하. 우리 애는 왕세녀예요. 후계가 있어야 밀라의 지위도 공고해지는 걸 몰라서 하는 소리예요? 그리고 어리긴 뭐가 어려요? 나는 그보다 더 어린 나이에 당신과 결혼했는데!"

'아, 내 부모님이지만 정말 부끄럽다.'

한바탕 언쟁이 벌어진 틈을 타 슬그머니 부왕의 등 뒤에서 빠져나온 밀라이아는 버럭버럭 고함을 지르는 국왕 부처를 보며 한숨을 쉬었다. 그녀야 이게 일상이라지만, 평소 무게 잡는 모습만 봐왔을 공작이 무슨 생각을 하고 있을지 상상조차 하기 싫었다.

"다, 당신은 다르잖소! 그때 당신은 충분히 성숙했었고 또⋯⋯!"

"성숙은 무슨! 말이야 바른 말이지, 아무것도 모르는 순진한 나를 꼬여서 지금 이 자리에 들어앉힌 게 누군데!"

'윽⋯⋯.'

속으로 침음을 삼킨 밀라이아가 서둘러 국왕의 허리에 매달렸다. 이러다가 자칫 연인의 앞에서 부모님의 비사가 다 튀어나올 것 같았다.

"그만하세요, 아바마마. 이 자리에는 에스페라 공작도 있다고요."

"그⋯⋯! 후, 그래, 알겠다."

"왕비 전하, 일단 진정하시지요. 그러다 자칫 기진하실까 걱정됩니다."

"⋯⋯하아, 알겠어요. 역시 공작은 누구누구 씨와는 다르게 사람이 참 훌륭하군요."

비꼬는 기색이 역력한 말투에 겨우 진정하던 국왕이 울컥했다.

"뭐라고? 델린, 당신 정말⋯⋯!"

"조용히 하세요, 국왕 전하. 오늘부터 각방 쓰고 싶지 않으면."

싸늘하게 떨어지는 목소리에 국왕은 눈에 띄게 움찔했다.

잠시 후 그는 한층 수그러든 표정으로 말했다.

"아무리 그래도 이건 너무 빠르잖소. 아무 낌새도 없다가 갑자기 전격적으로 약혼 발표라니, 사람들이 어떻게 생각하겠소?"

"당장 결혼시키겠다는 것도 아닌데 뭐가 어때서 그래요? 자꾸 그러면 확 결혼 발표를 해 버릴 거예요. 올 가을이나 내년 봄쯤으로 날짜까지 잡아서."

"뭐라……!"

버럭 고함을 지르려던 국왕이 멈칫했다. 팔짱을 낀 왕비가 어디 한마디만 더 해 보라는 듯 눈을 날카롭게 빛낸 탓이다.

짜증스럽게 머리카락을 쓸어 넘긴 그가 말했다.

"후우, 델린. 잠깐만 내 얘기 좀 들어 보시오. 당신의 말마따나 우리 밀라는 왕세녀잖소. 그럼 그 부군이 될 노…… 사람도 그런 지위에 오를 자격이 있는지 철저한 검증이 필요하지 않겠소? 한데 그런 것도 하나 확인해 보지 못한 상황에서 어찌 이리 날림으로 약혼 발표를 할 수가 있단 말이오?"

"에스페라 공작 정도면 훌륭하지 뭘 그래요? 왕국에 이만한 인재가 또 어디 있다고."

"인재는 무슨! 뺀들뺀들한 저 얼굴하며 성깔 사납게 치켜 올라간 눈꼬리하며, 척 봐도 내 딸 마음고생시키게 생겼……. 하아, 알았소. 그만하면 될 것 아니오."

푹 한숨을 내쉰 국왕이 표정을 애써 부드럽게 폈다. 아무리 화를 내 봐야 역효과만 나고 있으니, 차라리 살살 달래는 쪽이 낫겠다고 마음을 바꾼 모양이었다.

"보시오, 델린. 시간이 촉박하니 밀라에게 성대한 약혼식을 치러 주지도 못하잖소. 보아하니 모레 입을 드레스를 골라 보는 중이었던 것 같은데, 당신은 저렇게 소박한 옷을 입힌 채 우리 딸의 약혼을 발표할 거요? 진심으로?"

'이게 소박하다고?'

황당한 표정을 지은 밀라이아가 보석이 알알이 박힌 드레스를 내려다보았다.

눈썹을 살짝 찡그린 왕비가 답했다.

"……소박까진 아니잖아요? 이만하면 쓸 만하죠, 뭘."

눈에 띄게 수그러든 목소리에, 단단하게 꼈던 팔짱을 슬그머니 푼 국왕이 왕비의 손을 감싸며 물었다.

"정말 그렇게 생각하오? 설마하니 모레 있을 연회의 드레스를 아직까지 정하지 못하지는 않았을 테고, 보나마나 마음에 들지 않아 다시 골라 보고 있던 중일 텐데도 말이오?"

"으, 으음, 물론 그건 그렇지만……."

"그것 보시오. 그러니 좀 더 준비를 철저하게 해서 내년에 다시 얘기하면 되잖소. 굳이 급하게 올해 할 필요가 있소? 그리고 뭐, 필요하다면 그동안 검증을 하면 되잖소. 그럼 차후에 자질 논란에 휘말릴 염려도 없을 테지."

"그, 그것도 그렇긴 한데……."

혼란스러운 표정을 지은 왕비가 천천히 입을 다물었다.

회심의 미소를 짓는 국왕을 가만히 지켜보던 공작이 불쑥 물었다.

"하면 내년에는 결혼을 허락해 주시는 겁니까?"

"……흠?"

"한 해 동안 검증을 마치고 나면 저하와의 결혼을 허락해 주시는 거냐고 여쭈었습니다. 내년에 다시 얘기하자고 하시는 말씀의 의미를 정확하게 모르겠어서요."

"어머, 그야 당연하죠. 이렇게 훌륭한 신랑감을 일 년이나 기다리게 하는 것도 미안한데 우리가 그럴 리……. 뭐예요, 당신, 그 표정은? 설마 날 속이려고 한 거예요?"

부드럽던 왕비의 얼굴이 확 일그러졌다.

낭패감 어린 표정을 지은 국왕이 서둘러 부인했다.

"설마 내가 그럴 리가 있겠소? 오해요, 델린."

"그럼 내년에는 허락해 주는 거죠?"

"……."

"클리터스?"

점점 올라가는 눈꼬리를 본 국왕은 공작을 한 번 매섭게 노려보고는 답했다.

"알겠소. 허락해 주면 되잖소. 물론 미리 얘기했던 대로 철저하게 검증을 마친 경우의 얘기겠지만."

어쩐지 '철저하게'에 잔뜩 힘이 들어간 것 같은 기분은 착각일까.

아까부터 좀 너무하시는 것 같다는 생각에 한 발 앞으로 나서려는 순간, 눈짓 한 번으로 그녀를 저지한 남자가 말했다.

"감사합니다, 국왕 전하, 그리고 왕비 전하. 최선을 다해 검증에 임하겠습니다."

"그래요, 에스페라 공작. 그나저나 일이 이렇게 된 이상 내일 약혼 발표는 못하겠네요. 내 입으로 했던 말을 뒤집어서 정말 미안하지만, 대신 결혼식만큼은 꼭 성대하게 치러 줄 테니 너무 섭섭하게 여기지 말았으면 해요."

미안해하는 왕비를 돌아본 공작이 서둘러 고개를 저었다.

"섭섭하다니요. 제가 감히 그런 마음을 품을 리가 없잖습니까. 대신 왕비 전하, 신이 한 가지만 청을 드려도 되겠습니까?"

"뭐라? 대신? 감히 내 딸을 훔쳐 가는 주제에 지금 조건까지 걸 겠다는…… 윽."

손톱을 세워 왕의 옆구리를 야무지게 꼬집은 왕비가 말했다.

"부탁이라니, 그게 뭔가요?"

"간단합니다. 신을 국서 후보로 삼아 주십시오. 물론 단독으로요."

'응? 국서 후보?'

밀라이아의 눈이 동그랗게 뜨였다.

시선을 마주친 남자가 씩 미소 지었다.

따란따란, 딴딴딴딴.

경쾌한 음을 마지막으로 두 사람의 발이 멈췄다.

한 손을 가슴에 대며 허리를 숙여 보이는 남자에게 치맛자락을 펼쳐 답례한 여자가 생긋 웃었다.

몹시 행복해 보이는 그 미소에 마주 웃음 지은 남자가 물었다.

"한 곡 더 추시겠습니까?"

"또요? 벌써 세 곡이나 췄는데?"

놀란 표정을 짓는 그녀를 향해 어깨를 으쓱해 보인 공작이 말했다.

"겨우 그 정도를 가지고 뭘 그러십니까. 예전에는 다섯 곡 연속으로 추신 적도 있으시면서요. 지금은 그때보다 체력도 더 좋으시잖습니까?"

"게다가 이제는 숨길 필요도 없고 말이죠?"

"그렇지요."

싱글거리며 웃은 그가 어쩔 거냐는 눈빛으로 그녀를 바라보았다.

밀라이아는 무척 들뜬 것 같은 연인을 바라보며 고개를 끄덕였다. 저렇게 즐거워하는데 그깟 춤 한 번쯤 더 추는 게 뭐 그리 대수랴 싶었다. 좀 전에 했던 말마따나, 이제는 백 년 전처럼 두 사람 사이를 숨겨야 하는 것도 아닌데.

잔뜩 신난 얼굴로 악단에게 손짓하는 공작을 보자 웃음이 나왔다. 만날 공개적인 사이, 공개적인 사이 하며 그렇게 노래를 부르더니 오랜 숙원을 풀어 진심으로 기쁜 모양이었다. 남들 앞에서는 항상 무심하고 다소 깔보는 듯한 태도를 유지하던 그가 저리 헤벌쭉하고 있는 걸 보면.

'그렇게 좋을까?'

물론 그녀도 싫다는 건 아니지만, 아무래도 그와는 십 년이라는 시간의 차이가 있는 만큼 감격의 정도가 덜할 수밖에 없었다. 워낙 급박하게 휘몰아쳐서 그렇지, 사실 그녀의 입장에서는 돌아온 지 겨우 사흘밖에 되지 않았으니까.

'그래도 이제는 정말 공식적인 연인 사이네.'

한 시간 전에 있었던 일을 떠올린 밀라이아의 눈이 둥글게 휘었다.

그녀가 공작과 함께 연회장에 들어서고 난 뒤, 왕비와 함께 입장한 국왕은 약속대로 그를 국서 후보로 삼겠다고 발표했다. 물론 그 뒤에 일 년의 검증 기간을 거쳐 최종 결정을 내릴 거라고도 말했지만, 못마땅함이 철철 흘러넘치는 눈빛에 비해서는 꽤나 선선한 행동이었다.

사실 밀라이아는 갑작스러운 발표에 반대가 제법 있을 거라 생각했지만, 사람들이 보여 주는 반응은 예상과는 많이 달랐다.

백 년 전 글로리아의 이름으로 이런 발표를 했다면 반발이 어마어마했을 텐데, 아니, 역사가 바뀌기 전 밀라이아의 위치였어도 분명 반대가 없잖아 있었을 텐데, 연회에 참석한 귀족들은 전부 그럴 줄 알았다는 듯 축하의 말만을 건넬 뿐 아무도 뭐라 하지 않는 것이 아닌가.

덕분에 그녀는 지금 기분이 굉장히 좋은 상태였다. 시간의 차이가 있다느니 사흘 만에 이러는 건 너무 빠르다느니 하며 애써 담담한 척했지만, 실은 그녀도 공작과 공인된 사이가 되는 것이 무척 기뻤으니까. 죄 지은 것처럼 숨겨야 했던 백 년 전과는 달리 그들의 사랑을 모든 사람들이 축복해 주는 것 같은 기분이 들어서 몹시 행복했다.

게다가―.

그의 어깨 위에 올려놓은 손을 힐끗 쳐다본 밀라이아의 얼굴이 붉어졌다. 설마하니 그가 이런 것까지 준비했을 줄은 몰랐다.

발그레한 볼을 의아한 눈빛으로 바라본 공작이 물었다.

"혹 숨이 차십니까?"

"아니요. 아주 멀쩡한데?"

"그럼 왜 얼굴이 붉어지신 겁니까? 아하, 제가 너무 잘생겨서 그러시는 겁니까?"

백 년 전을 떠올리게 하는 그 말에 빙긋 웃은 밀라이아가 답했다.

"어떻게 알았지? 스텝을 밟으면서 쳐다보는데 글쎄, 누구 남잔지 너무 잘생긴 거 있죠. 가슴이 막 두근거리더라니까요?"

"정말이십니까?"

"그럼요. 그때도 에른이 너무 잘생겨서 한참 동안 쳐다봤는걸? 돌아가서도 안 잊어버리려고 얼마나 열심히 봤나 몰라요."

생글거리는 그녀를 열기 어린 눈빛으로 바라본 공작이 은근슬쩍 허리를 제 쪽으로 끌어당기며 속삭였다.

"자꾸 그렇게 예쁜 소리만 하실 겁니까? 그러잖아도 유예기간이 일 년이나 생겨 버리는 바람에 정말 꾹꾹 눌러 참는 중입니다만."

"그렇지만 정말인걸요. 아마 지금쯤 에른을 뺏겼다며 눈물을 삼키는 영애들도 있을 거라고요."

보란 듯 입술을 삐죽이자, 그는 쿡쿡 웃으며 네 스텝을 더 밟은 뒤 그녀를 놓아주었다. 그러고는 치맛자락을 나풀거리며 작게 원을 그리는 그녀의 주위를 큰 원을 그리면서 빙글빙글 돌았다.

한참 동안 빠른 속도의 춤이 계속되었다.

그리고 좀 더 시간이 흐른 뒤, 잡힐 듯 말 듯 도망치는 여자와 그를 쫓는 남자의 스텝을 각각 완벽하게 구사해 낸 그들은 변화하는 박자에 맞춰 원래의 자리로 돌아왔다.

기다렸다는 양 가는 허리를 낚아채 품에 가둔 공작이 뭐라 말을 하려다 말고 움찔했다.

"이런, 아무래도 이번 춤이 끝나면 잠시 도망쳐야겠는데요."

"응? 왜요?"

"국왕 전하께서 저를 잡아먹을 듯한 눈빛으로 바라보고 계셔서요. 왕자 저하도 그렇고요."

"……그래요. 도망가죠."

심각한 표정을 지은 밀라이아가 동의했다. 요 이틀 사이에 있었던 일들을 반추해 볼 때, 국왕이나 앨런이 달라붙을 경우 떼어 내기가 몹시 힘들 것이 분명했다.

그러니 어쩌겠는가? 둘만의 시간을 방해받기 싫다면 그들이 다가오기 전에 도망치는 수밖에.

"이제 스무 마디 남았죠?"

"네."

"좋아요. 그럼 슬슬 입구 쪽으로 이동하죠."

"그게 좋겠습니다."

서둘러 눈빛을 교환한 그들은 춤을 추면서 댄스플로어를 슬금슬금 돌았다. 춤곡이 끝나자마자 빠르게 연회장을 벗어나겠다는 나름의 전략이었다.

딴딴딴딴―.

마침내 마지막 음이 연회장을 울렸다.

쌍을 이루어 춤을 추던 사람들이 일제히 서로에게 절을 했다.

춤의 마지막 인사를 하는 둥 마는 둥 하며 국왕과 앨런이 있는 쪽을 돌아본 두 사람은 마침 그들이 왕비에게 붙들린 틈을 타 잽싸게 연회장 밖으로 향했다. 아니, 그러려고 했다. 만면에 미소를 띤 채 앞을 가로막은 중년 남자만 아니었다면.

싱글벙글하는 남자의 얼굴을 확인한 밀라이아의 눈이 동그랗게 뜨였다.

"앗, 에스페라 공작?"

"이런, 저하. 이제는 전前 공작이라고 부르셔야지요. 신이 이 녀석에게 작위를 넘겨주고 낙향한 게 벌써 일 년 전인데요."

"아, 그러네. 미안해요. 작위를 넘긴 이후로 처음 만나는 거라 아직 적응이 안 됐나 봐요. 그동안 잘 지냈어요? 영지는 지낼 만하고요?"

"네, 뭐, 잘 지냈습니다. 아들놈이 아무런 언질도 안 주고 약혼 비슷한 것을 한 걸 제외하고는 말이지요."

"네…… 에?"

무심코 되묻던 그녀는 눈을 동그랗게 뜨며 옆에 선 남자를 돌아보았다. 물론 이틀 전에 결정된 거라 굉장히 급박한 감은 없잖아 있었지만, 그렇다고 해서 명색이 제 아버지인데 일언반구도 하지 않았을 줄은 몰랐다.

"어떻게 된 거예요, 공작?"

"뭐, 어쩌다 보니 그리되었습니다."

실소를 지은 전대 공작이 말했다.

"애초에 기대도 안 했다, 이 녀석아. 네가 그렇지, 뭐. 그래도 좀 놀랍긴 하구나. 평생 노총각으로 살다 늙어 죽을 줄 알았는데, 이렇게 어마어마한 분을 모셔 올 줄이야."

"선후가 틀리셨잖습니까. 저하의 곁에 서려고 그동안 조신하게 산 겁니다."

"뭐?"

황당한 얼굴로 아들을 돌아본 전대 공작이 갑자기 '으하하' 하며 폭소를 터트렸다.

한참 동안 웃은 그는 몹시 유쾌하다는 듯 아들의 어깨를 팡팡 두

드리며 말했다.

"어쩐지 그런 쪽에는 생전 관심도 없던 애가 느닷없이 왕세녀 저하의 스승 자리를 자청한다 했더니, 그것 때문이었구나. 그럼 일 년 전이 아니라 유학 가기 전부터였냐? 아니면, 설마 정계에 진출하겠다고 했을 때부터?"

"글쎄요."

"허? 이런 양심 없는 자식. 당시 저하께서 연치 몇이셨는지는 알고 하는 소리냐?"

기가 막힌다는 듯 말한 전대 공작이 밀라이아를 홱 돌아보며 물었다.

"저하, 이런 녀석이라도 괜찮으시겠습니까? 아무리 신의 아들이라고는 해도, 이런 양심 없는 자식을 저하에게 넘겨드려도 되나 회의가 드는군요."

"왜요? 난 그래서 더 좋은데."

"네? 더 좋으시다고요?"

"그럼요. 그토록 오랫동안 나만 바라봤단 소리잖아요? 당연히 좋죠."

"……허."

황당해하는 얼굴로 그녀를 바라본 남자가 껄껄 웃었다.

"이래서 운명의 반려는 따로 있다고 하는군요. 분명 그래서 더 좋다 하셨으니, 나중에 이상한 놈이었다며 도로 데려가라 하시면 안 됩니다?"

"그럼요. 공이야말로 다시 돌려 달라고 하기 없기예요."

생글거리며 웃어 보이자, 전대 공작은 '물론입니다.' 하고 고개를 끄덕여 보인 뒤 제 아들을 돌아보았다.

"오랫동안 바랐던 일이었다니, 말도 없이 급하게 일을 처리한 건 넘어가 주마. 대신 국혼을 치를 때에는 꼭 먼저 얘기해 주기다."

"네."

"국서란 마음만으로 할 수 있는 자리가 아닌 건 잘 알고 있겠지? 항상 행동에 유의하도록 해라. 저하께 누가 되어서는 아니 될 것이다."

"물론입니다."

고개를 숙여 보이는 아들의 어깨를 툭툭 두드려 준 전대 공작이 말했다.

"한데 네 손에 그건 무어냐? 생전 장신구 같은 것은 하지 않던 놈이 웬 반지? 아직 정식으로 약혼한 게 아니니 약혼반지는 아닐 테고, 그렇다고 해서 인장 반지도 아닌데 말이다."

"아, 이것 말씀이십니까?"

왼손 약지에 낀 반지를 힐끗 쳐다본 공작이 씩 웃었다. 말없이 경청하던 밀라이아 역시 제 손을 내려다보며 배시시 미소 지었다.

짠 것처럼 웃는 두 사람을 의아한 눈길로 바라보던 전대 공작이 물었다.

"그러고 보니 저하께서도 반지를 끼고 계시는군요. 어떻게 된 겁니까? 내부적으로 약혼이 성립된 거라면 분명 국왕 전하께서 사전에 언질을 주셨을 텐데……."

"아직 약혼한 건 아니에요. 이건 그냥 공작이 내게 선물해 준 거랍니다. 공식적으로 연인 사이가 되었으니, 약혼반지까진 아니어도 적어도 한 쌍의 반지를 맞추고는 싶다면서요."

조곤조곤한 설명에 전대 공작은 몹시 흥미롭다는 표정을 지었다. 관심 없는 척 그들의 주위를 배회하며 대화를 몰래 경청하던 다른 귀족들 역시 마찬가지였다.

"하면 그건 일종의 정표로군요? 연인 사이임을 증명하는. 그러고 보니 디자인도 맞춘 것처럼 보입니다."

"네, 그런 셈이죠."

"그렇군요. 연인 사이임을 증명하는 반지라. 그것 참 낭만적인…… 이런."

갑자기 혀를 찬 선대 공작이 목소리를 낮추어 말했다.

"속히 자리를 피하시는 게 좋겠습니다. 국왕 전하께서 무시무시한 기세로 이쪽으로 오고 계십니다."

"윽…… 그래요?"

"네. 어쩐지 이상하다 했더니, 왕비 전하께서 일방적으로 추진하신 일이었군요? 아, 이럴 시간이 없지. 어서 나가십시오. 신도 그만 도망가야겠습니다."

"알겠어요. 고마워요."

밀라이아는 당장에라도 뒤에서 저를 부르는 소리가 들릴까 조마조마한 마음을 감추며 연회장을 빠져나왔다.

아슬아슬하게 붙들리지 않고 나오는 데 성공한 그녀는 그제야 안도의 한숨을 내쉬며 공작과 얼굴을 마주 보고 웃었다. 물론 국왕이 무섭거나 한 건 아니었지만, 적어도 오늘만큼은 그와의 시간을 방해받고 싶지 않았다.

"무사히 나왔네요."

"그러게요."

"그럼 우리 이제 뭐 할까요? 아무래도 밖에서 시간을 좀 보내다가 들어가야 할 것 같은데."

고개를 한쪽으로 기울이며 묻자, 공작은 대수롭지 않은 얼굴로 답했다.

"오랜만에 같이 정원 산책이라도 하시지요. 안 그래도 연회장이 좀 더웠는데 마침 잘됐습니다."

"그럴까요. 그럼?"

밀라이아가 고개를 끄덕였다.

두 개의 그림자가 나란히 정원으로 향했다.

대부분의 궁인들이 연회에 매달리고 있어서일까, 군데군데 눈이 쌓여 있는 정원은 생각보다 꽤 고즈넉했다.

물론 높이 솟은 가로수 길과 독수리의 양 날개 모양을 구성하고 있는 미로 정원 등은 궁을 방문한 귀빈들을 위하여 평소보다 훨씬 밝게 불을 밝혀 놓은 상태였지만, 하필이면 연회 전날 눈이 내린 탓인지 그곳을 거니는 사람들은 예상했던 것보다 그 수가 훨씬 적었다. 어느새 삼월 초라고는 해도 아직 날이 제법 쌀쌀했으니 그럴 만도 했다.

덕분에 군데군데 밝혀진 주홍빛 불과 은은한 달빛만이 비치는 고요한 정원을, 밀라이아는 공작과 손을 꼭 맞잡은 채 느긋하게 걸었다. 막 돋아나기 시작한 연녹색 새순들과 흐드러지게 피어오른 눈꽃들이 몹시 아름다웠다.

한참 동안 묵묵히 걸음만 옮기던 공작이 말했다.

"좋네요. 밀라 님과 이렇게 정원을 다시 걷게 되어서요."

"그러게요. 에른이랑 이 세상에서도 함께 산책할 수 있을 줄은 꿈에도 몰랐는데 말이죠."

"앞으로는 계속 이렇게 같이 걸을 수 있겠죠? 미래에 대한 걱정 없이 말입니다."

"그럼요. 얘기했잖아요? 이제는 에른이 지겹다 해도 옆에 딱 붙어 있을 거라고."

생글거리며 이야기하자, 깍지를 낀 손에 힘이 슬쩍 들어가는 것이 느껴졌다.

더는 놓치지 않을 거라는 듯한 그 행동에 가슴이 두근두근 뛰었다.

"그러고 보니 우리 이제 그것도 반쯤 했네요. 마음을 담은 정표 주고받기 말이에요. 에른에게는 받았으니까, 이제 나만 주면 되는 거잖아요?"

"그렇군요. 기대하고 있겠습니다."

"너무 기대하진 마요. 부담되니까."

눈꼬리를 슬쩍 늘어뜨리는데, 정원 곳곳에 쌓여 있는 눈 무더기가 보였다.

밀라이아는 주위를 한번 둘러보고는 말했다. 아무리 봐도 인적 하나 보이지 않는 것이, 적어도 주변의 시선을 신경 쓸 필요는 없겠다 싶었다.

"우리, 눈사람 만들어요. 큰 건 못 만들어도 작은 건 할 수 있지 않겠어요? 나랑 눈사람 만들고 싶다면서요."

"하나 춥지 않으시겠습니까? 지금 차림도 그렇고, 그러다 자칫 감기 드실까 걱정됩니다."

"하지만 이게 이번 겨울의 마지막 눈일 것 같은데, 지금 못하면 다음 겨울까지 기다려야 하잖아요."

걱정스러운 표정을 짓는 그녀를 보며 부드럽게 미소 지은 공작이 말했다.

"꼭 한꺼번에 다 해야 하는 건 아니잖습니까? 이제 밀라 님과 제게는 함께할 수 있는 시간이 많은걸요."

"아, 그러네요."

"네. 그러니 너무 조급해하시지 마십시오. 대신 이건 어떻습니까?"

맞잡은 손을 들어 올린 남자가 그녀의 손등 위에 가볍게 입을 맞추었다. 그런 뒤 연회장에서 나오기 전 걸친 외투 주머니에 깍지 낀 채로 집어넣고는 말했다.

"어때요, 털장갑은 아니지만 이것도 나름대로 따뜻하지요?"

"응, 따뜻하고 좋네요."

고개를 끄덕이는데, 때마침 그들이 자주 갔던 미로 정원 속 휴게 공간이 눈앞에 모습을 드러냈다.

한가운데에 솟아 있는 커다란 나무하며 입구의 작은 아치문까지 전부 머릿속에 남아 있는 모습 그대로였지만, 오직 한 가지만은 기억과 달랐다. 나무 아래 놓여 있던 작은 벤치가 사라지고 그 대신 그네가 걸려 있는 것.

'어라, 언제부터 저런 게 있었지? 분명 내가 과거에 다녀오기 전까지만 해도 없었는데?'

고개를 갸웃한 밀라이아가 물었다.

"저 나무에 왜 그네가 걸려 있죠? 이건 또 언제부터 바뀐 거예요?"

"저도 잘 모르겠습니다. 하나 예전엔 없었다는 걸 생각해 보면, 아무래도 왕자 저하 때문에 설치한 게 아닐까요?"

"그런가? 어쨌든 잘됐네요. 한 번쯤은 에른이랑 같이 타 보고 싶었는데."

그네 쪽을 한번 돌아본 그가 천천히 고개를 끄덕였다.

"흠. 눈 때문에 옷이 젖을 것 같기는 합니다만, 일단 한번 가 보시지요. 좀 털어 내고 하면 어떻게든 타 볼 수는 있겠죠."

"네."

그와 함께 나무 밑으로 다가가자 예상대로 눈이 소복하게 쌓여 있는 그네가 보였다.

줄이 튼튼한지 가늠해 본 공작이 그네를 흔들어 눈을 말끔하게 털어 냈다. 그러고는 그 위에 손수건을 꼼꼼하게 깐 뒤, 혹시 한기가 올라오지 않나 잠시 확인해 보고는 말했다.

"앉으십시오. 아마 옷이 젖거나 하진 않을 겁니다."

"고마워요."

부드럽게 눈꼬리를 접은 밀라이아는 균형을 잃지 않도록 주의하며 그네에 조심조심 앉았다. 그런 후 비워 둔 옆자리를 탁탁 두드리며 뒤를 돌아보았다.

"에른도 어서 이리 와요. 혼자 앉아 있으려니 조금 추운 것 같아."

"벌써요? 기왕 앉으신 김에 몇 번 밀어 드리려고 했더니……."

눈썹을 슬쩍 찡그린 그가 뒤에서 감싸듯 그녀를 폭 끌어안았다. 그러고는 백 년 전 같은 장소에서 그러했던 것처럼 그녀가 편안하게 기댈 수 있도록 자세를 두어 번 고친 뒤 물었다.

"옆에 앉는 것도 좋지만, 이렇게 하는 편이 아마 덜 추우실 겁니다. 어떻습니까, 훨씬 따뜻하지요?"

"응, 그러네요. 아, 옛날 생각 난다. 그때도 에른이 이렇게 날 안아 줬는데."

문득 떠오르는 생각에 중얼거리자, 그는 곧장 물었다.

"혹시 길리안 대법관을 재판하고 돌아오던 날을 얘기하시는 겁니까?"

"맞아요. 그때도 에른이 날 이렇게 안아 줬잖아요? 졸리면 잠깐 자도 된다고 하면서."

"그랬지요."

살짝 흐려진 목소리가 들려왔다.

그 때문일까, 그날의 서글펐던 기억들이 머릿속에 선명하게 떠올랐다. 울음과 함께 애써 속으로 삼켜 버렸던, 그래서 결국 끝끝내 하지 못했던 말들도.

'하지만 지금은 달라. 내게는 그때보다 훨씬 많은 시간이 있으니까. 우리는 이제 결코 헤어지지 않을 테니까.'

불현듯 그런 생각이 들었다. 당시에는 언젠가 헤어져야 한다는 생각에 한 번도 하지 못했던 말을, 이제는 그에게 해 줘야겠다고. 수없이 많은 미래를 약속했음에도 정작 진지하게 임해 본 적은 없었던 이야기 역시도.

늘 저돌적으로 마음을 표현한 건 그였을 뿐, 그녀는 한 번도 속내를 제대로 드러내 본 적이 없었다.

물론 제가 사라진 다음의 그를 염려해 그랬던 거였지만, 그 바람에 그녀는 공작에게 꽤 많은 상처를 줘야 했다. 그날의 그도 그러지 않았나. 곧 돌아가야 한다는 걸 잘 알고 있다고. 그러니 당장 사라질 것처럼 그리 앉아 있지 말라고.

"있잖아요, 에른. 사실 그때 나, 에른이 하는 말 들었어요. 막 잠이 들락 말락 한 상태라 어렴풋이 다 들렸거든요."

"……그랬습니까."

"네. 그래서 너무 미안했어요. 당신 같이 빛나는 사람한테 그런 짐을 지워 준 것도 그렇고, 그렇게 괴로워하면서도 내색 한 번 못하게 만든 것도 그랬죠. 괜한 이기심에 받아들였다고 얼마나 후회했나 몰라요."

"왜 그러셨습니까. 그래도 좋으니 마음을 열어 달라며 매달렸던 쪽은 전데요."

느릿하게 들려오는 목소리에, 밀라이아는 어깨를 감싼 손을 부드럽게 어루만지며 말했다.

그때와는 조금 다른 의미로 그가 뒤에서 저를 안고 있어 다행이다 싶었다. 만일 마주 보고 있었다면 조금씩 달아오르기 시작한 얼굴을 발견하지 못할 리 없을 테니까.

"그렇지만 사실은 말이에요. 그곳에 있는 동안 몇 번이나 그런 생각을 했었어요. 그냥 모르는 척 외면하면 안 될까, 돌아가야 할 곳이고 왕국민들이고 간에 전부 무시하고 그냥 당신의 곁에 남으면 안 되는 걸까. 겉으로 드러내 놓고 말을 하지 못했을 뿐, 내 속마음은 그랬어요. 당신이 그날 내게 했던 말처럼."

"……밀라 님."

"하지만 나는 결국 그러지 못했죠. 그래서 정말 고마웠어요. 그 긴 시간을 뛰어넘어 날 찾아와 준 당신이. 그토록 오랫동안 인내하며 나를 기다려 준 것이. 겪어 보지 않아 모르겠지만, 만일 내가 그 입장이었다면 아마 못 견뎠을 것 같거든요."

크게 숨을 들이쉰 밀라이아는 그의 팔을 풀고 자리에서 일어났다. 그러고는 침묵하는 남자를 물끄러미 올려다보며 말했다.

"있잖아요, 에른. 그러니 어쩌면 내가 가진 마음의 크기는 당신

것보다 훨씬 작을지도 몰라요. 당신이 생각하는 이상적인 군주와
는 거리가 멀지도 모르고요. 툭하면 속 썩이고 말도 안 되는 고집
을 부리고, 때로는 어린아이처럼 굴어 당신을 귀찮게 만들지도 몰
라요. 매일매일 일을 떠넘겨서 사람을 피곤하게 할 수도 있겠죠.
그렇지만…… 그래도 말이에요."

"……말씀하십시오."

"이것만은 약속할게요. 비록 당신보다 그 크기는 작을지도 모르
지만, 내가 할 수 있는 한 최선을 다해서 당신을 사랑하겠어요. 당
신이 원하는 좋은 군주가 되도록 노력할게요. 그러니까."

"……."

"그러니까…… 나와 결혼해 줄래요?"

잠시 정적이 흘렀다.

흔들리는 눈빛으로 올려다보는 그녀를 말없이 바라보던 공작이
긴 한숨을 쉬었다.

"멋없는 청혼은 싫다고 하셔서 어떻게 하면 좋아하시려나 열심
히 고민 중이었는데, 먼저 선수를 치시면 어떡합니까."

"그래서…… 싫어요?"

"아뇨, 그럴 리가요. 항상 예상을 벗어나시는 것이 놀라울 따름
이지요."

고개를 절레절레 저은 그가 팔을 뻗어 그녀를 끌어안았다. 그러
고는 소중하다는 듯 머리카락을 어루만지며 작게 속삭였다.

"네, 그리하겠습니다. 사랑합니다, 밀라 님."

"……앗, 그것도 내가 먼저 하려고 했는데."

"청혼도 못하게 하신 마당에 사랑한다는 말 정도는 먼저 하게 해

주시지요. 안 그러면 그동안 열심히 고민하던 게 너무 억울하잖습니까."

"……알았어요. 그 정도는 양보하죠, 뭐."

마지못해 고개를 끄덕이자, 빙긋 웃은 공작이 말했다.

"감사합니다. 그리고 밀라 님."

"네?"

"이번에는 안 봐드릴 겁니다. 잘 버티십시오."

"뭘……."

그 말을 끝으로 소리가 사라졌다.

두 개의 그림자가 그네를 사이에 둔 채 단단히 얽혀 들었다. 마치 처음부터 하나였던 것처럼.

연둣빛을 머금은 새싹들이 해맑게 웃음 짓고, 노랗고 하얀 봄꽃들이 하나둘 수줍게 얼굴을 드러냈다. 한들한들 불어오는 바람이 제법 따스했다.

어느새 삼월 하고도 중순. 밀라이아의 생일 연회가 열린 때로부터도 어언 일주일이 지났다.

칠 일이라는 시간이 지나서일까, 연회 때까지만 해도 꽤 쌀쌀했던 날씨는 어느덧 초봄으로 접어들고 있었다. 반쯤 열린 창 사이로 들어오는 공기가 싱그러웠다.

산들바람이 봄기운을 전달해 오는 방 안에서, 밀라이아는 에스페라 공작, 그리고 앨런과 함께 마주 보고 앉아 있었다.

국서 후보가 되었다 해서 그가 왕세녀의 스승이라는 지위에서 물러난 건 아니었으므로 ―물론 국왕은 그 핑계로 그를 딸에게서 떼어 놓으려 했으나 실패했다― 그녀는 예전처럼 그에게 수업을 받는 중이었다.

아니, 좀 전까지만 해도 그랬다. 비록 지금은 옆에 찰싹 달라붙은 앨런과 함께 차를 마시고 있었지만.

"누님 누님, 이것도 드셔 보세요. 맛있어요."

"······고마워요, 앨런."

밀라이아는 어서 먹어 보라며 소년이 내미는 스콘을 난처한 얼굴로 내려다보았다.

'꼭 먹어야 하나?'

스콘을 싫어하는 건 아니었지만, 누님에게 드리겠다며 앨런이 그 위에 바른 장미 잼은 싫었다. 글로리아로 살면서 장미 향에 꽤나 시달렸던지라, 그녀는 과거로 여행을 하기 전까지만 해도 무난하게 즐겼던 장미 차와 잼 등에 완전히 질려 버린 상태였으니까.

'그래도 싫다고 할 순 없겠지?'

여기서 거부했다가는 아이가 실망할 터. 게다가 하루아침에 바뀌어 버린 기호를 무어라 설명하기도 난감했다.

결국 밀라이아는 하릴없이 스콘을 입가로 가져갔다.

그때.

"내키지 않으시면 드시지 마십시오. 몸에서 거부하는 걸 억지로 섭취하시면 건강에도 좋지 않습니다."

옆에서 들려오는 목소리에, 그쪽을 홱 돌아본 앨런이 물었다.

"……그게 무슨 소립니까, 공작? 하면 내가 누님께서 싫어하시는 걸 억지로 권하기라도 했단 말입니까?"

"송구하나 그렇습니다. 사실 왕세녀 저하께서는 장미 향을 그리 즐기지 않으시거든요."

망설임 없이 돌아오는 대답에 콧방귀를 뀐 앨런이 반박했다.

"설마 내가 누님께서 싫어하시는 걸 권할 리가 있겠습니까? 누님의 기호에 대해서는 공작보다 내가 더 잘 압니다."

"물론 그러시겠지요. 하나 왕세녀 저하께서는 최근 장미 잼을 바른 빵을 드셨다가 가볍게 체하신 이후로 그 향을 즐기지 않으시게 되었습니다. 하여 말씀드리는 겁니다. 혹 그때처럼 또 얹히시기라도 하면 어쩌나 싶어서요."

"뭐라고요? 그게 사실인가요, 누님?"

난감한 미소를 지은 밀라이아가 고개를 끄덕였다. 그에게는 좀 미안했지만, 공작이 빠져나갈 명분까지 만들어 줬는데도 굳이 장미 잼을 먹고 싶지는 않았다.

"음, 네."

"어, 죄송해요, 누님. 저는 그것도 모르고……."

"아니에요. 까다롭게 굴어 미안해요."

고개를 저어 보이자, 앨런은 공작을 날카롭게 쏘아본 뒤 조금 처진 얼굴로 물었다.

"저어, 누님, 그럼 이거라도 드셔 보실래요? 잼 같은 걸 바르지 않아도 충분히 맛있어요."

"아, 그럴게요. 고마워요, 앨런."

머뭇머뭇 내미는 스콘을 받아 든 밀라이아가 빙긋 웃었다.

미소 짓는 누이를 보며 그제야 안심했다는 양 겨우 표정을 푼 소년이 제 몫의 스콘을 집어 들었다.

"어때요, 누님? 맛있죠?"

"네, 그러네요. 앨런이 직접 골라 준 거라 맛이 더 좋은 것 같아요."

"헤헤, 누님께서 좋아하시니까 저도 좋……."

"이런, 밀라 님. 찻잔은 받침 접시에 내려놓으시라니까요."

무심코 내려놓으려던 잔 밑에 받침 접시를 놓아 준 공작이 가볍게 잔소리를 했다.

저를 매섭게 노려보는 앨런을 못 본 척하며 스콘을 하나 집어 든 그는 배시시 웃어 보이는 그녀를 향해 말했다.

"제 앞에서 그러시는 거야 상관없습니다만, 밖에 나가서도 그러시면 곤란……."

"뭐라고요? 밀라 님?"

좀 전에 말이 잘린 것을 복수하듯 공작의 얘기를 가로챈 앨런이 물었다.

밀라이아는 황당해하는 소년을 보며 피식 웃었다. 계속 툴툴거리면서도 굳이 공작과 함께 있는 시간마다 찾아와 훼방 놓는 아이의 속내가 빤히 들여다보였기 때문이다.

'하긴 그걸 일일이 받아치는 공작도 대단하지.'

어떻게든 그녀의 관심을 제게로 돌리기 위해 계속해서 달라붙는 앨런이나, 아무렇지 않은 태도로 일관하면서도 결정적일 때마다 그에게 한 방을 먹이는 연인이나 하나같이 하는 행동이 유치하기 짝이 없었다.

국왕의 견제를 뚫고 처음으로 수업을 재개했을 때, 밀라이아는 저보다 먼저 와서 당당하게 자리를 차지하고 있는 앨런 때문에 한 차례 혼란을 겪어야 했다. 바뀐 역사에서는 원래부터 함께 수업을 들었던 건지 아니면 갑자기 그가 고집을 부리는 건지 알 수가 없어서였다.

그것은 공작 역시 마찬가지였으므로, 당시 그들은 슬그머니 앨런의 눈치를 살피며 상황을 파악하기 위해 애썼다. 그리고 다행스럽게도 허둥지둥 달려온 그의 유모 아네스 백작 부인 덕에 원래부터 같이 수업을 들었던 건 아니었다는 사실을 알게 되었다.

막 연심을 꽃피우기 시작한 상황에서 누군가가 끼어드는 것을 달가워할 연인들은 아무도 없을 터. 따라서 그들 역시 평범한 연인들답게 어떻게든 앨런을 떼어 놓으려 노력했다.

그 덕에 함께 수업을 듣는 상황만큼은 겨우 면했지만, 앨런은 그 이후로 지금처럼 종종 밀라이아를 찾아와 공작을 감시의 눈초리로 바라보곤 했다. 감히 내 누나에게 허튼수작을 하면 가만두지 않겠다는 표정으로.

"대체 언제부터 누님을 애칭으로 부른 겁니까? 되게 자연스럽게 들리던데요."

못마땅함이 뚝뚝 묻어나는 목소리에, 특유의 오만해 보이는 표정으로 소년을 돌아본 공작이 답했다. 그녀도 자주 겪어 봐서 잘 아는, 일명 '약을 올리기 위해 일부러 짓는' 얼굴이었다, 그것은.

"좀 되었습니다. 감사하게도 저하께서 흔쾌히 허락해 주셔서 말입니다."

"뭐라고요? 그럼 설마 누님도 공작을 애칭으로 부릅니까?"

"물론이지요. 연인들 사이에서 서로를 애칭으로 부르는 것쯤은 기본이지 않습니까."

"……."

'어휴, 정말. 어린애를 저렇게 놀리고 싶을까.'

밀라이아는 앨런을 들었다 놨다 하는 남자를 보며 피식 웃었다.

자꾸만 그녀와의 시간을 방해해 오는 게 귀찮을 법도 한데, 그는 의외로 싫어하는 기색 하나 없이 아이와 어울려 주고 있었다. 물론 앨런은 절대로 그렇게 생각하지 않을 테지만.

'그도 나처럼 에드워드를 떠올리는 걸까?'

고작 반년 정도 있었던 자신도 앨런을 보며 가끔 에드워드와의 추억을 회상하는데, 제가 떠난 뒤에도 십 년이라는 세월을 더 함께 보냈을 공작이야 오죽하랴 싶었다.

물론 어른스러웠던 에드워드에 비해 앨런은 훨씬 아이처럼 굴고 가끔 되지도 않는 고집을 부리기도 했지만, 그럼에도 그가 밉게 보이지 않는 건 아마도 과거의 추억이 머릿속에 남아 있기 때문일 확률이 컸다. 만일 에드워드가 애어른으로 크지 않았다면, 혹은 그녀와 더 친해졌더라면 그런 행동을 보여 주지 않았을까 하는 생각이 들어서.

'이따가 에른에게 좀 물어봐야겠네.'

그동안 연회다 국서 후보 발표다 하면서 바쁘게 다니느라 과거에 대해서 제대로 대화해 볼 시간이 없었는데, 이제는 좀 한가해졌으니 한번 자세하게 들어 봐야겠다 싶었다. 에드워드뿐만 아니라 남겨 두고 온 친인들에 대해서도.

잘 구워진 스콘을 한 입 베어 물며 찻잔을 들어 올리는데, 갑자기 노크 소리가 들렸다.

잠시 후 안으로 들어온 아네스 백작 부인이 깊숙이 허리를 숙이며 말했다.

"창공의 드높음이 함께하시기를. 릴리아나 수 아네스가 왕세녀 저하를 뵙습니다."

"반가워요, 백작 부인. 앨런을 데리러 온 건가요?"

"네, 저하."

요 며칠 내내 비슷한 상황을 겪어서인지, 백작 부인은 몹시 민망해하는 얼굴로 답하고는 소년을 돌아보았다.

"저하, 왕비 전하께서 찾아계십니다."

"또요? 이번엔 무슨 일이시라는데요?"

"글쎄요, 그건 저도 잘……."

"됐어요. 보나마나 날 누님에게서 떼어 놓으려고 그러시는 거겠죠, 뭐."

"저하."

"아오, 알았어요. 가면 되잖아요."

팩 짜증을 부린 소년이 자리에서 벌떡 일어났다.

어마마마마저 사로잡아 버린 것이 마음에 들지 않는다는 듯 못마땅한 눈빛으로 공작을 노려본 앨런은 백작 부인이 한 번 더 재촉을 하고서야 밀라이아를 돌아보며 말했다.

"저 그럼 가 볼게요. 누님."

"그래요. 조심해서 가요."

"네, 내일 봬요."

"……그래요, 내일 봐요."

내일도 어김없이 올 거라는 예고에 잠시 움찔했지만, 밀라이아는 오지 말라 하는 대신 순순히 받아 주며 그를 내보냈다.

연인과 단둘이서 보낼 시간을 뺏기는 건 좀 아쉬우나, 이런 식으로 매번 왕비가 적절한 때에 도와주는 데다 에른과 앨런이 티격태격하는 —정확하게는 한 명이 일방적으로 놀려 먹는— 모습을 지켜보는 것도 나름대로 재미가 있었으니까. 뭐, 에른도 내심으로는 별로 싫어하는 것 같지 않았고.

어쨌든 우여곡절 끝에 둘만 남는 데 성공한 그들은 느긋하게 차를 마시고 스콘을 집어 먹으며 오랜만의 망중한을 즐겼다.

여왕과 재상이라는 책임에서 벗어나 과거보다는 그 무게가 훨씬 덜한 지위로 내려와서일까, 몸도 마음도 무척 편안했다. 수업을 한다는 명목으로 만나기는 했으나, 실은 지난 반년간의 혹독한 실습 때문에 딱히 더 가르치고 배울 것도 없어 더 그랬다.

느긋하게 등받이에 몸을 기댄 공작이 말했다.

"이제야 겨우 둘만 남았군요."

"그러게요. 어쩐지 공식적으로 발표하고 난 이후부터 둘이서 지내는 시간이 더 줄어든 것 같아."

"그러게 말입니다. 국서 후보만 되면 모든 일이 해결될 줄 알았는데, 어째 날이 갈수록 첩첩산중인 것 같군요."

"미안해요. 아바마마랑 앨런 때문에 많이 피곤하죠?"

슬그머니 눈치를 살피며 묻자, 공작은 곧장 부인했다.

"아닙니다. 지난번에 왕비 전하와 보여 주셨던 모습도 그렇고, 가족을 진심으로 아끼시는 모습이 참 보기 좋던걸요. 왕자 저하야 뭐, 귀여우시고요."

"그건 그냥 잊어 주면 안 될까요? 솔직히 어마마마랑 아바마마는 내가 봐도 좀 그러실 때가 많거든요."

"아뇨. 예의상 하는 얘기가 아니라, 정말로 보기 좋았습니다. 저도 나중에 밀라 님과 저리 금슬 좋게 살고 싶다는 생각이 들던걸요."

"……그럼 다행이고요. 사실은 나, 에른이 이상하게 볼까 봐 조금 걱정했거든요."

조심스럽게 고백하자, 그는 전혀 아니라는 듯 손사래를 치며 말했다.

"그럴 리가요. 제가 어찌 감히 국왕 전하와 왕비 전하를 이상하게 보겠습니까? 귀한 따님의 곁을 허락해 주신 것만으로도 그저 감사할 따름이지요."

"……고마워요."

가슴 가득 따뜻한 기운이 번졌다. 대체 누구 남자길래 말까지 어쩜 이리 예쁘게 한단 말인가.

자꾸만 올라가려는 입꼬리를 찻잔으로 슬그머니 가리자, 스콘을 하나 더 집으려던 공작이 문득 생각났다는 듯 말했다.

"아, 그런데 밀라 님."

"네?"

"두 분 전하의 이야기를 하다 보니 떠오른 건데, 제게 한 가지 약속해 주셨으면 하는 게 있습니다. 생각해 보니 굉장히 중요한 문제더군요."

"굉장히 중요한 문제라고요? 뭔데요?"

눈을 동그랗게 뜨는 그녀를 보며 심각하게 얼굴을 굳힌 공작이 답했다.

"나중에 말입니다. 우리가 국혼을 치르고 나면, 밀라 님께서는 이곳 구름궁을 그대로 쓰시고 제게는 다른 궁이 주어질 것 아닙니까. 차후 즉위하셨을 때도 마찬가지고요."

"음, 아마 그렇겠죠?"

고개를 갸웃하며 답하자, 그는 바로 그게 문제라는 듯 눈썹을 찌푸리며 말했다.

"보통의 부부였다면 제가 찾아가면 되니 이런 걱정을 할 필요도 없었겠지만, 밀라 님과 저는 입장이 다르잖습니까. 즉 밀라 님께서 찾아오시지 않으면 저는 얌전히 기다리고만 있어야 한단 얘기지요."

"그래서요?"

"저는 그런 건 못 참습니다. 혹시 사소한 문제로 다퉜다가 밀라 님께서 왕비 전하처럼 각방을 선언하고 안 오시기라도 하면 어찌합니까. 그러니 약속해 주십시오. 아무리 크게 다퉈도 잠은 같이 주무시겠다고요. 아니지, 그냥 제게 밀라 님의 침실에 자유롭게 드나들 수 있는 권한을 주시는 게 낫겠군요. 그럼 피곤한 몸을 이끌고 굳이 저를 찾아오실 필요도 없잖습니까."

"뭐…… 라고요?"

얼굴이 빨갛게 달아올랐다. 침실이라느니 자유롭게 드나들 권한을 달라느니, 하나같이 생각만 해도 낯부끄러운 이야기들을 어쩜 저리 아무렇지 않게 한단 말인가? 그것도 심각하기 짝이 없는 목소리로.

'치, 침실을 자유롭게……. 악, 난 몰라.'

"약속해 주십시오. 그러지 않으시면 저는 매일 밤 불안에 떨며 하염없이 밀라 님을 기다릴지도 모릅……."

"악, 그만, 그만! 어른은 무슨 그런 얘기를 그리 아무렇지도 않게 하고 그래요? 그런 건 국혼을 치른 다음에 얘기해도 되잖아요!"

"왜요? 이 얘기가 어때서……. 아하."

그제야 이유를 알았다는 듯 씩 웃은 공작이 고개를 끄덕였다.

"알겠습니다. 그렇게 부끄러우시다면 하는 수 없지요. 하면 분부하신 대로 이 문제는 국혼을 치른 다음에 다시 말씀드리겠습니다. 대신 그때는 긍정적으로 답해 주셔야 합니다?"

"……네."

밀라이아는 싱글거리는 남자를 외면하며 마지못해 고개를 끄덕였다. 그나마 무슨 생각을 했기에 그리 부끄러워하냐며, 알고 보니 은근히 엉큼하다는 둥 하지 않는 게 어딘가 싶었다.

"그나저나 이러고 있으니 정말 편하군요. 이렇게 느긋하게 쉬어 보는 것이 얼마 만인지 모르겠습니다."

"……."

"밀라 님은 그렇지 않으십니까? 어찌 보면 저보다 훨씬 더하실 것 같은데요. 내내 바쁘게 살다가 돌아온 지 얼마 안 되신 거잖습니까."

"……뭐, 그렇긴 하죠. 그때는 하루하루가 치열했으니까요."

마지못해 답하자, 그는 정말 그렇다는 듯 고개를 끄덕이며 말했다.

"맞습니다. 저도 당시에는 진짜 눈코 뜰 새 없이 바빴죠. 밀라 님이 계실 때도 그랬지만, 에드워드 전하도 참 만만치 않게 일을 주셨거든요. 얼마나 일에 치였으면 글쎄, 그거 아십니까? 왜, 예전에 제게 해 주셨던 얘기 있잖습니까. '일 잘하는 소는 검은 소다.'라는 거요."

"네, 그게 왜요?"

"알고 보니 그게 저를 가리키는 말이었지 뭡니까. 적어도 지금 역사에서는 말이지요."

"네? 검은 소가 에른이었다고요?"

"그렇습니다. 우선 사정 설명을 좀 드려야겠군요. 당시 저는 웨스트우드 백작과 더불어 에드워드 전하의 최측근으로 꼽혔는데, 그 때문인지 백작은 제게 늘 이상한 경쟁심을 불태우곤 했습니다."

가소롭다는 표정을 지은 공작이 말했다.

"하나 당시 저는 일에 반쯤 미쳐 있었기 때문에, 실질적인 업무 수행량은 그의 두세 배가 넘었습니다. 그 때문에 백작은 열의를 더욱 불태우며 일했던 모양입니다만, 아무리 그래도 저를 따라올 순 없었죠. 한데 하루는 그 모습을 지켜보던 에드워드 전하께서 농담을 하신 모양입니다."

"농담이요? 뭐라고 했는데요?"

"그때 밀라 님이 하셨던 말씀이요. '역시 일은 검은 소가 잘한다.' 라는 이야기 말입니다."

"어, 그럼 설마……."

혹시나 하는 얼굴로 바라보자, 고개를 끄덕인 공작이 푹 한숨을 내쉬었다.

"네, 아마도 그 이야기가 계속 구전이 되어 속담 비슷하게 된 모양입니다. 정확하게는 '역시 누런 소보다는 검은 소가 일을 잘한다.'더군요. 기억하실지 모르겠지만, 웨스트우드 백작은 금발이었거든요."

"뭐라고요?"

갑자기 웃음이 터져 나왔다. 원래 그 말의 기원이 무엇이었는지는 알 수 없었으나, 적어도 지금은 그 얘기가 제 연인에게서 유래되었다는 것이 아닌가.

물론 그 이야기가 나온 이유를 생각하면 마냥 웃을 수만은 없었지만, 그래도 단순히 속담이라고 여겼던 말이 아는 사람에게서 비롯됐다니 정말 신기했다.

위로하듯 그의 손등을 토닥인 밀라이아가 말했다.

"고생 많았어요. 내가 여왕이 될 때까지는 그렇게 일이 많지 않을 테니까, 우리 최대한 오래 쉬어요. 솔직히 그때는 너무 여러 가지 일을 단기간에 해치우느라 무리했잖아요."

"그랬지요. 한데 밀라 님, 그러려면 관직 같은 걸 맡지 말고 놀아야 할 텐데, 그러다가 국왕 전하께 무능하다고 낙인찍히기라도 하면 어쩝니까?"

"무능하다고 찍혀요? 당신이?"

말이 되는 소리를 하라며 웃자, 공작은 그건 그렇다는 듯 피식 웃었다. 백 년이라는 세월을 뛰어넘었다 해서 그 실력이 어디로 가는 건 아니었으니까.

손을 뻗어 깍지를 낀 공작이 엄지손가락으로 손등을 살살 어루만졌다.

어느새 숨 쉬듯 익숙해진 그 감촉에 나른한 한숨을 내쉰 밀라이아가 말했다.

"에른?"

"네, 밀라 님."

"에드워드는 어떻게 지냈어요? 혹시 날 원망하지는 않았나요?

속였다고 화를 냈다거나.”

조심스러운 질문에 잠시 손을 멈춘 공작이 답했다.

“음, 솔직히 안 하셨다고는 말씀 못 드리겠군요.”

“……그래요?”

흠칫하는 그녀를 달래듯 손등을 토닥인 그가 말했다.

“네. 처음에는 일찍 돌아오겠다고 약속하지 않았냐며 실의에 빠져 계셨고, 그 뒤에는 한동안 화가 나 계셨죠. 이유를 여쭈었더니, 한참을 고민하다 제게 거꾸로 물으시더군요. 밀라 님께서 글로리아 전하가 아니었다는 사실을 알고 있었느냐고 말입니다.”

“그래서 뭐라고 했어요?”

머뭇머뭇 묻자, 공작은 어깨를 으쓱하며 답했다.

“어쩌긴요. 알고 있었다고 말씀드렸지요. 그 바람에 한바탕 소란이 일기도 했지만, 나중에는 에드워드 전하도 밀라 님의 진심을 알고 고마워하셨습니다. 많이 미안해하기도 하셨고요.”

“……그랬나요?”

“네. 낯선 곳에 오셔서 고생만 하다 가신 것 아니냐고도 하셨고, 좋지 못한 모습만 보여 드린 것 같아 부끄럽다고도 하셨습니다. 그러고 제가 소원의 돌을 썼다는 걸 알게 되신 후로는 한 가지 부탁도 하셨죠.”

“부탁이요?”

“그렇습니다.”

잠시 목을 축인 그가 말을 이었다.

“만일 제가 빌었던 소원이 진실로 이루어져 밀라 님과 재회하게 된다면, 한 가지 물건을 꼭 좀 전해 달라 하셨지요. 반드시 전하고 싶은 말씀이 있으시다고요."

"하고 싶은 말? 그게 뭔가요?"

"그건 저도 모릅니다. 그저 에드워드 전하의 전언을 담은 물건이 어디 있는지만 알고 있지요."

"그래요? 어디 있죠?"

"왕실 기록관입니다."

"왕실 기록관? 대체 그 물건이 뭐길래 그런 곳에 가져다 두었대요?"

의아한 얼굴로 묻자, 공작은 저도 모른다는 듯 고개를 흔들었다.

"글쎄요. 저도 장소만 아는지라. 자세한 내용은 가서 봐야 알겠는데요."

"대체 뭘까⋯⋯."

머리카락을 뱅글뱅글 돌리며 잠시 고민한 밀라이아가 제안했다.

"그럼 지금 가 볼래요? 아바마마가 뭐라 하시면 현장 실습이었다고 하죠, 뭐. 아니면 그냥 데이트였다고 해도 되고요. 어차피 둘 다 니까."

"좋은 생각입니다. 가시지요."

선뜻 동의한 공작이 자리에서 일어났다.

밀라이아는 단단하게 얽혀 있는 두 개의 손을 보며 빙긋 웃었다. 이제는 어느 때고 이런 식으로 손을 잡을 수 있다는 사실이 무척 기분 좋았다. 물론 이 일이 아바마마의 귀에 들어가면 좀 뭐라 하시기는 하겠지만, 아무려면 어떤가? 그들이 연인 사이라는 건 이미 모두가 다 알고 있는데.

다정하게 붙어선 채 방을 나서자, 대기하고 있던 시녀들과 기사들이 곧장 뒤로 따라붙었다.

밀라이아는 그들에게 잠시 산책이나 하고 올 것이니 따라올 필요 없다고 이야기한 뒤 왕실 기록관으로 향했다.

수행원들을 데리고 가 봐야 건물 앞에서 대기만 시킬 터인데, 괜히 그런 일로 다른 궁인들의 주목을 끌고 싶지는 않았다. 인적이 극히 드문 그곳에 시녀와 기사들이 우글거린다면 누가 봐도 제가 그곳을 방문한 것을 알지 않겠는가. 그랬다가 지난번처럼 왕비라든가 혹은 국왕이 들이닥치는 건 사양이었다.

정원으로 나오자 싱그러운 봄기운이 온몸을 확 감쌌다.

군데군데 쌓여 있던 하얀 눈은 모두 옛말이라는 듯 연녹색으로 물든 세상을 둘러보며 그녀가 말했다.

"이제 정말 봄이네요."

"그렇군요. 보름 전까지만 해도 영영 안 올 것만 같더니, 이 지긋지긋하던 겨울도 드디어 끝이 나나 봅니다."

"참, 에른에게는 얼마 안 된 일이었죠. 나는 중간에 반년이 있어서인가, 초가을에서 바로 봄으로 바뀐 느낌이에요. 마치 겨울이 사라진 기분이랄까?"

무심코 한 대답에 공작은 어째서인지 한참 침묵하다 말했다.

"후, 방금은 아무리 밀라 님이라도 조금 얄미울 뻔했습니다. 겨울이 없어진 느낌이라니 말입니다."

"네? 그게 왜요?"

"아닙니다. 어찌 생각하면 다행이군요. 밀라 님까지 굳이 혹독한 겨울을 보내실 필요는 없죠."

고개를 절레절레 저은 그가 문득 생각났다는 양 말했다.

"그러고 보니 밀라 님을 처음 뵌 것도 이맘때쯤이었군요. 물론 꿈에서 많이 만나긴 했지만, 실제로 대면한 건 그때가 처음이었으니까요."

"그러네요. 그쪽 시간으로 삼월 말쯤이었으니까요. 솔직히 그때는 에른, 되게 얄미웠는데 말이죠."

웃음기 어린 목소리에 살짝 치켜 올라간 남자의 눈매가 둥글게 휘었다.

"그랬습니까?"

"네. 낯선 세상에 떨어져서 가뜩이나 어안이 벙벙한데 자꾸 수상쩍다는 눈으로 쳐다보면서 답할 수 없는 것만 골라서 물어보질 않나, 대놓고 함정에 빠뜨리질 않나, 나중에는 막다른 골목에 몰아넣고 추궁까지. 심지어는 태도도 엄청 불손했죠, 아마?"

"엄청 불손까진 아니었습니다. 그냥 좀 압박했을 뿐이지요."

"와, 이 남자 좀 봐. 이런 식으로 기억을 왜곡하네. 내가 그렇게 당하고서 억울해서 사흘간 잠을 못 잤다고요. 에스페라 공작도 날 이렇게 막 대하진 않았는데 하면서 말이죠. 한데 알고 보니 두 사람이 동일 인물일 줄이야."

피식거리면서 웃은 밀라이아가 문득 생각났다는 듯 물었다.

"근데요, 에른. 꿈 하니까 생각났는데, 그럼 그때 꿈에서 봤던 귀족 청년이 지금의 에른이었어요?"

"네, 맞습니다."

"그럼 미래의 자신을 보고 있었던 거네요? 신기하다. 나야 영혼 연결 마법 때문에 그랬다지만, 에른은 어떻게 그럴 수 있었던 걸까요?"

고개를 갸웃한 공작이 답했다.

"글쎄요, 아마도 소원의 돌의 효과가 아니었을까요? 아니면 영혼의 공명이라거나요."

"영혼의 공명이라……. 그럼 글로리아가 하필 나와 연결이 되었 던 것도 그런 이유에서였을까요?"

눈썹을 찌푸리며 고민한 밀라이아가 말했다.

"에이, 모르겠다. 이제 와 생각한다고 알 수 있는 문제도 아니고. 그보다 우리, 슬슬 역사 공부를 시작해야 하는 거 아니에요? 자꾸 만 기억의 괴리가 생기니 답답하더라고요."

이해한다는 듯 고개를 끄덕인 남자가 말했다.

"원래는 그러려고 했습니다만, 어쩌면 밀라 님과 제 기억도 시간 이 지날수록 조금씩 변하는 게 아닐까 라는 생각이 들어서요. 다른 사람들의 기억이나 책에 기록된 내용들은 전부 바뀌지 않았습니까."

"그럴 수도 있겠네요. 아직 돌아온 지 열흘밖에 안 되었으니까. 그럼 조금 더 기다려 봐야겠네요."

"그게 나을 것 같습니다. 괜히 먼저 알아보려 했다가 나중에 뭔 가 떠오르기라도 하면 오히려 더 혼란스러워질 수도 있으니까요."

상황을 가늠해 본 밀라이아가 동의했다.

"그래요. 천천히 하죠, 뭐. 이제는 시간도 많은데."

"그렇지요. 하아, 정말 좋군요. 사실 그때 제가 바랐던 것도 이런 거였거든요. 지금처럼 밀라 님과 함께 한가로이 시간을 보내는 것 말입니다."

"거짓말. 에른은 일중독자잖아요. 나한테도 맨날 잔뜩 가져다줘 놓고는?"

입술을 삐죽이며 말하자, 공작은 빙긋 웃었다.

"그때는 해야 할 일이 너무 많아서 그랬지요. 밀라 님이 워낙 유능한 군주이시기도 했고요.”

“그렇다고 사람을 그렇게 굴려요? 하긴, 본인은 그러다가 과로로 병까지 났었죠.”

“그건 그 반역자 새…… 죄송합니다, 그자를 빨리 치우려고 무리하다가 그런 거고요. 평소에는 그 정도까진 아니었습니다.”

“평소에도 충분히 많았거든요? 뭐, 그건 그렇고……. 그자 말이에요, 내가 간 다음에 별일은 없었나요? 혹시 흑마법의 잔재가 남았다거나…….”

문득 떠오르는 생각에 조심스럽게 묻자, 공작은 눈매를 슬쩍 좁히며 답했다.

“실은 그 일 이후에 대신관들이 전부 한 번씩 왕국을 다녀갔는데, 그때마다 왕궁을 정화해 주고 별 이상은 없다고 확인도 해 줬습니다. 단지 첫 번째 뿌리와 세 번째 뿌리의 말에 따르면 그때 그 흑마법 때문에 밀라 님과 제 수명이 줄었을 거라 하더군요.”

“아하, 어쩐지 돌아갈 시기가 너무 빨리 찾아왔다 했어요. 한데 에른은 왜요? 그때 날 감쌌던 것 때문에요?”

“그렇지요, 뭐. 어쨌든 그 건은 한참 전의 일이니 상관없지 않겠습니까? 뭔가가 남아 있었다면 지난번에 자선 모임 건으로 마주쳤을 때 대신관이 얘기했겠죠.”

“그러네요. 그럼 그건 신경 안 써도 되겠다.”

고개를 끄덕이는데, 저만치에 왕실 기록관이 보였다. 도란도란 대화를 나누며 와서 그런지 무척 빨리 도착한 느낌이었다.

공작과 함께 건물 안으로 들어선 밀라이아는 호기심 반 흥미로움 반으로 저희들을 응시하는 관원들을 보며 실소를 지었다. 울 것 같은 얼굴로 달려왔던 그녀와 그런 그녀를 쫓아온 공작의 모습을 모조리 보았으니, 아마도 그 후에 있었던 국서 후보 발표까지 더해져 꽤나 입방아들을 찧었으리라.

'굳이 궁금증을 채워 줄 필요는 없지.'

아무것도 모르는 척 그들의 눈빛을 외면한 밀라이아는 안내는 필요 없으니 외인의 출입을 통제하라 이른 뒤 공작과 함께 위층으로 향했다.

다행히 현재 이곳에 방문한 사람은 아무도 없다는 이야기를 들은 후였으므로, 마음 놓고 에드워드가 남겼다는 물건을 찾아봐도 될 것 같았다.

"어디로 가면 돼요?"

"지난번에 밀라 님을 뵈었던 곳이요."

"아, 삼 층이요? 거기에 뭘 둘 만한 곳이 있었나?"

고개를 갸웃한 밀라이아는 일단 공작을 따라 삼 층 동관으로 향했다.

기다란 복도를 걸어 왕실 초상화들이 늘어선 곳에 도착하자 지난번에는 감정에 취해 지나치느라 미처 보지 못했던 그림들이 눈에 들어왔다.

그중에서도 그녀의 눈길을 잡아챈 건 당연히 글로리아와 에드워드의 초상이 걸린 곳이었다. 얼마나 많은 부분을 할애했으면 글쎄, 두 사람의 그림들만으로도 한쪽 벽면이 꽉 채워져 있는 것이 아닌가.

'에드워드야 위대한 업적을 남긴 왕이니 그렇다지만, 글로리아는 즉위 기간도 고작 삼 년밖에 안 되면서 무슨 그림이 이렇게 많은 거람? 혹시 람도란트 경한테 지시한 일 때문인가?'

몰래 그린 그림이어도 어쨌거나 일종의 기록이니 왕실 기록관에 보내라 했던 그날의 기억을 떠올린 밀라이아가 눈을 반짝 빛냈다. 만일 그게 사실이라면, 이제 곧 그리운 이들의 얼굴을 볼 수 있을 터였다.

달려가다시피 그쪽으로 다가간 그녀는 제 예상이 들어맞은 것을 보며 슬며시 미소를 지었다.

벽에 한가득 걸려 있는 글로리아의 그림들은 몇 달 전 그녀가 보았던 바로 그것들이었다. 당시에는 페르디난드 공작이었던 에스페라 공작과 함께 정원을 걷는 모습, 전속 시녀들과 함께 정원에서 가졌던 티타임, 앤트워스 후작을 만나러 기사단을 방문했던 어느 오후, 그리고 그때는 왕제였던 에드워드를 끌어안고 까르르 웃으며 머리카락을 쓰다듬던 모습까지 전부 다.

그들 사이에 놓인 백 년이라는 세월을 증명하듯 어느새 색이 조금씩 바랜 그 그림들을, 밀라이아는 한참 동안 말없이 바라보았다. 연인과 함께하면서 잠시 잊고 있었던 그리움이 넘실넘실 차오르고 있었다.

묵묵히 그림만 들여다보는 그녀를 지켜보던 공작이 말했다.

"앤트워스 후작은 그 후 오 년 정도 더 근위기사단을 맡았다가 은퇴한 뒤, 영지로 돌아가 조용히 생을 마감했습니다. 원래는 에드워드 전하께서 성년이 되실 때까지만 있겠다 하였습니다만, 즉위하신 후에도 조금만 더 도와 달라 간곡히 말씀하시는 바람에 이 년을 더 채웠지요."

"……그랬군요. 마지막은 편안하게 갔나요?"

먹먹해지는 가슴 위에 손을 얹으며 묻자, 공작은 느릿하게 고개를 끄덕였다.

"그런 걸로 알고 있습니다."

"다행이네요. 생각해 보면 참 고마운 사람이었는데, 제대로 인사도 못하고 와 버렸네요."

"앤트워스 후작은 제게도 고마운 사람입니다. 그날 그가 함께 간 덕분에 그나마 정신을 추스를 수 있었거든요. 결백을 증명할 때나 밀라 님을 성녀로 만드는 데도 큰 도움을 받았고요."

"……애초에 그걸 위해서 따라오라고 했는걸요. 그때는 에른밖에 눈에 들어오지 않아서 그랬는데, 생각해 보니 되게 미안하네요. 인사라도 제대로 할걸."

위로하듯 손등을 토닥인 공작이 말했다.

"그도 밀라 님의 마음을 알고 있었을 겁니다. 그러니 그 후에도 단장직을 사퇴하지 않고 오 년 동안 더 맡았던 게지요. 본래 성격대로라면 전하를 못 지켜 드린 책임을 지겠다며 당장 목을 쳐 달라 할 사람이 아닙니까."

"……그럴까요?"

가라앉은 목소리로 묻자, 공작은 틀림없이 그럴 거라며 확신에 찬 음성으로 답했다. 그러고는 그녀의 손을 좀 더 힘을 주어 잡으며 말했다.

"사스테인 영애는 신이 막 그곳을 떠날 무렵 레티시아 백작 부인의 뒤를 이어 궁내부장으로 임명되었습니다. 관행대로라면 본디 에드워드 전하를 모시던 시종장이 맡았어야 했겠지만, 밀라 님께서도 아시다시피 그자는 인물 됨됨이가 중책을 맡기기에는 조금 모자라서 말입니다."

"하긴 그랬죠. 달리아가 에드워드를 보좌했다니 좀 안심이 되네요. 꼼꼼하고 차분한 성격이니 잘했겠죠."

"아마 그랬을 겁니다. 그리고 레티시아 영애 말입니다만. 어찌 되었을 것 같으십니까?"

느릿하게 묻는 공작의 목소리에는 왠지 모를 웃음기가 묻어 있었다.

밀라이아는 눈을 동그랗게 뜨며 물었다.

"어, 설마 레노아 영윤이랑……."

"맞습니다. 결국 레노아 부인이 되어 궁을 떠났지요. 그가 작위를 물려받은 뒤에는 백작 부인이 되었고요. 처음에는 마음고생 좀 하는 것 같더니, 나중에는 아주 휘어잡고 살더군요. 제가 떠나올 때쯤엔 아이도 둘인가 셋 있었습니다."

"정말요? 클로에가요?"

"네. 궁금하시면 나중에 한번 찾아보십시오. 워낙 그쪽으로는 유명했던 자라 관련 기록이 꽤 남아 있더군요."

"오오, 그래야겠다. 어쨌거나 모두 행복하게 살았다니 다행이네요."

환하게 웃고 있는 클로에의 그림을 한번 돌아본 밀라이아가 활짝 미소를 지었다. 인사도 못하고 두고 온 이들의 안부가 몹시 궁금했는데, 그래도 전부 잘 산 것 같아 다행이었다.

화폭에 남아 있는 친인들의 모습을 꼼꼼하게 살피며 걸음을 옮기자 그녀와 함께 있는 모습을 시작으로 에드워드를 그린 그림들이 하나둘 펼쳐졌다.

그녀가 사라진 뒤 얼마 되지 않아 그린 듯 아직 앳되어 보이는 얼굴부터 성인이 되어 무사히 대관식을 치르는 모습, 페르디난드 공작과 웨스트우드 백작을 좌우에 앉혀 둔 채 정무를 논하는 모습,

그리고 결혼식—.

'헉, 이 여자, 은발이잖아? 그럼 지난번에 얘기했던 제국과의 결혼 동맹이라는 게 진짜로 에드워드 얘기였어?'

놀란 눈으로 돌아보자, 공작은 그럴 줄 알았다는 듯 곧바로 고개를 끄덕였다.

"맞습니다. 제1황녀 전하이십니다."

"……어떻게 된 거예요? 설마 그때 사절단으로 보냈던 일이 계기가 된 건가요?"

"그렇습니다. 그 후로도 꾸준히 편지로 소식을 보내오시더니, 열다섯쯤 되셨을 때부터는 온갖 명분을 만들어서 왕국으로 찾아오시더군요. 친선 사절, 기술 교류, 단순 교역, 나중에는 왕국의 문화 이해까지. 저는 나라와 나라가 그렇게 많은 명목으로 교류할 수 있다는 걸 그때 처음 알았습니다."

당시의 황당함이 떠오른 듯, 공작이 피식거리며 웃고는 말했다.

"어쨌든 황녀 전하께서 그렇게 열심히 마음을 표현하는데도 오래도록 관심 없는 척하시더니, 결국엔 결혼을 하셨나 보더군요. 저는 사실 결국은 못 버티고 청혼하신 것까지만 보고 와서요."

"그랬구나……. 뭐야, 그럼 내 조상님이 한 분 바뀐 거네. 잘못하면 내가 없어질 뻔했잖아?"

"……그런 끔찍한 얘기는 꺼내지도 마십시오. 심장이 덜컥했잖습니까."

생각만 해도 겁이 난다는 듯 맞잡은 손에 힘을 꽉 쥔 공작이 말했다.

"어쨌든 밀라 님께서 돌아오신 걸 알고 난 뒤 궁금해서 이것저것 찾아봤었는데, 에드워드 전하께선 황녀 전하와 더불어 다복하게 사셨다고 합니다. 슬하에 자녀도 네 분 두셨고요. 자세한 건 왕실 계보도를 찾아보시면 나올 겁니다. 저쪽에 있는 다른 그림들도요."

"……아, 그러네."

그가 가리키는 쪽을 돌아본 밀라이아가 천천히 입을 다물었다. 공작의 말대로 그곳에는 에드워드가 황녀와 다정하게 웃고 있는 모습이라든가 아이들과 함께 정원에서 놀고 있는 광경 등이 다양한 크기의 화폭에 담겨 있었다.

'잘 지냈구나, 에드워드.'

가슴 한쪽이 먹먹하게 내려앉았다. 색 바랜 그림을 보면서도 그리 느꼈지만, 아직은 덜 자란 소년이었던 그가 자라 가정을 이루고 저보다도 훌쩍 큰 어른이 된 것을 보자 새삼 백 년이라는 세월의 간격이 실감 났다. 이제 다시는 그를 볼 수 없다는 사실도.

흐려지는 시야를 밝게 하려 빠르게 눈을 깜빡인 밀라이아가 물었다.

"어디 있어요? 에드워드가 남긴 물건."

"이쪽에 있습니다."

가라앉은 기분을 눈치챈 듯 짧게 답한 공작이 맨 처음 봤던 그림 앞으로 다가갔다. 함께 초상화를 그리기로 했던 날, 즐겁게 웃고 있던 두 사람의 모습이 그려진 바로 그 액자 앞으로.

벽에 걸린 그림을 떼어 낸 그는 돌에 남은 액자 자국으로부터 위에서 세 번째, 왼쪽에서 다섯 번째 돌을 눌렀다.

그 순간, 단순한 돌벽으로 보이던 벽이 열리며 그 안에 감춰져 있던 비밀 공간이 모습을 드러냈다. 그녀가 기억하고 있는 국왕의 침실 속 비밀 금고와 똑같이 만들어진 작은 공간이.

"읽어 보십시오. 에드워드 전하께서 남기신 서신입니다."

편지 한 통을 꺼내 든 공작이 조심스럽게 그녀에게 내밀었다.

말없이 그것을 받아 든 밀라이아는 익숙한 필체를 한번 쓸어본 뒤, 천천히 봉인을 뜯어 내용을 확인했다.

친애하는 누님께.

이렇게 누님께 편지를 써 보는 것은 실로 오랜만이군요. 그동안 누님을 오해했던 것이 죄송스러워 차마 이런 걸 남길 생각을 못했거든요. 하나 꼭 드리고 싶은 말씀이 있어 이렇게 간신히 용기를 내어 펜을 듭니다.

누님께서 그렇게 떠나 버리신 뒤, 어리석은 저는 그제야 그 전에 해 주셨던 말씀이 떠올라 문제의 그곳을 뒤져 보았습니다. 그리고 모든 진실을 알게 되었죠.

그제야 이해가 가더군요. 누님께서 갑자기 왜 그렇게 변하셨는지, 무엇 때문에 한동안 제게 그리도 데면데면하게 구셨는지, 그리고 왜 자꾸 저를 준비시키려고 애쓰셨는지 말입니다.

이제 와 드리는 말씀입니다만, 사실 처음에 저는 어린 마음에 몹시 화를 냈습니다. 많이 원망도 했고요. 누님께서 저를 속이셨다 생각했거든요. 결국 페르디난드 공작에게 호되게 야단을 맞은 뒤에야 겨우 정신을 차릴 수 있었습니다만, 지금도 그때만 생각하면 얼굴이 화끈합니다.

죄송합니다, 누님. 누님께서는 저를 위해 그토록 수많은 희생을 해 주셨는데, 정작 저는 누님을 원망만 해서요.

페르디난드 공작에게 듣자 하니, 아무래도 조만간 누님을 만나 뵈러 갈 것 같다더군요. 하여 그에게 이 편지의 전달을 맡깁니다. 운이 좋다면 직접 닿을 것이고, 그렇지 못하더라도 제 진심만큼은 누님께 전해질 수 있겠죠.

마음 같아서는 저도 함께 있게 해 달라 조르고 싶지만, 제게는 누님께서 맡겨 주신 책임도 있고 조만간 가족도 생길 예정이니 그럴 수는 없겠지요. 대신 누님께서 제게 잠시 빌려주셨던 소중한 사람을 돌려 드립니다. 부디 그곳에서는 오래도록 함께 행복하셨으면 좋겠습니다.

경애하는 누님.

아무것도 모르는 어린아이였던 저를 아끼고 보듬어 주셔서 감사합니다. 누님께서 주셨던 큰 사랑, 결코 잊지 않겠습니다. 항상 행복하시기를, 멀리 떨어진 곳에서 온 마음을 다해 기원합니다.

사랑을 담아, 에드워드.

추신. 저는 마지막으로 뵈었을 때 누님께서 주셨던 선물을 아직도 간직하고 있습니다. 소맷자락에 감추고 있던 그것을 제게 꺼내 주셨을 때가 아직도 눈앞에 생생합니다.

흐릿한 눈을 깜빡이며 편지를 읽어 가던 그녀가 멈칫했다.

슬그머니 왼팔을 들어 올려 눈가에 맺힌 물방울을 닦아 낸 그녀는 추신 부분을 반복해서 읽다 공작을 돌아보았다. 어쩐지 이 말의 의미가 따로 있을 것 같다는 생각이 강하게 들어서였다.

"이 편지, 원래 어디에 있었던 거예요?"

"원래부터 여기 있던 겁니다. 에드워드 전하께서 제게 비밀 장소의 위치를 알려 주셨지요. 단, 외인에게 발견될 때를 대비해서 정말 중요한 내용은 적지 않았다고 하셨습니다. 그건 추신을 보면 아실 거라고 하시던데요."

"그럼 이 안에 숨겨진 금고 같은 게 있어야 하는데. 어디 보자…… 아, 여기 있네."

이곳저곳을 더듬거린 끝에 작게 새겨진 독수리를 발견한 밀라이아가 붉은 눈동자를 꾹 눌렀다.

잠시 후 드드득 소리를 내며 글자판이 모습을 드러냈다.

'마지막으로 봤을 때 내가 준 선물이라고 했었지.'

크게 숨을 한번 들이쉰 그녀가 글자판을 돌려 암호를 맞췄다. 마지막으로 만났을 때 그녀가 소맷자락에 감추고 있었던 그것의 이름을.

왕. 궁. 비. 밀. 통. 로. 도. 면.

철컥.

숨겨진 금고의 문이 열렸다.

"아……."

그 안에 든 것을 확인한 순간, 신음과도 같은 탄성이 새어 나왔다.

백 년이라는 세월을 증명하듯 먼지가 잔뜩 앉고 잔뜩 해진 가죽 표지의 노트.

바로 글로리아의 일기장이었다.

제6곡

agnus dei: dona reginae requiem
여왕에게 안식을

agnus dei: dona reginae requiem
여왕에게 안식을

짙은 녹음으로 물들었던 세상이 알록달록하게 변하고, 붉고 노란 색을 입은 사위가 순백의 이불을 덮었다.

발목이 푹 잠길 정도로 쌓인 눈하며 쌩쌩 부는 칼바람이 몹시 차가웠지만, 누군가에게는 아예 사라져 버렸고 또 누군가에게는 유독 혹독했던 지난해와는 달리 이번 겨울은 밀라와 에른, 두 사람 모두에게 따뜻했다. 서로 마음을 나누며 함께 시간을 보낼 수 있었으니까.

겨우내 그들은 밀라이아가 직접 뜬 장갑을 나눠 끼고 나란히 걷기도 하고 ─그에게는 일부러 그랬다 했지만 실은 고작 한 짝을 만드는 데 한 달이 넘게 걸리는 바람에 원래 두 쌍을 만들어서 같이 끼려던 계획이 실패한 것이었다─ 어린아이 키만 한 눈사람도 만들고, 그러다 한바탕 눈싸움을 벌이기도 하며 즐거운 나날을 보냈다. 추위를 느낄 틈도 없이 서로의 온기에 함빡 취해서, 더없이 행복하게.

그리고 마침내 국왕 클리터스 2세가 약속했던 봄이 돌아왔다. 공작이 열심히 기다리던, 그리고 그와 함께 일 년이라는 시간을 보내는 동안 그녀 역시 하루하루 손꼽아 기다리던 싱그러운 봄날이.

지난해 국왕에게서 확답을 받은 이후 왕비는 사랑하는 딸과 예비 사위에게 가장 화려하고 성대한 결혼식을 만들어 주겠다며 굉장히 의욕적으로 준비를 시작했다.

넉넉한 시간과 넘치는 재력, 그리고 왕비의 열정까지 더해져 결혼식 준비는 착착 진행되었고, 한창 불타오르는 연인이 서로에게 빠져 시간 가는 줄 모르는 사이 어느새 국혼은 일주일 뒤로 다가와 있었다.

그랬다. 칠 일 후는 바로 그녀의 결혼식 날이었다.

'벌써 시간이 그렇게 됐구나.'

지난 시간을 돌아보며 감회에 젖어 있던 밀라이아는 국왕 부처, 앨런과 함께 느긋하게 찻잔을 기울이는 연인을 돌아보며 빙긋 웃었다.

작년 생일 그에게 청혼을 할 때부터 이미 마음의 준비는 한 상태였지만, 서로를 지근거리에서 살펴보고 많은 시간을 같이 보내는 동안 평생을 함께해도 되겠다는 결심은 더욱 단단하게 굳어진 상태였다. 그때는 그래도 조금 빠른 게 아닌가 하는 생각에 일말의 망설임이 남아 있었다면, 지금은 그런 것조차 전부 사라졌다고나 할까.

그런 면에서 생각해 보면 일 년의 유예를 명한 부왕이 조금은 고맙기도 했다. 물론 그때 그의 의도는 그런 것이 아니었으나 어쨌든 밀라이아에게는 그랬다. 게다가 뭐, 지금은 그때와 사정이 완전히 달라졌으니까.

"그래서 공작의 의견도 본 왕과 같다고?"

"그렇습니다. 말씀해 주신 사안은 얼핏 보기에는 입안자의 견해가 맞는 것처럼 보이나, 전하께서 지적하셨던 것처럼 인력의 부족을 고려하지 않은 점, 두어 달 내로 여름이 올 것이라는 점, 그리고 날씨의 변화에 취약한 정책이라는 점 등을 생각해 볼 때 당장 실행에 옮기는 것은 무리라고 생각됩니다."

"역시 그렇군. 봤소, 델린? 공작도 내 말이 맞는다고 하잖소."

자랑스럽게 왕비를 돌아보는 국왕을 보자 웃음이 나왔다.

아무리 우수한 인재라 한들 감히 내 딸의 옆자리에 설 수는 없다느니 철저하게 자질을 검증해야 한다느니 할 때는 언제고, 그는 어느새 공작의 능력을 인정한 것으로도 모자라 대단히 신뢰하고 있었다.

하긴 능력 문제야 왕세녀의 스승 자리를 맡기에는 아직 한참 어린 그를 전격적으로 기용했을 때부터 믿었다고 봐야 할 테니, 좀 더 정확하게는 이제야 그를 사윗감으로 인정한 것이라고 해야 하리라.

"이것도 드세요, 자형. 생긴 것만큼 달지 않아요."

"감사합니다, 저하. 저하께서도 어서 드십시오."

"네. 그보다 이따가 퇴궁하는 길에 바람궁에 잠시 들러 줄 수 있어요? 뭐 좀 물어볼 게 있어서요."

친근한 말투로 공작에게 달라붙는 앨런을 보자 또 한 번 웃음이 나왔다. 그녀와 말만 섞어도 경계하며 으르렁거리던 모습은 어디 갔나 하는 생각이 들어서.

'일 년 사이 정말 많은 변화가 있었구나.'

자신은 분명 연인과 보내는 시간의 달콤함에 취해 주위를 도외시했던 것 같은데, 그는 그녀와 함께 시간을 보내면서도 어느새 국왕과 앨런마저 제 편으로 끌어들인 후였다.

　앨런이 밀어 준 접시에서 쿠키 하나를 집어 든 공작이 말했다.

　"송구하나 오늘은 좀 어려울 것 같습니다. 대신 내일 입궁하는 길에 들러도 되겠습니까?"

　"어어, 그럼요. 꼭 들러 주기예요?"

　"물론입니다."

　고개를 끄덕인 공작이 쿠키를 한 조각 먹어 보고는 정말 달지 않다며 미소 지었다.

　조마조마한 눈으로 그를 바라보던 앨런이 그제야 안심했다는 양 씩 웃었다.

　"참, 제국 사절단이 국경을 통과했다면서요? 내일이나 모레 오전쯤엔 도착할 것 같다던데 사실이에요?"

　아이 특유의 또랑또랑한 목소리에 고개를 끄덕인 왕비가 말했다.

　"그래. 내일은 좀 무리일 것 같고, 아마도 모레 오전일 것 같구나."

　"그럼 이틀 뒤면 각국 사절단도 전부 도착이네요. 이제야 누님께서 국혼을 치르신다는 게 좀 실감되는 것 같아요."

　"엄마도 그렇단다. 우리 밀라가 결혼을 하다니."

　꿈꾸듯 멍한 표정을 짓던 왕비가 갑자기 안절부절못하는 얼굴로 말했다.

　"설마 내가 뭘 빠뜨린 건 아니겠지? 각국 사절단과 대신관은 문제없이 접대하고 있고, 예식 드레스랑 예복들도 예쁘게 맞춰 놨고, 퍼레이드 준비도 잘되고 있으니까……."

"걱정 마십시오, 왕비 전하. 문제없이 진행되고 있으니까요."

"그렇죠, 공작? 나 지금 잘 하고 있는 거죠?"

"그럼요. 이미 여러 번 살펴보셨잖습니까? 신과도 두어 번 같이 확인해 보셨고요."

능숙하게 왕비를 달랜 공작이 슬쩍 눈짓을 보냈다.

거들어 달라는 뜻을 빠르게 잡아낸 밀라이아가 얼른 말을 보탰다.

"맞아요. 어마마마도 이 사람이 얼마나 꼼꼼한지는 잘 아시잖아요? 그가 괜찮다면 정말 괜찮은 거예요."

"하긴, 다른 사람은 몰라도 에스페라 공작은 믿을 수 있지. 그럼 걱정하지 않아도 되겠네."

고개를 끄덕인 왕비가 시간을 한번 확인하고는 말했다.

"어머, 시간이 벌써 이렇게 됐구나. 우리가 두 사람을 너무 방해한 것 같다. 클리터스, 일어나요. 앨런, 너도."

"알겠소."

"네, 어마마마."

군말 없이 자리에서 일어난 두 남자가 곧장 작별을 고했다. 작년까지만 해도 어떻게든 곁에서 떨어지지 않으려 했던 걸 생각해 보면 믿기 힘든 모습이었다.

모두가 떠난 빈자리를 한번 돌아본 밀라이아가 말했다.

"아무리 봐도 신기하네요. 일 년 사이에 사람들이 저렇게 달라지다니. 대체 어떻게 한 거예요? 나도 좀 가르쳐 줘요."

"뭐, 진심은 항상 통하는 법이니까요. 그동안 차근차근 길을 닦아 놓기도 했고요."

"길을 닦았다고요? 어떻게?"

"밀라 님께서 그곳에 다녀오시기 전까지 왕비 전하께 열심히 예쁨 받아 뒀지요. 게다가 저와 그 두 분에게는 확실한 공통점이 있잖습니까. 밀라 님을 아주 많이 사랑한다는 점이요."

싱글거리며 답한 공작이 팔을 뻗어 그녀의 손을 잡았다.

그 순간, 약지에 끼워진 두 개의 반지가 맞닿았다. 누가 봐도 한 쌍으로 만들어진 것이 분명한 에메랄드 반지는, 이제는 손가락에 끼워져 있는 게 너무 자연스러워서 평소에는 그 존재조차 잊고 있는 것이었다.

'그러고 보니 요새 이게 엄청 인기를 끌고 있다고 했던가?'

작년 생일 연회에서 두 사람의 반지에 얽힌 의미를 이야기해 준 이후, 요즘 젊은 연인들 사이에서는 사랑의 증표로 한 쌍의 반지를 맞추는 것이 유행이라고 했다. 본디 약혼이나 결혼한 사이가 아니고서는 그런 경우가 없었는데.

그 바람에 나이가 좀 있는 귀족들은 말세라며 눈살을 찌푸린다고도 하지만, 뭐 어떤가? 서로의 마음을 표현하는 것이 대단한 잘못도 아닐진대.

그녀의 시선을 따라 눈길을 옮긴 공작이 말했다.

"앞으로 일주일 뒤면 이것 대신 다른 반지를 끼워 드릴 수 있겠군요. 제가 이 손가락에 가문의 반지를 끼워 드리고 싶어 얼마나 애가 탔는지 아십니까?"

"그랬어요?"

"네. 밀라 님께서는 어찌 생각하실지 모르겠지만, 제게는 지난 일 년이 정말 길었거든요. 아니지, 일 년이 뭡니까. 무려 십 년이 훌쩍 넘었다고요."

"흐응, 그래서 불만이에요?"

"그럴 리가요. 그냥 그렇다는 것뿐이지요."

지난 일 년 사이에 변화가 한 가지 더 있다면, 바로 밀라이아가 공작의 십 년 세월에 대해 더 이상 죄책감을 갖지 않게 되었다는 것이다. 이미 그 일에 대해 익숙해져서 그런 것이 아니라, 그가 그걸 바라서였다.

처음에 밀라이아는 이런 식의 이야기가 나올 때마다 매번 미안해서 어쩔 줄 몰라 했다.

그러는 그녀를 보며, 그는 그러다가 그녀의 애정이 죄책감이나 연민에 얽매여 변질되는 것을 바라지 않으니 더는 미안해하지도, 죄스럽게 생각하지도 말라고 했다.

처음에는 그의 말대로 하기가 쉽지 않았지만, 그동안 꾸준히 노력한 끝에 밀라이아는 이런 이야기를 들어도 더 이상 미안해하지 않게 되었다. 두 사람 사이의 시간이 어긋났던 건 자신의 잘못이 아니니, 괜한 일로 가슴 아파하는 대신 앞으로 함께할 시간에 최선을 다하겠다고 마음먹게 된 것이다.

그러니 지금도 그에게 죄스러워 하는 건 아니었지만—.

'그래도 고생한 건 고생한 거니까, 한번 달래 주기는 해야겠지?'

단단하게 얽힌 손을 조심스레 풀어내며 자리에서 일어난 그녀는 의아한 표정으로 저를 올려다보는 그를 품으로 끌어당겨 안은 뒤, 동그란 뒤통수를 살살 쓰다듬으며 말했다.

"우리 에른, 그동안 많이 힘들었어요? 결혼식만 손꼽아 기다리느라?"

"⋯⋯뭡니까, 이 어린아이 취급은. 어쨌든 그렇지요, 뭐. 실은 아직도 가끔씩 혹시 이게 꿈이 아닌가 의심하는걸요."

"네? 꿈이요?"

의아한 표정으로 묻자, 그는 그녀의 품에 파고들 듯 얼굴을 묻으며 답했다.

"실은 그동안 악몽에 좀 시달렸거든요. 알고 보면 이 모든 일은 다 꿈이었고, 저는 혼자 그곳으로 돌아가 있는 거죠. 그리고 밀라 님의 부재에 텅 빈 가슴을 끌어안고 눈물 흘리는…… 뭐 그런 악몽 말입니다."

"……어휴. 대부분의 신부들이 결혼 전에 우울증을 앓는다더니, 알고 보면 에른이 신부였나 보다. 내가 신랑이고. 하긴 내가 공작 부인이 되는 게 아니라 에른이 대공이 되는 거니까 정말 그럴 수도?"

부러 밝게 말하며 검은 머리카락을 만지작거리자, 잠시 침묵하던 그가 작게 소리 내어 웃었다.

장난기 어린 미소를 지은 밀라이아가 물었다.

"왜요, 신부는 싫어요? 그래도 나름 가장 선망한다는 봄의 신부인데?"

"사양하겠습니다. 아, 아니지. 그냥 제가 하는 게 나으려나요? 그래야 밀라 님께서 우울증에 시달리지 않으실 것 아닙니까."

"정말요? 그럼 부케도 에른이 들래요? 드레스도 입고?"

"……아뇨. 역시 신부는 밀라 님께서 하시는 편이 낫겠습니다. 그냥 우울증만 제가 가져간 걸로 하죠."

순간 드레스를 입고 부케를 든 그의 모습이 머릿속을 스치고 지나가, 밀라이아는 저도 모르게 폭소를 터트렸다. 아마도 같은 생각을 한 듯 공작 역시 마찬가지였다.

한참 동안 신나게 웃은 그가 손가락으로 눈가를 훔치며 말했다.

"정말이지, 밀라 님과 함께 있으면 하루하루가 유쾌하다니까요. 이러다가 남은 일주일이 일 년처럼 느껴질 것 같아 두렵습니다."

"기다리다 보면 금방 갈 거예요. 그동안 바뀐 역사 공부도 다 했겠다, 요새는 세 사람과 차를 마시는 것 빼고는 딱히 하는 일도 없잖아요."

"뭐, 그야 그렇지요."

가볍게 고개를 끄덕인 공작이 문득 생각났다는 듯 물었다.

"참, 그러고 보니 그 일기장은 어떻게 하기로 하셨습니까? 지난번에는 어찌 처분해야 할지 아직 고민 중이라고 하셨잖습니까."

"그러잖아도 그 문제로 에른과 얘기를 좀 하려고 했어요. 이제는 때가 된 것 같아서요."

"때가 되었다 하심은……."

"이제는 놓아줄 때가 된 것 같아요. 그녀를."

그것은 요 며칠 내내 고민했던 이야기였다. 일 년 전에는 차마 하지 못했던, 그리고 꽤 긴 시간이 흐른 지금에 와서야 비로소 결심이 선 말이기도 했다.

지난 봄 왕실 기록관에서 글로리아의 일기장을 발견했을 때, 밀라이아는 놀란 마음을 감출 수가 없었다. 에드워드가 남긴 물건이 설마 그것일 줄은 전혀 생각지 못했으니까.

글로리아에게 미안했다. 비명에 간 그녀를 위해서 그 이름으로 대신 살아가겠다 말해 놓고는, 어느 순간 자신의 행복에 취해 버려 그만 그녀를 잊어버렸다는 사실을 깨달아서.

그 바람에 당시 그녀는 일기장을 차마 어찌하지 못하고 얌전히 제 방으로 들고 왔었다. 모든 것이 바뀌어 버린 역사 속에서 유일하게 내용이 변하지 않은 그 일기장이 남의 손에 들어갈 경우 자칫 어마어마한 문제가 생길 수도 있다는 건 알고 있었지만, 그럼에도 차마 이대로 글로리아를 보낼 수는 없다는 생각이 들어서였다.

'하지만 지금은……'

고개를 흔들어 상념을 멈춘 그녀는 공작에게 잠시 기다려 달라 말한 뒤 책상 서랍 속 비밀 공간에 숨겨 두었던 일기장을 꺼내 들었다.

누렇게 변한 종이를 조심조심 넘기자 이미 오랜 세월이 지난 탓에 군데군데가 흐릿해진 글씨들이 눈에 들어왔다. 글로리아가 쓴 일기와 제가 적어 두었던 편지, 그리고 그 사이사이에 쓰여 있는 에드워드의 이야기들이.

왕국력 360년 9월 14일.

무사히 성년이 되었습니다.

그리고 글로리아인지 밀라이아인지 모를 여인의 죽음도 발표했죠.

내일은 대관식을 치를 예정입니다. 당신들이 바랐던 대로 이제는 내가 이 나라의 국왕입니다. 만족하십니까?

나는 여전히 당신들이 밉습니다. 내게는 아무것도 알려 주지 않고, 자신들끼리만 이 모든 비밀을 공유했던 당신들이.

왕국력 361년 2월 3일.

정치라는 건 생각보다 훨씬 피곤하군요. 비록 성녀 글로리아의 이름 뒤에 숨어 있긴 했어도 삼 년 동안 열심히 배웠다 생각했는데, 이토록 힘에 부치는 걸 봐서는 턱도 없었나 봅니다.

당신들이 원망스럽습니다. 나를 위해 그 모든 희생을 감내했다면서, 왜 이렇게 일찍 던져 두고 가 버린 겁니까? 그렇게 사랑했다면 내 옆에 있어 줬어야지요.

왕국력 363년 7월 25일.
세금, 제전, 국제 정세, 동맹, 민심, 가뭄, 식량, 전염병, 수확량, 교역, 벌목, 비, 신전, 귀족들, 귀족들, 귀족들……
실로 궁금합니다. 밀라이아 누님은 이 많은 일들을 어떻게 그리 단기간에 처리하실 수 있었던 겁니까?

왕국력 366년 3월 5일.
저기 말입니다, 누님들. 만약에 제가 제국 황녀와…….
하, 아닙니다. 그냥 페르디난드 공작에게 물어보겠습니다.

왕국력 368년 5월 4일.
지난번에 말씀드렸던 그녀와 반려가 되었습니다.
누님들께서 보셨으면, 특히 얌전하신 글로리아 누님이 보셨으면 감당이 안 되셨을 정도로 천방지축에 말괄량이지만…… 그래도 사랑합니다. 비록 그녀 앞에서는 한 번도 이야기하지 못했지만요.
밀라이아 누님께서는 지금쯤 페르디난드 공작과 재회하셨을까요? 잘 지내고 계실지 궁금합니다.

왕국력 369년 12월 8일.
첫 아이를 만났습니다. 우리 왕실 특유의 백금발과 제국 황실의 푸른 눈동자를 이어받은 여자아이입니다.

누님의 이름자를 따서 글로리아라고 이름 붙였습니다. 죄송하지만 밀라이아 누님의 이름은 쓰지 못할 것 같습니다. 혹시 잘못 가져다 썼다가 미래에 영향이 갈까 걱정이 되어서요.

그녀를 닮아서 그런지 제 눈에는 벌써부터 왕국 제일 미인으로 보입니다. 그래도 성격만큼은 제발 제 어미를 닮지 말아야 할 텐데요.

소소한 일상들을 적은 일기장을 읽어 가던 밀라이아가 천천히 고개를 들었다.

'보고 있어요, 글로리아?'

첫 왕녀에 이어 또 다른 아이가 태어나고 천방지축 아내와 좌충우돌하며 육아를 하고, 한편으로는 국왕으로서 정무를 고뇌하고 또 한편으로는 어린 동생으로서 밀라이아와 글로리아를 그리워하는 내용을 담은 편지들은 길고도 자세했다. 그저 따라 읽기만 해도 그가 어떤 삶을 살았는지 알 수 있을 정도로.

'당신이 그토록 걱정하던 에드워드는 이렇게 잘 지내다 갔어요. 이만하면 나, 당신의 부탁을 잘 들어준 거 맞죠? 비록 그 삶을 전부 지켜봐 주지는 못했지만, 그래도 에드워드를 위해 최선을 다해 노력했으니.'

noli metuere, una tecum bona mala tolerabimus
두려워 마라, 좋은 일도 나쁜 일도 너와 함께 견딜 테니.

글로리아가 남겨 놓은 문구를 말없이 쓸어 본 밀라이아가 천천히 일기장을 덮었다. 좋은 일도 나쁜 일도 모두 함께할 거라 하였으니, 글로리아도 그동안 제가 경험한 모든 것들을 지켜봤을 거라 믿었다.

'사실 말이에요, 글로리아. 처음에는 당신을 꽤 많이 원망했어요. 비록 당신을 위해 세상을 바꿔 주겠다 말했지만, 당신의 이름으로 걷는 세상은 꽤 험난하고 고생스러웠거든요. 아무런 대가도 없이 수고만 들이는 것 같다고 생각한 적도 있었어요. 그렇지만……'

느릿하게 고개를 들어 올리자, 침묵하는 그녀를 걱정스러운 얼굴로 바라보는 공작이 눈에 들어왔다. 그녀가 온 마음을 다 바쳐 사랑하는 연인이.

'그렇지만 당신은 내게 그 무엇보다도 커다란 선물을 안겨 줬어요. 정말 고마워요. 이 은혜는 죽어서도 잊지 않을게요.'

그녀가 제게 준 선물은 비단 공작뿐만이 아니었다.

에드워드, 클로에, 달리아, 레티시아 백작 부인, 세 명의 대신관들, 그리고 앤트워스 후작……

벌써 일 년이라는 세월이 지났지만, 아직까지도 그 모습들이 눈앞에 선했다. 모두 소중한 사람들이었다.

'그러니 나도 한 가지 약속을 하겠어요. 절대로 잊지 않을게요. 당신이 가졌던 마음을, 그 강했던 의지를. 당신이 목숨 바쳐 지켜 냈던 이 왕국을, 우리의 동생 에드워드가 발전시킨 이 왕국을, 이제는 내가 이어받아 좀 더 아름다운 곳으로 만들겠어요. 이만하면 당신도 만족하겠죠?'

낡은 표지에서 왠지 모를 온기가 느껴지는 듯했다. 마치 그녀의 물음에 그렇다고 대답하는 것처럼.

"불을 피워 주겠어요, 에른?"

"네."

느릿하게 고개를 끄덕인 공작이 말없이 벽난로에 불을 지폈다.

아직 삼월이라고는 해도 초봄이라, 쌀쌀할 때를 대비해 차곡차곡 쌓아 놓은 장작들은 금세 타닥타닥 소리를 내며 타오르기 시작했다.

'잘 가요, 글로리아. 당신의 뜻은 내가 품고 살아갈 터이니, 이제 주신의 품에서 사랑하는 이들과 행복하길 바라요.'

가만히 주홍빛 불꽃을 바라보던 밀라이아가 일기장을 천천히 그 안으로 떨어뜨렸다.

화르륵.

오래된 종이를 머금은 불꽃이 맹렬한 기세를 뿜으며 타올랐다.

묵묵히 그 모습을 바라보는 그녀를 공작이 뒤에서 조심스럽게 안고는 말했다.

"어쩐지 쓸쓸해 보이십니다."

"……좀 그러네요. 오래된 친구를 영영 떠나보내는 것 같아."

"그럴 만도 하지요. 한때는 영혼이 연결된 사이였으니까요. 그래도 너무 상심하지는 마십시오. 글로리아 전하께서도 밀라 님께서 그러시는 건 바라지 않으실 겁니다."

"……그렇겠죠?"

느릿느릿 묻자, 어깨를 감싼 팔이 분명 그럴 거라는 듯 그녀를 꼭 붙들었다.

불꽃에 시선을 고정한 채 가만히 그에게 몸을 맡긴 밀라이아가 말했다.

"이제 정말 에른뿐이네요. 당신은 나와 함께해 줄 거죠? 이 생이 끝나 주신의 품으로 돌아갈 때까지."

"물론입니다. 언제나 당신 곁에서, 다음 생까지도."

속삭이는 목소리에 희미하게 미소 지으며, 밀라이아는 검게 변해 가는 일기장을 바라보았다. 까맣게 그을린 종이들이 전부 사그라지고 마침내 하얀 재가 될 때까지.

여왕을 위한 진혼곡은 끝이 났다.

제7곡

commŭnĭo: simul, semper
영성체송: 함께, 언제까지나

commŭnĭo: simul, semper
영성체송: 함께, 언제까지나

삼월의 하늘은 맑고 푸르렀다.

산들산들 부는 바람이며 곳곳에 피어오른 새싹이 싱그러운 조용한 봄날이었지만, 평소에도 분주했던 수도의 거리는 오늘따라 더 부산스러웠다. 오늘은 왕국의 소小주인이자 미래의 여왕인 왕세녀의 국혼이 치러지는 날이었으니까.

유유하게 흘러가는 구름마저 하나로 맺어질 연인들을 축하하는 이날.

광장을 비롯한 수도의 모든 거리는 아침부터 왕세녀의 결혼 행렬을 기다리는 사람들로 인산인해를 이루고 있었다. 왕실에서 한동안 유행했던 제국식 대신 전통적인 방식으로 국혼을 치르겠노라 공표했기 때문이었다. 전통 방식의 국혼이 치러지는 건 실로 오랜만인지라, 사람들은 더 흥분한 얼굴로 혼례 행렬을 기다리고 있었다.

"뭐, 덕분에 타국 귀족들도 꽤 방문했다 들었으니 되었나? 관광

수입이 상당히 나오겠어."

밀라이아는 열심히 놀리던 손을 잠시 멈추며 혼잣말처럼 작게 중얼거렸다.

바닥에 한쪽 무릎을 꿇고 앉은 채 그녀가 하는 양을 올려다보던 공작이 피식 웃었다.

"당연히 그렇겠지요. 수도의 모든 숙소가 꽉 찼다고 하니까요."

"좋네요. 이 정도면 당분간 경제 특수를 노릴 수도 있을 테죠?"

"아마 그럴 겁니다. 가뜩이나 사람이 늘어난 상황인데 한시적으로 세금까지 낮췄다고 하니까요. 대신 치안대가 고생을 좀 하겠죠."

"뭐, 어쩔 수 없잖아요? 축제 분위기를 유지하려면 그 정도는 감수하는 수밖에. 대신 나중에 포상금과 휴가는 잊지 말고 꼭 챙겨 줘야겠네요."

빈 종이에 '치안대, 포상금, 휴가.'라고 적어 넣는 그녀를 못 말리겠다는 표정으로 바라본 공작이 말했다.

"맞는 말씀입니다만, 이제 슬슬 우리 일에 집중해 주시면 안 되겠습니까? 오늘은 우리 결혼식이라고요."

"안 돼요. 아직 결재할 게 많단 말이에요."

고개를 휘휘 저은 밀라이아가 잠시 멈췄던 깃펜을 다시 놀리기 시작했다.

새하얀 드레스 차림으로 서류에 코를 박는 그녀를, 공작은 황당한 눈빛으로 쳐다보고는 말했다.

"아니, 하필이면 오늘 같은 날 꼭 그렇게 일을 하셔야겠습니까? 그런 건 국왕 전하나 왕비 전하께 부탁드리면 되잖습니까."

"안 돼요. 마지막 점검 정도는 내가 해야죠. 그렇다고 에른에게 일을 시킬 수는 없잖아요? 오늘 결혼하는 사람인데."

"……그건 밀라 님도 마찬가지잖습니까. 누가 들으면 제가 다른 사람이랑 결혼하는 줄 알겠습니다."

어이없어하는 그를 돌아본 밀라이아가 웃었다.

"알겠어요, 알겠어. 세 장만 더 처리하고 놀아 줄게요. 그럼 되죠?"

"놀아 주…… 하아, 마음대로 하십시오. 이제 저도 모르겠으니까요."

푹 한숨을 내쉰 그가 그녀의 무릎에 얼굴을 묻었다.

평소처럼 페티코트를 겹겹이 둘러 입은 풍성한 드레스 차림이 아니라서 그런가, 따스한 체온이 얇은 천을 타고 그대로 전해졌다.

그 바람에 멈칫했던 그녀는 조금씩 빠르게 뛰기 시작하는 심장을 모르는 척하며 검은 머리카락을 손가락에 휘감았다. 손끝에 와 닿는 보드라운 감촉이 기분 좋았다.

"이러니 제가 각방을 걱정하지요. 결혼식 날조차 이렇게 일에 빠져 계시는데, 이러다가 국혼 후에는 그림자조차 못 뵙는 것 아닙니까, 네?"

"그럴 리가요. 내가 에른을 얼마나 좋아하는데. 나더러 이 얼굴을 안 보고 어찌 살란 말이에요?"

"됐습니다. 정말 그렇게 절 좋아하신다면 밀라 님 침실의 자유출입권을 주십시오. 이제는 결혼식 날이니 확답해 주실 수 있잖습니까."

투덜거리는 남자를 내려다본 밀라이아가 키득 웃었다.

"알겠어요. 그러면 되잖아요. 아니지, 아예 궁을 합치는 건 어때요? 그럼 걱정할 필요도 없잖아."

웃음기 어린 목소리에 벌떡 고개를 들어 올린 공작이 물었다. 언제 그렇게 한숨을 쉬었느냐는 듯 활짝 핀 얼굴이었다.

"정말이십니까? 약속하시는 거지요?"

"그러죠, 뭐. 내가 에른을 두고 따로 남첩을 들일 것도 아니고."

"그러기만 해 보십시오. 미워할 겁니다."

"안 해요, 안 해. 세상 천지에 이만큼 잘난 남자가 또 어디 있다고 다른 데다 눈을 돌리겠어요? 뭐, 정 불안하면 나한테 더 잘하든가요."

생글거리는 그녀를 황당하다는 표정으로 바라본 공작이 말했다.

"아니, 어떻게 이보다 더 잘해 드릴 수가 있단 말입니까? 어쨌든 알겠습니다. 절대 다른 곳으로는 눈 돌리시지 못하게끔 최선을 다하죠."

어쩐지 '최선을 다하겠다'는 말이 의미심장하게 들린다면 착각일까.

묘하게 공기가 뜨거워지는 듯한 느낌에, 밀라이아는 슬그머니 시선을 피하며 서류를 내려다보았다.

마치 정례를 취하는 것처럼 자세를 고쳐 앉은 공작이 말했다.

"이건 정말 분위기 잡고 드리려고 했는데…… 이러다가는 기회만 엿보다 출발하게 생겼군요. 나중에 뭐 이리 멋없이 주느냐고 하시기 없깁니다."

"응? 뭐가요?"

고개를 갸웃하자, 그는 팔을 뻗어 밀라이아의 왼손을 부드럽게 움켜쥐었다.

스윽.

일 년 내내 끼워져 있었기에 이제는 한 몸처럼 느껴지던 에메랄드 반지가 약지에서 빠져나갔다. 대신 그 자리를 에스페라가의 문장이 화려하게 세공된 다이아몬드 반지가 채웠다.

보석에 새겨진 문장을 확인한 밀라이아가 눈을 크게 떴다.

"설마 이거……."

"공작 부인에게 대대로 내려오는 반지입니다. 비록 이 문장을 쓰실 일은 없겠지만, 그래도 받아 주셨으면 좋겠습니다. 이건 밀라님이 제 아내라는 증거니까요."

"……고마워요. 잘 간직할게요."

손가락에 끼워진 반지를 말없이 내려다보던 그녀가 가라앉은 목소리로 말했다. 전통 방식으로 국혼을 치르기로 한 탓에 결혼반지를 따로 교환할 일은 없을 거라 생각했는데, 그래서 아쉽지만 미리 반지를 나눠 꼈으니 그걸로 되었다고 애써 위안하고 있었는데 이런 식으로 사람을 놀라게 할 줄은 몰랐다.

조심조심 반지를 쓸어 보자, 그는 주머니에서 또 다른 상자를 꺼내 그녀에게 건넸다.

"이건 제게 끼워 주시겠습니까? 전통 방식이 싫다는 건 아니지만, 반지 교환 의식이 없어진 것만은 영 좀 아쉬워서요."

"에른 것까지 준비한 거예요? 미리 귀띔해 주지 그랬어요. 그럼 내가 마련했을 텐데."

"번거롭게 뭐 하러 그럽니까. 한 쌍으로 맞추기만 했으면 됐지요."

어깨를 으쓱하는 그를 보며 희미하게 웃은 밀라이아가 말했다.

"그래요. 대신 새 인장 반지는 내가 멋지게 하나 만들어 줄게요."

"그러십시오. 기대하고 있겠습니다."

눈매를 둥글게 휜 공작이 손을 내밀었다.

남자 것치고는 꽤나 고운 손가락에서 에메랄드 반지를 빼낸 그녀는 그가 내민 상자에서 새로운 반지를 꺼내 들었다. 그러고는 누가 봐도 그녀의 것과 한 쌍으로 만들어진 게 분명한 다이아몬드 반지를 조심스럽게 약지에 끼웠다.

"이건 공작들에게 대대로 내려오는 반지인가요?"

"아뇨. 밀라 님께 드린 것에 맞춰서 새로 제작한 겁니다. 기존의 반지는 지금 드린 것과 한 쌍 느낌이 별로 안 나서요."

"그렇구나. 그럼 나중에 이쪽 손가락에다가 인장 반지까지 맞춰서 끼면 되겠다."

조만간 국서의 인장이 끼워질, 그러나 아직까지는 에스페라가의 인장 반지가 끼워진 손가락을 만지작거리며 밀라이아가 말했다.

"그런데요, 그럼 우리가 원래 끼던 반지는 어떻게 해요? 그동안 정이 많이 들었는데."

아쉬운 눈빛으로 바라보자, 빙긋 웃은 공작이 말했다.

"왕실 기록관에 보관하는 건 어떻습니까? 우리의 사랑의 증거로 남겨 두는 거지요. 혹시 또 압니까? 백 년쯤 뒤에는 그게 낭만적 이야기의 일부가 될지."

"음…… 그럴까요, 그럼?"

이런 것도 왕실 기록관에 보관해도 되나 싶었지만, 아무려면 어 떠랴 하는 생각도 들었다. 사실상 약혼반지처럼 썼으니 명분도 충 분하지 않은가. 무엇보다 두 사람의 사랑의 증거로 남겨 두자는 말 이 꽤 매혹적으로 들렸다.

'결혼식이 끝나면 가져다 놔야지.'

빙긋 미소 짓는데, 노크 소리가 들리고 안으로 들어선 미하엔 백 작 부인이 말했다.

"저하, 각하, 슬슬 출발하실 시간입니다."

"고마워요, 백작 부인. 그럼 이제 가 볼까요?"

"잠시만요, 밀라 님. 아직 한 가지가 더 남아 있습니다."

그녀를 저지한 남자가 손뼉을 짝짝 쳤다.

서둘러 달려 들어온 시종들이 책상 앞까지 카펫을 깔았다. 정성 들여 손질해 온 듯 모래는 고사하고 먼지 한 톨조차 없는 붉은 천을.

눈을 크게 뜬 채 그 모습을 바라보던 밀라이아가 감동한 표정으로 물었다.

"이거, 에른이 준비시킨 거예요?"

"맨발로 가려면 힘드시잖습니까. 자칫 다치실 수도 있고요."

"고마워요. 미처 생각지 못했던 부분까지 세심하게 배려해 줘서요."

"아닙니다. 당연히 해야 할 일이었는걸요. 자, 이제 그만 일어나시지요. 이러다 늦겠습니다."

빙긋 웃은 남자가 그녀에게 손을 내밀었다.

자연스럽게 그 위에 손을 얹은 밀라이아는 한결 편안해진 기분으로 첫 발을 디뎠다. 전통 혼례 방식에 따르면 새신부인 그녀는 궁 밖까지 맨발로 걸어가야 했으므로, 차가운 대리석 바닥보다는 당연히 먼지 한 톨 없는 고운 카펫이 훨씬 좋았다.

천천히 걸음을 옮기자, 평소 입던 것과는 달리 차분하게 떨어지는 치맛자락이 다리를 스치는 것이 느껴졌다. 전통 혼례복은 코르셋이나 풍성한 페티코트 등을 착용하지 않고 치마의 허리선을 높게 잡아 일자로 길게 늘어뜨린 형식이었으니까.

머리에 쓴 화관이 떨어지지 않도록 조심조심 구름궁을 나선 그녀는 기사들의 호위를 받으며 미리 준비해 두었던 산양 옆으로 다가갔다.

본디 루아 왕국에서만 자라는 순백의 산양은 사람을 태울 수 있을 정도로 덩치가 큰 데다 다산을 상징하는 동물이기도 했다. 때문에 전통 혼례에서는 풍요의 여신으로 분한 신부가 산양의 위에 올라타고 신랑의 집으로 향한 뒤 신관의 축복을 받으며 문턱을 넘는 것이 관례였다.

하나 왕세녀인 밀라이아의 혼례는 보편적인 경우와 조금 달랐으므로, 오늘 국혼의 절차는 신랑과 함께 궁을 나선 신부가 수도 전체를 한 바퀴 돈 다음 대신관에게 축복을 받는 것으로 마감될 예정이었다.

보드라운 재질의 치마가 뒤집히지 않도록 조심하며 산양 위에 오르자, 한 손으로 고삐를 잡은 공작이 그녀의 옆에 섰다.

백작 부인이 건네준 상자를 소중하게 껴안는 그녀를 꼼꼼하게 살펴본 그는 흐트러진 치맛자락을 정돈해 주며 말했다.

"밀라 님."

"네?"

"아까는 미처 말씀드리지 못했는데, 오늘따라 정말 아름다우십니다. 마치 신화 속에 나오는 여신처럼 보인달까요?"

"……정말요?"

"네. 다른 사람들에게 보여 줘도 되나 걱정이 될 만큼요."

진심으로 염려스럽다는 눈빛에 배시시 웃음이 나왔다.

"다행이다. 오늘만큼은 정말 예뻐 보이고 싶었거든요."

"오늘만큼이라니요? 제 눈에는 항상 아름다워 보이시는 걸요."

"하여간 말은 잘한다니까."

생글거리며 웃은 밀라이아가 주위를 한번 돌아보았다.

신랑 신부에게 맞춰 전통 복장으로 갈아입은 근위기사들과 시종, 시녀들이 모두 그들이 출발하기만을 기다리고 있었다.

"아바마마와 어마마마는요?"

"이미 도착하셨다고 들었습니다."

"그래요, 그럼 어서 가죠."

자세를 다시 한번 고쳐 잡은 그녀가 허리를 곧게 폈다.

산양의 고삐를 움켜쥔 공작이 천천히 걸음을 옮겼다. 기사들과 시녀들 역시 그들을 둘러싼 채 출발했다.

수도의 거리는 왕세녀의 결혼 행렬을 보기 위해 몰린 사람들로 가득 차 있었다.

안전거리를 유지하기 위해 온 힘을 다해 길목을 지키고 선 수도 방위기사단과 아이를 목말을 태운 부모들, 건물 위에서 얼굴을 내밀고 환호하는 자들과 꽃비를 뿌리는 화동들, 그리고 그 외의 수많은 사람들.

신분의 고하와 국적 여부를 불문하고 혼례 행렬을 보기 위해 나온 사람들은 무척 많았고, 하나같이 즐거움과 기대감으로 가득 차 있었다.

거리 곳곳마다 신랑 신부의 이름을 연호하며 축복하는 소리가 들렸다. 여기저기서 악사들이 연주하는 음악 소리가 울려 퍼졌다. 사람들의 말소리와 웃음소리, 그 외 여러 가지 소리가 어우러진 거리는 몹시 활기찼다.

"왕세녀 저하께서 오신다!"

"와아!"

"왕세녀 저하 만세!"

"공작 각하 만세!"

하얀 산양의 머리가 보이는 순간, 커다란 함성이 광장을 우렁우렁 울렸다.

밀라이아는 주위를 가득 메운 사람들을 둘러보며 천천히 손을 흔들었다.

활짝 미소 띤 입가가 긴장으로 파르르 떨리는 것이 느껴졌다. 그동안 결혼식 준비를 하면서 수없이 머릿속으로 그려 봤기에 아무렇지도 않을 거라 생각했는데, 막상 광장이 다가올수록 입술이 바짝바짝 타들어 가는 것이 느껴졌다.

대기하고 있던 국왕 부처와 귀족들이 입구 쪽을 돌아보는 것이 보였다. 혼례 행렬을 맞이한 사람들이 선창하는 이에 이어 하나 된 음성으로 외치는 소리도 들렸다.

"왕세녀 저하께 주신의 축복을!"

"왕세녀 저하께 주신의 축복을!"

"독수리의 반려에게 영광 있으라!"

"독수리의 반려에게 영광 있으라!"

쿵쿵 발을 구르는 사람들을 미소 띤 얼굴로 바라보던 공작이 작게 속삭였다.

"견딜 만하십니까? 안장도 없고 복장도 익숙지 않아 힘드실 텐데요."

"……응, 괜찮아요. 에른은 어때요? 날 잡아 주느라 힘들었을 텐데."

"저도 괜찮습니다. 어쨌든 다행이군요. 저기까지만 가면 되니 조금만 더 고생하십시오."

"네, 고마워요."

"와아아아!"

낮은 목소리로 속삭이는 두 사람을 지켜보던 사람들 사이에서 환호가 터져 나왔다. 아마도 그들이 다정하게 밀어라도 나눴다고 생각한 모양이었다. 뭐, 아예 틀린 얘기는 아니었지만.

군중들에게 연신 손을 흔들어 주며 광장의 한복판에 도착하자, 고삐를 짧게 쥔 공작이 산양을 멈춰 세웠다.

차분한 걸음으로 다가온 대신관이 밀라이아에게 말했다.

"네 가지 예물을 건네주십시오."

"여기 있습니다."

균형을 잃지 않도록 허리에 힘을 준 그녀는 품에 꼭 안고 있던 상자를 대신관에게 건네주었다.

그 안에 든 것은 막 돋아난 새순과 활짝 핀 여름꽃, 커다란 나무 열매, 그리고 죽은 나무의 가지였다. 결혼으로 인해 하나로 묶인 새 삶을 얻고 청춘을 함께하고, 마침내 결실을 맺고 죽음을 맞이한다는 의미가 담긴 루아 왕국의 전통 혼례 예물.

"양에서 내려서십시오."

대신관의 말에, 천천히 무릎을 꿇은 공작이 그녀의 발에 신을 신겨 주었다. 그러고는 고맙다 말하는 그녀에게 빙긋 웃은 뒤, 느릿하게 고개를 숙여 발등에 입술을 가져다 댔다.

"헉……."

"와아아!"

"왕세녀 저하 만세!"

"공작 각하 만세!"

좀 전과는 비교할 수 없을 정도로 커다란 함성이 터져 나왔다.

놀람과 당혹감으로 얼굴을 붉게 물들인 밀라이아가 속삭였다.

"지금 뭐 하는 거예요? 이건 원래 있는 절차가 아니잖……."

"긴장하신 것 같아서요. 이제 좀 괜찮아지신 것 같군요. 잡으십시오. 예물 전달이 끝났으니, 이제는 땅에 닿으셔도 괜찮습니다."

태연한 얼굴로 일어난 남자가 손을 내밀었다.

여전히 빨갛게 물든 얼굴로 조심조심 땅으로 내려서자, 두 사람의 손을 하나로 묶은 대신관이 말했다.

"밀라이아 데 루아, 왕국의 작은 독수리시여, 그대는 주신 비타의 교리에 따라 레이놀드 라 에스페라를 반려로 맞이하여 기쁠 때나 슬플 때나 괴로울 때나 즐거울 때나 죽음이 두 사람을 갈라놓는 순간까지 한결같이 사랑하고 위로하며 존중하고 지킬 것을 맹세합니까?"

"맹세합니다."

"레이놀드 라 에스페라, 그대는 주신 비타의 교리에 따라 밀라이아 데 루아, 루아 왕국의 왕세녀 저하를 반려로 맞이하여 기쁠 때나 슬플 때나 괴로울 때나 즐거울 때나 죽음이 두 사람을 갈라놓는 순간까지 한결같이 사랑하고 위로하며 존중하고 지킬 것을 맹세합니까?"

"맹세합니다."

엄숙한 맹세의 말을 들은 대신관이 축복의 기도문을 외웠다.

새로운 출발을 하는 연인에게 주신의 사랑과 축복이 언제나 함께하기를 기원하는 그 기도문은 사실상 기도문이라기보다는 축사에 가까웠지만, 그녀가 알던 세 명의 대신관들이었다면 절대로 하지 못했을 만큼 정상적인 내용이었다.

'만일 대신관 프리무스나 테르티우스가 여기 있었다면 꽃비가 떨어졌을까?'

문득 드는 생각에 슬며시 미소를 머금는데, 그새 기도를 마친 대신관이 대신전에서 가져온 성스러운 불에 예물들을 하나하나 던져 넣어 태우는 것이 보였다. 두 사람의 영혼을 하나로 묶는 의식의 완성이었다.

"이로써 두 사람의 영혼이 하나로 묶였음을 생명의 아버지의 이름으로 천명합니다. 주신의 축복이 만세萬歲에 이르도록 함께하시기를."

대신관의 선언을 끝으로 국혼의 모든 절차가 끝이 났다. 이제 남은 것은 구름궁으로 무사히 환궁하는 것뿐이었다.

푸드득.

미리 준비해 두었던 하얀 독수리들이 힘차게 날갯짓을 하며 하늘 위로 날아올랐다.

한 마리도 빠짐없이 고공비행하는 모습에 군중들 사이에서 또다시 환호가 터져 나왔다. 그 모습이 마치 새로운 독수리의 시대는 몹시 드높을 것이라는 일종의 예언처럼 보인 모양이었다.

하늘을 맴도는 독수리를 묵묵히 올려다보던 밀라이아가 말했다.

"이제 진짜 부부네요."

"그러게요. 그토록 오랜 세월을 돌아서, 이제야 겨우 하나의 이름으로 묶이게 되었군요."

"네, 정말 오래 걸렸죠. 그래서 말인데요, 에른."

"네."

"우리, 한 번 더 해 보지 않을래요? 진정한 의미의 여왕과 재상

말이에요. 이번에는 부부까지 되었으니까 지난번보다 훨씬 잘할 수 있을 것 같은데.”

생글거리며 웃는 그녀를 말없이 내려다보던 남자가 씩 웃었다.

“그러죠, 뭐. 어차피 밀라 님이나 저나 일중독이니 그것도 나쁘지 않을 것 같군요.”

“어, 정말요?”

“네. 우선 사랑이 넘치는 부부부터 실컷 하고요.”

“꺅!”

허공에 붕 뜨는 느낌에 화들짝 놀란 밀라이아가 그의 품에 안겨들었다.

사방에서 터져 나오는 환호 속에서, 이제야 겨우 제자리를 찾은 연인의 입술이 뜨겁게 맞닿았다.

하늘을 맴도는 독수리들이 두 사람의 결합을 축복하고 있었다.

제8곡

appendix: fabula residua
번외: 아직 남은 이야기

．
．
．
．
．

1부

dies ordinarius
어느 평범한 하루

dies ordinarius
어느 평범한 하루

"……하여 현재 두 가문의 대립이 극으로 치달은 상태입니다. 더 나갔다가는 공멸인지라, 양쪽 모두 내심 왕실의 중재를 바라고 있는 것 같습니다. 어찌하시겠습니까, 전하?"

에드워드는 제 판단만을 기다린다는 듯 고개를 숙여 보이는 남자를 말없이 바라보았다.

제가 처음으로 고른 신하이자 오른팔이기도 한 이 남자는 분명 유능한 인재였지만, 이럴 때 보면 영 답답했다. 페르디난드 공작이었다면 이런 뻔한 사안까지 일일이 확인받을 게 아니라 이런 식으로 처리하면 될 듯하니 인가를 바란다 말해 왔을 테니까.

'이럴 때는 정말 자형이 그립군.'

몰래 한숨을 내쉰 그가 답했다.

"중재를 원한다면 해 줘야겠지. 하나 이런 일을 공으로 해 줄 수는 없는 법. 두 가문 모두 왕실에 무엇을 제시할 수 있는지 의사를 타진해 보도록 하오."

"명을 받듭니다."

정중하게 고개를 숙여 보인 웨스트우드 백작이 또 다른 서류철을 내려놓았다.

"다음은 제국 관련 사안입니다. 국혼 일주년을 축하드리기 위해 사절단을 파견하고 싶다고, 날짜를 맞췄으면 한다는데 어찌할까요?"

"……어째 국혼 전이나 후나 방문 빈도는 비슷한 것 같군. 언제든 괜찮다고 전하오. 아, 다다음 달만 빼고."

문득 떠오르는 추억에 실소를 지은 것도 잠시, 불현듯 착잡한 기분이 들었다.

흐릿해진 얼굴을 살핀 백작이 서둘러 답했다.

"네, 그리 전달하겠습니다."

에드워드는 슬그머니 제 눈치를 살피는 백작을 힐끗 쳐다보고는 말했다.

"기왕 말이 나왔으니 하는 얘긴데, 슬슬 푸른 날개의 성녀 축일에 대해서도 논의를 시작해야겠군. 이제 두 달밖에 남지 않았으니 말이오."

푸른 날개의 성녀 축일.

고작 몇 년 만에 건국기념일만큼이나 중요한 날이 된 이 축일은 레드드래곤의 분노를 잠재운 성녀 글로리아를 기리기 위해 만들어진 날이었다. 그를 제외하고는 아무도 모르는 사실이지만, 에드워드의 또 다른 누나인 밀라이아가 본래의 세상으로 돌아간 날이기도 했다.

그렇기에 그는 그 즈음이 되면 늘 기분이 가라앉곤 했다. 이번에도 예외는 아니었다.

다시 한번 눈치를 살핀 백작이 말했다.

"그…… 렇습니다."

"하면 명일 정무 회의 안건으로 올립시다. 그리 눈치 볼 것 없소. 누님께서 떠나신 지도 벌써 십 년이 넘었는데 설마 아직까지도 우울해하려고?"

짐짓 아무렇지 않은 척 말해 보았지만, 백작은 무어라 답하는 대신 그저 소리 없이 고개만을 숙여 보였다. 왕제 시절부터 모셔 온 최측근이니만큼 실은 아직도 괜찮지 못하다는 것을 잘 알기 때문인 듯했다.

결국 수습을 포기한 에드워드는 그냥 화제를 돌렸다.

"하면 그 일도 됐고……. 더 할 얘기가 남아 있소?"

"아닙니다."

"좋소. 그럼 명일 정무 회의에서 봅시다."

"네, 전하."

고개를 숙여 보인 백작이 돌아섰다.

홀로 남은 에드워드는 인기척이 완전히 사라지기를 기다렸다. 천천히 몸을 일으켜 벽에 새겨진 독수리 조각의 눈을 눌렀다.

그 안에는 낡은 가죽 표지의 책자가 들어 있었다. 글로리아, 그리고 밀라이아가 제게 물려준 유산이.

'일 년 만인가?'

착잡한 얼굴로 검은 표지를 바라본 그는 천천히 팔을 뻗어 일기장을 꺼내 들었다. 그런 뒤 조심스럽게 겉장을 열어 색이 바래기 시작한 페이지를 넘겼다.

처음 이것은 그의 침실 비밀 금고에 있었으나, 엘로이즈와 국혼을 치른 뒤 이곳 집무실로 옮겨졌다.

워낙 민감한 사안이 많은 터라 만에 하나를 대비하기 위함이었지만, 그보다는 두 사람의 흔적을 조금이나마 가까이에 간직하고 싶어서라는 이유가 더 컸다. 뭔가 일이 막힐 때나 답답할 때 푸념하듯 하나둘 이야기를 적다 보면 마음이 훨씬 편안해지는 기분이었으니까.

'누님.'

동글동글한 글씨체를 쓸어내리는 에드워드의 눈에 그리움이 어렸다.

이미 여러 번 읽어 외우다시피 한 내용들이었으나, 그 안에 담긴 이야기들을 읽어 갈수록 두 사람과의 추억은 더 선명하게 떠오르기만 했다. 어린 시절을 함께 보냈던 글로리아, 그리고 고작 일 년도 안 되는 세월을 같이 보냈을 뿐이지만 제게 참으로 많은 것들을 물려주고 간 밀라이아와의 일들이.

—왜 이런 곳에서 혼자 있니? 루안 오라버니가 또 괴롭힌 거야? ……저런. 누나가 그러지 마시라고 말씀드릴게. 그러니 이제 같이 갈까? 조리장에게 맛있는 쿠키를 구워 달라고 하자. 응? 에디.

—자고로 국왕이란 항상 멀리 보고, 또 깊게 생각해야 하는 법입니다. 그 어깨에 왕국의 미래를 짊어지고 있기 때문이지요. 그러니 에드워드, 앞으로는 어떠한 안건을 내기 전에 좀 더 깊게 고민하고 신중하게 생각해 보도록 해요. 알겠어요?

다른 형제들과 나이 터울이 많이 나는 데다 후비後妃 소생이었기에 따돌림당하던 그를 홀로 상냥하게 감싸 주던 글로리아. 그리고 툭하면 장난을 치고 골려 먹기는 했지만 생판 처음 보는 그를 위해 지원을 아끼지 않으며 애정을 퍼부어 주던 밀라이아.

그렇게 물심양면으로 저를 도와주던 두 사람이 있었기에 에드워드는 나름대로 현왕이라 불리는 왕이 될 수 있었다. 글로리아가 없었다면 정서적으로 불안하게 자랐을 것이고, 밀라이아가 없었다면 아무런 준비도 없이 넘어온 왕관 때문에 전전긍긍했을 테지.

'이제 편안하십니까, 글로리아 누님? 잘 지내고 계십니까, 밀라이아 누님?'

한때는 왕위에 오른 뒤로 저를 멀리하는 줄 알고 글로리아를 미워하기도 했었지만, 후에 진실을 알고 얼마나 미안했는지 모른다. 모든 것을 혼자 짊어지고 떠난 그녀에게 너무 죄스러워서.

밀라이아에 대해서도 마찬가지였다. 글로리아의 일에 대한 반발로 한동안 원망한 적도 있었기에 더 그랬다. 참다못한 페르디난드 공작이 말해 주지 않았다면 오해를 푸는 데 훨씬 더 많은 시간이 걸렸을 게다.

—그분께서 전하를 위해 어떤 노력을 기울였는지 알고는 계십니까? 이럴 줄 알았으면 그런 약속 같은 건 하지 말 걸 그랬습니다. 그랬다면 지금쯤 홀가분하게 따라갈 수 있었을 텐데요.

싸늘하기 그지없던 당시의 공작을 떠올리며 에드워드가 손으로 얼굴을 문질렀다. 가뜩이나 속을 읽기 힘들던 그가 처음으로 보여 준 차가운 모습에 어찌나 심장이 좋아 들었는지 모른다.

'누님과 재회는 잘 하셨습니까, 자형?'

그가 떠난 지도 어느새 이 년.

십 년이면 할 만큼 한 것 같다며, 이제는 마음 편히 그녀를 만나러 가도 되겠다고 웃는 얼굴로 눈을 감은 그가 아직도 생생했다.

사실 에드워드는 그 두 사람이 다시 만날 수 있을지에 대해 아직도 반신반의하는 중이었지만, 그래도 꼭 그랬으면 좋겠다고 생각하곤 했다. 안 그러면 자형이 너무 불쌍했다.

'만일 나더러 엘로이즈가 없는 삶을 살라고 한다면…….'

상상만 해도 끔찍했다. 밀라이아가 떠난 후로도 십 년이라는 세월을 홀로 버틴 공작이 새삼 대단하다 느껴질 정도로.

'그게 바로 약속의 무게라는 거겠지.'

떠나는 그에게 꼭 성군이 되겠노라 했던 약속이 떠올라, 에드워드는 어깨를 축 늘어뜨리며 한숨을 내쉬었다.

그때, 노크 소리가 들렸다.

반사적으로 일기장을 덮어 한쪽으로 치운 것과 문이 열린 것은 거의 동시였다.

"국왕 전하를 뵙습니다."

"……길리안 공작이었군. 집무실까지는 어쩐 일이오?"

정중하게 허리를 숙이는 남자의 정체를 확인한 에드워드가 물었다.

성큼성큼 들어온 남자가 답했다.

"급히 결재를 받아야 하는 일이 있어 직접 걸음 하였습니다. 웨스트우드 백작에게 들은 얘기도 있고요."

"그새 만났나 보군. 일단 들어 봅시다."

어깨를 으쓱해 보이자, 공작은 들고 온 서류 중 하나를 건네며 말했다.

"내일 정무 회의의 긴급 안건으로 올라온 사항들입니다. 미리 확인하셔야 할 부분들이 있어 바로 가져왔습니다."

"그랬군. 고맙소."

무표정한 남자를 묘한 눈초리로 바라보던 에드워드가 고개를 끄덕였다.

마침 누님들을 그리고 있었기 때문일까, 눈앞의 공작을 보자 이제는 정말로 옛일이 된 추억들이 하나둘 떠올랐다.

크라우스 라 길리안.

현 재상이자 한때는 누님의 구혼자이기도 했던 이 남자는, 놀랍게도 현 공작 부인을 만난 이후로 완전히 다른 사람으로 거듭났다. 욱하는 성정도 고치고 공작가의 수장으로서 제대로 된 몫을 해내기 시작했다고나 할까.

처음에는 그나 귀족들 모두 크라우스의 그런 변화를 믿지 않았지만 ―그저 루시어스의 건에다가 여왕의 죽음으로 정치적 기반까지 무너진 탓에 몸을 사리는 거라고, 그것만으로도 충분히 기적적이라고 생각했다― 놀랍게도 그건 진짜였다. 나중에 들은 바로는 인품이 훌륭한 귀족이 아니라면 절대로 만나지 않겠다는 공작 부인, 당시 모니크 영애의 선언을 듣고 꽤나 노력했다고.

"첫 장에 반드시 보셔야 할 사항들을 정리해 두었습니다. 바쁘시더라도 그 부분은 꼭 확인하여 주십시오."

"그리하겠소."

"그리고 이건 한시바삐 처리해 주셔야 하는 문건들입니다. 적어도 내일 오전까지는 결재해 주셔야 기한을 맞출 수 있습니다."

"알겠소."

고개를 끄덕이자, 크라우스는 들고 온 서류들을 가지런히 정리해 책상 위에 내려놓고는 말했다.

"그럼 급한 불은 일단 껐군요. 송구합니다, 전하. 자꾸만 일을 보태 드려서요."

"뭐, 어쩔 수 없잖소. 빠르게 처리하는 수밖에."

"부탁드립니다. 어쨌든 덕분에 신도 오랜만에 아내에게 체면치레를 좀 할 수 있겠군요. 사절단 말입니다."

싱긋 웃어 보인 남자가 정중하게 예를 갖췄다.

"하면 용건은 전부 말씀드렸으니 이만 물러가 보겠습니다."

"그리하오. 아, 그러지 말고 같이 일어나지. 잠시 왕비궁에 들렀다 와야겠군."

"그리하십시오. 아무래도 그런 소식은 직접 전해 주시는 편이 낫지요."

이해한다는 듯 고개를 끄덕인 남자가 한쪽으로 비켜섰다.

자리에서 일어난 에드워드가 걸음을 옮겼다.

"그게 정말이오? 하면 백작 부인은 어찌하였소?"

"어찌하긴요. 머리카락을 전부 쥐어뜯어 버렸지요."

"뭐? 그게 사실이오?"

눈을 동그랗게 뜨는 왕비 엘로이즈를, 달리아가 돌아보며 부드럽게 웃었다.

본디 사스테인가의 영애였던 그녀는 그 자질의 우수함을 인정받아 가문의 후계자가 되었고, 몇 해 전 작위를 물려받았다. 그리고 이제는 레티시아 백작 부인의 뒤를 이어 궁내부장으로서 활약하는 중이었다.

"믿지 마십시오, 전하. 레노아 백작 부인이 장난을 치는 겁니다.

저래 봬도 백작과 얼마나 사이가 좋은데요."

"역시 그렇지? 내 어째 이상하다 하였소."

그제야 안심했다는 듯 몸을 늘어뜨린 왕비가 빙긋 웃었다.

"한데 두 사람은 어찌 결혼하였소? 워낙 소문만 무성한지라, 그 러잖아도 내 언제 한번 물어보려 하였다오."

궁금증 가득한 눈빛을 마주한 레노아 백작 부인, 클로에가 말했다.

"그리 대단한 건 아니에요. 선왕 전하의 전속 시녀 시절에 처음 만났고, 전하께서 그리 떠나신 다음 슬픔을 함께 나누다 친해지게 된 거라서요."

"그래도 뭔가 계기가 있었을 것 아니오?"

"그게…… 실은 처음으로 맞이하는 선왕 전하의 기일에 함께 다 이스 영지로 갔었거든요. 마지막 자취라도 뵙고 싶어서요. 그런데 음, 어쩌다 보니 분위기를 타서 그만……."

"아하."

알 만하다는 표정을 지은 엘로이즈가 짓궂게 웃었다.

"그렇게 된 거였군. 그럼 다음 날 청혼을 받은 거요?"

"그렇습니다."

"그런 비화가 있는 줄은 몰랐소. 그래서 소문만 무성했었군."

"아닙니다, 전하. 신은 그때 거절했었는걸요."

고개를 설레설레 저은 클로에가 말했다.

"아무리 좋아하는 사람이라도 그렇지, 겨우 하룻밤을 같이 보냈 다고 결혼하는 건 좀 그렇잖아요? 그래서 거절했는데, 어째서인지 그 이후로 자꾸만 따라다니더라고요. 결혼이 싫으면 연애만이라도 하자면서요."

"하긴, 사람이란 남녀를 막론하고 상대가 밀어내야 더 끌리는 법이지. 본 비도 그러했고 말이오."

"알고 있습니다. 두 분 전하의 일화는 유명하니까요. 한데 전하께서는 국왕 전하의 어디가 그리 마음에 드셨는지요? 이 머나먼 타국으로 시집오실 정도로 말이에요."

열여섯 살, 즉 제국식으로 성년이 된 다음부터 뻔질나게 왕국을 드나들었던 왕비의 전적은 왕국민이라면 누구나 다 알고 있는 사실이었다. 결국 그렇게 악착같이 에드워드를 쫓아다닌 끝에 국혼에 성공했다는 점 역시도.

당시 세인들은 아무리 그래도 제국 황제가 사랑하는 딸을 이곳까지 시집보낼 리는 없다는 생각에 두 사람의 미래를 비관적으로 점쳤다.

하지만 황제는 의외로 에드워드가 엘로이즈에게 청혼서를 넣자마자 곧장 국혼을 수락했다. 그러고는 해마다 사절단을 파견해 온갖 재물을 실어 보내고 있었다.

덕분에 왕국민들의 왕비에 대한 감정은 상당히 좋은 편이었다. 제국에서 들어오는 신문물은 날이 갈수록 왕국을 발전하게 만들고 있었으니까.

"어디가 마음에 들었냐라. 으음……."

고민스러운 표정을 지은 엘로이즈가 머리카락을 만지작거리며 답했다.

"그냥, 처음 봤을 때부터 좋았던 것 같소. 햇빛을 받은 머리카락이 반짝반짝 빛나는 게 너무 멋있어 보였거든. 거기다 또래 영윤들과는 달리 본 비를 그리 어려워하지도 않았고 말이오."

"아아, 그러셨군요. 하긴 신도 선왕 전하의 머리카락 색을 보고 첫눈에 반했었죠. 은빛이 감도는 백금발은 그때 처음 봤거든요. 아! 물론 왕비 전하의 머리카락도 아름다우세요."

"고맙소."

웃는 얼굴로 말을 받은 왕비가 말했다.

"거기다 두어 달에 한 번씩 꼬박꼬박 보내오던 편지는 어쩌면 그리도 다정하던지. 고작 한 번, 그것도 여덟 살 때 본 것뿐인데도 마음이 자꾸만 커지지 뭐요. 하여 성인식을 치르자마자 부황 폐하를 졸라 왕국으로 가는 사절단에 끼워 달라 하였소."

서슴없이 흘러나오는 이야기에 '어머' 하고 손으로 입가를 가린 클로에가 물었다.

"그래서요? 다시 뵈니 어떠시던가요?"

"혹시 기억이 미화된 건 아닐까 두려웠는데, 팔 년 만에 만났는데도 그때와 똑같지 뭐요. 아니, 실은 훨씬 더 멋있어지셨지. 아직 미취한 상태라 하셔서 얼마나 가슴을 쓸어내렸는지 모르오. 본 비는 소유욕이 강한 여자라, 꼭 정비가 아니라도 다른 누군가가 전하의 곁에 있었다면 참지 못했을 것이오."

"그야 그렇지요. 그건 정말 사람 피를 말리는 일이거든요."

"참으로 그러하오."

'이런.'

가만히 두 사람의 대화를 경청하던 달리아가 속으로 혀를 찼다. 아마도 레노아 백작은 오늘 영문조차 알지 못한 채 구박을 당할 것이 분명했다.

"어쨌든 백작 부인 덕분에 내 좋은 걸 배운 것 같소. 생각해 보니

본 비는 늘 당기기만 했더군. 해서 앞으로는 좀 밀어내기도 해야겠
다는 생각이 들었소.”

“……아니, 그런 건 군이 배울 필요 없는데.”

“응?”

갑자기 들려오는 목소리에 화들짝 놀란 두 사람이 뒤를 돌아보았
다. 이미 인기척을 감지했던 달리아만이 태연한 얼굴이었다.

“에드!”

벌떡 일어난 왕비가 황급히 문가로 달려갔다.

“엘.”

에드워드는 서슴없이 안겨 드는 아내를 보며 싱긋 미소 지었다.

맞닿은 몸에서 전해져 오는 체온 덕일까, 오랜만에 떠오른 옛 추
억에 허전했던 마음이 조금씩 채워지는 것이 느껴졌다.

“잠시 다과라도 함께 들까 하고 왔는데, 이미 손님이 있는 줄은
몰랐소. 미리 기별을 넣고 올걸 그랬나 보군.”

“무슨 말씀이세요, 다 같이 들면…….”

“아닙니다, 전하. 그러잖아도 슬슬 일어나려던 참이었습니다. 그
렇죠? 달리아.”

벌떡 일어난 클로에가 말했다.

“물론이죠. 하면 신들은 이만 물러가겠습니다. 평안한 시간 되십
시오.”

차분하게 답한 달리아가 고개를 숙였다.

에드워드는 후다닥 인사를 건네고는 사라지는 두 사람을 보며 피
식 웃었다.

‘그새 눈치가 많이 는 모양이군.’

밀라이아가 있던 시절 레노아 백작 부인은 어딘가 좀 어설퍼 보이는 구석이 없잖아 있었는데, 세월이 많이 흘러서인지 이제는 그래도 꽤나 연륜이 쌓인 듯했다. 저리 빠릿빠릿하게 행동하는 것을 보면.

멀어지는 그들을 일별하며 머리카락에 입 맞추자, 얌전히 그에게 안겨 있던 엘로이즈가 눈을 동그랗게 떴다.

"왜 그래요, 에드? 무슨 일 있었어요?"

"그냥, 오늘따라 일이 좀 많아서 말이오."

"아."

가볍게 고개를 끄덕인 그녀가 팔을 그의 등에 둘렀다.

"어서 와요. 오늘도 수고했어요."

"……고맙소."

그저 평범한 말이었을 뿐인데, 어쩐지 목이 메었다. 매일 일과를 마칠 때마다 들었던 이야기가 오늘따라 지난 십이 년간의 수고를 모두 어루만져 주는 듯한 기분이 들었다. 아마도 오랜만에 글로리아와 밀라이아의 추억에 젖었던 탓이리라.

"그런 의미에서 오랜만에 차라도 한잔 우려 줄까요? 그동안 열심히 연습했거든요."

벅찬 감동에 빠져든 것도 잠시, 에드워드의 몸이 흠칫 굳었다.

뻣뻣하게 미소 지은 그가 답했다.

"굳이 물어볼 필요가 있나? 내가 당신의 차를 얼마나 좋아하는지 알잖소."

"그렇죠? 그럼 조금만 기다려요."

이따금씩 떠오르는 옛 추억들과 떠나 버린 사람들에 대한 그리움, 그리고 그들의 빈자리를 메우며 소소하게 지나가는 하루하루.

사라진 자들과의 기억이 있기에 곁에 있는 이들과 보내는 지금 이 시간이 더욱 소중하게 느껴졌다. 결코 허투루 쓰지 않고 최선을 다해 아끼면서 보내야겠다 새삼 다짐할 정도로.

"당장 뜨거운 물과 찻잎을 내오도록. 아, 새 찻잔도."

잔뜩 신난 얼굴로 시녀를 부르는 아내를 바라보며, 에드워드는 속으로 기도했다.

'오늘은 제발 차가 조금만 덜 쓰기를.'

여느 때와 다름없는 평범한 하루였다.

제8곡

appendix: fabula residua
번외: 아직 남은 이야기

......

2부

ego tamen te exspecto
여전히 당신을 기다리고 있습니다

ego tamen te exspecto
여전히 당신을 기다리고 있습니다

"사랑해요, 레이놀드 공자."

수줍게 붉힌 얼굴, 시선을 마주치지 못하고 이리저리 방황하는 눈동자.

잔뜩 긴장한 채 답을 기다리는 여인은 분명 사랑스러웠지만, 안타깝게도 그녀를 바라보는 남자의 얼굴에는 아무런 표정 변화가 없었다.

감정이 느껴지지 않는 눈빛으로 여인을 쳐다본 남자가 답했다.

"에스페라입니다. 그리고 죄송합니다, 음…… 영애. 저는 영애께 그런 마음이 없습니다."

"서, 설마 저를 기억조차 못하시는 건가요?"

"네, 죄송합니다."

다소 곤란한 듯한 ―그러나 그조차 단지 예법상 필요해서 그러는 것으로만 느껴지는― 대답을 들은 여인의 눈동자에 물기가 차올랐다. 용기를 내어 어렵사리 마음을 고백했는데, 정작 상대는 제 이름조차 모르고 있다는 사실이 몹시 충격적인 모양이었다.

레이놀드는 뛰쳐나가는 여자의 뒷모습을 바라보며 엄지손가락으로 관자놀이를 꾹꾹 눌렀다. 이 일의 후폭풍을 생각하자 머리가 지끈지끈 아팠다.

'한동안 또 시끄럽겠군.'

중앙 정계에 진출한 이후 이런 식으로 고백을 거절한 것도 벌써 수차례. 그래도 요새는 좀 잠잠한가 싶더니, 오랜만에 참석한 연회에서 또다시 이런 일을 겪을 줄은 몰랐다.

짜증스러운 기분으로 발코니를 벗어난 그는 마치 기다렸다는 양 험악한 얼굴로 다가오는 아버지를 보며 푹 한숨을 내쉬었다.

'이래서 연회 같은 건 오기 싫었는데.'

잠시 못 본 척 도망갈까 하는 생각이 들었지만, 어차피 그래 봐야 시기가 늦춰지는 것뿐 한바탕 잔소리를 들을 각오는 해야 했다.

결국 레이놀드는 하릴없이 성난 공작과 마주 섰다.

"너, 한동안 잠잠하더니 또 시작이냐? 대체 언제까지 그러고 살 생각이야, 어?"

"글쎄요."

"글쎄요? 글쎄요오? 방금 울면서 나간 영애가 누군지 알고도 그런 소리야? 내가 앞으로 리하르트를……!"

"모릅니다."

"뭐?"

"모른다고요, 누군지."

뻔뻔하리만큼 태연한 대답에 공작의 얼굴이 황당함으로 물들었다.

"정말 모른다고?"

"네."

"허……."

공작은 기운 빠진 얼굴로 한숨을 내쉬었다.

"케네스 백작의 둘째딸이 아니냐. 어릴 때는 우리 집에도 종종 놀러 왔었다만."

"케네스 백작이라면, 아버지의 절친한 벗이라는 그분 말씀이십니까?"

"그래, 이 자식아."

공작은 울컥한 얼굴로 버럭 고함을 질렀다.

씨근덕거리며 숨을 몰아쉬던 그는 잠시 후 체념한 얼굴로 물었다.

"너, 정말 결혼 생각은 없는 거냐?"

"꼭 그런 건 아닙니다."

"한데 어찌 그리 영애들에게 관심이 없어? 설마 소문대로 남색……."

"그런 거 아닙니다. 억측하지 마십시오."

"그럼 대체 왜 그러는 거야?"

'사실 저도 그게 궁금합니다, 아버지.'

소리 없이 대꾸한 레이놀드가 몰래 한숨을 삼켰다. 아버지에게 괜히 걱정을 끼칠까 봐 한 번도 말한 적 없지만, 가끔은 그도 제게 뭔가 문제가 있는 것은 아닐까 고민스러울 때가 있었다.

남자에게는 전혀 동하지 않는 것으로 보아 확실히 남색 취향은 아닌 것 같은데, 오늘처럼 영애들에게 고백을 받거나 여인들과 정도 이상의 접촉이라도 하게 되는 날에는 영문 모를 죄책감이 자꾸만 드는 것이 아닌가. 분명 마음에 둔 상대나 미래를 약속한 사람이 없음에도 마치 몰래 바람피우는 남자가 된 것 같은 그런 느낌이라고나 할까.

'혹시 내게 운명의 실로 엮인 연인이라도 있는 걸까.'

차라리 그런 거였으면 좋겠다고 자조적으로 생각한 그가 말했다.

"그저 지금은 더 정진해야 하는 시기라 그러는 것뿐입니다. 때가 되면 알아서 할 테니 너무 걱정하지 마십시오."

"대체 그놈의 때는 언제 오는……!"

"그래서 말입니다만, 아버지."

진지한 부름에 멈칫한 공작이 떨떠름한 얼굴로 물었다.

"왜?"

"유학을 가야겠습니다. 제국으로요."

"……뭐?"

두 쌍의 눈동자가 허공에서 맞부딪쳤다.

「……와 같은 상황은 과거 루아 왕국의 글로리아 여왕과 에드워스 3세의 치세하에 있었던 일을 떠올려 볼 때 그리 좋은 해결책이라 볼 수……」

레이놀드는 책상 앞에 앉아 바삐 깃펜을 놀렸다.

정 그리 유학을 가고 싶으면 결혼부터 하고 가라며 붙드는 아버지를 간신히 뿌리치고 제국에 온 지도 어느새 일 년.

확실히 본국보다 남쪽에 위치해서일까, 아직 삼월 말인데도 열린 창 사이로 들어오는 바람이 따스했다.

사실 유학을 가겠다는 결정은 반쯤 충동적으로 한 것이었지만, 제국에서의 생활은 예상보다 훨씬 만족스러웠다. 기나긴 칩거를 깨고 정계에 등장한 에스페라가를 위해 왕실에서 추천장까지 써 준 터라, 어렵지 않게 제국 행정부의 관료로 임관할 수 있었기에 더 그랬다.

제국은 왕국과 오래전부터 동맹 관계였고, 그를 더욱 돈독하기 위해 귀족 자제들의 유학을 환영하는 입장이었으므로 관료로서 일하는 데 별 어려움은 없었다. 물론 국가 기밀 등에는 접근이 불가하다는 식의 제한이 있긴 했으나 그건 당연한 일이었고.

별빛 하나 달빛 한 조각 없는
모두가 어둠 속에 모습 감춘 깊은 밤
나 홀로 커튼을 열고
나무에 피어 있는 눈꽃을 바라봅니다

창밖에서 들려오는 노랫소리에 눈썹을 찡그린 그는 빠르게 보고 서를 적어 나갔다. 내일 오전까지 올려야 하는 문건이라 생각보다 시간이 빠듯했다.

「……없으며, 이는 리사 왕국의 선례에서도 찾아볼 수 있다. 삼 년 전 크리얀스 5세의 정책에 의하면…….」

별밤 달밤
희미한 빛조차 한 조각 없는
모두가 어둠 속에 모습 감춘 깊은 밤

"……하아."

레이놀드는 한숨을 내쉬며 깃펜을 내려놓았다. 계속해서 들려오는 저 소리 때문에 도무지 집중할 수가 없었다.

저벅저벅 창가로 다가간 그는 활짝 열어젖혔던 창문을 안쪽으로 잡아당겼다.

창밖에서 들려오는 노랫소리는 아마도 저택의 하녀 중 하나가 부르는 것인 듯 반주조차 하나 없었지만, 이상하리만치 선명하게 귓가를 파고들었다.

그대여 기억하나요
하얗게 변한 세상 속에서 미소 짓던 그날 밤의 아름다운 추억을

욱신.

문고리를 잡아당기던 그가 심장 위에 손을 얹었다.

채 인식할 틈도 없이 눈에서 눈물이 후두두 떨어져 내렸다.

가슴이 찢어질 듯 아파 왔다. 소중한 무언가를 잃어버린 것 같은 상실감이 삽시간에 심장을 파고들었다.

—그럼 뭐, 자장가라도 불러 드릴까요?

—……지금 날 어린아이 취급하는 거예요?

—그럴 리가요. 그럼 신이 곤란합니다.

─웃겨. 내가 어린아인데 왜 공작이 곤란하다는 거예요?

웃음기 어린 남자의 목소리가 머릿속을 울렸다. 어딘가 뾰로통하게 느껴지는 여인의 음성도.

'뭐지, 이건?'

레이놀드는 눈물을 닦을 생각조차 못한 채 점점 더 아려 오는 심장 부근을 손으로 움켜쥐었다. 마치 뭔가 대단히 중요한 일을 잊어버린 것 같은 기분이 들었다.

대상이 누구인지조차 모르는데, 낯선 여자를 향한 영문 모를 그리움이 온몸을 가득 채웠다. 어째서 진작 느끼지 못했을까 라는 생각이 들 정도로 강하고 또 절실하게.

─어쨌든, 한번 불러 봐요.

─네? 자장가를요?

─네. 왜요, 불러 준다면서요?

또다시 머릿속을 맴도는 낯선 여자의 목소리.

새침한 그 음성이 머릿속을 웅웅 울렸다.

참을 수 없는 그리움에 목이 탔다.

'뭐지, 이 감정은?'

혼란스러운 마음을 겨우겨우 다잡으며 고민해 보았지만, 아무리 생각해 봐도 제가 그런 대화를 나눴을 만한 여자는 존재하지 않았다. 애당초 주위에 그 정도로 친분 있는 여자가 전무하니 당연했다.

보고 있나요 그대

그날 밤처럼 소복하게 쌓인 눈들을

"……라 님."

저도 모르게 두 음절이 입술 밖으로 튀어나왔다.

놀란 그가 눈을 부릅뜬 것과 밖에서 노크 소리가 들려온 건 거의 동시였다.

"왕실에서 서한이 왔습니다. 왕세녀 저하의 격려 편지라고 합니다."

왕국에서 데려온 젊은 보좌관이 고급스러운 편지 봉투 하나를 그에게 건넸다.

독수리 문장이 찍힌 겉봉을 힐끗 쳐다본 레이놀드가 눈썹을 찡그렸다.

"……거기 두게."

매해 왕실에서는 고된 외국 생활을 겪는 귀족 자제들을 격려한다는 명목하에 저렇듯 편지를 보내곤 했지만, 사실 그것은 국외로의 인재 유출을 막기 위한 목적이 컸다. 혹시라도 우수한 인물들이 타국에 눌러앉지 않도록, 알게 모르게 심적으로 부담을 주는 수단 중 하나.

'보나마나 뻔한 문구나 있겠지.'

고작 그것 때문에 중요한 단서를 놓친 게 불쾌했다. 저도 모르는 사이 흘러나온 것으로 보아 그 여인과 관련된 것일 확률이 높았는데.

함께해 줘요, 앞으로 펼쳐질 수많을 겨울들을
그대가 있어 가혹한 이 계절은 내게 새로운 의미가 되었답니다

평소와 다른 모습을 보여 줘서일까. 보좌관이 머뭇거리며 그의 눈치를 살피는 것이 느껴졌다.

그런 그를 무시하며 창가를 향해 다시 귀 기울이던 레이놀드는 문득 드는 생각에 물었다.

"혹시 저 노래가 뭔지 아나? 지금 밖에서 들리는 저것 말이야."

"엇, 모르십니까? 어느 소국 출신 왕자가 제국 황녀에게 사랑을 고백하면서 불렀다는 세레나데입니다. 연인에게 불러 주면 영원히 헤어지지 않는다는 속설이 있지요."

"……그런가?"

그렇다면 혹시 저 노래도 그 낯선 목소리의 여인과 관계가 있는 걸까.

슬쩍 눈썹을 찌푸린 그는 손가락으로 창틀을 톡톡 두드리며 물었다. 이 기현상의 원인을 파악하려면 일단 뭐라도 해 봐야 할 것 같았다.

"저 노래, 악보를 구할 수 있나?"

"물론입니다. 한데……."

"뭔가?"

싸늘한 반응에 젊은 보좌관은 즉시 고개를 숙였다.

"아닙니다. 당장 구해 오겠습니다."

"그래, 부탁하지."

불과 십 분 전까지만 해도 전혀 생각지 못한 감정이었는데, 알지도 못하는 대상에 대한 그리움으로 속이 바짝바짝 타들어 갔다.

창밖에서 들려오는 노랫소리에 귀 기울이며, 레이놀드는 가슴 위에 천천히 손을 얹었다.

심장이 욱신거렸다.

한 시간 뒤.

"분부하셨던 악보입니다."

"수고했네."

보좌관이 내미는 악보를 받아 든 레이놀드는 하던 일을 모두 뒤로한 채 우선 그것부터 펼쳐 들었다.

책상 위를 톡톡 두드리며 멜로디를 가늠해 본 그는 곧장 피아노 앞으로 가 건반 위에 손을 올렸다.

다행히 그리 어려운 곡은 아니었던지라, 두어 번 쳐 보자 금세 처음에 들었던 선율을 연주해 낼 수 있었다.

별빛 하나 달빛 한 조각 없는
모두가 어둠 속에 모습 감춘 깊은 밤

보좌관을 통해 가사의 의미까지 모두 알아낸 다음이어서일까, 겨우 억눌러 놨던 먹먹함이 또다시 가슴속을 뒤흔들었다.

눈시울이 뜨겁게 달아오르는 것이 느껴졌다.

뿌옇게 흐려진 시야 위로 흐릿한 형상들이 떠올랐다. 촉각과 후각을 비롯한 여러 감각들도.

커튼 사이로 비쳐 들어오는 따스한 햇살과 얇은 천이 부딪쳐 내는 바스락 소리, 그리고 코끝을 감도는 은은한 꽃향기.

—이제 좀 주무십시오. 마부에게 말을 조금 천천히 몰라 이르겠습니다.

—하지만 잠이 안 오는걸요.

도란도란, 마치 연인들의 밀어와도 같은 속삭임이 귓가를 맴돌았다.

달콤한 그 목소리에 전율이 흘렀다.

—그럼 뭐, 자장가라도 불러 드릴까요?

―……지금 날 어린아이 취급하는 거예요?

무릎 위에 흐트러진 금빛 머리카락, 토라진 듯 앵돌아진 입술, 저를 향한 보라색 눈동자―.

'조금만 더.'

눈을 크게 뜨는 순간, 검은 그림자가 일렁이며 삽시간에 시야를 덮었다.

그 뒤를 이은 건 끔찍한 상실감이었다.

"안 돼!"

안개처럼 흩어지는 여인의 형상을 멍하니 바라보던 레이놀드가 뒤늦게 그녀를 향해 팔을 뻗었다.

그러나 그의 손은 그저 허공만을 움켰을 뿐, 아무것도 붙들지 못했다. 심지어는 아주 작은 기억 한 조각조차도.

"하……."

한숨이 나왔다. 이번에야말로 뭔가가 떠오르나 싶었는데 또 이런 꼴이라니. 이래서야 해소할 수 없는 갑갑증만 더해진 꼴이다.

거칠게 얼굴을 쓸어내린 그는 악보를 덮은 뒤 피아노 뚜껑을 쾅 닫았다.

책상 위의 서류들을 신경질적으로 한쪽으로 밀어내는데, 작은 봉투 하나가 바닥으로 툭 떨어졌다.

그 위에는 날개를 활짝 편 독수리 문장이 찍혀 있었다.

"쯧. 귀찮게."

짜증 어린 손놀림으로 봉투를 집어 들던 레이놀드의 눈이 한곳에 멈췄다.

밀라이아 데 루아

"밀라이아 데 루아……."

밀라이아.

나의 밀라 님.

"헉!"

그 순간, 번개를 맞은 것 같은 충격이 심장을 강타하고 지나갔다.

잡힐 듯 말 듯 애태우던 기억들이 봇물 터지듯 쏟아지며 머릿속을 점령했다. 누구도 움직일 수 없었던 심장의 주인을 겨우 깨달은 몸이 부들부들 떨렸다.

어째서 그녀를 잊고 있었단 말인가. 그토록 오랜 세월을 기다려서야 어렵사리 따라온 나의 그녀를!

"밀라 님!"

—공작이랑 멀어지는 거, 싫어요. 다른 여자랑 있는 꼴을 보는 것도 싫어요. 다 싫다고요. 됐어요? 그러니까 나만 혼자 팽개쳐 두지 말란 말이에요!

그런 일은 없을 거라 대답하고는 홀로 두었다.

—흥, 싫어요. 세상 어느 여자가 그렇게 멋없는 청혼을 받고 좋다고 하겠어요?

정말 멋지게 청혼하겠다고 생각했는데 그러지 못했다.

—에른이야말로 나 잊지 마요. 삐칠 거야.

절대로 그러지 않겠다 다짐해 놓고 까마득히 잊어버렸다. 심지어는 잊지 말라던 그 말 자체까지도 송두리째.

가슴이 찢어질 듯 아파 왔다.

어떻게 그럴 수 있었을까. 제 생명과 바꾼 천금 같은 기회를, 십 년이라는 세월을 꼬박 기다린 끝에야 겨우 잡아 놓고는 어떻게!

덜덜 떨리는 손이 편지 봉투를 집어 들었다.

그 위에 적힌 서명은 기억 속 그녀의 것과 다른 글씨체였지만, 레이놀드는 그 작성자가 제 연인이 틀림없다고 확신했다. 언젠가 제 원래 글씨체를 보여 주겠다며 휘갈겨 썼던 서명이 바로 저런 모양이었으니까.

"밀라 님……."

돌아가야 해.

이제는 제국에서의 유학 따위가 중요한 게 아니었다.

철든 이래로 한 번도 적셔 본 적 없던 눈시울이 오늘 들어서만 세 번째로 붉어졌다.

흐릿해진 눈에서 눈물이 뚝뚝 떨어져 내렸다.

마지막으로 봤던 그녀의 얼굴, 허공으로 마치 빛 무리처럼 흩날려 가던 그 모습이 어렴풋한 기억 속 왕세녀의 그것과 하나로 합쳐졌다. 이제야 비로소 손에 잡힐 듯 선명하게.

"죄송합니다."

곧 다시 뵙겠다고 얘기해 놓고 약속을 지키지 못했다. 그토록 오랜 세월을 기다려 드디어 이곳까지 찾아왔음에도.

혹시 그새 저를 잊어버린 건 아닐까? 제가 따라올 거라고는 꿈에도 생각지 못했으니, 과거의 기억 같은 건 훌훌 털어 버리고 새롭게 시작을 했으면 어떡하지?

상상만으로도 심장이 찢길 듯 아파 왔다.

만약 그렇다면 그는―.

'우선 왕국으로 돌아가자.'

자리에서 벌떡 일어난 레이놀드는 줄을 당기려다 말고 제 손에 들려 있는 편지 봉투를 내려다보았다.

갑작스럽게 떠오른 기억의 폭포에 휩쓸리느라 들고 있던 것조차 잠시 잊었던 그녀의 서찰.

페이퍼나이프를 찾을 틈도 없이 손으로 봉인을 뜯어낸 그는 떨리는 손으로 편지를 펼쳐 읽었다.

하지만 그 안에 담긴 내용은 처음 받았을 때 짐작했던 것처럼 그저 형식적인 격려뿐이었다. 그나마도 끄트머리에 적힌 서명을 제외하고는 전부 누군가가 대필한.

'어째서지?'

기분이 싸했다.

좀 전까지는 격정에 휩싸이느라 미처 생각지 못했지만, 만일 그녀가 자신을 기억했다면 분명 뭔가 기미를 보였어야 했다. 현재 자신의 외모는 에르네스토였던 시절과 거의 흡사한 데다, 두 사람은 이미 왕궁 연회 등에서 두어 번 마주친 적이 있었으니까.

'설마 그녀도 기억이 없는 건가? 이곳으로 다시 돌아오는 순간 모든 걸 잊었다거나, 아니면 혹⋯⋯.'

문득 떠오른 생각에 멈칫한 레이놀드가 황급히 기억을 더듬었다.

'그녀가 지금 몇 살이지?'

백 년 전에 마주쳤던 그녀가 얘기했던 나이는 스물. 그리고 현재 루아 왕국 왕세녀의 연치는 분명—.

"하."

안도감과 실망감이 뒤죽박죽 엉망으로 섞여 들었다.

서명을 내려다보는 그의 눈빛이 복잡하게 물들었다.

"삼 년이라……."

그녀가 저쪽으로 넘어갈 때까지 남은 시간은 앞으로 삼 년.

하지만 과거에 했던 대화를 떠올려 볼 때 이곳에서의 자신이 그녀를 만난 건 그보다 더 전이었으므로, 적어도 그녀가 글로리아의 몸으로 들어가기 전에는 왕국에 돌아가 있어야 했다. 혹시라도 그 전에 만나지 못했다가 둘 사이의 인연이 꼬이기라도 하면 어쩐단 말인가.

'이 년 안에 모든 걸 끝내야 한다.'

루아 왕국에서 성년이 되는 나이는 열여덟 살.

거기다 왕세녀라는 신분까지 고려해 본다면, 되도록 그녀가 성년이 되는 내년에는 귀국하는 것이 안전했다. 미성년일 때야 그나마 낫다지만, 성년이 된 후의 결혼 압박은 미성년자일 때와는 비교할 수 없을 정도로 거셀 테니까.

'하여간 한 번도 그냥 넘어가 주시는 법이 없군요.'

피식 웃음이 나왔다.

함께했던 모든 일이 그랬듯, 그녀를 되찾기 위한 이번 여정 역시 험난할 것이 빤히 보였다.

에메랄드색 눈동자가 결연하게 타올랐다.

"창공의 드높음을 경배하라. 레이놀드 라 에스페라가 고귀하신 국왕 전하를 뵙습니다."

깊숙이 고개를 숙이자, 클리터스 2세는 흐뭇하게 웃으며 말했다.

"그래. 내 대공자의 활약은 익히 들었네. 원래 오 년 예정이었던 것을 삼 년 만에 마치고 돌아왔다지? 제국에서 돌아가지 말라고 붙들었다는 소문도 있던데, 사실인가?"

"그저 좀 더 배움의 기회를 베풀어 주겠노라 한 것뿐입니다."

"호오, 겸손하기까지. 에스페라 공작과는 꽤 다르군. 아주 마음에 드네."

"과찬이십니다."

레이놀드는 괴상한 표정으로 저를 쳐다보는 아버지를 무시하며 정중하게 고개를 숙였다.

소문에 의하면 클리터스 2세는 그리 권위적인 성격은 아니나 공손한 자에게는 다소 관대해지는 경향이 있다 하였으므로, 조금이라도 점수를 따려면 최대한 그렇게 보일 필요가 있었다. 어쨌거나 그는 그녀의 아버지였으니까.

"행정부에 일러 대공자의 자리를 만들라 하겠네. 이미 검증된 인재이니 따로 시험 같은 걸 볼 필요는 없을 테지."

"감사합니다, 전하. 아직 많이 부족한 몸이나 왕국을 위해 목숨 바쳐 일하겠습니다."

"고맙네. 에스페라가가 있어 든든하군."

"허……."

화기애애한 두 사람을 어처구니없다는 눈빛으로 바라보던 에스페라 공작이 한 발 앞으로 나섰다.

그때, 문이 열리고 한 사람이 안으로 들어섰다.

무심코 그쪽을 돌아본 레이놀드의 눈이 크게 뜨였다.

"부르셨어요, 부왕 전하?"

약간 높은 톤의 목소리와 생기발랄한 얼굴, 영롱하게 빛나는 푸른 눈동자.

기억 속 모습보다는 약간 작은 키에 굽슬굽슬 물결치는 백금발을 하나로 땋아 내린 여자는 꿈에도 그리던 그녀가 틀림없었다. 사랑하는 제 연인, 밀라이아.

온몸의 피가 빠르게 돌기 시작했다. 켜켜이 쌓여 왔던 그리움이 한순간에 터져 나오며 목이 꽉 메는 것이 느껴졌다.

'밀라 님.'

레이놀드는 당장에라도 튀어나갈 것 같은 다리를 겨우겨우 그 자리에 고정하며 몰래 주먹을 움켜쥐었다.

아직 그녀에게 자신은 그저 낯선 타인일 터.

그러니 아무리 반갑고 목이 멜지라도 정신을 똑바로 차려야 했다. 자칫 이상한 놈 취급을 당하기라도 하면 앞으로가 더 힘들어질 테니까.

"에스페라 대공자가 귀국 인사차 찾아왔길래 너도 인사 나누라고 불렀단다. 예전에 서로 소개받은 적은 있지?"

"네."

대수롭지 않게 고개를 끄덕인 그녀가 그를 돌아보았다.

"반가워요, 에스페라 대공자. 귀국을 환영합니다."

당연하다는 듯 손을 뻗는 모습이 기억 속 그녀와 똑같았다. 거절 같은 건 전혀 염두에 두지 않는다는 듯 당당하기 짝이 없는 특유의 태도.

"……감사합니다, 왕세녀 저하."

당장에라도 끌어당겨 안고 싶은 마음을 겨우 억누른 그가 떨리는 손을 들어 손등에 입을 맞추었다.

'역시 아무것도 기억하지 못하는구나.'

이미 각오하고 있었다지만, 심장이 날카로운 무언가에 찔린 것처럼 고통을 호소하며 뜨거운 피를 흘렸다.

아무렇지도 않게 빼 가는 손끝이 너무나도 차갑게 느껴졌다. 깍지 낀 손을 타고 전해져 오던 과거의 체온이 제게는 아직도 이렇게 선연한데.

"유학 시절에 보내 주신 서한은 잘 받아 보았습니다. 감사합니다, 저하. 덕분에 많은 위로가 되었습니다."

"서한……? 아, 기억나네요. 답신을 보내온 사람은 대공자가 유일했거든요."

기억을 되짚듯 잠시 미간을 좁힌 그녀가 이내 빙그레 웃었다.

하지만 웃고 있는 얼굴과는 달리 저를 향한 푸른 눈동자에는 아무런 감정도 담겨 있지 않았다.

혹시나 하는 마음에 둘만 알 수 있는 이야기를 슬쩍 끼워 넣고서, 오지 않는 답장을 기다리느라 밤잠을 못 이루던 날들을 떠올린 레이놀드가 쓴웃음을 지었다.

"그러셨군요. 괜히 저하를 번거롭게 해 드린 것 같아 송구스럽습니다."

"아니에요. 바쁜 와중에 답신까지 보내 줘서 고마워요. 앞으로 잘 부탁해요, 에스페라 대공자."

"……감사합니다, 저하."

적당히 예의를 차리는 말투, 완벽한 타인을 보는 눈빛.

눈앞의 여인은 분명 제 연인이 맞았지만 동시에 그녀가 아니었다. 제가 아는 그녀였다면 저리 예의를 차리는 것이 아니라 마음에도 없는 말 하지 말라며 타박했을 테니까.

'하……'

헛웃음이 나왔다.

앞으로 남은 시간은 일 년.

그 기간 동안 과연 아무것도 모르는 연인을 무사히 지켜 낼 수 있을까. 아니, 그 전에 갈가리 찢기는 이 마음을 온전히 보전할 수나 있을까?

허전한 손끝이 부르르 떨렸다.

가슴이 너무 아팠다.

"한 곡 추시겠습니까, 저하?"

"음? 후작이랑은 아까 췄잖아요. 한참 쉬다 나타나면 내가 모를 줄 알아요?"

"이런, 들켰군요. 어떻게 한 번만 더 안 되겠습니까?"

"네, 안 돼요."

'후우.'

레이놀드는 몇 발자국 떨어진 곳에서 이루어지는 대화를 몰래 엿

들으며 한숨을 쉬었다.

단호하게 니시안 후작을 잘라 내는 그녀를 보자 안도감과 답답한 마음이 동시에 들었다.

무엇보다 그의 가슴을 조여 오는 건 불같은 질투심이었다. 그저 흔한 놈팡이 중 하나가 될까 봐 차마 주위를 맴돌지는 못하면서도, 다른 남자들과 태연하게 대화를 주고받는 모습을 볼 때마다 자글자글 끓는 이 심정.

'두 번 다시 이런 상황은 만들지 않겠다고 그렇게 다짐했건만.'

어쩐지 백 년 전 일을 또다시 답습하고 있는 것 같은 기분이 들었다. 그때도 두 명의 국서 후보들 때문에 홀로 속을 태워야 했는데.

"레이놀드, 듣고 있느냐?"

"……아, 죄송합니다. 뭐라고 하셨습니까, 아버지?"

"후, 됐다. 그냥 여기 르뮈엔 후작에게 인사나 드리도록 해라."

이제는 포기했다는 양 고개를 절레절레 젓는 그를 웃음기 어린 얼굴로 바라본 노老후작이 말했다.

"여전히 사이가 좋으시군. 오랜만이오, 대공자. 아, 이제는 공작이셨지. 실례했소이다."

"아닙니다. 그럴 수도 있지요. 사실 본인도 아직 그 호칭이 익숙지 않습니다. 한데 무슨 좋은 일이라도 있습니까? 제가 무슨 인사를 드려야 하는지?"

사실 과거의 기억이 돌아온 뒤로는 딱히 그렇지도 않았지만, 같은 계파 사이에 꼬투리를 잡을 것도 아닌데 굳이 그런 티를 낼 필요는 없었다.

어깨를 으쓱해 보인 후작이 답했다.

"뭐, 좋은 일이라면 좋은 일이랄 수도 있겠군. 실은 이번에 중앙에서 은퇴하고 귀향을 하려고 한다오. 이제는 좀 편히 쉬고 싶어서 말이오."

"이런, 그건 좋은 소식이 아니잖습니까. 떠나신다니 섭섭합니다. 좀 더 함께하시면 좋을 텐데요."

"무슨 그런 무서운 말씀을. 이만하면 쉴 때도 되었잖소. 여기 에스페라 공만 해도 벌써 이리 작위를 물려주고 유유자적한 것을. 손주가 장성할 때까지만 버틴답시고 너무 오랫동안 현역에 있었소이다."

허허 웃은 후작이 이제는 전前 공작이 된 그의 아버지를 돌아보았다.

고개를 절레절레 저은 전 공작이 말했다.

"유유자적은 무슨. 골만 더 아프오. 그나저나 왕세녀 저하께서 많이 섭섭하시겠군. 후임은 구했소?"

"그거야 국왕 전하께서 정하실 일이지요. 본인은 그저 사임 의사만 밝혔을 뿐이외다."

"하긴 그렇군. 그동안 여러모로 수고가 많았소."

"별말씀을."

화기애애하게 이뤄지는 대화에 레이놀드의 눈이 가늘게 뜨였다.

'그렇군. 르뮈엔 후작은 그녀의 스승이었지.'

이건 절호의 기회였다. 다른 이들과 차별화하면서도 그녀의 곁에 자연스럽게 다가갈 수 있는 방법. 게다가 그렇게 될 경우 그녀가 백 년 전으로 가더라도 당황하지 않도록 미리 길을 깔아 줄 수도 있었다.

'문제는 이미 성년이 지난 왕세녀에게 과연 젊은 스승을 붙여 주

겠냐는 것인데…….'

잠시 고민하던 레이놀드는 두 사람에게 양해를 구한 뒤 곧장 왕비에게로 향했다. 클리터스 2세의 아내 사랑이야 이미 알 만한 자들은 다 아는 사실이었으므로, 이 일을 성사시키려면 왕비부터 설득하는 편이 나았다.

"오늘도 여전히 아름다우시군요. 그간 강녕하셨습니까, 왕비 전하?"

"어서 와요, 에스페라 공작. 본 비야 늘 그만하답니다. 공도 여전히 어여쁘네요."

"……좋게 봐 주셔서 감사합니다."

실소를 지으며 답하자, 왕비는 생긋 웃었다. 예측이 불가능한 화술하며 저리 미소 짓는 얼굴하며, 누가 모녀 사이 아니랄까 봐 정말이지 그녀와 똑 닮았다 싶었다.

"듣자 하니 이번에도 자선 행사를 치르신다지요? 많은 수고로움에도 꾸준히 자비를 잃지 않으시는 모습이 아름다우십니다."

"고마워요. 말이 나온 김에 공작도 좀 도와주면 좋겠네요."

"당연히 그래야지요. 예산을 한번 짜 보겠습니다. 한데 전하, 혹신에게 잠시만 시간을 내 주실 수 있겠는지요? 긴히 드릴 말씀이 있습니다."

"그러죠. 따라와요."

대수롭지 않게 답한 왕비가 휴게실로 향했다. 기부금을 빌미로 청탁을 하는 자들이 워낙 많아서인지 별로 놀라지도 않는 기색이었다.

떨리는 마음을 가라앉히며 휴게실로 들어선 레이놀드는 주변에 듣는 귀가 없는 것을 확인하자마자 곧장 무릎을 꿇었다. 그리고는 눈을 휘둥그렇게 뜨는 왕비를 향해 깊숙이 고개를 숙이며 말했다.

"살려 주십시오, 왕비 전하. 전하밖에 신을 살릴 수 있는 분이 없습니다."

"네?"

왕비의 눈이 더욱 커다래졌다. 공작씩이나 되는 자가 보이는 돌발 행동에 몹시 놀란 모양이었다.

"다짜고짜 살려 달라니, 그게 대체 무슨 소리예요? 자세히 얘길해 봐요."

"실은 오래전부터 왕세녀 저하를 사모해 왔습니다. 하나 저하께서는 신을 그저 흔한 신하 중 하나로밖에 생각지 않으시지요. 그동안은 어찌어찌 버텨 왔지만, 시간이 지날수록 점점 더 견디기가 힘이 듭니다. 속이 바짝바짝 타서 죽을 것만 같습니다."

"어머."

탄성을 뱉은 왕비가 손으로 입가를 가렸다. 설마하니 그가 밀라이아에게 마음이 있는 줄은 전혀 몰랐던 모양이었다.

"언젠가는 돌아봐 주실 거라는 생각에 참고 기다렸지만, 이제 더는 버티기가 힘듭니다. 저하의 시선 한 번, 웃음 한 번에 하루에도 열댓 번씩 천국과 지옥을 오갑니다. 이렇게 간곡히 부탁드립니다. 제발 신을 좀 도와주십시오, 왕비 전하."

쉴 새 없이 쏟아지는 목소리는 몹시 간절했다.

그제야 놀란 기색을 겨우 수습한 왕비가 물었다.

"그러니까, 공작이 우리 밀라를 연모한다고요?"

"그렇습니다."

"하면 그동안 왜 한 번도 그런 내색을 하지 않았죠? 하다못해 조건으로 밀어붙이기라도 했으면 됐을 텐데요."

"저하께서는 가볍게 들이대는 남자를 싫어하시는 것 같아서요. 진지한 마음을 보여 드리고 싶었습니다. 그리고 조건은…… 신은 욕심이 많은 사람인지라, 저하의 옆자리뿐만 아니라 마음까지 얻고 싶었습니다."

"아하. 흠."

짤막하게 내뱉은 왕비가 '그건 좀 마음에 드네.'라고 작게 중얼거리고는 말했다.

"일단 공작이 우리 밀라를 마음에 두었다는 건 알겠어요. 하나 왜 내게 도와 달라는 건지는 모르겠네요. 뭘 어떻게 해 달라는 건지도."

"많은 것을 바라는 것이 아닙니다. 신에게 작은, 아주 작은 기회를 한 번만 주십시오. 왕비 전하밖에 도와주실 수 있는 분이 없습니다."

계속되는 이야기에 고개를 한쪽으로 기울인 왕비가 물었다.

"그 기회가 대체 뭐죠?"

"이번에 르뮈엔 후작이 사임한다고 들었습니다. 신이 그 자리에 들어갈 수 있게 도와주십시오."

"아하, 그러니까 우리 밀라의 스승 자리를 원한다?"

그제야 의도를 깨달은 듯, 왕비는 알쏭달쏭한 표정으로 그를 바라보았다.

레이놀드는 진중한 얼굴로 말했다.

"네. 하나 사심만으로 이런 부탁을 드리는 것은 아닙니다. 신을 저하의 스승으로 발탁해 주신다면, 그간 르뮈엔 후작이 가르쳐 드리지 못했던 점들을 채워 드리겠습니다. 스스로 이런 말을 하기는 좀 그렇지만, 신도 꽤 훌륭한 인재입니다."

"그야 알고 있지만, 공작을 그 자리에 올린다면 분명 말이 나올 텐데……. 으음."

잠시 고민하던 왕비가 고개를 끄덕였다.

"좋아요. 정치적인 부담은 좀 있지만, 공작 정도 되는 인재가 붙는다면 그 아이도 분명 얻는 게 있겠죠. 국왕 전하에겐 내가 얘기해 두겠어요."

"저, 정말이십니까?"

"대신 그렇다고 해서 우리 밀라와의 교제를 허락해 주겠다거나 하는 건 아니에요. 살려 달라고 할 정도로 정말 그리 간절한 마음인지 일단 한번 지켜보겠어요."

"물론입니다. 감사합니다! 정말 감사합니다, 왕비 전하!"

레이놀드는 벅차오르는 가슴 위에 손을 얹은 채 다시 한번 왕비를 향해 깊숙이 고개를 숙였다.

왕비가 저를 지켜보건 말건 상관없었다. 그녀를 위해서라면, 이 심장을 갈라 꺼내 보이라고 해도 얼마든지 보여 줄 수 있었으니까.

'이제 그녀를 가까이에서 지켜볼 수 있어.'

가슴이 두근거렸다.

잡힐 듯 아른거리는 형상을 가만히 좇으며, 그는 스르르 눈을 감았다.

"차암 잘하는 짓이십니다. 일국의 왕세녀께서 한밤중에 몰래 궁을 빠져나오신 것으로도 모자라, 왕국에서 법으로 금지하는 사설 도박장에 출입을 하시다니 말입니다."

레이놀드는 딴청을 피우는 밀라이아를 향해 한껏 잔소리를 쏟아 냈다.

그가 그녀의 스승이 된 지도 어느덧 반년. 그동안 툭하면 그를 들었다 났다 하는 그녀 때문에 얼마나 마음고생이 심했는지 모른다.

혹시 그곳에 가서 고생할까 봐 열심히 이것저것 알려 주면 지루해하기 일쑤요, 주위를 맴도는 남자들에게는 쓸데없이 친절한 데다 툭하면 몰래 궁을 빠져나가기까지.

하루하루 피가 마르는 기분이었다. 조금 다가갔나 싶으면 멀어지는 모습에 속을 끓이고, 틈만 나면 주위를 맴도는 남자들을 경계하느라 진이 빠졌다. 자꾸 위험한 곳을 찾아다니는 그녀 때문에 걱정이 돼서 죽을 것 같았다.

어디 그뿐인가? 제 기억이 잘못된 거였으면 어쩌나 하는 생각에 밤잠을 설치기도 했다. 이 모든 것이 그저 망상일 뿐이었다면, 그래서 그녀가 끝끝내 저를 기억하지 못하면 어찌하나 싶어서.

설령 그렇다 하더라도 레이놀드라는 이름만으로 다가갈 수는 있겠지만, 그리고 실제로 그러고 있었지만, 에르네스토를 기억하지 못하는 그녀를 볼 때마다 늘 가슴 한구석에 허전한 기분이 드는 건 어쩔 수 없었다.

그렇기에 요즘 들어 그녀가 악몽을 꾼다는 말에 얼마나 안도했던가. 꿈에 시달리는 모습을 지켜보는 건 속상했으나 조금만 더 기다리면 드디어 저의 여왕을 다시 만날 수 있다는 생각에 한편으로는 설렘을 감출 수가 없었다.

그래서 잠시 마음을 놓았기로서니, 그새를 못 참고 또 밤 나들이를 했을 줄이야. 그것도 온갖 무뢰배들이 가득한 불법 도박장으로.

혹시나 하는 마음에 그 근처에 사람을 심어 두었기에 망정이지, 자칫 불한당들에게 해코지라도 당했으면 어쩌려고 그랬나 싶었다.

"그래도 잘못한 건 아시나 보지요? 신을 보자마자 그리 눈썹이 휘날리게 도망가신 걸 보니 말입니다."

"어머, 설마 내가 공작을 보고 도망갈 리가 있겠어요? 난 또 날 잡으려던 사람들인 줄 알았죠."

활짝 미소 짓는 그녀를 보자 헛웃음이 나왔다.

결국 거기서도 사고를 쳤나 하는 생각에 기가 막혀서, 그리고 그 와중에도 저 미소가 사랑스러워 미치겠는 자신이 너무도 어이가 없어서.

'나도 정말 중증이군.'

당장에라도 꽉 끌어안고 싶은 마음을 겨우 눌러 삼킨 그가 말했다.

"허. 단순 도박으로도 모자라 잡힐 만한 일까지 하셨습니까? 또 무슨 사고를 치신 겁니까, 예?"

"별거 아니에요. 그냥, 하도 사기를 치길래 나도 좀 쳐 줬을 뿐…… 아차."

황급히 입을 틀어막은 그녀가 슬그머니 눈치를 살피는 것이 보였다. 무슨 생각을 하는지 이내 입술을 삐죽이는 것도.

"한데 공작은 내가 거기 있는 줄 어떻게 안 거예요? 설마 나한테 사람이라도 붙였어요?"

"저야 늘 저하를 보고 있으니까요."

"뭐, 뭐라고요?"

은근슬쩍 던진 진심에 눈을 휘둥그렇게 뜬 그녀가 뒤로 물러섰다.

갑자기 웃음이 나왔다. 농담이라는 말에 금세 눈을 가늘게 뜨는 모습이, 힐끗힐끗 저를 쳐다보며 변명거리를 찾는 모습이 너무도 사랑스러워서.

배시시 웃으며 애교를 부리는 모습에 심장이 미친 듯 두근거렸다. 그저 상황을 무마하기 위해 지은 가짜 웃음인 줄 알면서도, 오랜만에 보는 그 미소에 절로 얼굴이 붉어졌다. 자꾸만 피가 뜨겁게 끓어올랐다.

'밀라 님.'

방긋거리는 저 입술을 한가득 들이마시고 싶었다.

가슴 가득 끌어안고 사랑한다 속삭이고 싶었다. 대체 언제까지 애를 먹일 작정이냐고, 당신 때문에 심장이 남아나지 않을 지경이라고 호소하고 싶었다.

그리고―.

"혹시 또 악몽을 꾸신 겁니까?"

"……."

소리 없이 긍정하는 모습에 가슴이 벅차올랐다. 지난했던 기다림이 이제 정말로 끝을 보인다는 생각이 들어서.

'조금만, 이제 정말로 조금만 더.'

흐르지 않는 시간 때문에 속이 바짝바짝 탔다. 자꾸만 조바심이 들었다. 그녀와 재회할 때가 다가올수록 하루가 마치 일 년과도 같이 느껴졌다.

"벌써 새싹이 돋아나는군요. 슬슬 겨울도 끝나 가나 봐요."

"그렇군요. 어서 봄이 왔으면 좋겠습니다."

느릿느릿 답하자, 푸른 눈동자가 반짝 빛나는 것이 보였다. 아마도 그의 말을 문자 그대로 해석한 모양이었다.

"오, 공작도 봄을 좋아하나 봐요? 아니면 겨울을 싫어하는 건가?"

"둘 다 딱히 좋아하지도 싫어하지도 않습니다만, 이번 겨울은 유독 길게 느껴져서요. 이러다 봄이 영영 오지 않으면 어쩌나 조바심이 날 정도로 말입니다."

봄처럼 따스하던 그녀의 품이 떠올랐다. 햇살 같던 미소도, 애정이 담뿍 담긴 목소리도.

그녀를 만나기 전, 그에게 계절은 오직 하나뿐이었다. 그가 사는 세상은 온기라고는 눈 씻고 찾아볼 수 없는 황량한 겨울이었으니까.

그녀가 떠난 후 역시 마찬가지였다. 잠시나마 봄을 보여 준 사람이 사라져 버렸기에 그는 또다시 겨울 속에 살았다.

그리고 십삼 년이라는 기다림 끝에, 이제야 겨우 그녀가 불러왔던 계절이 다시 돌아오려 한다. 겨울 속에서 살던 그를 사르르 녹여 버린 봄이.

'어서 돌아오십시오. 제가 기다림에 말라죽기 전에.'

잊어버리랬더니 그예 따라왔냐고, 하여튼 그 집요한 성격은 알아줘야 한다며 다정하게 타박하는 목소리가 들리는 듯했다.

그러고는 꽉 안아 주겠지. 눈물이 그렁그렁한 얼굴로 오래 기다리게 해서 미안하다고, 일찍 알아보지 못해서 미안하다고 사과할 거야.

그 모습이 벌써 눈앞에 선명하게 그려졌다.

허공을 더듬는 눈동자가 그리움으로 물들었다.

빙긋 미소 짓는 연인의 허상을 향해 마주 웃어 보이며, 레이놀드는 속으로 소리 없이 속삭였다.

　재회할 그날만을 간절히 기다리고 있습니다.

　그러니 한시바삐 돌아오시길.

　사랑하는 나의 연인, 내 유일한 봄, 나의 여왕이시여.

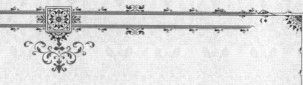

제8곡

appendix: fabula residua
번외: 아직 남은 이야기

. . . .

3부

quid accidit illis?
그들에게 무슨 일이 있었을까

휘영청 떠오른 달빛이 너른 방 안을 시린 은빛으로 가득 메웠다.

주홍색 촛불과 은색 달빛, 그리고 새하얀 천들이 한데 어우러진 방 안은 따뜻하면서도 색다른 분위기를 자아내고 있었다.

백색 혼례복 차림으로 이제는 남편이 된 연인의 품에 안겨 방에 들어선 밀라이아는 처음 보는 풍경에 눈을 동그랗게 떴다. 고작 하룻밤을 비웠을 뿐인데 그녀의 침실은 대단히 낯선 모습으로 바뀌어 있었다.

'와, 그새 완전히 다른 방이 되었잖아?'

사방의 벽에는 늘 보던 독수리 문장 대신, 금실과 은실로 부부간의 화목을 상징하는 문양들을 수놓은 태피스트리가 걸려 있었다.

곳곳에 피운 향초가 이전에 쓰던 것과는 달리 달콤하면서도 유혹적인 향을 뿜어냈다.

원래 쓰던 것보다 두 배는 커진 침대에는 새 휘장이 드리워져 있고, 물주전자와 컵만이 놓여 있던 침대맡에는 와인병과 유리잔 두 개가 추가되어 있었다.

뭐든지 하나씩만 존재하던 방 안의 모든 물건이 짝을 맞추어 놓여 있는 모습에 그제야 비로소 그와 부부가 된 것이 실감 났다. 이미 몇 시간 전에 신 앞에서 그와 영원히 함께하겠노라 맹세를 했다지만, 눈앞에 실체화한 사물들을 보자 겨우 현실감이 느껴졌다고나 할까.

"호오."

안정적으로 그녀를 안아 든 채 주위를 둘러본 남자가 탄성을 내뱉었다.

"제법 신경들 썼군요. 일전에 얼핏 봤을 때는 이런 느낌이 아니었던 것 같은데 말입니다."

"그러니까요. 분명 내 방인데 막 낯선 것 있죠."

정말 그렇다며 고개를 끄덕이자, 공작은 빙긋 웃고는 말했다.

"이제 익숙해지셔야죠. 앞으로는 저와 함께 쓰실 공간이니까요."

"어…… 우리, 방까지 합치는 거였어요? 난 귀족들처럼 나란히 붙은 침실 정도로 생각했는데."

전혀 예상치 못한 말에 밀라이아는 눈을 동그랗게 떴다.

궁을 합치는 것만으로도 대단히 파격적인 처사라고 생각했는데, 각방은 안 된다는 말이 설마하니 침실까지 같이 쓰자는 말일 줄은 몰랐다. 왕족치고는 사이가 각별하기로 유명한 국왕 부처조차 그렇게까지 하지는 않는데.

하지만 공작은 그녀와 생각이 다른 듯 단호한 목소리로 말했다.

"싫습니다. 그게 각방과 뭐가 다릅니까? 거리가 가까워지는 것

빼고는 아무것도 달라지는 게 없잖습니까."

"……그 정도는 아닌 것 같은데. 어쨌든 알겠어요. 한번 생각해 보죠. 대신 시간은 좀 걸릴 거예요. 알다시피 이건 나 혼자 정할 수 있는 일이 아니잖아요? 호위나 시중 문제도 있으니까."

어깨를 으쓱해 보이자, 공작은 '알겠습니다.'라고 답하며 그녀를 침대 위에 조심스럽게 내려놓았다. 매트리스며 이불까지 전부 새것으로 바꿔서일까, 엉덩이에 와 닿는 촉감이 오늘따라 더 푹신푹신하게 느껴졌다.

커프스단추를 풀어 셔츠의 소매를 접어 올린 그가 말했다.

"그럼 이제 혼례의 마지막 의식을 치러 볼까요?"

'윽.'

속으로 신음을 삼킨 그녀가 물었다.

"……그거, 꼭 해야 해요?"

"당연하죠. 그래야 결혼식이 완전하게 끝나잖습니까."

"그렇기는 한데, 아무리 그래도 그건 좀 그렇잖아요. 에른이 할 만한 일도 아니고."

"괜찮습니다. 저는 밀라 님과의 결혼을 완전무결하게 하고 싶거든요. 누구도 인정 못한다 말할 수 없도록 말입니다."

단호하게 답한 남자가 주위를 살폈다.

에메랄드빛 시선이 멈춘 곳에는 시녀들이 미리 가져다 둔 듯 물이 담긴 대야 두 개와 깨끗한 수건이 놓여 있었다.

그의 눈길이 닿은 곳을 확인한 밀라이아가 파닥파닥 손부채질을 했다.

'으으, 옛날 사람들은 도대체 왜 이런 전통을 만든 거야?'

루아 왕국 전통 결혼식의 시작은 신부가 맨발로 집을 나서는 것. 그리고 그 마지막은 신부를 안고 신방에 들어선 신랑이 그녀의 발을 씻겨 주는 것으로 끝난다.

물론 두 사람의 경우 퍼레이드와 피로연을 마친 뒤 각자 시중을 받으며 목욕까지 말끔하게 마치고 돌아온 상태였지만, 기왕 전통 방식으로 국혼을 치른 이상 모든 것을 관례대로 행해야 한다는 왕비의 주장 때문에 다시 혼례복을 차려입고 침실 문턱을 넘은 참이었다.

그리고 지금 공작은 전통 혼례의 마지막 의식, 즉 세족 의식을 치르겠노라 말한 것이다. 물론 그래 봐야 맨발 위에 물을 두어 번 끼얹는 정도겠지만, 어쨌거나 두 번의 생을 사는 동안 이런 식의 시중이라고는 한 번도 들어 본 적 없을 사람이.

"으······."

밀라이아는 물의 온도를 확인하는 그를 피해 고개를 모로 돌렸다.

아직 시작도 하지 않았는데 벌써부터 민망함에 몸이 비비 꼬였다. 왜 하필이면 발이란 말인가. 차라리 머리카락을 빗겨 준다든가 하는 거면 이렇게까지 부끄럽지는 않을 것 같은데.

"잠시 실례하겠습니다."

성큼성큼 다가온 그가 두 개의 대야를 척척 내려놓았다. 그러고는 그녀 앞에 무릎을 꿇고 앉아 치맛자락을 슬쩍 걷어 올렸다.

무릎 아래까지 오는 짧은 스타킹을 느릿하게 벗겨 내는 손길에 짜릿한 전율이 아래에서 위로 확 번져 나갔다.

저도 모르게 움찔하며 몸을 떨자, 슬쩍 입꼬리를 끌어 올린 레이놀드가 말했다.

"벌써 그리 떠시면 곤란한데요. 이것보다 더한 일이 아직 한참 남아 있습니다만."

"……꼭 그런 걸 상기시켜 줘야겠어요?"

빵빵하게 볼을 부풀린 밀라이아가 불만 가득한 얼굴로 말했다.

일 년이라는 약혼 기간 동안 그들은 사람들의 눈을 피해 이따금씩 깊은 접촉을 하긴 했지만, 그렇다고 해서 몸까지 나눈 적은 없었다.

그렇기에 사실 그녀는 지금 두려움 반 기대 반으로 떨고 있는 참이었다. 차라리 아무것도 모르면 또 모를까, 조금이나마 그 뒤의 세상을 맛보았기에 오히려 더 그랬다. 한데 굳이 그걸 이런 식으로 콕 짚어 줄 필요는 없잖은가.

슬그머니 피어오르는 열기를 무시하며 입술을 비죽이자, 어느새 스타킹을 전부 벗겨 낸 그가 말했다.

"당연하죠. 제가 이날이 오기만을 얼마나 손꼽아 기다린 줄 아십니까? 단둘이 조금만 있으려고 하면 누군가가 꼭 들이닥치지, 접촉한번 할 때마다 사방팔방 눈치를 봐야 하지, 궁정 연애가 왜 그렇게 악명 높은지 아주 제대로 체감했습니다. 나중에는 제가 신관인지 밀라 님의 약혼자인지조차 헷갈릴 지경이었다니까요."

"……그 정도였어요?"

"네. 일 년만 기다리면 되겠냐며 당당하게 물었던 과거의 저를 한 대 쳐 주고 싶을 정도였죠."

열심히 투덜거린 남자가 따뜻한 물을 손바닥 가득 퍼 올리며 말했다.

"그나저나 이러고 있으니 옛날 생각이 나는군요. 기억하십니까? 언젠가 밀라 님께서 뒤꿈치를 다치셨을 때도 이 비슷한 일이 있었는데 말입니다."

"아, 기억나요. 거짓말까지 해 가면서 레노아 영윤이랑 못 만나게 했던 때 말하는 거죠?"

피식 웃음 짓자, 고개를 끄덕인 그가 답했다.

"맞습니다. 그때는 질투심에 눈이 뒤집혀 보이는 게 없었거든요. 아시다시피 밀라 님의 마음을 얻지 못해 전전긍긍하던 때였던지라, 혹시라도 그자한테 넘어가시면 어쩌나 싶어 다급했었죠."

커다란 손바닥이 슬쩍 옆으로 기울어졌다.

온기를 머금은 물이 발등을 타고 느릿하게 흘러내려 갔다.

"읏."

민감한 피부를 스치고 지나가는 야릇한 감촉에 저도 모르게 신음이 새어 나왔다. 발등에서 시작된 짜릿한 전율이 삽시간에 온몸을 내달리는 것이 느껴졌다.

날렵하게 뻗은 입꼬리가 슬쩍 호선을 그리며 위로 올라가는 것이 보였다.

"뭡니까, 그…….."

"하지만 에른은 그런 사람치고는 엄청 여유로워 보였는걸요. 그래서 난 매번 긴가민가했었다고요. 장난인지 아닌지 헷갈려서요."

서둘러 다른 얘기를 꺼내자, 침묵하며 그녀를 바라보던 그는 한번 봐준다는 듯 씩 웃고는 말했다.

"진지하게 고백했다가 자칫 신하로서도 곁에 있지 못할까 봐 그랬지요. 너는 아니라고 딱 잘라 거절하실까 봐 두려웠거든요. 그거 아십니까? 그 일이 있고 며칠 지나지 않아 레티시아 백작 부인이 저를 찾아왔던 것 말입니다."

"아뇨. 그런 일이 있었어요?"

"네. 이미 레노아 영윤이 있는데 왜 자꾸 이상한 소문을 만드느냐며, 대체 의도가 뭐냐고 물어봤었죠."

느릿하게 설명한 그가 다시 한번 발등에 따뜻한 물을 끼얹었다.

"확실하게 태도를 정해 달라고 따지고 드는데, 딱히 할 말이 없어서 그냥 침묵했던 기억이 납니다. 밀라 님에 대한 마음을 밝히지 않고는 도저히 설명할 말이 없었거든요."

'그랬구나. 그래서…….'

그제야 당시의 뜬금없던 질문을 이해한 밀라이아가 고개를 끄덕였다.

"그래서 백작 부인이 그런 질문을 했나 보네요. 나한테 에른을 국서로 세울 거냐고 물어봤었거든요."

"그랬습니까?"

무심하게 답한 그가 깨끗한 수건으로 발을 꼼꼼하게 닦아 주었다.

미리 가져다 놓은 또 다른 대야에 손을 깨끗하게 씻은 그는 두 개의 대야를 한쪽에 잘 치워 둔 뒤에야 느릿하게 몸을 일으켰다. 한 번도 누군가의 시중을 들어본 적 없는 사람치고는 꽤나 자연스러운 태도였다.

셔츠 소매를 도로 걷어 내리며 그녀의 옆에 앉은 그가 물었다.

"그래서 그때 밀라 님은 뭐라고 답하셨는지요?"

"어, 그게…….."

밀라이아는 당시 백작 부인과의 대화를 떠올리며 말끝을 흐렸다. 아무리 제 마음을 부정하던 시기였다고는 해도, 그는 단지 정치적 동반자일 뿐이라며 태연한 척 웃어넘겼다고는 차마 얘기해 줄 수가 없었다.

하지만 그 잠깐의 망설임에서 이미 답을 찾은 듯, 그는 눈꼬리를 축 늘어뜨린 후였다.

"그런 거 아니라고 하신 모양이군요. 하긴 그때는 정말로 아무 사이도 아니었으니까요."

"그, 음……. 미안해요."

우물쭈물 사과하자, 그는 슬쩍 눈길을 피하며 답했다.

"아닙니다. 어차피 과거의 일인데요."

"에른."

"그래도 좀 섭섭하긴 하네요. 원래 사랑이란 더 많이 하는 사람이 약자라고 한다지만, 늘 저만 동동거리고 갈급하는 것 같아 슬프달까요."

"아니에요, 내가 에른을 얼마나 사랑하는데요. 안 그랬으면 왜 결혼까지 했겠어요?"

펄쩍 뛰어오른 밀라이아가 황급히 부인했다.

고개를 붕붕 젓는 그녀를 빤히 쳐다보던 그가 씩 웃었다.

"그럼 키스해 주십시오. 제가 확실하게 느낄 수 있도록, 마음을 듬뿍 담아서요."

"이이, 꼭 그런 식으로 사람을 놀려야겠어요?"

샐쭉한 얼굴로 물은 그녀가 그의 목에 팔을 둘렀다.

툭하면 저를 놀려 먹으려 드는 그 때문에 가끔 약이 오르고 얄밉기도 하지만, 뭐 어쩌겠는가. 이런 남자를 사랑한 제 죄인 것을. 게다가 솔직히 이제는 알면서도 당해 주는 척하는 게 반 이상이었다.

밀라이아는 망설임 없이 그에게 몸을 붙인 뒤 얇은 입술 위에 제 것을 단단하게 겹쳤다.

지난 일 년간 착실하게 학습해 온 대로 살짝살짝 깨문 뒤 강하게 빨아들이자, 허리를 끌어안은 팔에 곧장 힘이 들어가는 것이 느껴졌다.

서로를 탐하는 입술 사이에서 젖은 신음이 흘러나왔다. 숨이 조금씩 차오르며 가슴이 빠르게 오르락내리락하기 시작했다.

쿵쿵거리는 심장박동이 맞닿은 피부를 통해 서로에게로 전해지는 순간, 무게중심이 뒤로 확 쏠렸다.

눈을 떠 바라본 세상에는 그만이 가득 들어차 있었다.

생긋 미소 지은 밀라이아가 그의 목을 끌어당겨 다시금 입술을 겹쳤다. 몸 위로 슬쩍 실리는 무게감이 무척 기분 좋았다.

스르르.

느슨하게 묶여 있던 리본이 소리 없이 풀어지는 것이 느껴졌다.

그가 느릿하게 스치고 지나가는 곳마다 달콤한 시트러스 향과 함께 붉은 화인이 피어올랐다. 화끈거리면서도 아릿한, 어딘가 간질간질하면서도 찌르르한 그 감각에 기분이 하늘을 날 듯 점점 더 위로 솟구쳐 올랐다.

"사랑합니다, 밀라 님."

"나도 사랑해요, 에른."

어느새 한 치의 틈도 없이 맞닿은 그가 저를 바라보고 있었다. 착실하게 쌓아 올린 쾌감이 이제 그만 저를 해방시켜 달라 소리치고 있었다.

느릿하게 고개를 끄덕이자, 검은 파도가 망설임 없이 그녀에게로 스며들었다.

온몸을 관통하는 고통에 절로 눈물이 맺혔다.

"흑……."

그와 함께했던 수많은 시간들이 하나둘 떠올랐다.

어떻게든 물어뜯기 위해 아등바등 싸우던 때, 서로에 대한 마음을 조금씩 키워 가던 일들, 눈물을 삼키며 이별했던 과거의 마지막 날, 그리고 백 년이라는 시간을 뛰어넘어 다시 사랑을 쌓아 가기 시작한 현재까지.

그의 움직임이 거칠어질수록 처음으로 누군가를 받아들인 통증도 조금씩 커져 갔지만, 그보다는 모든 것을 잊을 만큼 커다란 행복감이 가슴속을 가득 메웠다.

그리고 그것은 이내 짙은 쾌감이 되어 그녀를 집어삼켰다.

쏟아지는 감각의 폭포 속에서 밀라이아는 비명을 질렀다.

밤은 이제 시작이었다.

머뭇머뭇 올라가던 손이 스르르 아래로 내려갔다.

주춤주춤 문으로 다가가던 그것은 부르르 떨며 허공에 멈췄다가 또다시 아래로 툭 떨어졌다. 그리고 계속해서 올라갔다 내려가기를 반복했다.

"후우."

한숨을 내쉰 여자가 한 걸음 뒤로 물러났다.

그녀가 하는 양을 지켜보던 사람들의 얼굴이 난감한 빛으로 물들었다.

'그냥 돌아갈까?'

밀라이아는 제 눈치만 살피는 궁인들을 흘낏 쳐다보며 다시 한번 한숨을 쉬었다.

당장이라도 돌아서고 싶은 마음이 굴뚝같았으나, 저를 도와줄 수 있는 인물은 저 문 안에 있는 사람이 유일했다. 백 년 전이었다면 클로에나 달리아, 혹은 레티시아 백작 부인이 있었겠지만 지금은 아니었으니까.

'그래, 내가 지금 망설일 때는 아니지.'

이 세상으로 돌아온 후로는 그래도 측근 시녀들과 나름대로 마음을 터놓는 사이가 되었다지만, 이런 문제까지 얘기하기는 아직 좀 그랬다. 그러니 믿을 만한 사람은 역시 이 방의 주인밖에 없었다.

길게 한숨을 내쉰 그녀는 언제 망설였냐는 듯 문을 벌컥 열었다.

홀로 앉아 찻잔을 기울이던 왕비가 눈을 동그랗게 떴다.

"어머, 밀라구나. 무슨 일이니?"

"그냥, 잠시 뵙고 싶어서요. 저어, 어마마마, 혹시 바쁘세요?"

"우리 딸이 찾아왔는데 바빠도 안 바빠야지. 앉으렴."

다정하게 웃은 왕비가 맞은편을 가리켰다.

아직 쓰지 않은 찻잔을 끌어당긴 그녀는 주전자를 들어 찻물을 부었다.

쪼르르.

분홍빛 액체가 잔을 채우며 꽃향기를 사방으로 뿜어냈다. 왕비가 좋아하는 차 중 하나인 일리야 꽃차였다.

"그래, 공작 때문에 찾아온 거니? 왜, 벌써부터 속이라도 썩이는 거야?"

"어떻게 아셨어요?"

눈을 동그랗게 뜨자, 왕비는 그럴 줄 알았다는 듯 생글 웃었다.

"신혼이잖니. 그땐 다 그렇지. 엄마도 그랬는걸."

"어…… 정말요?"

"그러엄. 그러니 빙빙 돌릴 것 없이 바로 얘기해 보렴. 뭐가 문제니? 성격? 생활 습관? 아니면 잠자리?"

"풉!"

무심코 차를 한 모금 들이켜던 밀라이아가 찻물을 입 밖으로 뿜어냈다.

콜록거리며 가슴을 두드리는 그녀를 짓궂은 얼굴로 바라보던 왕비가 말했다.

"그럴 줄 알고 보양식을 마련해 두라 했단다. 안 그래도 슬슬 힘들다고 달려올 것 같았거든. 공작이 오죽 오래 기다렸어야지."

"콜록, 그, 그런……."

"뭘 그렇게 부끄러워하고 그러니? 이미 국혼도 치른 애가. 우리끼리니까 하는 얘기지만, 남편이 그런 식으로 체력이 넘치는 건 대단히 축복받은 일이란다. 그러니 잘 챙겨 먹고 실컷 즐겨 두렴. 지금이야 눈만 마주쳐도 불이 붙는다지만, 나이가 들면……."

"잠, 콜록, 잠깐만요, 어마마마! 콜록콜록!"

간신히 두 마디를 꺼낸 밀라이아가 괴로운 표정으로 가슴을 퍽퍽 두드렸다.

한참을 고생한 끝에 겨우 숨을 고른 그녀는 반짝이는 눈으로 저를 바라보는 왕비를 보며 푹 한숨을 내쉬었다. 이럴까 봐 오길 망설였던 건데, 혹시나 했더니 역시나구나 싶었다.

"……아니에요, 그런 거. 그런 거였으면 제가 어마마마를 찾아왔겠어요?"

그제야 딸의 성격을 상기한 듯 고개를 갸웃한 왕비가 물었다.

"어라, 그럼 무슨 일이니? 크게 싸우기라도 한 거야?"

"아니요."

"그럼 뭐가 문젠데?"

"모르겠어요, 뭐가 문제지. 에른은 그런 남자가 아닐 줄 알았는데, 내가 사람을 잘못 본 걸까요?"

"뭐라고?"

예상외로 진지한 답변을 들은 왕비의 얼굴이 조금 굳었다.

"얘기해 보렴. 공작이 뭘 어쨌다는 거니?"

"그게요, 실은……."

눈을 질끈 감은 밀라이아가 말했다.

"제게 손끝 하나 안 대요. 첫날밤 이후로, 단 한 번도."

"뭐어?"

왕비의 눈이 크게 뜨였다.

사락사락.

향유를 바른 은빗이 머리카락을 연신 쓸어내렸다. 윤기 흐르는 백금발이 반들반들하게 빛나며 차분하게 아래로 떨어졌다.

톡톡.

스펀지에 분을 묻힌 시녀 하나가 뭉치지 않도록 얼굴에 잘 펴서 발라 주었다. 그러고는 작은 붓으로 눈썹을 둥그렇게 그린 뒤, 또 다른 붓을 들어 입술을 붉게 칠했다.

달칵.

빗을 내려놓은 미하엔 백작 부인이 솜씨 좋게 머리카락을 한데 모아 곱게 늘어뜨렸다.

꼼꼼하게 주인의 모습을 살핀 그녀는 머리카락을 다시 한번 매만져 준 뒤 말했다.

"다 됐습니다, 저하."

"그래요. 수고했어요."

밀라이아는 백작 부인에게 부드럽게 미소 지어 보인 뒤 거울 속에 비치는 제 모습을 살폈다.

결 고운 머리카락하며 한참 공들인 덕에 오늘따라 더 보들보들한 피부하며, 스스로 이렇게 말하기는 좀 그랬지만 제가 보기에도 제법 예뻐 보였다.

게다가 목욕을 마치고 향유까지 발라서일까, 몸을 움직일 때마다 좋은 향기까지 피어오르고 있었다.

'이만하면 넘어오겠지?'

국혼 이후로 눈에 띄게 소홀해진 연인을 떠올리자 새삼 화가 났다.

분명 결혼식 당일까지만 해도 멀쩡했는데, 아니 식이 끝나고 함께 침실에 들었을 때까지만 해도 괜찮았는데 왜 갑자기 다음 날부터 슬금슬금 저를 피하는지 알 수가 없었다. 각방을 쓸까 걱정스러우니 침실의 자유출입권을 달라며 잔뜩 우는소리를 할 때는 언제고 도리어 코빼기도 비치질 않는단 말인가.

그나마 궁을 합친 덕에 밤에는 나타난다지만 그마저도 그저 한 침대에서 잔다는 것뿐, 첫날밤을 치른 이후로 그는 제게 손끝 하나 댄 적이 없었다. 분명 혼전에 했던 말이나 행동들을 생각하면 한시도 손을 떼지 못해야 정상인데도.

'대체 왜 그러는 거야? 내가 그렇게 매력이 없나?'

입술을 삐죽 내민 밀라이아는 다시 한번 거울을 살폈다.

느슨하게 땋아 한쪽으로 늘어뜨린 머리카락과 국혼 날 입었던 것처럼 가슴 선에서부터 일자로 떨어지는 전통식 드레스, 그리고 그 위에 걸친 숄.

평소와는 달라 보이는 제 모습을 보자 문득 왕비와의 대화가 떠올랐다. 그녀가 몹시 즐거워하며 호호 웃던 모습도.

—그게 정말이니? 공작이 네게 손끝 하나 안 댄다는 게?

—네. 오죽했으면 제가 어마마마를 찾아왔겠어요?

—어머나, 그럼 그 말이 진심이었단 말이야? 그렇게 안 봤는데 우리 사위, 엄청 귀여운 남자였구나.

—그게 무슨 말씀이세요? 에른이 뭐라고 했는데요?

거듭 물어보았으나, 왕비는 답을 주는 대신 혹시나 하는 마음에 지어 놨다며 밀라이아에게 속살이 그대로 비치는 슈미즈만을 안겨 주었다. 지금 입은 전통식 드레스 한 벌과 함께.

—이걸 입고 공작을 찾아가 보렴. 십중팔구는 넘어올 테니까.

—아, 아무리 그래도 이건 좀…….

―이게 어때서 그러니? 아니면 그냥 확 덮쳐 버리려무나. 꼭 남자가 먼저 시작해야 한다는 법은 없잖니? 그것도 싫으면 당신이 잠자리를 거부하니 다른 남자라도 들여야겠다고 해 보든가.

"으으……."

고개를 붕붕 저으며 웃음기 어린 목소리를 머릿속에서 밀어낸 밀라이아가 백작 부인을 돌아보았다.

"에른 지금 어디 있어요?"

"이 시간이면 아마 푸른 빗방울의 방에 계실 겁니다."

"흠, 그래요?"

절로 눈이 가늘게 뜨였다.

푸른 빗방울의 방이라면 그녀가 구름궁에서 가장 좋아하는 장소 중 하나였다. 아직 과거로 '여행'을 다녀오기 전, 당시에는 아직 제왕학 스승이었던 그와 많은 시간을 보냈던 곳이기도 했다.

한데 '이 시간이면'이라니. 그럼 그동안도 늘 그 방에 박혀 있었단 소리가 아닌가.

"알겠어요. 그리로 가죠."

천천히 자리에서 일어나는데, 눈을 휘둥그렇게 뜬 백작 부인이 물었다.

"지금 그 차림으로 말씀이십니까?"

"음, 네."

"아무리 사이가 돈독하셔도 그렇지, 대낮부터 그건 좀……. 정 그러시면 위에 로브라도 걸쳐 입으시는 것이 어떠신지요? 각하를 뵈러 가는 동안만이라도 말입니다."

"그럴까요, 그럼?"

활짝 얼굴을 편 밀라이아가 답했다. 왕비가 시키는 대로 입긴 했어도 영 부끄럽던 참이었는데 잘됐다 싶었다.

백작 부인이 서둘러 가져온 로브를 위에 걸쳐 입은 그녀는 마지막으로 차림새를 한번 점검한 뒤 푸른 빗방울의 방으로 향했다. 왕비에게 들은 얘기도 있겠다, 또 나름대로 느낀 점도 있겠다, 이제 더는 소극적으로 있지 않을 생각이었다.

'내가 언제부터 그리 얌전히 기다리는 성격이었다고. 에른이 날 피한다면 직접 찾아가면 되는 거잖아?'

빠르게 걸음을 옮긴 그녀는 복도를 지나 시종과 근위기사들이 지키고 선 방문 앞에 멈춰 섰다.

"왕세녀 저하를 뵙습……."

벌컥.

곧장 문을 열자, 눈앞에 마치 한 폭의 그림과도 같은 광경이 펼쳐져 있는 것이 보였다.

푸른색 벽지와 금장식으로 꾸며진 공간은 봄 햇살을 받아 한껏 빛나고 있었다.

황금빛으로 가득 찬 방 한가운데는 윤기가 반드르르하게 흐르는 피아노가 놓여 있고, 그 앞에는 검은 머리카락의 남자가 눈을 지그시 감은 채로 건반을 두드리고 있었다. 열린 창밖에서 불어오는 바람에 크림색 커튼이 한들한들 흔들렸다.

따라라란.

기다란 손가락이 유려하게 움직일 때마다 하얗고 검은 건반이 영롱한 선율을 엮어 냈다.

"에르……."

무심코 연인을 부르던 입술이 천천히 다물렸다.

연주에 몰두한 그를 보자 문득 언젠가의 추억들이 떠올랐다. 온통 가면을 쓴 사람들 사이에서 색깔이 반대로 되어 있는 건반을 능숙하게 연주해 주던 그가. 과거를 기억조차 못하던 제게 호소하듯 들려주었던 노을 속의 선율이.

재회한 이래로 종종 졸라 보았지만 한 번도 듣지 못한 피아노 연주였는데, 이렇게 뜬금없이 감상하게 될 줄은 몰랐다. 그것도 지금처럼 그와의 사이가 좋은지 아닌지도 모를 애매한 상황에서는 더더욱.

―그때 그 곡, 오랜만에 한번 쳐 주면 안 돼요?

―안 됩니다. 국혼을 치르기 전까지는 들려드리지 않기로 결심했거든요.

―왜, 왜요? 그거랑 연주가 무슨 상관이라고…….

―아쉬운 게 하나라도 있으셔야 손꼽아 기다리실 것 아닙니까. 그리 듣고 싶으시면 날짜를 당기시든가요.

언젠가의 대화를 떠올린 그녀가 눈을 샐쭉하게 떴다. 그토록 온갖 수단을 다 동원해 결혼식 날짜를 당기려 할 때는 언제고, 이제 와 저를 식은 수프처럼 취급한단 말인가.

'제대로 된 이유가 아니기만 해.'

일단은 대화를 시도해 볼 생각이지만, 만일 합당한 대답이 돌아오지 않는다면 그때는 가만있지 않을 작정이었다. 혼자서 속 끓이는 건 지난 열흘만으로도 충분히 차고 넘쳤다.

입술을 삐죽 내민 그녀는 문가에 기대 선 채 그가 만들어 내는 멜로디를 감상했다. 일 년 만에 듣는 건데 공연히 인기척을 내서 끊기는 아쉬웠다.

하지만 흐르는 선율에 귀를 기울일수록 연주보다는 피아노를 치는 그의 모습에 자꾸만 신경이 쏠렸다.

열흘 내내 밤에만 마주해서 그런가, 오랜만에 밝은 햇살 아래서 맞닥뜨린 제 남편은 오늘따라 유독 멋져 보였다. 조금 전까지 품고 있던 묘한 전의마저 슬그머니 사그라질 정도로.

'아 진짜, 왜 저리 사람 홀리게 생겨서는……'

이래서야 제대로 화나 낼 수 있겠나 싶었다.

푹 한숨을 내쉬는데, 너른 공간을 가득 메우던 연주가 마지막 음을 울리며 끝을 알렸다.

짝짝 박수를 치자, 눈을 감고 있던 남자가 그녀 쪽을 휙 돌아보았다.

"밀라 님?"

벌떡 몸을 일으킨 그가 그녀 쪽으로 다가와 머뭇머뭇 이마에 입을 맞췄다.

'또 그러네.'

가만히 입맞춤을 받던 밀라이아가 입을 앙다물었다.

얼핏 보기에는 평소와 다름없어 보이는 인사였다. 하지만 국혼 전이었다면 분명 한 치의 틈도 없이 저를 끌어당겨 안았을 텐데, 지금은 어째서인지 약간의 거리를 유지한 채 몸이 떨어져 있었다.

조금이라도 닿지 않으려는 양 주의하는 그 움직임에 속에서 뜨거운 기운이 치밀어 올랐다. 왜 자꾸만 사람을 이딴 식으로 대한단 말인가. 제가 뭘 어쨌다고.

'슬슬 진심으로 서러워지려고 그러네.'

솔직히 말해 며칠간은 저도 그가 다가오지 않아 내심 다행이라고 생각했다. 아무리 사랑하는 사람이라고 해도, 난생처음 몸을 열었던 그날의 경험은 생각보다 아프고 힘겨웠던 것이 사실이었으니까.

그렇지만 고통스러웠던 것은 육체뿐, 마음만은 사랑하는 연인과 비로소 하나로 엮였다는 사실에 하늘을 나는 것만 같았는데. 그래서 피로가 겹쳐 다음 날 종일 앓아누웠음에도 원망 같은 것은 눈곱만치도 없지 않았던가.

한데 그는―.

"여기까진 어쩐 일이십니까? 좀 더 쉬시지 않고요."

"……해가 중천인데 뭘 더 쉬어요. 가뜩이나 일도 다 뺏겨서 무료한 판국에."

"무슨 말씀이십니까. 그러잖아도 몸도 좋지 않으신 분이."

뾰족하게 답한 것도 잠시, 걱정스러운 표정을 보자 섭섭했던 마음이 조금 풀렸다. 슬그머니 몸을 뺀 이유는 알 수 없었지만, 저를 향한 눈빛도 애정이 묻어나는 목소리도 모두 그대로였으니까.

날카로운 기세를 잠시 숨긴 밀라이아가 답했다.

"그게 언제 적 얘긴데 그래요? 그보다 연주 실력이 더 늘었던데요? 그렇게 기를 쓰고 안 들려주더니, 그동안 몰래 연습이라도 한 거예요?"

"음, 네. 한데 이런 식으로 들려드리게 될 줄은 몰랐네요."

"하지만 에른이랑 얼굴이라도 보려면 이러는 수밖에 없었는걸요. 요새 왜 그렇게 바쁜 거예요? 나 안 보고 싶었어요?"

애교 섞인 물음에 왜인지 잠시 움찔한 그가 답했다.

"보고 싶었습니다. 하지만 제가 있으면 밀라 님께서 편히 쉬실 수가 없잖습니까."

"무슨 소리예요? 에른이랑 같이 있는 게 어때서. 그럼 에른은 나랑 있으면 막 피곤하고 그래요?"

"아뇨, 그게 아니라……. 후우, 아닙니다. 그럼 함께 시간을 보내 드리면 되겠습니까?"

체념 어린 어조에 눈썹이 확 치켜 올라갔다.

함께 시간을 보내는 게 아니라 '보내 드리면' 되겠느냐는 말도 그렇고 말투에 담긴 미묘한 느낌도 그렇고, 아무리 생각해도 거슬리는 구석이 한둘이 아니었다. 이건 마치 저를 의무적으로 대하는 것 같잖은가.

"왜 말을 하다 말아요? 뭔데요?"

"그냥 별말 아니라서요. 그보다……."

"아니긴 뭐가 아니에요? 얘기해 봐요. 무슨 일인데 그래요?"

어쩐지 삼킨 말 속에 실마리가 담겨 있을 것 같아서, 밀라이아는 다소 집요하리만치 캐물으며 그의 소매를 꽉 붙들었다.

순간 셔츠에 달린 커프스단추가 손바닥을 확 긁고 지나갔다.

"아얏!"

"밀라 님!"

하얗게 질린 남자가 황급히 그녀를 붙들었다.

반사적으로 오므린 손을 조심조심 잡아 편 그는 붉게 긁힌 자국이 남아 있는 손바닥을 보며 얼굴을 잔뜩 일그러뜨렸다.

"생각보다 깊게 긁혔군요. 많이 아프십니까?"

"네. 으, 아파……."

그래 봐야 손바닥이 화끈거리는 정도였지만, 밀라이아는 부러 엄살을 부리며 보란 듯 눈꼬리를 늘어뜨렸다.

걱정스러운 얼굴로 그녀를 바라보던 그가 천천히 고개를 숙여 손바닥에 입술을 가져다 댔다.

따뜻한 숨결이 살결을 스치고 지나가는가 싶더니, 이내 말캉한 무언가가 상처 부위를 가만가만 핥는 것이 느껴졌다. 아릿한 피부를 훑고 지나가는 젖은 느낌에 저도 모르게 신음이 흘러나왔다.

"웃……."

풀리려는 다리에 애써 힘을 주어 버티자, 고개를 들어 올린 그가 그녀를 바라보았다.

훅 달아오른 공기가 삽시간에 두 사람을 감쌌다. 몹시 뜨겁고 격렬했던 그날 밤처럼.

저를 담은 에메랄드색 눈동자에서 불길이 확 치솟는다 느껴진 순간, 허겁지겁 다가온 입술이 그녀의 것을 집어삼켰다. 살짝 열린 틈을 가르며 단숨에 파고 들어온 혀가 입 안을 제 것인 양 빠르게 훑었다.

'그럼 그렇지.'

속으로 회심의 미소를 지은 밀라이아가 자유로워진 팔을 들어 그의 목을 그러안았다.

기분 좋은 신음을 흘리며 몸을 바짝 붙이는데, 갑자기 눈을 번쩍 뜬 남자가 그녀를 밀어냈다.

"안 돼, 여기서 더 나가면……."

"에른? 왜 그래요?"

"죄송합니다, 밀라 님."

"에른!"

황급히 불러보았지만, 그는 뒤도 돌아보지 않고 허둥지둥 방을 빠져나갔다. 아니, 그러려고 했다. 그를 잡으려다 헛손질한 그녀가 중심을 잃고 넘어지지만 않았더라면.

콰당탕.

"윽……."

"밀라 님!"

놀라 돌아선 그가 서둘러 그녀를 부축했다.

"괜찮으십니까? 어디 다치신 곳은 없으신지요?"

"으으, 네. 괜찮은 것 같아요."

"혹시 모르니 잘 살펴보십시오. 움직이기 힘든 곳이 있으시다거나 피가 나신다거나, 아니면 쓸리신 곳은…… 없는…… 지…….."

빠르게 이어지던 말이 조금씩 느려지는가 싶더니, 이내 자취를 감췄다.

갑자기 말이 없어진 그를 보며 고개를 갸웃한 밀라이아가 물었다.

"왜 또 그래요?"

"……."

에메랄드색 시선이 훤히 드러난 어깨 위에 고정되어 있었다.

의아한 얼굴로 그를 올려다보던 밀라이아의 눈이 반짝 빛났다. 좀 전에는 정신이 없어 미처 몰랐는데, 중심을 잃고 넘어졌을 때 로브도 그만 반쯤 벗겨진 모양이었다.

"……뭡니까, 그 옷은."

낮게 가라앉은 목소리에 소리 없이 웃은 그녀가 답했다.

"뭐긴요, 전통식 드레스죠. 이게 그렇게 편하더라고요."

"하면 열흘 내내 그런 차림으로 계셨던 겁니까?"

"음, 네."

실은 오늘이 처음이었지만, 굳이 사실대로 말해 줄 필요는 없었다.

당연한 걸 왜 묻냐는 듯 바라보자, 눈썹을 꿈틀거린 그가 허리께까지 내려간 로브 자락을 도로 끌어 올려 주었다.

어깨를 꽁꽁 싸맨 뒤 가슴 부분을 여며 주려는 남자를 물끄러미 바라보던 밀라이아가 그의 손목을 턱 움켜쥐었다.

그러고는 의미심장하게 웃으며 여며진 가슴 부분을 도로 벌리자—.

꿀꺽.

연인의 목울대가 크게 출렁이는 것이 보였다.

'훗.'

입가에 걸린 미소가 한층 짙어졌다. 혹시나 하는 생각에 내심 긴장하고 있었는데, 좀 전의 뜨거운 키스나 지금 저 반응으로 보아 남편의 애정을 걱정할 필요는 없을 듯했다.

'그럼 그동안 대체 왜 피한 거지?'

밀라이아는 의아한 기분을 숨기며 그에게 은근슬쩍 몸을 붙였다.

황급히 뒤로 물러서던 남자가 물었다.

"……이 향은 또 뭡니까?"

"왜요, 마음에 안 들어요?"

"아니, 그게 아니라…… 장미 향이잖습니까."

굳이 입 밖으로 소리 내어 이야기하지는 않았지만, 그 뒤에는 '밀라 님께서 싫어하시는.'이라는 말이 생략되어 있었다.

생긋 웃은 그녀가 답했다.

"맞아요. 듣자 하니 남자를 유혹하는 데는 장미 향이 최고라기에."

"유혹, 이라니요? 누굴 말씀…… "

"누구긴 누구예요? 내 남편이지. 그럼 설마 내가 다른 남자한테

이럴까."

'제대로 통한 것 같은데?'

평소답지 않게 횡설수설하는 공작을 슬쩍 밀어낸 그녀가 여전히 몸에 걸쳐져 있던 로브를 완전히 벗어 냈다.

부서지는 햇살 아래 새하얀 전통 드레스가 온전히 모습을 드러냈다. 워낙 햇볕이 강렬해서일까, 그러잖아도 얇은 소재였던 옷감 안쪽으로 뽀얀 살갗이 언뜻언뜻 비쳤다.

아연한 얼굴로 그녀를 바라본 남자가 주먹을 꽉 움켜쥐었다.

"안 돼……."

잇새로 흘러나오는 말을 놓치지 않고 잡아낸 밀라이아가 물었다.

"뭐가 안 된다는 거예요? 내연 관계도 아니고, 신 앞에서 평생을 함께하기로 맹세한 부부 사이에."

"그건……."

"요새 좀 이상한 거 알아요? 왜 자꾸 날 피하는 건데요? 네?"

"……."

"뭐라고 대답 좀 해 봐요."

쏟아지는 추궁에 슬그머니 시선을 돌린 그가 말했다.

"밀라 님이……."

"네, 내가요?"

"밀라 님이…… 아파하시잖습니까. 다음 날 앓아누우실 정도로요."

"……뭐라고요?"

입이 딱 벌어졌다.

황당한 얼굴로 바라보자, 그의 귀며 목덜미가 확 붉어지는 것이 보였다.

'그럼 그동안 나를 피한 이유가……'

황당함과 안도와 놀람과 환희가 뒤죽박죽 섞인 감정이 가슴속을 메웠다.

항상 무례함과 당당함의 경계선을 교묘하게 넘나들던 남자가 보여 주는 의외의 모습에 절로 웃음이 나왔다. 저리 어쩔 줄 몰라 하며 곤란해하는 에른이라니, 어디 상상이나 해 봤겠느냔 말이다. 그것도 그렇게 귀여운 이유로.

"뭐야, 겨우 그것 때문이었어요? 나 괜찮아요. 아주 멀쩡하다고요."

"……하지만 그랬다가 또 아프시기라도 하면 어쩝니까. 저는 이제 밀라 님이 안 계시면 못 삽니다."

"죽긴 누가 죽는다고 그래요? 그렇게 치면 기혼 여성들은 전부다 죽고 없어야 하게?"

웃음기 어린 목소리에, 그가 한 손으로 얼굴을 감싸 쥐고는 말했다.

"그래도 안 됩니다. 이제 밀라 님이 아프신 모습은 보고 싶지 않단 말입니다. 이 심장의 주인을 잃는 경험은…… 두 번 다시 하고 싶지 않습니다."

'아하.'

그제야 그가 왜 이리 강박적인 모습을 보이는지 이해가 갔다.

조금씩 스러지다 그예 눈앞에서 사라지고 말았던 과거의 일이 생각보다 큰 상처로 남아 있었던 모양이었다. 머리로는 괜찮다는 것을 알고 있으면서도 저리 어쩔 줄 몰라 하며 버틸 만큼.

팔을 뻗어 그를 끌어당긴 밀라이아가 두 손으로 뺨을 감싸고는 말했다.

"나 정말 괜찮아요. 에른을 떠나지도 않을 거고요."

"하지만……."

"이렇게 멋진 남자를 두고 가긴 어딜 간다고 그래요? 그때는 과로가 겹쳐서 그런 거지, 사실 그리 심하게 앓지도 않았다고요. 오히려 에른이랑 진짜로 부부가 되었다는 생각에 행복했는걸."

"……."

"그렇게 걱정되면 이번에는 안 아프게 해 주면 되잖아요. 고통 같은 건 떠오르지도 않을 만큼."

소곤소곤 속삭인 그녀가 고개를 숙여 그에게 입을 맞췄다.

위로하듯 부드럽게 깨물고 조심조심 핥자, 낮게 신음을 흘린 그가 물었다.

"……정말 괜찮으신 거지요?"

"그럼요. 안 그랬으면 내가 이렇게 노골적으로 차려입고 왔겠어요? 심지어 싫어하는 장미 향유까지 바르고서."

"그럼 또 앓아누우시거나 저를……."

"안 가요, 안 가. 귀찮다고 밀어내도 딱 달라붙어 있을 테니 걱정 마요."

단정적으로 답하며 다시 한번 입을 맞추자, 침을 꿀꺽 삼킨 그가 겨우 결심한 양 말했다.

"아프시면 언제든지 말씀해 주십시오. 바로 멈출 테니까요."

"알겠어요."

"버겁거나 하셔도……."

"거 참 말 많네. 그냥 먼저 덮쳐 버릴까 보다."

작게 투덜거리는 순간, 입술에 부드러운 감촉이 내려앉았다.

단단하게 몸을 얽어 오는 남편을 열렬히 반기며, 밀라이아는 눈
을 감았다.

진정한 신혼의 시작이었다.

제8곡

appendix: fabula residua
번외: 아직 남은 이야기

. . . . . .

4부

modus exprimere amorem
사랑을 표현하는 방법

modus exprimere amorem
사랑을 표현하는 방법

"안 해! 안 한다고!"

밀라이아는 은근슬쩍 몸을 붙여 오는 남자를 밀어내며 버럭 고함을 질렀다.

저를 피해 다니던 남편과 오해를 푼 지도 어언 한 달. 왕비의 결정적 도움으로 그를 유혹하는 데 성공해 어른들의 놀이에 심취한 지도 벌써 삼십 일이 훌쩍 지났다.

그날 왕비의 말이 정확하기는 했던 건지, 일단 한 번 물꼬가 터지자 거칠 것 없어진 연인은 지칠 줄을 몰랐다.

그러니 그녀가 나가떨어진다 해도 전혀 이상하지 않은 상황이었지만, 다행히 밀라이아는 어릴 때부터 튼튼한 체질이었던 데다 왕비가 매일같이 보내 주는 보양식의 도움을 받았으므로 끝없이 타오르는 열정을 받아내는 데는 무리가 없었다.

아니, 솔직히 말하면 가끔은 더 부추기기도 했다. 함께하는 시간이 몹시 행복하고 기분 좋은 건 마찬가지였으니까.

그러나 아무리 밤놀이가 즐겁다 해도 애정이 그것만으로 충족되는 것은 아니었다.

그와 함께 정원을 걸어 본 게 언젠지 기억조차 가물가물했다. 정원이 다 무언가? 식사 시간을 제외하고는 침대가 아닌 곳에서 같이 시간을 보내 본 게 적어도 한 달은 훌쩍 넘은 것을.

'이대로는 안 되겠어.'

그와 몸을 나누는 것도 좋지만, 때로는 다른 방식으로도 마음을 확인하고 싶었다. 더는 이런 식으로만 신혼 생활을 보낼 수는 없었다.

단단하게 팔짱을 끼자, 밀쳐진 자세 그대로 굳어 있던 공작이 믿을 수 없다는 얼굴로 물었다.

"안 하신다고요?"

"네, 안 할 거예요."

"왜, 왭니까? 설마 그새 애정이 식으신 겁니까?"

'뭐라는 거야, 저 멍청이가!'

눈꼬리가 사납게 치켜 올라갔다.

평소에는 쓸데없을 정도로 눈치가 빨라서 사람을 당혹스럽게 하는 주제에, 오늘따라 왜 저리 둔하게 군단 말인가? 애정이 식긴 누가 식었다고!

"에른은 마음을 표현하는 방법이 그것밖에 없어요? 한 번 거부했다고 바로 식었냐고 묻게?"

입바람으로 머리카락을 위로 훅 불자, 그는 그제야 그녀가 화난 이유를 알아차린 듯 아차 하는 표정을 지었다.

'흥, 이제야 겨우 깨달았나 보지?'

눈을 흘긴 그녀가 벌떡 일어났다.

"당분간 내게 접근 금지예요."

"잠깐만요, 밀……!"

"지금부터 혼자만의 시간을 보낼 거니까, 따라오지 마요. 화낼 거야."

싸늘하게 말을 자른 밀라이아가 벌떡 일어섰다.

성큼성큼 방을 빠져나가는 그녀를 망연자실하게 바라보던 남자가 깊은 한숨을 쉬었다.

"와아, 누님!"

얌전히 앉아 있던 소년이 손을 붕붕 흔들었다.

활짝 핀 얼굴로 후다닥 달려온 그는 망설임 없이 품에 안겨 들며 물었다.

"누님께서 이 시간에는 어쩐 일이세요? 항상 바쁘시더니."

"그냥, 오늘따라 시간이 좀 남아서요. 앨런이 보고 싶기도 했고요."

밀라이아는 품에 안긴 아이를 도닥이며 답했다.

천진하게 묻는 동생을 보자 왠지 양심이 찔렸다. 그동안 신혼의 단맛에 푹 빠져 있느라 가족들에게는 다소 소홀했던 것이 사실이었으니까.

초롱초롱한 눈빛으로 그녀를 올려다본 앨런이 말했다.

"저도 보고 싶었어요, 누님. 실은 어마마마께서 누님을 방해하면 안 된다고 하셔서 뵙고 싶은 마음을 꾹 참고 있었거든요."

"저런, 그랬어요?"

"네. 아, 일단 가요. 차 마시면서 얘기해요, 누님."

"그래요."

보들보들한 머리카락을 한번 쓰다듬어 준 밀라이아는 아이가 내민 손 위에 제 것을 얹었다.

나란히 테이블 앞으로 다가가자, 흐뭇한 표정으로 그들을 바라보던 국왕이 말했다.

"어서 오너라, 밀라. 오늘 하루는 잘 보냈느냐? 별일은 없었고?"

"그럼요. 두 분께서는 잘 지내셨어요?"

"우리야 늘 그렇지, 뭘. 한데 공작은 어찌하고 너 혼자 왔니?"

고개를 갸웃한 왕비가 물었다.

밀라이아는 어깨를 으쓱하며 답했다.

"그냥, 오늘은 오랜만에 혼자서 시간을 보내겠다고 했어요. 요즘 들어 너무 붙어 있기만 했던 것 같아서요."

"혹시 싸웠니? 아니면 이번에야말로 진짜 신혼의 고충을……."

"아니에요, 그런 거. 이러다 차 다 식겠다. 어서 드세요. 아바마마도요."

재빨리 말을 자른 그녀는 왕비의 눈길을 피해 슬그머니 제 몫의 찻잔을 들어 올렸다. 제아무리 왕비라고 해도 부왕과 앨런까지 있는 자리에서 그럴 리는 없겠지만, 만에 하나라도 잠자리라느니 어쩌느니 하는 얘기가 나오면 큰일이었으니까.

말없이 차만 들이켜는 그녀를 웃음기 어린 얼굴로 바라보던 왕비가 말했다.

"그래, 그렇다고 치자. 그보다 우리 밀라는 아들이 좋니, 딸이 좋니? 실은 네 아빠랑 그 얘길 하는 중이었거든."

"그게 무슨 말씀이세요?"

"네 아이 말이다. 엄마는 손자가 좋은데."

"픕! 콜록콜록!"

갑자기 사레가 들렸다.

콜록거리는 그녀를 생글거리며 바라보던 왕비가 말했다.

"어때요, 클리터스? 머리카락은 우리 밀라를 닮고 눈동자는 공작을 빼다 박은 손자가 있다고 생각해 봐요. 정말 귀여울 것 같지 않나요?"

"물론 그렇지만, 아까도 말했듯 나는 손녀가 더 보고 싶소. 백금발이건 흑발이건 상관없지만, 기왕이면 이목구비는 우리 밀라를 쏙 빼닮은 아이가 좋겠군."

"콜록, 두 분 대체, 무슨 말씀을, 큡, 하시는 거예요? 아직 국혼을 치른 지 두 달도 채 안 됐거든요?"

기침을 겨우 삼키며 소리치자, 왕비는 장난기 가득한 얼굴로 말했다.

"누가 뭐라니? 그냥 그렇다는 거지. 무슨 상상을 했기에 그리 격한 반응을 보이고 그러니?"

'아, 진짜.'

밀라이아는 호호 웃는 왕비를 외면하며 속으로 한숨을 삼켰다. 원래도 짓궂은 편이기는 했으나, 약혼 기간 내내 제 남편을 끼고 다니더니 어째 말솜씨가 더 늘어난 것 같았다.

"물론 엄마도 손주를 보고 싶은 마음은 굴뚝같지만, 그거야 신혼을 실컷 즐긴 다음에 고려해도 늦지 않단다. 괜히 엄마처럼 고생할 필요는 없잖니?"

"크흠. 갑자기 왜 얘기가 그리로 튀고 그러오. 덕분에 우리 밀라처럼 예쁜 딸을 얻었잖소."

"누가 뭐래요? 왜요, 그래도 양심이 찔리기는 한가 보죠?"

"델린. 그게 아니라."

갑자기 날벼락을 맞은 국왕이 당혹스러운 표정을 지었다.

'또 시작이시구나. 에휴.'

밀라이아는 티격태격하기 시작한 두 사람을 바라보며 소리 없는 한숨을 내쉬었다.

그때, 얌전히 차만 홀짝이던 앨런이 그녀를 불렀다.

"저어, 누님."

"네?"

"오늘은 한가하신 거면, 저랑 좀 놀아 주시면 안 돼요? 그동안 혼자 노느라 너무 심심했단 말이에요."

순간 시무룩하기 짝이 없던 남편의 얼굴이 머릿속을 스치고 지나갔지만, 밀라이아는 그 모습을 빠르게 지워 내며 답했다.

"왜 안 되겠어요? 그렇게 해요. 그럼 우리 뭐 할까요? 생각해 둔 건 있어요?"

"음, 정원 산책은 어떠세요? 온실 구경은요? 아니면 도서관 탐방이라든가……. 아! 승마 대결도 좋겠네요. 누님은 뭐가 제일 마음에 드세요?"

"글쎄요, 그 네 가지 중에서 고르면 되나요?"

"아뇨, 꼭 그게 아니어도 괜찮아요. 누님이 좋아하시는 카드 게임을 해도 되고요. 연주회에 참석해도 돼요. 아니면……."

쉼 없이 쏟아내는 말에 쿡쿡 웃은 밀라이아가 말했다.

"그냥 전부 다 하죠, 뭐. 오늘 다 못하면 나중에 마저 해도 되니까."

"어, 정말요?"

"그럼요."

고개를 끄덕이자, 앨런은 몹시 신난 얼굴로 물었다.

"그럼 일단 나가실래요? 보아하니 당분간은 우리가 사라져도 모르실 것 같은데요."

"좋아요."

국왕과 왕비 쪽을 한번 돌아본 밀라이아가 동의했다.

조심스럽게 자리에서 일어나자, 찻잔을 내려놓은 앨런도 슬그머니 일어섰다.

살금살금 방을 빠져나가는 남매의 뒤로 자그락거리는 말소리가 연신 들려오고 있었다.

세 시간 뒤.

"아, 재밌었다. 역시 도서관 탐방은 누님이나 자형이랑 해야 제맛이라니까요."

"그래요?"

고개를 슬쩍 기울이자, 앨런은 잔뜩 신난 표정으로 답했다.

"네, 어마마마나 아바마마는 너무 바쁘셔서 같이 잘 못 오시고, 스승님들은 아무래도 말을 조심히 하려고 하니까요. 가감 없이 얘기해 주시는 분은 누님과 자형뿐이에요."

"그렇군요. 어쨌든 즐거웠다니 다행이네요."

밀라이아는 눈을 반짝반짝 빛내는 소년을 향해 빙긋 웃었다.

백 년 전으로 '여행'을 다녀온 뒤 다시 만난 앨런은 그 나이 또래답지 않게 고서며 여러 가지 잡다한 지식에 관심이 많았다. 그녀가 복잡한 정치를 맡아 준 덕분에 저는 공부에만 매진할 수 있겠다며 기뻐할 정도로.

덕분에 두 사람의 사이는 더할 나위 없이 좋았다. 서로의 존재가 도움이 되었으면 되었지 위협이 되지는 않았으니까.

"그럼 우리 이제 뭐 할까요?"

다정하게 묻자, 앨런은 '잠깐만요, 누님!'이라고 답하고는 대기하고 있던 시종장에게 다가가 몇 마디를 나눴다. 그러고는 잠시 후 돌아와 말했다.

"정원으로 가요, 누님. 오랫동안 실내에 있었으니 바깥바람도 쐬어야죠."

"좋은 생각이네요. 그럼 갈까요?"

"네!"

힘차게 답한 소년이 그녀에게 손을 내밀었다.

정중한 에스코트를 받으며 걸음을 옮기는데, 문득 '에른은 지금쯤 뭘 하고 있을까.'라는 생각이 들었다. 아무리 접근 금지라고 했어도 그렇지, 어떻게 네 시간이 넘도록 코빼기도 비치지 않는단 말인가. 국혼을 치른 이래로 처음 열흘을 제외하고는 한시도 제 곁에서 떨어지지 않던 남자가.

'내가 그렇게까지 했는데도 반응이 없다 이거지? 결혼 전에는 어떻게든 화를 풀어 주려고 했을 거면서, 갑자기 이렇게 변해도 되는

거야?'

갑자기 오기가 확 솟구쳤다.

'이따 만나기만 해. 가만 안 있을 테니까.'

앨런에게 들킬까 쌔근거리는 숨을 겨우 고른 밀라이아는 애써 태연한 얼굴로 도서관을 빠져나왔다.

거대한 건물을 벗어나자 온통 붉은빛에 잠긴 사위가 눈에 들어왔다.

그새 시간이 많이 지나서일까, 높게 솟아오른 대리석 지붕들이며 넓게 펼쳐진 정원은 모두 석양에 붉게 물들어 있었다.

막 피어오르기 시작한 여름꽃들을 보자 문득 과거의 어느 날이 떠올랐다. 비정상적인 기온 때문에 때를 넘겨 계속 피어 있지만, 언젠가는 결국 시들어 버리고 말 운명이 꼭 저와 닮았다 생각했던 구월의 어느 저녁 무렵이.

'차라리 자기가 따라올 수 있으면 좋겠다고 했었지.'

노을 속에 홀로 앉은 제 모습이 마치 금방이라도 사라질 것처럼 보여 두려웠다며, 보내 주기 싫다고 절절하게 고백했던 그가 떠올랐다.

마음 같아서는 가지 말라 하고 싶지만 그럴 수 없노라며 속울음을 삼키던 그는, 결국 차라리 자신이 따라갈 수 있으면 좋겠다던 말대로 백 년이라는 시간을 뛰어넘어 제 앞에 다시 나타났다.

그런 그에게 저는─.

'내가 좀 심했나?'

불현듯 양심이 찔렸다.

그는 이미 세상 어떤 남자도 줄 수 없을 만큼 큰 사랑을 제게 보여 주었는데, 저는 고작 한 달을 참지 못하고 성질을 부렸나 하는 생각이 들어서. 솔직히 말해 아침에 불쑥 '왜 맨날 침대야?'라는 생각이 들기 전까지는 저도 즐기고 있지 않았나.

'지금이라도 돌아갈까?'

잠시 고민하는데, 어디선가 희미하게 피아노 소리가 들려왔다.

'뭐지, 이 곡은? 상당히 잘 만들어진 멜로디인데.'

가만히 귀를 기울여보았지만, 아무리 고민해 봐도 이런 곡은 들어 본 적이 없었다. 예술에도 조예가 깊어야 하는 왕족의 특성상 그동안 웬만한 것들은 거의 다 들었음에도.

고개를 갸웃한 앨런이 말했다.

"처음 듣는 곡이네요. 한번 가 보실래요, 누님?"

"……그래요."

잠시 갈등하던 밀라이아는 이내 동의했다. 저기를 들렀다가 돌아가면 얼추 정원 산책까지 마친 셈이 될 테니, 이것까지만 하고 연인을 보러 가면 될 것 같았다.

종알종알 말을 붙여 오는 아이에게 적당히 답해 주며 피아노 소리를 따라가기를 한참.

한때 자주 걸음 했던 미로 정원의 숨겨진 공간에 도착한 그녀는 커다란 나무 밑에 놓인 피아노와 그 앞에 앉은 사람을 보며 의아한 표정을 지었다. 노을에 잠겨 명확하게 보이지는 않지만, 역광을 받아 검게 보이는 인영이 어쩐지 낯이 익었기 때문이다.

'어라? 저 사람, 왠지 에른 같은데?'

서둘러 다가가자, 연주를 멈춘 남자가 싱긋 미소를 지었다.

"이제 오십니까, 밀라 님?"

"에른? 여기서 뭐 해요?"

눈을 동그랗게 뜨자, 그는 부드럽게 눈꼬리를 휘며 답했다.

"그야 밀라 님을 기다리고 있었지요. 약속 지켜 주셔서 감사합니다, 왕자 저하."

싱글거리며 웃은 소년이 답했다.

"별말씀을. 대신 자형도 나중에 꼭 약속 지키기예요?"

"물론입니다."

"좋아요. 그럼 무사히 임무도 완수했겠다, 저는 먼저 돌아갑니다. 나중에 봐요, 누님."

'뭐야, 둘이 짠 거였어?'

밀라이아는 헛웃음을 머금은 채 화기애애하게 대화를 나누는 두 사람을 바라보았다.

에스코트하던 손을 빼낸 앨런이 그녀 쪽으로 몸을 기울였다.

"참, 누님, 저는 자형을 닮은 조카가 좋습니다. 참고해 주세요."

"……뭐라고요?"

"그럼 진짜 갑니다! 아직 할 게 네 가지 더 남은 것, 잊지 마세요!"

손을 붕붕 흔든 소년이 돌아섰다.

황망한 얼굴로 그 모습을 바라보는데, 슬그머니 곁으로 다가온 남자가 말했다.

"아직도 화나셨습니까? 이제 그만 푸십시오. 제가 다 잘못했습니다."

"……뭐예요, 갑자기. 앨런이랑 짜기까지 하고."

반 박자 늦은 대답에 눈꼬리를 축 늘어뜨린 그가 말했다.

"하지만 이렇게 하지 않으면 안 만나 주실 것 아닙니까. 접근 금지라고 하셨으니 다짜고짜 찾아갈 수도 없고요."

"흥, 이제 와 생각해 주는 척하기는."

밀라이아는 짐짓 앵돌아진 표정을 지으며 고개를 모로 돌렸다.

하지만 삐친 척하고 있는 겉모습과는 달리, 내심으로는 그가 먼저 화해를 청해 왔다는 사실에 안도하는 중이었다. 적어도 저 때문에 마음이 상하거나 한 것 같지는 않았으니까.

"그러지 마시고 한 번만 봐주십시오. 앞으로는 잘하겠습니다. 네?"

"……뭘 어떻게 할 건데요?"

"매일매일 정원 산책도 같이 하고, 연주회에도 자주 모셔 가겠습니다. 무료하다 싶으실 때는 함께 궁 밖 시찰도 가고요, 가끔 자장가도 불러 드리고 또……."

끝없이 이어지는 말에 갑자기 웃음이 나왔다. 얼마나 열심히 생각했으면 할 일이 계속해서 튀어나온단 말인가.

'저러다가 '연인과 함께하고 싶은 백 가지 일'을 뛰어넘는 거 아냐?'

쿡쿡 웃는 모습을 발견한 남자의 얼굴에 기대감이 차올랐다.

손을 붕붕 휘저은 그녀가 말했다.

"알았어요, 알았어. 화 풀면 되잖아요. 그러니까 이제 그만해요."

"정말이십니까? 그럼 용서해 주시는 거지요?"

"네. 근데 그거 다 할 수는 있는 거예요? 잠깐 들은 것만 해도 열몇 가지는 되는 것 같은데."

키득거리며 묻자, 그제야 안심한 듯 미소 지은 그가 답했다.

"차근차근 하면 되지요. 이제는 시간에 쫓기는 것도 아닌데요, 뭐."

"하긴. 근데 이 피아노는 뭐예요? 아까 그 곡은 또 뭐고요?"

"아. 실은 몇 년 전부터 밀라 님을 위한 곡을 만들고 있었거든요. 그나마 쓸 만한 멜로디가 나온 것이 일 년 전이라, 그동안 열심히 다듬는 중이었습니다. 짬짬이 연습도 하고요."

전혀 예상치 못한 말에 밀라이아의 눈이 휘둥그렇게 뜨였다.

"그럼 이 곡을 에른이 만들었단 말이에요?"

"아니요. 틀부터 다 잡은 건 아니고, 참견만 좀 했습니다. 처음부터 다 하자니 십 년은 넘게 걸릴 것 같아서요."

"아아, 그렇구나."

고개를 끄덕이자, 슬그머니 눈치를 살핀 남자가 물었다.

"혹시 실망하신 건 아니지요? 조금만 더 기다려 주시면……."

"아니에요. 그냥, 상상도 못했던 일이라 놀라워서요. 대체 그런 생각은 어떻게 한 거예요? 날 위한 곡이라니."

감탄하는 그녀를 보며 그는 그제야 안심한 듯 씩 웃었다.

"예전에 왜, 자장가로 세레나데를 불러 드린 적이 있잖습니까? 어느 소국 왕자가 제국 황녀에게 불러 줬다는 거요."

"그랬죠. 나중에 그걸 듣고 기억이 돌아왔다고도 하지 않았어요?"

"맞습니다. 한데 어느 날 문득 그 이야기의 주인공들이 부럽다는 생각이 들어서요. 그들이 얼마나 서로를 사랑했는지를 세상 사람 모두가 아는 거잖습니까? 노래가 남아 있는 한은 말입니다."

"그렇죠."

어쩐지 그 뒤에 무슨 말이 나올지 알 것 같았다.

두근거리는 가슴 위에 살며시 손을 얹자, 그는 진지한 얼굴로 말했다.

"저 역시 그런 식으로 역사에 이름을 남겨 보고 싶었습니다. 이번 생뿐만이 아니라, 후세에서도 사람들이 우리가 서로 사랑하는 사이였음을 알 수 있도록 말입니다."

"……."

갑자기 목울대가 뜨거워졌다.

느릿느릿 눈을 깜빡이는 그녀에게 시선을 맞춰 온 그가 말했다.

"사랑합니다. 때로는 표현이 서툴고 부족할지라도, 이것만큼은 믿어 주십시오. 이 마음은 언제나 밀라 님을 향해 있다는 것을. 제 심장의 주인은 처음부터 오직 당신뿐이었습니다."

"……뭐야. ……잖아요."

"네? 뭐라고 하셨습니까?"

"반칙이잖아요. 에른이 이렇게 나오면 내가 뭐가 되냐고요."

젖어드는 목소리로 투정을 부리자, 남자의 눈매가 부드럽게 휘었다.

"이럴 땐 나도 사랑한다고 하시면 되는 겁니다. 아니면 그냥 꽉 안아 주시든가요."

말이 끝나기가 무섭게 그를 꽉 끌어안은 밀라이아가 말했다.

"사랑해요, 에른. 그리고 미안해요. 갑자기 화내서요."

"정말이십니까?"

"네."

"그럼 키스해 주십시오. 하루 종일 밀라 님이 너무 고팠거든요."

쪽.

두 개의 입술이 한 치의 틈도 없이 맞붙었다.

지는 해가 하나로 얽힌 연인들을 비추고 있었다.

제8곡

appendix: fabula residua
번외: 아직 남은 이야기

⋮

5부

semper feliciter
항상 행복하게

semper feliciter
항상 행복하게

'여긴 어디지?'

밀라이아는 주위를 둘러보며 어안이 벙벙한 표정을 지었다. 분명 가족들과 담소를 나누며 시간을 보내고 있었던 것 같은데, 어느새 주변을 둘러싼 풍경이 전부 바뀌어 있는 게 아닌가.

끝이 보이지 않을 정도로 너른 들판에는 황금빛 밀이 가득 채워져 있고, 지평선과 맞닿은 하늘은 눈이 부실 정도로 새파랬다.

풀이며 흔한 꽃 하나 없는 세상은 오직 금색과 푸른색, 두 가지 색으로만 나뉘어 있었다. 생경하면서도 어딘가 익숙한 모습.

'그러고 보니 여기, 혹시 작년에 봤던 그곳 아닌가?'

지난해 남편과 함께 전국을 시찰했던 때의 기억이 떠올랐다. 지평선밖에 보이지 않는 벌판이며 사방이 금빛과 푸른빛으로 물든 모습이 딱 그때와 비슷하다 싶었다. 물론 그곳에는 군데군데 야생화며 하얀 구름 등도 존재했지만 어쨌든.

'맞네, 에스페라 영지. 한데 갑자기 여기는 왜 온 거지? 꿈인가?'

그렇다고 치기에는 너무나 순식간에 주위가 바뀐 느낌이었지만, 꿈이 아니고서는 지금 이 상황을 설명할 방법이 없었다. 설마하니 이 년 전처럼 또다시 누군가가 제게 '여행' 마법을 건 것은 아닐 테니까.

어깨를 으쓱하며 주위를 둘러보는데, 갑자기 뒤에서 말소리가 들려왔다.

"어딜 그렇게 보십니까, 누님?"

"깜짝이야. 놀랐잖아요, 앨⋯⋯!"

반사적으로 답하던 밀라이아가 눈을 둥그렇게 떴다.

싱글거리며 저를 바라보는 청년은 분명 백금발에 푸른 눈동자의 소유자였으나, 그 얼굴 생김만큼은 제가 예상했던 인물과 달랐기 때문이다. 묘하게 어른스러운 분위기하며 살짝 치켜 올라간 눈꼬리는 제 동생 앨런의 것이 아니라 백 년 전에 두고 온 또 다른 동생의 것이었으니까.

"⋯⋯에드워드?"

조심스럽게 부르자, 해사한 얼굴에 환한 미소가 걸렸다.

"네. 오랜만에 뵙습니다, 누님."

"어떻게 된 거예요? 에드워드가 왜 여기에 있어요?"

"왜요, 싫으십니까? 저는 누님을 다시 뵐 수 있어서 기쁜데 말이지요."

"그럴 리가요. 나도 당연히 반갑죠. 갑자기 나타나서 좀 놀라긴 했지만요."

뭔가 꿈치고는 굉장히 생동감 있는 느낌이었지만, 어쨌거나 오랜만에 그를 만나니 반가운 건 사실이었다.

활짝 웃음 짓자, 마주 미소 지은 청년이 말했다.

"다행이군요. 그리고 아까 하신 말씀에 답변을 드리자면, 실은 제가 이곳으로 누님을 초대했습니다. 꼭 전해 드려야 할 것이 있어서요."

"그래요? 그게 뭔데요?"

"음, 그 전에 한번 안아 봐도 되겠습니까? 오랜만에 뵈었더니 반가워서요."

"그럼요."

말이 떨어지기가 무섭게 뻗어온 팔이 그녀를 꽉 끌어안았다.

따스한 체온도 볼에 와 닿는 머리카락의 감촉도 여전했지만, 그들 사이에 벌어진 세월을 얘기해 주듯 헤어지기 전에는 비슷했던 눈높이가 어느새 많이 달라져 있었다.

고개를 숙인 그가 속삭였다.

"이제야 겨우 재회하게 되는군요. 오랜만입니다. 누님. 정말 많이 뵙고 싶었습니다."

"……나도요. 갑자기 떠나서 미안해요. 그렇게까지 빨리 갈 생각은 아니었는데."

마주 끌어안으며 등을 토닥이자, 에드워드는 가라앉은 목소리로 답했다.

"괜찮습니다. 저는 무탈하니 걱정 마십시오. 그보다 누님은 어떠십니까? 자형이랑은 잘 지내고 계시지요?"

"그럼요. 국혼을 치른 지도 벌써 일 년이 넘었는걸요."

"그러셨군요. 다행입니다. 늘 그게 마음에 걸렸거든요."

팔에 힘을 주어 그녀를 다시 한번 꽉 끌어안은 청년은 그제야 좀 안심이 된다는 듯 천천히 놓아주었다. 그러고는 두어 걸음 뒤로 물러난 후, 당연하다는 듯 빈손을 내밀었다.

"받으십시오. 누님과 자형께 드리는 것입니다."

"앗!"

탄성이 터져 나왔다.

분명 조금 전까지만 해도 아무것도 없었는데, 어느새 그가 내민 손 위에 커다란 알이 들려 있는 것이 아닌가.

"이게 뭐예요? 웬 알?"

"선물입니다. 귀히 아껴 주십시오."

"어…… 그럴게요. 고마워요."

뭐가 뭔지 알 수는 없었지만, 밀라이아는 어안이 벙벙한 얼굴로 일단 알을 받아 들었다.

그 순간, 갑자기 껍질에 금이 가며 밝은 빛이 확 터져 나왔다.

금빛 날개가 그녀를 덮쳤다.

"꺅!"

"밀라야?"

"누님?"

"밀라 님!"

날카로운 비명에 이어 다급한 부름이 연속으로 터져 나왔다.

"괜찮으십니까?"

서둘러 그녀를 감싸 안은 남자가 물었다.

'이런.'

한숨이 나왔다.

손가락으로 관자놀이를 꾹꾹 누르자, 근심 어린 눈빛으로 그녀를 살핀 연인이 물었다.

"무슨 일이십니까, 밀라 님? 혹시 뭔가 안 좋은 꿈이라도 꾸신 겁니까?"

"악몽은 아니고, 그냥 꿈을 좀……. 나, 언제부터 존 거예요?"

"얼마 안 됐습니다. 제가 세 분과 담소를 나누는 사이에 잠드셨으니까, 길어야 십 분 정도일 겁니다."

"그랬구나. 요즘 왜 이렇게 잠이 쏟아지는지 모르겠네요. 도통 입맛도 없고. 봄이라도 타는 건가?"

한창 바쁘게 살 때는 한 번도 이런 일이 없더니, 이제 좀 여유로워지니까 왜 이러는지 알 수가 없었다.

고개를 갸웃한 그녀는 우선 세 사람을 돌아보며 사과했다.

"아바마마, 어마마마, 죄송해요. 갑자기 소리 질러서 놀라셨죠? 앨런도 미안."

"아니다. 그럴 수도 있지, 뭘."

"괜찮아요, 누님. 공식 석상도 아니고, 피곤하면 좀 주무실 수도 있죠."

"감사해요. 너도 고마워."

민망해하며 두 볼을 감싼 밀라이아가 답했다.

하지만 웃으며 넘긴 두 남자와는 달리 왕비만큼은 어딘가 석연치 않은 표정이었다.

눈매를 좁힌 채 뭔가를 중얼거리던 그녀가 불쑥 물었다.

"한데 무슨 꿈을 꿨기에 비명까지 지른 거니?"

"아, 그게요……."

밀라이아는 의식적으로 말끝을 흐리며 해야 할 대답을 골랐다. 백 년 전의 일은 오직 그녀와 남편 둘만의 비밀이었으므로, 아무리 어머니라고 해도 에드워드에 대해서는 이야기해 줄 수가 없었다.

"실은 꿈에서 정말 반가운 사람을 만났거든요. 그래서 잠시 이런저런 대화를 했는데, 그 사람이 제게 엄청 커다란 알을 줬어요. 선물이라고 하면서요."

왕비의 눈이 커졌다.

"네게 알을 줬다고?"

"네. 한데 간신히 받아 들자마자 갑자기 껍질이 깨지는 거 있죠. 그러고는 이만한 독수리가 튀어나와서는 저를 덮치는데, 너무 놀라서 그만……."

"그랬구나."

짤막하게 답한 왕비가 손가락으로 머리카락을 뱅글뱅글 돌렸다.

"아까 말이다, 요즘 들어 자꾸 잠이 쏟아진다고 했잖니? 입맛도 없다고 했고. 언제부터 그랬니?"

"어, 글쎄요. 일주일은 넘은 것 같고……. 한 열흘에서 보름쯤?"

곰곰이 기억을 더듬으며 답하자, 왕비의 입꼬리가 움찔거리는 것이 보였다.

오른손을 들어 올려 무어라 입을 열려는 남자들을 저지한 그녀가 물었다.

"입맛은 그냥 없기만 한 거니? 뭐가 안 받는다거나 속이 얹힌 거 같다거나, 혹은 역하게 느껴진다거나 하는 건 아니고?"

"그런 건 아니에요. 아, 속은 좀 안 좋은 것 같아요. 묘하게 메슥

거리는 느낌이랄까?"

"그래?"

의미심장하게 눈을 빛낸 왕비가 물었다.

"그럼 마지막으로 달거리를 한 건 언제니?"

"네? 그, 그런 건 왜 물으시는…… 어?"

확 얼굴을 붉히던 밀라이아가 멈칫했다.

뭔가에 한 대 맞은 것처럼 머리가 띵했다.

"설마 그럼…….'"

멍하니 중얼거리자, 왕비의 입가에 환한 웃음이 걸렸다. 가만히 듣고 있던 국왕의 얼굴 역시 마찬가지였다.

"이제나저제나 했더니 드디어 소식이 들려오는군. 난 그런 줄도 모르고 조만간 양위讓位할 궁리만 했지 뭐요."

"양위는 무슨, 당분간 꿈도 꾸지 마요. 내가 이럴 줄 알았지. 어째 감이 딱 오더라니까요?"

"하긴, 당신도 밀라를 가졌을 때 비슷한 꿈을 꾸지 않았소? 나뭇가지를 입에 문 새 한 마리가 날아들었다고 했던가?"

"그랬죠."

"앗, 그럼 누님께서 조카를 가지신 거예요?"

그제야 상황을 파악한 듯 눈을 둥그렇게 뜬 앨런이 물었다.

"그렇단다. 왕궁의를 불러 봐야 확실해지겠지만."

"우와!"

서로를 얼싸안고 즐거워하는 세 사람을 뒤로한 두 개의 시선이 한 점에서 마주쳤다. 그 안에는 혼란과 기쁨과 놀람과 환희가 뒤죽박죽 섞여 있었다.

“밀라 님.”

“에른.”

간신히 서로의 이름만을 입 밖으로 꺼낸 두 사람이 탁자 밑으로 손을 맞잡았다.

굳이 더 말하지 않아도 알 수 있었다. 서로의 마음을.

가슴이 터질 듯 부풀어 올랐다.

“치워요.”

“하오나 저하.”

“당장 치우라고…… 우읍, 욱.”

밀라이아는 한 손으로 입을 틀어막으며 다른 손으로 얼른 접시들을 내가라 손짓했다.

분명 평소에는 즐겨 먹던 음식들이었건만, 요즘은 냄새만 맡아도 속이 뒤집혀 도저히 입에 댈 수가 없었다. 심지어는 어제까지는 괜찮던 물에서조차 비린내가 느껴졌다.

사색이 된 시녀들이 서둘러 음식들을 방 밖으로 내갔다.

그제야 요동치던 속이 한결 나아지는 듯해, 밀라이아는 간신히 입에서 손을 떼며 크게 심호흡했다. 근처에서 냄새가 사라지자 겨우 좀 살 것 같았다.

“밀라 님!”

요란한 소리와 함께 한 남자가 안으로 뛰어들어 왔다.

급히 달려오기라도 한 듯 조금 흐트러진 차림의 그는 좀 전에 나간 시녀들보다 훨씬 더 사색이 된 얼굴로 다가와 물었다.

"어찌 또 이러십니까? 그새 증상이 더 심해지신 겁니까?"

"……에른."

힘없이 돌아보자, 그는 안절부절못하는 얼굴로 물었다.

"듣자 하니 제가 자리를 비운 이후로 아무것도 입에 못 대셨다면서요? 물 한 모금조차 못 드셨다는 게 사실입니까?"

"음, 네."

"힘드신 건 알겠지만 제 얼굴을 봐서 조금만, 아주 조금만이라도 드시면 안 되겠습니까? 벌써 상을 다섯 번째 물리셨다면서요. 이러다 탈이라도 나시면 어떡합니까, 예?"

잔뜩 일그러진 표정을 보며 눈썹을 축 늘어뜨린 그녀가 답했다.

"걱정시켜서 미안해요. 하지만 정말 못 먹겠는걸요."

"제발, 이러다 정말 큰일 나십니다. 그새 얼마나 마르셨는지 아십니까? 보십시오, 어깨가 한 줌도 안 되잖습니까."

그녀의 손을 끌어당긴 그가 고개를 숙여 손등에 이마를 가져다 댔다.

그 결에 특유의 상큼하면서도 달달한 향이 코끝을 스치고 지나갔다. 울렁거리던 속이 한결 가라앉는 기분.

크게 숨을 들이쉬자, 그는 고개를 숙인 모습 그대로 말했다.

"왕비 전하께 여쭤 보니, 요맘때쯤에는 델라 꽃 열매만 들고 살았다고 하시더군요. 그것만큼은 냄새도 안 나고 속이 편안했다 하시면서요. 밀라 님께서는 그런 게 없으십니까? 이것만큼은 괜찮겠다 싶으신 음식 말입니다."

"아침부터 어딜 갔나 했더니, 거길 다녀온 거였어요?"

"네. 그러니 말씀해 주십시오. 정말 드시고 싶으신 것이 하나도 없습니까?"

조심스레 고개를 들어 올린 남편의 얼굴은 제 것만큼이나 핼쑥해져 있었다. 하긴 고생하는 그녀를 두고 저만 먹을 수 없다며 같이 굶었으니 그럴 법도 했다.

까칠해진 뺨을 한번 쓸어 본 밀라이아가 한숨을 쉬었다.

괜히 확실치도 않은 얘기를 했다가 헛수고만 시킬까 봐 참고 있었는데, 그를 봐서라도 일단 한번 시도는 해 봐야 할 것 같았다.

"그게요. 실은 요 며칠 자꾸 생각나는 게 있긴 한데, 구하기도 어렵고 막상 가져온다고 괜찮을지도 모르겠어서……."

"괜찮습니다. 말씀해 주십시오. 그게 뭡니까?"

"으음. 왜, 예전에 내가 즐겨 먹던 요리 기억나요? 에른이 에른이던 시절에 말이에요."

눈매를 좁힌 그가 물었다.

"혹시 라지에 볶음 요리 말씀이십니까?"

"맞아요, 라지에 볶음. 실은 그때 하늘궁 조리장 솜씨가 꽤 마음에 들었거든요. 그래서 돌아온 뒤에도 몇 번 주문해서 먹어 봤는데, 아무리 먹어 봐도 그때 그 맛이 아닌 거예요. 근데 요즘 들어 자꾸 그 맛이 생각나는 것 있죠."

"그렇습니까. 하면 그자만의 레시피가 따로 있었다는 건데…… 흠."

심각한 표정으로 고개를 끄덕인 남자가 말했다.

"알겠습니다. 그것 말고는 또 없으십니까?"

"하나 더 있어요. 아이사 열매로 만든 과자요."

"혹시 가운데에 온갖 모양이 찍혀 있던 그 과자 말씀이십니까? 엄청 달던?"

"응, 맞아요. 왠지 그거는 먹을 수 있을 것 같은데……."

우물쭈물 답하자, 즉각 고개를 끄덕인 남자가 말했다.

"그래도 그건 좀 쉽군요. 알겠습니다. 무슨 수를 써서라도 구해 올 테니, 잠시만 쉬고 계십시오."

"어, 정말요?"

"이리 아무것도 못 드시고 있는데 뭐라도 해 봐야지요. 그럼 다 녀오겠습니다."

결연한 표정을 지은 남자가 벌떡 일어섰다.

뚜벅뚜벅 걸어 나가는 그를 잠시 바라보던 밀라이아가 힘없이 베 개에 머리를 기댔다.

몇 시간 뒤.

"저하, 말씀하신 과자를 가져왔습니다. 이게 드시고 싶다고 하셨 다면서요?"

달달한 냄새를 한가득 묻히고 들어온 미하엔 백작 부인이 말했다.

시녀 중 하나가 조마조마한 표정으로 밀라이아 앞에 접시를 내려 놓았다.

고급스러운 은접시 위에 놓인 동그란 과자는 분명 그녀가 찾던 게 맞았다. 궁을 빠져나갈 때면 늘 사 먹곤 했던 아이사 열매 과자.

"맞아요. 미안해요, 백작 부인. 나 때문에 괜히 여러 사람이 고생 하네요."

"아닙니다. 저하께서는 그저 저하와 아기씨의 안위에만 신경 쓰십시오. 그보다 냄새는 어떠십니까? 역하진 않으신지요?"

"음, 네. 아직은 괜찮은 것 같네요."

밀라이아는 천천히 손을 뻗어 동그란 과자를 집어 들었다. 그러고는 온갖 무늬가 찍힌 그것을 물끄러미 바라보다 얌전히 반으로 잘라 입에 넣었다.

'그냥 그러네.'

사르르 녹아드는 과자는 생각보다 별로 달지 않았다.

그래도 최소한 냄새가 역하게 느껴지지는 않았으므로, 그녀는 별말 없이 반 조각 남은 과자를 다시 입으로 가져갔다.

불안한 얼굴로 바라보던 사람들이 그제야 안도하는 것이 느껴졌다.

"입에 맞으시나 보군요. 다행입니다. 저희가 얼마나 걱정을 했던지……. 많이 드십시오, 저하. 부족하다 하시면 더 만들어 오겠습니다."

"그럴게요. 신경 써 줘서 고마워요. 에른은요?"

"금방 올라가겠다고, 저하께 과자부터 먼저 가져다드리라고 하시더군요. 아마 곧 오실 겁니다."

똑똑.

말이 끝나기가 무섭게 노크 소리가 들렸다.

잠시 후 안으로 들어선 남자는 백작 부인과 눈짓을 나눈 뒤 침대 맡으로 다가와 물었다.

"좀 어떠십니까? 드실 만하신지요?"

"네, 괜찮아요."

"하면 라지에 요리는 다음으로 미룰까요? 모처럼 드실 만한 것이 생겼는데, 자칫 속이 다시 치받으시기라도 하면 큰일이잖습니까."

조심스러운 물음을 듣는 순간, 갑자기 군침이 확 돌았다.

고개를 번쩍 든 밀라이아가 물었다.

"정말 만들어 왔어요? 라지에 볶음 요리?"

"네. 말씀하신 것과 완전히 같은지는 모르겠으나, 상당히 근접했다고는 생각합니다. 한번 드셔 보시겠습니까?"

"네!"

서둘러 고개를 끄덕인 그녀가 물 컵을 입으로 가져갔다. 곧 먹을 음식에 대한 기대감 때문일까, 아침만 해도 느껴지던 물비린내는 이미 사라진 지 오래였다.

말없이 한 잔을 다 비우는 그녀를 장하다는 듯 바라보고는 남자가 문가를 향해 손짓했다.

대기하고 있던 시종들이 그제야 은쟁반을 들고 안으로 들어섰다.

입맛을 돋우는 냄새에 밀라이아는 침을 꼴깍 삼키며 포크를 집어 들었다. 그런 뒤 요리를 조금 찍어 입 안으로 밀어 넣자—.

"와……."

절로 감탄이 흘러나왔다.

입 안에서 느껴지는 요리의 맛은 그의 말대로 백 년 전에 먹어 봤던 것과 거의 흡사했다.

빙긋 웃은 남자가 물었다.

"어떻습니까, 비슷하지요?"

"네, 맛있어요. 이건 어떻게 구했어요? 조리장들이 내놓던 건 분명 이런 맛이 아니었는데?"

"차차 말씀드리겠습니다. 우선 드십시오."

다정하게 건네는 목소리는 어쩐지 힘이 없었다.

아침보다 더 창백해 보이는 얼굴을 걱정스럽게 쳐다보다 밀라이아가 말했다.

"에른도 이리 와서 같이 들어요. 그동안 나 때문에 계속 굶었잖아요."

"……아닙니다. 저는 괜찮으니 밀라 님부터 많이 드십시오."

"그래도……."

"정말 괜찮습니다. 어서 드십시오. 그러다 식겠습니다."

"으음, 알겠어요. 대신 에른도 이따 꼭 챙겨 먹어야 해요?"

신신당부한 그녀가 포크를 다시 들어 올렸다.

오랜만에 제대로 된 음식을 들어서일까, 그동안 느끼지 못했던 허기가 한꺼번에 밀려왔다. 게다가 먹으면 먹을수록 속이 편해지는 느낌마저 들었다.

결국 두 번째 접시마저 싹싹 비운 밀라이아는 그제야 사람들을 물린 뒤 좀 전까지만 해도 깨작거리던 과자를 집어 들었다. 그저 배가 차고 아니고의 차이만 있을 뿐인데, 아까까지만 해도 별로 달지 않다고 생각했던 과자는 이상하리만큼 달달했다.

"달다. 아, 행복해."

작게 중얼거리자, 안도의 한숨을 내쉰 남자가 말했다.

"잘 드시는 모습을 보니 좋군요. 고생한 보람이 있습니다."

"정말정말 맛있었어요. 고마워요. 한데 대체 어떻게 한 거예요? 왕궁 조리장 중에 그 조리법을 아는 사람이 있었어요?"

"아쉽지만 없더군요. 그래서 그냥 혀에 의존했습니다."

고개를 절레절레 저은 그가 슬그머니 그녀의 옆으로 다가앉았다. 그러고는 어깨를 감싸 제게 기대게 한 뒤 말했다.

"과장 좀 보태서 한 서른 접시는 먹어 봤을 겁니다. 라지에 볶음 요리 말입니다."

"뭐라고요? 그럼 아까 표정이 안 좋았던 게……."

"맞습니다. 하나 그 맛을 기억하고 있는 사람이 저밖에 없는 걸 어쩝니까. 먹어 보면서 맞추는 수밖에요."

고개를 숙여 이마 위에 입을 맞춘 그가 계속해서 말을 이었다.

"뭐, 그래도 지금은 좀 나아졌습니다. 아까는 음, 밀라 님이 요즘 어떤 기분이셨는지 알 것 같았거든요."

"……미안해요. 괜히 나 때문에."

어쩐지 좀 시무룩해졌다.

풀죽은 그녀를 보며 그가 황급히 손을 젓고는 말했다.

"아닙니다. 저야 겨우 반나절 그런 건데요, 뭘. 밀라 님이 고생이 시지요."

"하지만 나 때문에 에른도 고생하잖아요. 식사도 제대로 못하고."

"이 정도쯤이야 아무것도 아닙니다. 그보다 대체 어떤 아이길래 벌써부터 이리 어머니를 괴롭히는지 모르겠군요."

"음, 글쎄요."

손가락에 머리카락을 휘감은 밀라이아가 그의 가슴에 다시 머리를 기댔다.

"분명 에른을 닮았을 거예요. 그러니까 날 이렇게 고생시키지."

"무슨 말씀이십니까? 저만큼 밀라 님께 잘해 드리는 사람이 어딨다고요. 툭하면 속 썩이는 걸로 보아 분명 밀라 님을 쏙 빼닮았을 겁니다."

억울함이 뚝뚝 묻어나는 목소리에 의미심장하게 웃은 그녀가 제안했다.

"그럼 우리 내기할래요? 누굴 닮은 아기가 나올지? 내가 이기면 에른이 진하게 키스해 주는 거예요."

"그럼 제가 이기면요?"

"당연히 내가 에른한테 진하게 키스해 주는 거죠."

"공평하군요. 좋습니다. 그때 가서 모르는 척하시기 없깁니다."

"그럼요."

서로를 마주 본 두 사람의 입가에 행복한 미소가 걸렸다.

다정하게 속삭이는 연인들의 주위로 달콤한 아이사의 향기가 맴돌고 있었다.

몇 달 뒤 백금발에 에메랄드색 눈동자를 가진 아이가 태어나고, 내기의 승자를 가리지 못한 두 사람이 서로 패자를 자처하며 진한 키스를 나눴다는 것은 후일담이다.

−여왕을 위한 진혼곡 완결−

작가 후기

작가 후기

　안녕하세요, 정유나입니다.

　『버림 받은 황비』 이후로 무려 삼 년 만에 다시 인사를 드리게 되
네요. 다시 만나 뵙게 되어 진심으로 기쁘고 감회가 새롭습니다.

　『여왕을 위한 진혼곡』은 어느 날 갑자기 '여왕님과 재상님의 이야
기를 쓰고 싶어!'라는 생각 하나만으로 시작한 글입니다. 거기에 시
공을 뛰어넘는 사랑이 붙으면 좋겠다 싶었고, 그렇게 에른과 밀라
의 이야기가 만들어지게 되었습니다. 물론 기획 단계에서는 지금과
같은 내용은 아니었고 좀 더 다크한 정쟁 로맨스에 가까웠지만요.

　처음에는 '정적으로 만난 두 사람! 계속되는 머리싸움! 그리고 시
작되는 숙명과도 같은……'을 생각했는데, 홀로 버티느라 외로웠
던 두 사람이 처음으로 동지를 얻어 함께 헤쳐나가는 모습을 그려
보는 것도 좋을 것 같아 방향을 바꿨습니다. 밀라는 밀라대로, 에
른은 에른대로 정계에서 자신의 자리를 만들기 위해 고군분투했던

사람들이니까요.

제목에 '진혼곡'이라는 단어를 붙이게 되면서, 전체 글의 형식 역시 진혼미사곡의 것을 따오게 되었습니다.

『여왕을 위한 진혼곡』의 챕터는 기본적으로 모차르트의 〈레퀴엠〉[Requiem In D minor K. 626]의 형식을 차용하고 있으며, 부분적으로 변형된 곳이 있습니다. 각 챕터의 라틴어 부제들은 대부분 '살아 있는 라틴어latina vivens' 홈페이지https://latina.bab2min.pe.kr/xe/nomenfac의 bab2min님의 도움을 받아 지었습니다. 이 지면을 빌어 다시 한번 감사의 말씀을 드립니다.

두 사람의 이야기를 만들어 가는 동안, 정말 많은 분들의 도움을 받았습니다.

저의 가장 든든한 지지자이신 부모님, 「버황」 때부터 늘 제게 좋은 글벗이 되어 주신 유 작가님과 새벽까지 서로를 독려하며 함께 달려 주셨던 작가 연합 '2월의 월계수'의 작가님들, 휴일에도 교정을 봐 주시느라 고생하셨던 담당자님, 그리고 무엇보다 에른과 밀라를 많이 사랑해 주신 독자님들께 진심으로 감사드립니다. 덕분에 끝까지 행복한 마음으로 글을 마무리 지을 수 있었습니다.

이 글이 여러분께 조금이나마 즐거움을 드렸기를 기원합니다. 항상 행복하세요.

2018년 봄, 정유나 드림.

BLACK LABEL CLUB 032

여왕을 위한 진혼곡 5

1판 1쇄 발행 2018년 4월 30일
1판 2쇄 발행 2019년 8월 9일

지은이 정유나
펴낸이 신현호
편집부장 예숙영
책임편집 박상희
편집디자인 한방울
영업·관리 김민원 조인희
물류 이순우 최준혁 박찬수

펴낸곳 ㈜디앤씨미디어
출판등록 2002년 5월 1일 제117-90-51792호
주소 서울시 구로구 디지털로 26길 111 JnK디지털타워 503호
대표전화 (02)333-2513 팩스 (02)333-2514
전자우편 dncbooks@dncmedia.co.kr
디앤씨북스 블로그 http://blog.naver.com/dncbooks

ISBN 979-11-264-4300-0 (04810)
ISBN 979-11-264-4256-0 (세트)